饌
工厂

Lady
Chatterley's
Lover

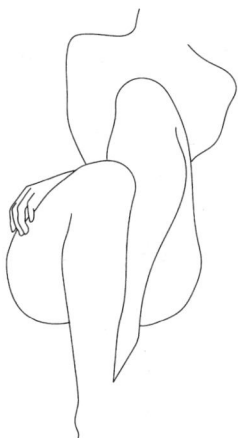

查泰莱夫人
的情人

[英] D.H.劳伦斯 著　杨恒达 译

中国友谊出版公司

图书在版编目（CIP）数据

查泰莱夫人的情人 ／ （英）劳伦斯著；杨恒达译
. －－ 北京：中国友谊出版公司，2015.12（2021.9重印）
ISBN 978－7－5057－3647－4

Ⅰ.①查… Ⅱ.①劳… ②杨… Ⅲ.①长篇小说－英
国－现代 Ⅳ.①I561.45

中国版本图书馆CIP数据核字(2015)第296601号

书名	**查泰莱夫人的情人**
作者	［英］劳伦斯
译者	杨恒达
出版	中国友谊出版公司
发行	中国友谊出版公司
经销	新华书店
印刷	唐山富达印务有限公司
规格	880×1230毫米 32开
	12印张 295千字
版次	2016年6月第1版
印次	2021年9月第10次印刷
书号	ISBN 978－7－5057－3647－4
定价	48.00元
地址	北京市朝阳区西坝河南里17号楼
邮编	100028
电话	（010）64678009

目 录

译本序

    D.H. 劳伦斯出生于英国诺丁汉郡伊斯特伍德的一个矿工家庭，受过高等教育，从事过会计、教师等多种职业，自 1910 年起成为专业作家。他是一个勤奋多产的作家，以他 44 年的短暂人生，向读者贡献了 40 多卷小说、诗歌、戏剧、游记等作品及批评和思想著作。《查泰莱夫人的情人》是劳伦斯最后一部重要的长篇小说，他开始写作这部作品的时候，已经病魔缠身。他于 1927 年完成此书后，不到三年就因病离开了人世。

    劳伦斯的几部主要作品都以他从小生活的环境，即诺丁汉一带的矿区和农村为背景。当地工人阶级和农民的生活和精神状况以及当地矿区发展所反映的现代工业文明对当地生活的影响，是他的创作所包含的深层内容。他的第一部长篇小说《白孔雀》（1911）就描写了当地农村青年所面临的在古老淳朴与现代虚荣之间的选择。他重要的成名作《儿子与情人》（1913）写了现代机器文明和工人阶级状况给当地一个矿工家庭生活上、精神上造成的压抑。《虹》（1915）及其姊妹篇《恋爱中的女人》（1921）被认为是他最了不起的两部长篇小说，作品中描写的两性关系同样处在现代工业文明对当地农民及其后代生活的巨大影响背景之下。本书写的是贵族兼资本家查泰莱爵爷府上的故事，但这个爵爷府也还是在矿区的包围之中，矿区破烂不堪的状况既是当时矿

1

工条件的真实写照，又是死水般的查泰莱爵爷府的陪衬。即使是女主人公康妮的婚姻、爱情选择，也反映出对机器文明所造成的死气沉沉家庭生活的厌恶和对原始爱情活力的追求。

劳伦斯的父亲是一个近乎文盲的矿工，说一口诺丁汉郡和德比郡一带的方言，在习惯和外表上都体现出当地矿工的特点。他母亲是学校里的老师，说的是贵族式的标准英语，在周围环境中有一种自以为受过良好教育的优越感。劳伦斯从小生活在这样的家庭里，很自然地接受了来自两方面的影响。劳伦斯显然从他父亲那里继承了矿工们说话时的那种直言不讳，他甚至不隐晦男女之间的隐私，因而在当时仍竭力标榜高贵典雅绅士风度的英国社会中遇到了麻烦。他的一些作品，包括本书，由于有伤风化而一度在英美被禁。他的母亲则给了他另一种影响，她鼓励他开发他的智慧，甚至由于对丈夫的失望而过分热衷于在他的成就中寻求满足，给他造成了无穷的压力。《儿子与情人》就是以这样的家庭生活经历为原型而创作的。但是，他从这样的家庭生活体验中得到的最大收获，是他在创作中寻求的一种直接的感官性和一种精神、理智、信仰、情感、修养统一体的融合。这是他的家庭中所缺乏的，然而正是因为缺乏，才促使他的追求格外强烈。

本书是劳伦斯最重要、最具特色的长篇小说之一。作品通过女主人公康妮在婚姻、爱情上的反叛和追求，书写出机器文明及其带来的战争和各种违背自然的倾向对人性和人间最宝贵事物的摧残和破坏，同时也把康妮的追求从单纯的肉体欲望的满足提升为现代人精神追求中必不可少的一部分。

作品主要通过康妮和两个男人之间的关系来展示康妮的反叛和追求。

克里福德是战争的受害者，战争使他成了下肢瘫痪的残疾人，失去了生育和性生活的能力，同时也失去了正常人的感情生活。康妮对他来讲，只是一架生育机器，他还希望她再去找一架雄性的生育机器，结合以后为他生下一个爵爷府的继承人。他考虑他自己家的香火可以延续，他们家的姓氏有人继承。他把性和感情截然分开，在他看来，偶尔的性关系无关紧要，"事情会像鸟雀交尾般过去"，当事人之间不会，也不应该产生任何感情。他不过是要借个"种"而已。他对康妮说："假如性的匮乏使你不完整不协调，那么就出去风流一把。假如没有儿子使你不完整不协调，那么只要可能，就要个孩子。但这些事情只是为了让你能有完整的生活，为了得到长久的和谐。"为了让他自己有"完整的生活"，得到"长久的和谐"，他不惜牺牲康妮一生的感情生活，来维持他家庭的稳定。他的所有这一切算计似乎不仅是为他自己好，也为康妮着想，只要维持他家庭稳定的大局，他不仅无所谓自己戴不戴"绿帽子"，而且还可以从中受益。然而，他的失算也就在这个地方。他是机器时代的典型代表，他的算计似乎是把当事人的利益都考虑进去了，是一桩公平交易，但他是用衡量机器的方法来衡量人，他的"计算"错误是必然的。他对自己的妻子是这样一种态度，对待他手下的工人就更不用说了。他对康妮说，那些矿工不是人，"他们是你所不理解，也永远不可能理解的动物"。所以克里福德的问题不仅是因为他丧失了性功能，求子心切，才希望康妮出去为他充当一回"动物"的，在他眼里，别人都是机器，都是动物，都是为他实现他的目的所用的工具。他的观念本来就和现代社会的平等、人权思想格格不入。康妮弃他而去，而且爱上的竟是他手下的一个下人，这是他这种思想境界的人根本无法理解的，所以他只有用最肮脏的语言破口大骂。

康妮的反叛，从作品的表面内容来看，似乎在很大程度上同寻求性的满足有关。但是，这是一部严肃而有深刻思想内容的作品。劳伦斯写康妮追求性的满足，写她对阳物的向往，只是一种象征。克里福德的阳物失效，这本身就是机器文明的奴隶缺乏活力、缺乏创造力的一种象征。在机器文明的时代，似乎机器可以替代人做任何事情，机器甚至可以复制出人的阳物来当替代品。但是，从性关系中滋生的情感是无法替代的，性关系所激起的生命活力是无法替代的。机器文明的时代造成人对机器的依赖而忽视人与人之间的感情。对机器的过分依赖倾向于把一切都看作一种程序，性关系也只是人的求快乐本能和生育本能的一种程序。持有这种看法的人把自己变成了程序的奴隶，机器的奴隶。克里福德尽管把大众看成和尼禄时代的奴隶没有什么区别，可是他自己却是他这个时代的奴隶。所以，他的丧失生育能力，是机器时代的奴隶缺乏生命活力的象征。他虽然自己是机器时代的受害者，但是他的思想意识决定了他自己就是危害者。康妮的反叛，其意义远远超出他个人的性欲满足。首先，她是作为一个和克里福德对立的人物而出现的，她热情，有活力，她无法接受克里福德的那套理论，她是机器文明的时代中生命价值的追求者。在生命价值面前，人是平等的，所以她并没有把门第和社会地位的悬殊看作她和麦勒斯之间的爱情的屏障。其次，她是作为劳伦斯笔下精神和肉体不可分的新的精神追求的理想人物而出现的。在人的生命活动中，震撼人心的性关系是心灵契合与交融的体现，这不是一般的性欲满足所能实现的。它在有一天实现这种交融以前，始终是人们理想中的追求，一旦有了这种交融以后，哪怕只有一次，它也会终生难忘地留在人们的心灵中，成为一种精神上的美好回忆。康妮在做出决定离开克里福德以前，并不是没有感受到各种沉重压力，也没有意识到她和麦勒斯之间的社会地位差异意味着什么，但是她不顾一切地要离开克里福德，正说明她精神追求的坚定。这不是她一时的冲动，而是理性起了主导作用。但是，从另一方面讲，若没有她和麦勒斯性冲动时的那种心灵的契合和交融，她也不可能将这个问题上升到精神层面来考虑，而最终做出理性的决定。

作品中麦勒斯这个人物之所以博得康妮的爱，是因为他有男子汉的气质，他当过军官，也是一个有教养的人，现在身处仆人的位置，很清楚自己的身份。但是他在主人面前不卑不亢，有自己独立的个性。他和康妮之间有了那种震撼人心的性关系之后，还是比较含蓄，因为他不愿意被贵族夫人玩弄，故存有戒心。他在康妮面前说一口当地的土话，其实他是会说受教育者所说的标准英语的，这样做只是为了让康妮明白他们之间地位上的差异。但是，他是认真的，正是那种心灵契合的性关系使他相信，康妮的爱不是在自己男人那里得不到性满足的贵妇人出来随便打点野食的行为。他是在争取一个社会地位低下者也应该拥有的真正的爱的权利。他得到了康妮，其意义远远超出了一般所谓的"有情人终成眷属"。

总之，作品在表面的故事情节、人物塑造和细节描写背后，含有深刻的思想意义。作品表面上比较露骨的性描写，实际上只是更好地传达深刻思想内涵的一种艺术手段。当然，作品的艺术手法多种多样，包括各种象征和《圣经》等典故的丰富隐喻，只有在细读作品以后，才会感受到作者的匠心之所在。

本书虽然已出过至少两个译本，但是每一次新的翻译实际上都是一种新的解读。希望我这个积几十年外国文学教学、研究、翻译的经验而做出的解读能够得到读者的认可和欣赏。

杨恒达

第一章

　　我们本来就处于一个悲剧时代，因此我们无须悲痛欲绝。大灾难既已发生，我们周围是一片废墟，我们着手建起小小的新住处，怀着小小的新希望。这是一项相当艰难的工作：现在是没有通向未来之坦途的，但是我们四处奔走，攀越障碍。无论多少重天塌下来，我们也得生活。

　　这差不多就是康斯坦斯·查泰莱夫人的想法。战争让她家的天塌了下来。而她则明白人总得生活和求知。

　　1917年克里福德·查泰莱休假回家一个月，她嫁给了他。他们度过了一个月的蜜月。之后克里福德就回到佛兰德斯前线，六个月后，几乎粉身碎骨地被运回了英国。康斯坦斯，他的妻子，当时23岁，而他是29岁。

　　克里福德的生命力很是惊人。他没有死，粉身碎骨的身体似乎又长好了。他在医生手下度过了两年的时间。然后据称他已被治愈，他又活了过来，然而他的下半身，自臀部以下的部分，却永远瘫痪了。

　　1920年，克里福德和康斯坦斯回到他的家，家族"所在"——拉格比大宅。他的父亲已去世，现在是准男爵了，克里福德爵爷，而康斯坦斯就成了查泰莱夫人。在查泰莱家族相当荒凉的家中，他们相当拮据地开始料理家务，过起了婚姻生活。克里福德有一个妹妹，但是她已不住在那里。其他再没有什么近亲了。他的兄长在战争中阵亡。他已经永远残疾，知道自己不可能再生育，回到烟雾弥漫的英国中部来，是要尽可能地维持查泰莱家族的姓氏。

克里福德并没有真正颓靡。他可以坐在轮椅中，转来转去。他有一把巴思轮椅，附加了一个小马达，他可以自己驾驶着，慢慢绕着花园，进到那个精美而令人忧郁的庭园中去，对这个庭园，虽然他假装满不在乎，但实际上他为它感到如此骄傲。

历经了太多的苦难之后，他感受苦难的能力似乎也下降了。他还是那样独特、明朗、愉快，红润健康的肤色、迷人明亮的淡蓝色眼睛，让人觉得他简直是个乐天派。他的肩膀宽厚强壮，双手有力；他着装华贵，打着邦德街①的讲究领带。然而，从他脸上仍然可以看到小心戒备的眼光，看到残疾人的一丝内心空虚。

克里福德曾距死亡只有一步之遥，因而他存留下的生命对他而言更为珍贵。从他不安地闪亮的眼神中，流露出的是死里逃生后的自豪。但他受到太大的伤害，以至于他有点心如死灰，有点感觉麻木，剩下一片没有知觉的空白。

他的妻子康斯坦斯，是个脸色红润的乡下模样儿的女子，柔软的褐色头发和强壮的身体，伴随着缓慢的举止，有着一股非同寻常的精力。她那充满好奇的大眼睛，以及温柔的嗓音，好像是刚从她土生土长的村子里出来。其实全然不是这样。她的父亲曾是皇家艺术学会知名的麦尔肯·瑞德爵士，她母亲则是颇有点拉斐尔前派风格的兴盛时期教养良好的费边社成员。在艺术家和有修养的社会主义者之间，康斯坦斯和她的姐姐希尔达接受了一种带有审美意味的非传统教育。她们被带去巴黎、佛罗伦萨和罗马接受艺术熏陶，她们也被带去别的方向上，到海牙和柏林，参加

---

① 伦敦名贵商品街。

盛大的社会主义者大会，会上演讲者们使用各种文明语言发言，没有一个人感到局促不安。

所以，姐妹俩从小就丝毫不被艺术和理想的政治吓倒。那已经成为她们的自然氛围。她们既是世界性的，也是乡土化的。她们的这种世界性的乡土艺术，正符合单纯的社会理想。

她们在 15 岁的时候被送去德累斯顿主修音乐。她们在那儿度过了快乐时光。她们在学生中无拘无束地生活。她们和男子们争论哲学、社会学和艺术问题。她们的学识不亚于男子，正因为是女子，所以她们更胜于男子。她们常和带着吉他的壮小伙儿一起在林中漫步，吉他发出堂堂的声响。他们唱起流浪者之歌，自由自在。自由！这个词儿真是伟大。在自由的世界，在晨曦中的林间，和充满活力、歌喉动人的伙伴们在一起，她们为所欲为——尤其是——畅所欲言。正是交谈才最为重要：那种热情洋溢的交谈。爱情仅仅是个小小的陪衬。

希尔达和康斯坦斯都曾在她们 18 岁时初涉爱情。那些和她们倾心交谈、欢乐歌唱，并在树下自由自在野营的男子们，无疑都想有爱的交流。女孩们起初有些疑虑，但后来这种事情经过太多的谈论，已被看成很重要的事情了。况且这些男子们又都如此谦卑，如此渴求，为什么不能像一个皇后一样，将自己作为恩赐委身于他们呢？

于是她们把自己给了那两个青年——各自和那个与她进行过最微妙、最亲密辩论的男子。辩论或讨论是了不起的事情：做爱和性交只不过是一种原始的逆转和一种有几分令人扫兴的事情。事后，她们对于各自男子的爱意冷淡了，甚至有些敌意，似乎他侵犯了她们各自的隐私和自由。因为作为一个女子，生命中的尊严和意义就在于获得绝对、完美、纯粹、高尚的自由。如果不能从古老而污秽的两性关系和从属状态中解脱出来，一个女子的生命意义何在？

无论你怎么让性爱带上浪漫色彩，它总是各种最古老、最污秽的两性关系和从属状态之一。歌颂性爱的诗人往往是男人，女人们一向都知道有比这更好更高尚的东西，现在她们确信无疑了。一个女人美好而纯粹的自由，比任何性爱都要美妙得多。唯一不幸的是男人在这点上远远落后于女人，他们像狗一样坚持性的满足。

　　而一个女人不得不退让。男人像馋嘴的孩子，他要什么女人就得给他什么，否则他很可能像孩子一样变得令人讨厌、躁动不安，把好事弄糟。女人可以迁就男人，但保留她内在的、自由的自我。那些诗人和那些谈论性爱的人似乎并没有充分考虑到这一点。女人可以有个男人而不真正委身，她无疑可以拥有他而不受他的支配，相反，她可以用性爱去支配他。她只需要在性交中控制自己，让男人耗尽自己，搞得精疲力竭，然后她可以延长性交，把他仅作为工具来达到亢奋和高潮。

　　到大战开始，姐妹俩匆匆赶回家的时候，她们都已有过自己的恋爱经验了。她们不会轻易爱上青年男子，除非能在言谈中非常亲近——能彼此在交谈中十分趣味相投。和一些真正聪明的青年男子连着几个月一小时又一小时、一天又一天的热情谈话，带来的那种惊人的、深刻的、难以置信的震颤……不亲身体验一下是难以明白的！天国的许诺"尔将得到可以促膝交谈的男子！"——从未说出口来。它是在她们知道它是什么样的一种许诺之前完成的。

　　如果在这些生动而启示心灵的讨论唤起了亲密感之后，性爱成为几乎不可避免的结果，那就顺其自然。它标志着一个章节的完结。它本身也是令人销魂的：从身体深处产生的那种奇异的震撼和最终的一阵骄横，就像画龙点睛之笔，让人兴奋，也很像一行星号，用来表示一段话的终结，以及主题上在此告一段落。

1913 年女孩们回家过暑假的时候，希尔达 20 岁，康妮①18岁，她们的父亲已明显地看出她们已经有过恋爱经历了。

这正如有人说过的那样，"L'amour avait passé par là②"。不过他自己是过来人，就听其自然。至于母亲，一个不久于人世的神经病患者，她只想让她的女儿能"自由"，能"成就自我"。她自己从未完全成就过自我：她不能。天知道为什么，因为她是个有自己的收入和自己的行事方式的女人。她责备她的丈夫。然而实际上，正是留在她思想上或心灵中的某些古老的权威印象，她无法摆脱。这不关麦尔肯爵士的事，他让他神经质地怀有敌意的刚烈妻子自行其是，而他则走自己的道路。

因此两姐妹是"自由"的，她们又回到德累斯顿，回去学她们的音乐，回到大学和年轻男人那里。她们爱着她们各自的小伙儿，她们的小伙儿也以全神贯注的激情爱着她们。这两个小伙儿所想所说所写的所有绝妙事情，都是为这两个少女所想、所说、所写。康妮的小伙儿是音乐人，希尔达的恋人是学技术的。但他们干脆是为他们的少女而活着，也就是说，在他们心目中和他们精神亢奋时他们是这样想的。在其他方面，他们受到一点抵制，尽管他们自己并不知道。

在他们身上也可以看得很明显，他们都经历了爱情：也就是说，肉体上的体验。真是很稀奇古怪，它在男女身体上造成了何等微妙而不容置疑的变化：女人更花枝招展、更圆润丰盈，少女时代的清瘦变得丰满，表情不是流露出渴望就是扬扬得意；男人则更加沉静内向得多，肩膀和臀部的样子更少咄咄逼人，变得更加迟疑。

在体内实际的性快感中，姐妹俩几乎屈服在奇特的男性力量之下。但她们很快恢复过来，把性快感当作一种感觉，保持了自

① 康斯坦斯的昵称。
② 法文：爱情已打那儿经过。

5

由。而男士们呢，因为感激她们所给予的性体验，把灵魂都交给了她们。但后来他们的样子又好像是得不偿失。康妮的情人有点儿郁郁不乐，希尔达的情人则有点嘲弄人的意思。这就是男人：忘恩负义又贪得无厌。你不占有他们的时候，他们恨你，因为你不愿意；你占有他们的时候，他们还是恨你，因为别的一些原因。或者毫无理由，除非因为他们是不知足的孩子，无论得到什么，他们都不会满意，任由一个女人会做些什么。

然而，战争到来了，在五月回过一次家之后，康妮和希尔达又赶回家去参加母亲的葬礼。1914年圣诞节前夕，她们的德国情人都死了：姐妹俩为此哭泣，对这两个小伙儿恋恋不舍，但是内心里却忘记了他们。他们不复存在。

姐妹俩住在肯辛顿她们父亲的宅子里——实际上是她们母亲的宅子，和一伙剑桥青年学生待在一起。这些青年拥护"自由"，穿法兰绒裤子和法兰绒开领衫。他们是那种有良好教养，情感上无拘无束的人，他们说话低声细语，举止格外敏感。然而，希尔达忽然与一个年长她10岁的男人结了婚。他是这伙剑桥学生团体的老成员，是一个相当有钱的人，在政府中有个舒服的世袭职位，同时也写些哲学散文。希尔达和他住在威斯敏斯特的一所小房子里，加入到政府中那些有教养的人的社会中，这些人虽然不是头等人物，却是，或即将是，国家的真正智囊人物：他们知道自己在说什么，或者说话时显得他们知道自己在说什么。

康妮在做一项和平方式的战时工作，结交了一帮穿法兰绒裤子的剑桥"刺头"，他们至今都温和地嘲弄一切。她的"朋友"是克里福德·查泰莱，一个22岁的年轻人。他本在波恩学习煤矿技术，那会儿刚刚赶回来。他以前也在剑桥学过两年，现在他在一个很棒的团里担任中尉，因此他可以更合适地穿着制服嘲弄一切了。

克里福德比康妮更属于上流社会。康妮是富裕的知识分子，而他属于贵族阶层，虽然不是大贵族，但好歹是贵族。他父亲是准男爵，他母亲是子爵的女儿。

然而，克里福德虽然比康妮出身更好，更加"上流社会"，但却以他自己的方式比康妮更狭隘更胆怯。在那个狭小的"上流社会"——土地贵族社会中，他觉得安逸，然而他对由中下层阶级和外国人组成的整个其他的大千世界感到羞怯和惴惴不安。如果必须说实话的话，那么他就是有些害怕中下层阶级的人，害怕和他不属于同一阶级的外国人。他以某种令人惊愕的方式意识到他自己的无助，其实他拥有特权给予的所有保护。这是很奇怪的，但确是我们时代的一种现象。

因此，一个像康斯坦斯·里德这样的姑娘那种独特的温柔与自信迷住了他。在纷乱的外部世界里，她远比他表现自如。

尽管如此，克里福德也是一个叛逆者：甚至叛逆自己的阶级。也许"叛逆"这个词用得过火了：太过火了。他只是碰上了年轻人反传统、反任何一种现实权威的普遍潮流。父辈人都是可笑的：他自己固执的父亲最为可笑。政府都是可笑的：我们自己这个等着瞧的政府尤其可笑。军队是可笑的，老派的将军们全都可笑，红脸的吉治纳将军尤甚。甚至连战争也是可笑的，尽管它杀了很多人。

实际上，任何事情都有些可笑，或者说是非常可笑：任何东西跟权威沾边的，不论是军队还是政府还是大学，都在某种程度上是可笑的。就统治阶层自认为有统治资格而言，他们也是同样的可笑。克里福德的父亲乔弗利男爵极其可笑。他砍倒他的树，清除他矿上的矿工，打发他们到战场上去；他自己却安然无恙，同时高喊爱国。而且他为国家花的钱比挣的还多。

当查泰莱小姐——姐姐爱玛——从英国中部到伦敦做护理工作的时候，她以一种温和的方式诙谐地谈论乔弗利男爵和他的坚定不移的爱国主义。哥哥和爵位继承人赫伯特则坦然大笑，虽然砍倒给战壕做支撑的树都是他自己的。而克里福德只是有点不安地微笑。所有的事情都是可笑的，真是这样。但是太临到跟前，一个人自己也变得可笑的时候……至少像康妮那样其他阶级的人对有些事是很认真的。他们相信有些事情。

他们对于士兵，对于征兵的威胁，对于孩子们短缺食糖和糖果等，都是相当认真的。当然，在所有这些事情中，当局可笑地不知所措。但克里福德对此从不往心里去。对于他而言，当局从一开始就是可笑的，并非因为糖果或士兵。

当局让人感觉可笑，并以相当可笑的方式行事，国内局面一度混乱不堪。直到前线态势严重起来，劳合·乔治出来挽回国内局面。这超过了可笑的界限，轻率无礼的年轻人不再嘲笑了。

1916 年，赫伯特·查泰莱阵亡，于是克里福德成为继承人。甚至这也把他吓坏了。作为乔弗利爵士的儿子，拉格比的孩子，他的重要性在他身上已经根深蒂固，他绝对无法逃避。然而他知道，这种事在沸腾的大千世界眼中也是可笑的。现在他是继承人，他要为拉格比负责。难道这还不可怕吗？而且难道不是既显赫又荒唐的事吗？

乔弗利男爵可一点也不觉得荒唐。他脸色苍白，紧张而自闭，他固执地决心要救他的祖国，挽回他的地位，不管是劳合·乔治还是其他任何人当政。他和现实的英国如此隔绝，离它如此遥远，又如此无能为力，以至他把霍拉旭·鲍特姆利①也想得很好。他拥护英国和劳合·乔治，正如他的祖先们拥护英国和圣·乔治：他从不觉得这有什么不同。因此他砍掉他的树木，拥护劳合·乔治和英国，英国和劳合·乔治。

他想让克里福德结婚，生出继承人来。克里福德觉得他父亲是个不可救药的老顽固。但是他自己，除了会缩头缩脑地嘲讽一

---

① 霍拉旭·鲍特姆利：当时的英国国会议员，因诈骗入狱 7 年。

切并拿自身的处境大加嘲笑外，又比他父亲高明了多少呢？但是无论这是否合乎他的愿望，他已经十分郑重地接受了准男爵的爵位和拉格比这份家产了。

出自战争的狂热兴奋消失了……死寂了。死亡和恐怖太多了。一个男人需要支持和安抚。一个男人需要有一个安全世界中的精神支柱。一个男人需要一个妻子。

查泰莱家庭兄弟姐妹三个，虽然有各种关系，却不知为什么与世隔绝地生活着，把自己关在拉格比的家里。一种与世隔绝的感觉使得他们的关系更亲密，这是一种地位脆弱的感觉，一种无助的感觉，尽管有贵族头衔和土地，或者说，正因为有贵族头衔和土地，他们才有这样的感觉。他们和他们在那里度过人生的英国中部工业区相隔绝。他们和他们自己的阶级也由于父亲乔弗利男爵沉思、固执、封闭的天性而疏离了。他们嘲笑父亲，但是关于他的事却十分敏感。

他们三人曾说过要始终住在一起。但现在赫伯特死了，乔弗利爵士要让克里福德结婚。乔弗利爵士几乎不提这件事：他很少说话。但他关于事情应该如此的无言而沉思的坚持，是克里福德难以承受的。

但爱玛说不！她比克里福德年长 10 岁，她认为他要成婚，那就是对家里三个年轻人所坚持原则的背弃。

然而，克里福德和康妮最终还是结婚了，并和她度过了一个月的蜜月生活。那是在可怕的 1917 年，他们就像一条沉船上站在一起的两个人那样亲密无间。克里福德在结婚时还是童男：所以性这方面，对他并不意味什么。他们如此亲密，他和她，除了在性的方面。康妮对于这种超越了性，超越了一个男人"满足感"的亲密感到有点欣喜若狂。克里福德至少不像其他许多男人那样仅仅热衷于他的"满足"。不，亲情比"那个"更深刻，更有个性。性爱只是偶然的、附带的事，它只是奇特而陈旧的感官

9

过程之一，以它自己的笨拙纠缠于人身而已，并非真正必要的事情。但康妮却还是想要个孩子，这样她可以巩固自己的地位以对抗她的大姑爱玛。

　　但 1918 年初，克里福德却一身伤残地被送回来，孩子不可能有了。乔弗利爵士也在懊恼中死去。

第二章

　　1920 年秋天，康妮和克里福德回到了拉格比。爱玛因为还在憎恶她弟弟的失信，离开家，住在伦敦的一套小公寓里。

　　拉格比是一座褐色石头筑成的长长的低矮老房子。是 18 世纪中期的建筑，后来时加添补，直到现在成了一座挤成一堆而没有特点的大宅。它坐落在一座山丘上，周围是一个相当美丽而古老的橡树园，可是天哪，在不远处，你可以看见特沃希尔煤矿的烟囱，烟雾缭绕，在远处湿雾朦胧中，你可以看见小丘上的特沃希尔村，这村子几乎从橡树园的园门开始，极其丑陋地蔓延一英里之长，令人厌恶：一排排破旧污秽的小屋，用砖砌成，黑石板的屋顶像盖子一样盖在上面，尖锐的屋角，一片凝固的死气沉沉。

　　康妮已习惯了肯辛顿，习惯了苏格兰的山丘，习惯了苏塞克斯的绿色丘陵：那便是她的英格兰。她以年轻人的恬淡，看一眼便接受了英国中部煤铁矿区毫无生气的彻底丑陋，随它去如此丑陋吧：难以置信的丑陋，连想都不要去想它。从拉格比那些相当阴森的房间里，她听见矿上筛子机的沙沙声，卷扬机的喷气声，调车机车的叮叮响声，以及煤矿机车粗哑的汽笛声。特沃谢尔矿井周围的地面在燃烧，它已经燃烧了很多年，熄灭它要花一大笔钱，所以它只好继续烧。风从那边吹来的时候——这是常事——屋里便充满了腐土经焚烧后的硫黄臭味。甚至无风的时候，空气

11

里也总是闻着有一股地下的什么味儿：硫黄、铁、煤，或者是酸。甚至在黑儿波花叶上，也难以置信地始终覆盖着一层煤灰，好像世界末日天上降下的黑色食品。

行了，情况就是这样：这是命中注定，和其他的事物一样！它相当可怕，但为什么要反抗呢？你不能真正把它踢开，它还是在继续着。这便是生活，和其他一切一样！在那云层低矮的夜空，斑斑点点的红色脓包在燃烧和颤动，拉长着，收缩着，好像令人痛苦的火伤。那是高炉在燃烧。起初，它们以一种恐怖的感觉纠缠住康妮，她觉得自己生活在地狱中。尔后，她渐渐习惯了。早晨的时候，天又下起雨来。

克里福德声称与伦敦相比，他更喜欢拉格比。这乡下地方有一种它自己特有的严酷意志，而这里的居民很是无礼。康妮想知道除此以外，他们还有别的什么东西：无疑，他们是盲目和没有头脑的。这些居民和这乡下地方一样，憔悴而形容枯槁，郁郁寡欢，也一样地不友好。只是在他们成群结队地下工回家时，在他们那些深沉洪亮而含混不清的方言里，在他们穿着钉有平头钉的矿井用靴，拖着脚步走在沥青路上发出的啪嗒啪嗒的声音中，有着某种可怕而略带神秘的东西。

并没有一个令人愉快的家在等着这位年轻乡绅回来，没有庆祝活动，没有乡里人的代表来问候，甚至一朵花也没有。只有坐在汽车里湿乎乎地走过一段又暗又潮的车道，钻进幽暗的树丛，又钻出来，来到园林的斜坡上，那里湿乎乎的灰色绵羊正在吃草；来到小丘上，宅子的暗黑色正面从这里伸展开去，管家和她的丈夫正在那里徘徊，就像这地球表面上没有把握的居民一样，准备结结巴巴地致一番欢迎词。

拉格比和特沃谢尔村没有任何来往的，一点没有。村里人见了他们，既不脱帽，也不鞠躬。矿工们只是睁大眼睛瞧着。商人见了康妮像熟人一样举举帽子，而对克里福德，他们则难堪地点

12

点头；仅此而已。鸿沟不可逾越，双方相互都抱着一种静默的怨恨。起初，康妮对于村庄里这种绵绵细雨般的无尽怨恨觉得很痛苦。但后来她使自己变得冷酷起来，这成了一种强心剂，成了人生借以生存的东西。并不是因为她和克里福德不受欢迎，而是因为他们和矿工是完全不同的两种人。在特伦特河以南的地方，这种不可逾越的鸿沟和难以形容的隔阂也许是不存在的。但是在中部和北部的工业区，鸿沟难以逾越，相互间没有任何沟通。你走你的阳关道，我走我的独木桥！一种对共同人性意向的怪异否定！

从理论上讲，村里人对克里福德和康妮终究是同情的。但是双方的实际情况是——你不要来管我！

这儿的教区长年近六十，是位忠于职守的和蔼的老人，而村里人那种默默的"你不要来管我"的态度，使他的存在几乎变得可有可无了。矿工的妻子们几乎全都是卫理公会教徒。矿工们什么也不是，甚至这位牧师所穿的那套正式教服就足以让人完全看不清这样的事实：他是和所有其他人一样的人。不，他是亚士比老爷，一架自动传道和祈祷的机器。

"即使你是查太莱夫人也罢，我们认为我们和你一样棒！"康妮一开始遇到这样一种固执的本能态度感到十分困惑和不安。当她主动向矿工的妻子们打招呼的时候，她们那种好奇的、猜疑的、虚伪的亲热是不能忍受的；"噢，天啊！我现在是个人物了，查太莱男爵夫人和我说话来着！可是她不必因此认为我就比不上她！"她总是听到那些女人们半讨好的嗓音中回响着这样的鼻音，其中那种怪怪的唐突意味是不能忍受的。简直无法忍受。这是不可救药、让人讨厌的新教徒态度。

克里福德不管他们，康妮也学着这样做：她经过村里时目不斜视，村里人盯着她看，好像她是一个会走路的蜡像。当克里福德要和他们处理事情的时候，他的态度相当傲慢而轻蔑；人们无法再有友好的表示。事实上，对于不是他自己阶级的任何人，他都是傲慢而轻蔑的。他站在自己的立场上，没有一丝与人妥协的意思。他既不被人们喜欢，也不被人们厌恶，他只是万事万物的一部分，就像矿场和拉格比本身一样。

但是现在半身残疾，克里福德真的很羞怯和敏感。他除了自己的贴身仆人外，不愿见任何人。因为他总得坐在轮椅或巴思轮椅中。虽然如此，他还是一如既往，让他的收费昂贵的裁缝师把自己穿着得很讲究，还是像往日一样，系着邦德街买来的讲究的领带。从上半截看，他和从前一样的潇洒动人。他从来就不是那种娘娘腔的现代青年：他红润的脸色和宽厚的肩膀，甚至有点像农夫。但他那宁静而犹豫的嗓音，他那既勇敢又畏惧、既果断又疑惑的眼神，却揭示了他的天性。他的态度往往很傲慢，令人不快，可同时又很谦和、自卑，几乎很胆怯。

康妮和他以一种相互保持距离的现代方式互相依恋着。他因为终身残疾的巨大打击给了自己太大的伤害，而不能做到自然和轻快。他是个负伤的人，因此康妮热情地怜爱他。

然而，康妮总觉得他在现实中和人们接触太少了。矿工们在某种意义上是他自己的人；但他更多地把他们当成物，而非人；更多地把他们当作煤矿的一部分，而非生活的一部分；他们是天然的原始现象，而非同他在一起的人类。他有点害怕他们，他不能忍受让他们看自己残疾的样子。而他们那种怪异的粗鄙生活就像刺猬的生活一样不近人情。

他远远地对他们发生着兴趣；但是犹如一个人朝显微镜或望远镜里看一样。他除了传统上同拉格比的接触以及为维护家族的亲属关系而同爱玛有接触外，实际上不接触任何人。除此之外，没有任何事情真正触动过他。康妮感觉自己没有真正，没有真正地触动过他；也许最终也搞不明白是怎么回事；就是不愿意同人接触。

然而他是完全依赖于她的，他每时每刻都需要她。他虽魁伟强壮，却不能没有人帮助。他可以坐在自己的轮椅里到处转悠，他有一台带马达装置的巴思轮椅，可以在园林里慢慢地兜兜圈子。但是他一个人的时候，就如一件迷失的东西。他需要康妮跟他在一块，使他完全确信自己的存在。

然而，他雄心勃勃。他开始写短篇小说；是一些有趣的私人故事，是写他曾认识的那些人的。写得很精湛，很有些恶意在里面，然而有点神秘的是，其中又毫无意义。观察是异乎寻常、别具一格的。但是没有实在的东西、没有真正触手可及的东西。一切好像都发生在真空里。而由于今天我们的生活领域主要是一个人工照亮的舞台，所以这些小说对于现代生活，也就是说，对于现代心理而言，有种奇特的真实。

克里福德对于他的小说有种病态的敏感。他希望人人都觉得它们不错，它们是最好的，是登峰造极的作品。他的小说发表在最现代的杂志上，照例地受到赞赏和非难。但是这些非难对于克里福德却是折磨，它们就像尖刀一样刺痛他。仿佛他的整个人生都在他的小说里。

康妮竭尽全力地帮助他。起初，她觉得很兴奋。他单调地、坚持不懈地和她谈论一切，她得极力地去回应。仿佛她整个灵魂、肉体和性欲都不得不亢奋起来，进入到他的这些小说里。这使她激动不已，完全沉溺于其中。

物质生活他们过得很少。她得料理家务。但是那个女管家服侍乔弗利男爵许多年，那个干瘪老朽、自以为是的女人……你几乎不能称她为侍女，甚至不能称她为……侍候餐事的女人，她在这所房子里已经四十年了。就连真正的女仆们也不再年轻了。真是糟糕！对于这样一个地方，你除了不去管它以外，还能做什么呢！所有这些无穷无尽的无人居住的空房，所有这些中部英国的惯例、这种机械一般的清洁整齐！克里福德坚持要雇一个新厨子，这个有经验的女厨子曾在他伦敦的房子里伺候过他。至于其他方面，这个地方似乎处于机械一般的无政府状态中。一切都在井井有条地进行着，绝对的整洁，绝对的精确；甚至是绝对的诚实。然而在康妮看来，这只是种井然的无政府状态。缺少了温情去有机地把它们统一起来，整处屋子就阴森得像一条废弃的街道。

除了顺其自然而外，她还能怎么样……于是她就听其自然。爱玛·查泰莱小姐时常会来这里看看，她有着贵族的清瘦面孔，当她发现一切还是老样子，便觉得颇为得意。她永远不能宽恕康妮把她从意识中和弟弟结成的同盟中驱逐出去。应该是她——爱玛，和他一起发表小说，发表这些书；查泰莱的小说，世界上的新事物，应由他们查泰莱兄妹来使其问世。没有其他的标准。这和从前的思想和表达方式毫无有机联系。仅仅是世界上的新事物：查泰莱的书，纯粹的个性化事物。

当康妮的父亲到拉格比作短暂逗留的时候，私下里对女儿说：就克里福德的作品而言，是出手不凡，但是里面空无一物。那是不会长久的！……康妮望着这魁伟的苏格兰爵士，他一生都游刃有余，于是她的双眼，她那大大的、充满好奇的蓝色双眼模糊了。里面空无一物是什么意思？批评家们赞赏他的作品，克里福德的名字几乎大家都知道了，而且还有钱财进账……她的父亲却说克里福德的作品空无一物，又是为什么？难道他的作品中还要有什么别的东西吗？

因为康妮采纳了年轻人的标准：眼前的东西便是一切。彼此相随的时刻，不必彼此相属。

她到拉格比后的第二个冬天，她的父亲对她说："康妮，我希望不要让环境迫使你守活寡。"

"守活寡！"康妮漠然地答道，"为什么呢？为什么不呢？"

"当然，除非你愿意！"她的父亲忙说。当只剩下他和克里福德两人在一起的时候，他把同样的话又对他说了一遍："我恐怕守活寡的生活不太适合康妮。"

16

"守空房！"克里福德答道，把这话讲得更明确了。

他沉思了一会儿后，脸开始红起来，他很生气，他被激怒了。

"从什么意义上来说不适合她？"他强硬地问道。

"她消瘦了……瘦骨嶙峋。这并不是她一向的样子。她不是那种沙丁鱼似的丫头片子，她是健康的苏格兰鳟鱼。"

"没有斑点的那种，当然了！"克里福德说。

过后，他想把守活寡这桩事跟康妮谈谈……她守空房的事情。但他总开不了口。他和她既是太亲密了，同时又亲密得不够。他和她是非常融合的，在他们的精神上；但在肉体上，他们互相之间是不存在的；两人谁都无法忍受硬把话题扯到这样的事情上去。他们是如此亲密，又完全没有接触。

然而，康妮猜到父亲对克里福德说了些什么，也猜到克里福德心里有了想法。她知道，他并不在乎她是活守寡的女人，还是风流的女人，只要他不是很确切地知道，只要没有让他看到。眼睛没有看到、头脑中不知道的事情，便不存在。

康妮和克里福德在拉格比待了快两年了，他们茫然地过着生活，全神贯注在克里福德和他的著作上。他们对他那种工作的兴趣从不停息地汇流到一起。他们讨论着，苦苦思索着行文结构，感觉好像有什么事情在发生，真正在发生，真正在虚无中发生。

生活仅此而已——在空虚中。别无其他。拉格比是有的，还有仆人们……但都是些鬼影，而非真实的存在。康妮常到园林和与园林相连的一片树林中去散步，享受着那份孤独和神秘，脚踢着秋天棕黄的落叶，或采摘着春天的樱草花。但这一切都是梦；或者说就像现实的幻影。在她看来，橡树的叶子就像镜子中看到的波浪般滚动的橡树叶，她自己则是某人读到过的一个人物，采摘着不过是些影子、记忆或文字的樱草花。对她而言，没有实质，没有任何东西……没有接触，没有交往！只有这种与克里福德在一起的生活，这种对故事之网的没完没了的编织，对意识细节的没完没了的编造，这些麦尔肯爵士说空无一物、不能长久的小说。小说中为什么要有什么东西呢？为什么它们就应该长久呢？一天的难处一天当就够了。现实的幻影一刻当就够了。

克里福德有好些朋友，实际上是些熟人，他请他们到拉格比来。他请了各种各样的人，批评家和作家，一些会帮着赞颂他作品的人们。这些人都觉得被请到拉格比来是很荣幸的，于是他们大唱赞歌。康妮心里很明白这些。可是为什么不呢？这也是镜中转瞬即逝的影像之一。有什么不好的呢？

她款待这些客人……大部分是些男人。她也款待偶尔到来的克里福德的贵族亲戚们。她是个温柔、脸色红润、有着乡下模样的女子，很容易长雀斑，有着蓝色的大眼睛，卷曲的棕发，甜润的嗓音和稍嫌健壮的腰肢，这让她看起来有点老派，被看作"妇人"。她不是那种"小沙丁鱼"，像男孩一样，有着男孩的扁平胸部和小小的臀部。她太女性了，所以不能十分帅气。

因此男人们，尤其是那些年纪不轻的男人们，确实对她不错。但是，因为她知道如果她对他们稍微表示一点轻佻，将使可怜的克里福德受到什么样的折磨，所以她从不给他们鼓励。她安静而淡漠，她和这些男人们没什么接触，也从来不打算跟他们有什么接触。克里福德很为自己感到自豪。

克里福德的亲戚们，也对她很和蔼。她知道这种和蔼是因为她不使人惧怕，如果你不能让这些人有点畏惧你，他们是不会尊敬你的。然而还是因为她没有什么接触。她随他们去和蔼和轻蔑，她让他们感觉用不着剑拔弩张。她和他们没有什么真正的关系。

时光流逝。不管发生了什么事，都像没有发生过一样，因为她如此漂亮地处身局外。她和克里福德生活在他们的观念和书本里。她款待……家里总是有客人。时间的流逝就像钟表的运行一样，到了八点半便不再是七点半。

第三章

　　然而，康妮意识到了一种日益增强的不安。由于她与一切隔绝，所以这种不安便疯狂似的吞噬了她。当她不想扯动四肢的时候，这种不安扯动着她的四肢；当她不想要直立着抽搐而想要舒服地休息的时候，这种不安抽搐着她的脊梁骨。它在她的身体里，子宫里，在某个地方，震颤着，直至她觉得非要跳到水里去游泳来摆脱它不可，这种疯狂的不安啊。它使她的心无缘无故地激烈跳动。她因此而逐渐消瘦了。

　　就是这种不安，使她想要冲过园林，抛开克里福德，俯卧在羊齿草丛中。摆脱那座房子……她必须摆脱那个家和所有的人。树林是她唯一的藏身处，她的避难所。

　　但是树林并不是一个真正的藏身处、避难所，她其实和树林没有真正的接触。它只是可以摆脱其他一切的地方罢了。她从来没有真正感触过树林本身的精灵……假如树林真有这种怪诞的东西的话。

　　她朦朦胧胧地知道自己将要以某种方式变得粉身碎骨。她朦朦胧胧地知道自己脱离了联系：和实实在在的、生机勃勃的世界脱离了联系。只有克里福德和他的书，这些书并不存在……其中空无一物！空而又空。她朦朦胧胧地知道。但这就好像用她的头去撞石头一样。

她的父亲又一次提醒她："康妮，你为什么不找个情人呢？也好享尽人间之福。"

那年冬天，迈克利斯来这儿住了几天。他是个年轻的爱尔兰人，他靠他的剧本在美国挣了一笔大钱。曾经有段时间，他因为所写的时髦社会剧本而在伦敦的时髦社会中受到热烈欢迎。尔后，时髦社会渐渐地明白了，自己在这邋遢的都柏林街头混混手中被搞得很可笑，于是引发了激烈反应。于是，迈克利斯就成为最不齿于人的名字。他被发现是反英国的，而对于做出这种发现的阶级来说，这简直比最肮脏的罪行还要糟糕。他被碎尸万段，扔进了狗屎堆。

尽管如此，迈克利斯仍拥有他在梅费尔①的公寓，并像个绅士那样仪表堂堂地走过邦德街，因为只要你有钱，即使你再卑微，最好的裁缝师也不会将你拒之门外。

克里福德邀请这个30岁的年轻人，是正当他的事业走背运的时候。然而克里福德毫不犹豫。迈克利斯大概拥有几百万的听众；而且，作为一个无望的孤立者，当他在被时髦社会鄙夷的关键时刻，能够被邀请到拉格比来，他无疑会心存感激。既然这样，那么他肯定会在美国那边给克里福德带来"好处"。名声！一个人真正被人谈论，尤其是在"那边"，是可以赫然成名的，不管成的是什么名。克里福德是个前程远大的人；而且显而易见，他有着怎样一种一心追求名声的本能。最后，迈克利斯在一出剧本里把克里福德描写得非常高贵，他简直成了一位大众英雄。直到他发觉自己被搞得很可笑的时候为止。

康妮对克里福德这种盲目的、迫切的沽名钓誉的天性感到有些惊讶：在那个他自己也无从把握的飘忽不定的大世界里，那个连他也感到不自在和惧怕的世界里成名，成为一个作家，一个一

---

① 伦敦高级住宅区，上流社会的别名。

流的现代作家。她从成功、矍铄而又虚张声势的老父亲麦尔肯爵士身上意识到，其实艺术家们都是自我吹捧，竭力来兜售自己的货色的。但是她的父亲用的是现成的渠道，其他皇家艺术学会的会员们兜售他们的作品时都这么干。而克里福德却发现了各种各样的新的扬名方式。他把各类人物都请到拉格比来，也不至于降低身份。但是因为决心要快速为自己建立起一座声名显赫的丰碑，手头能抓到的任何烂石头他都用上了。

迈克利斯坐着一部漂亮的汽车，带着他的车夫和男仆准时到来。他简直就是活脱的邦德街！但是一见了他，克里福德的世家子弟灵魂便感到了退缩。迈克利斯并不完全是……不完全是……实际上，完全不是他看上去的那么回事。这一点克里福德确定无疑。可他对迈克利斯，对他的惊人成功，还是非常礼貌的。"成功"这位淫荡女神——人们就是这样称呼她的——在半谦卑半傲慢的迈克利斯的脚跟边徘徊着，咆哮着，保护着他，完全把克里福德镇住了：因为他自己也想卖身于这位叫作"成功"的淫荡女神，只要她想要他的话。

无论伦敦最阔绰的地区里的那些裁缝师、帽子商人、理发师和鞋匠怎样打扮迈克利斯，还是可以一眼看出他不是个英国人。不，不，他显然不是一个英国人：他平板苍白的面孔；他的风度举止和牢骚抱怨，都不那么对劲。他怀着嫉妒和怨愤：显然，任何真正的英国绅士都不会让这种情绪在他们的举止中公然流露，这种做法为他们所不齿。可怜的迈克利斯，因为受到了太多的冷眼，所以处处留神，有点像条夹着尾巴的丧家犬。他全凭他的本能和厚颜无耻让他的剧本挤上了舞台，挤到了舞台的最前面。他抓住了观众。而他以为遭人反对的日子过去了。嗨呀，这种日子没有结束……它们永远不会结束。因为，从某种意义上说，他是咎由自取。他渴慕待在一个不属于他的地方……在英国上层阶级当中。这些上流社会的人是多么欣赏自己给他的种种攻击！而他又是多么痛恨他们!

尽管如此,他仍然带着他的仆人,乘着他漂亮的汽车到处旅行,这都柏林的杂种。

他有的方面却让康妮喜欢。他不摆架子:对自己没什么幻想。所有克里福德想知道的事,他说得又有理,又简洁,又实际。他不夸张,也不得意忘形。他知道克里福德请他到拉格比来是为了利用他,因此他像一个狡猾老练的商人,或者说大商人那样,让人盘问种种问题,他自己则从容作答。

"金钱!"他说,"金钱是种本能,挣钱是男人的一种天赋。无论你做什么,玩什么花招,都是为了钱。这是你天性中的一种永恒机遇。一旦你开始,你就挣钱,你就不停地挣下去;我想,是在一定程度上不停挣下去。"

"但是你得开始啊。"克里福德说。

"当然!你得置身其中,如果你站在外头就什么也干不成。你得打出一条进路。一旦做好了这个,你就是不挣也不行了。"

"但是除了靠剧本以外,你还能用什么挣钱呢?"克里福德问道。

"噢,大概没了!我也许是个好作家,也许是个坏作家,但我总归是个作家,一个剧作家,一定是这样。这毫无疑义。"

"那你认为你必须要成为的,是一个受公众喜爱的剧作家吗?"康妮问道。

"那是当然!"他突然转向她说,"那其实没什么!受公众喜爱算不了什么!就公众而言,那也算不了什么。在我的戏剧里,真是没有什么可以使它们受欢迎的。不是那么回事。它们就像天气一样……是那种不得不这样的东西……是当下的东西。"

他那呆滞的然而充满激情的眼睛沉溺在这样一种深深的幻灭中,他将它们转向康妮,康妮微微战栗了一下。他看起来是这样的老……无限的老,他似乎由一代代的幻灭层层累积而成,像地层一样；而同时他又像个孤零零的小孩。在某种意义上，一个流浪汉；但是却有着他那老鼠般生存方式的胆大妄为。

"至少，你在你这样年纪就获得成就，是挺了不起的。"克里福德沉思着说。

"30岁了……是的，我30岁了！"迈克利斯尖锐而突兀地说道，他发出一种奇怪的笑声，空洞、得意而又辛酸。

"你还是独身吗？"康妮问道。

"你问的是什么意思？你是问我一个人住吗？我有个仆人。据他自己说，他是希腊人，这是个什么都不能胜任的家伙。可是我却把他留下了。而我呢，打算要结婚。啊，是的，我必须结婚。"

"听着好像要去割你的扁桃腺似的。"康妮笑道，"结婚就这么困难吗？"

他仰慕地看着她。"是啊，查泰莱夫人，那是有点困难！我觉得……请原谅……我觉得我不能娶英国女人，甚至也不能娶爱尔兰女人……"

"那就试试美国女人！"克里福德说。

"噢，美国女人！"他空洞地笑了起来，"不，我会叫我的仆人替我找个土耳其女人，或者一个更靠近东方的女人。"

康妮对这个怪异、忧郁、有着非凡成就的家伙感到不可思议；据说仅仅在美国他就有五万美元的进款。他有时是英俊的：当他侧过脸或脸朝下，光线照射着他时，他就像一个用象牙雕刻出的黑人面具似的，有着一种沉静而持久的美，他大大的眼睛，奇异地弯曲着的浓密眉毛，静止而紧闭的双唇；那种刹那间的静止，然而有如神的启示，这是一种佛陀致力于求得的静止、永恒，黑人有时不经意间也会将其表达出来；一种黑人种族中很古老、很古老的得到默认的东西！那是对种族命运的永世默认，而不是个人反抗。而后，一阵从头到脚的眩晕，就像耗子在幽暗的河中游泳一般。康妮突然奇异地对他产生了同情，这种同情里夹杂着怜悯，却也有些排斥，差不多要近于爱情了。这个局外人！这个局外人呀！而他们说他是个没有教养的人！克里福德不是比他还要没有教养、还要自作聪明吗！而且还要愚蠢得多！

迈克利斯立刻知道他给康妮留下了深刻印象。他那充满激情、有点微突的褐色眼睛，完全不经意地朝她望去。他打量着她，思忖着她对他的印象的深浅。和英国人在一起的时候，什么都不能使他摆脱永久的局外人状态。甚至爱情也无法使他摆脱这种状态。然而女人们有时恋慕他……英国女人也是如此。

他知道他和克里福德的关系如何。他俩好像两只陌生的狗，原本会彼此咆哮，然而却不得已地彼此微笑。但和那个女人的关系如何，迈克利斯却不怎么有把握了。

早餐是在各人卧室里开的；克里福德在午餐前从不出来，饭厅里总是有点沉闷。喝过咖啡后，迈克利斯心中不安，神不守舍，不知该干什么。这是 11 月的一个晴朗的日子……对拉格比而言，算是晴朗的了。他朝那凄美的园林望去。上帝啊！那是怎样的一个地方！

他打发仆人去问一下，他能为查泰莱夫人做些什么：他想驾车去谢菲尔德。得到的回复是，如果不介意的话，他可以上楼到查泰莱夫人的起居室去。

康妮的起居室在三楼——这座房子主体部分的最高一层楼。克里福德的房间自然是在一楼。迈克利斯觉得能被邀请到查泰莱夫人自己的会客室是非常荣耀的。他盲目地跟着仆人……他从不留心各种事物，也不跟他周围环境接触。可是在她的小会客室里，他倒还是大致环顾了一眼雷诺阿 [①] 和塞尚绘画的那些精美德国复制品。

"这儿真可爱。"他说道，露出牙齿，带着他那种怪异的微

---

① 雷诺阿（1841—1919）：法国印象派画家。

笑，好像这微笑让他感到疼痛似的。"住在这儿真是明智。"

"是啊，我想是这样的。"她说。

她的房间是这屋子里唯一生机盎然的现代居室，是拉格比唯一完全流露出她个性的地方。克里福德从未来这儿看过，而她也很少请人上这儿来。

现在，她和迈克利斯坐在火炉两边说着话。她问他关于他自己、他父母、他兄弟的事情……他人对康妮而言总是很值得好奇的，而当她的同情心被唤起的时候，她就完全没有了阶级情感。迈克利斯坦诚地谈着他自己，相当坦诚，没有任何做作，只是揭示着他那苦涩而冷漠的、丧家犬似的心境，然后充满报复心理地闪现出一种对成功感到的自豪。

"但是你为什么是这么一个孤独的人呢？"康妮问道。他再次用他那充满激情的、探究的、褐色的眼睛看着她。

"有些人是这样的。"他回答道。然后他带着一种随随便便的讽刺问道："可是，你瞧在这里，你自己又怎样呢？你自己不是也意在当一个孤独的人吗？"康妮有点吃惊，她沉思了一会儿，然后答道："只是有一点儿。可不像你那样，是全然的孤独！"

"我是全然孤独的人吗？"他一边问，一边怪异地露出牙齿微笑，好像牙痛似的；这是多么苦涩的笑啊，他的双眼一直都毫无变化地充满忧郁，或者充满克己的、幻灭的、惧怕的神态。

"怎么啦？"她看着他，屏住呼吸，说道："你就是孤独吗，难道不是吗？"

她从他那儿感到了一种可怕的吸引力，这几乎让她失去了平衡。

"噢，你说得十分正确！"他说着，把头转开去，朝侧面、下面望着，他脸上又呈现出古老种族的那种怪异的静止，这种表情在今天是很难得见的。正是这种表情真的使康妮在看到他对自己很冷淡时变得很软弱。

25

他抬起头，用他那种将一切尽收眼底的目光使劲看了她一眼。这时，发自他肺腑的，是深夜哭喊的婴儿那样的一种哭泣，在向她哭诉，使她子宫深处都感到了震动。

"你这样关心我，真是太好了。"他简洁地说道。

"为什么我不能关心你呢？"她感叹道，几乎没有力气把这话说出来。

他迅速发出了一声咝咝作响的苦笑。

"啊，那么……我可以握一下你的手吗？"他突然问道，几乎以催眠般的力量凝视着她，发散出一种吸引力，直达她的子宫深处。

她凝视着他，头晕目眩，呆若木鸡，他走过来跪倒在她身边，双手紧紧地握着她的两脚，他的脸伏在她的膝上，一动也不动。她完全眩晕了，她惊异地俯望着他那柔嫩的颈背，体味着他的脸紧贴着她的大腿的感觉。她整个儿火烧火燎地惊慌起来，不由自主地将她的手，温柔而又怜悯地放在他的毫无防备的颈背上，他全身战栗起来。

他抬起头，用那充满激情、光彩熠熠的双眼望着她，眼中是那种可怕的吸引力。她完全无法抗拒。她的胸中涌动着对他的无限渴求，作为回应，她要给他一切的一切。

他是个独特而非常温柔的情人，对女人非常温柔，他会不由自主地战栗，而同时，他却又是超然的，有意识的，意识到外界的一切动静。

而康妮除了将自己委身于他之外，其他所有都不在意。渐渐地，他不再战栗了，他平静下来，平静下来。这时候，她用迟钝的手指，怜悯地爱抚着他偎依在她胸前的脑袋。

当他站起来的时候，他吻了她的双手，吻了她穿着麂皮拖鞋的双脚，然后默默地走到房间的尽头，背朝她站着。沉默了几分钟后，他转身向她走来，她依旧坐在火炉旁边的老地方。

"现在，我想你要恨我了。"他平静地，无可奈何地说道。她马上抬起头来看着他。

"我为什么要恨你呢？"她问道。

"女人多半是这样的。"他说；而后又纠正自己的说法："我的意思是说……女人被认为是这样的。"

"现在是我最不会恨你的时刻。"她气愤地说。

"我知道的！我知道的！当然是这样！你对我真是太好了……"他悲凄地叫道。

她奇怪他为什么会这样悲凄。"你不再坐下吗？"她说。他朝门口瞥了一眼。

"克里福德爵士！"他说，"难道他……难道他不会……"她沉思了片刻，说道："也许！"然后她抬起头来看着他："我不想让克里福德知道……甚至不愿让他怀疑。那肯定会让他特别痛苦。但是我并不觉得那就错了，你说呢？"

"错！老天呀，不！你只是对我太好了……让我不能承受。"

他转过身去，她看见他几乎又要抽泣了。

"但是我们不必让克里福德知道，是不是？"她恳求着说，"那会使他特别痛苦。但如果他永远不知道，永远不怀疑，就不会伤害任何人。"

"啊！"他几乎狂暴地说，"他不会从我这里知道什么的！你看他会不会。我居然去出卖自己！哈！哈！"想到这个，他空洞地冷笑起来。康妮惊异地看着他。他对康妮说："我可以吻吻你的手再走吗？我想我会去谢菲尔德走一趟，如果可以的话，我会在那儿用午餐，午后我将回来喝下午茶。需要我为你做点什么吗？我可以确信你不恨我吗？——你不会恨我吧？"——他用一种不顾一切的乖戾口气说完了这些话。

"不，我不恨你。"她说，"我觉得你挺不错的。"

"啊！"他兴奋地对她说："我更愿意听你这样说，而不是说你爱我！这意味着更多东西……等到下午吧，我还有很多事情需要想一想。"他谦恭地吻了吻她的双手，然后离开了。

"那个年轻人我真受不了。"在午餐的时候克里福德说。

"为什么？"康妮问道。

"金玉其外，败絮其中……就等着拿虚张声势吓唬我们。"

"我想大家都没有怎么善待他。"康妮说。

"你觉得惊奇吗？你以为他是用他那阳光灿烂的时光做什么善事吗？"

"我认为他还是有某种慷慨大度的。"

"对谁慷慨大度？"

"我也不是很清楚。"

"你当然不清楚。我想你把无所顾忌当作慷慨大度了。"

康妮沉默了。是这样的吗？有可能。但迈克利斯的无所顾忌有某种使她迷恋的地方。在他已经跑完整个赛程的时候，克里福德才胆小地爬了几步。他用他的方式征服了世界，而这正是克里福德所想要做的。至于方式和手段……难道迈克利斯那些手段和方式比克里福德的更卑鄙吗？难道那可怜的局外人自我努力奋进、悄悄开道的方式比克里福德大肆宣传来突出自己要更糟糕一些吗？淫荡的"成功"女神后面，尾随着成千上万伸着舌头、喘着粗气的狗。如果成功的话，那么得到她的那条狗就是真正的狗中之狗！所以迈克利斯有资格翘起他的尾巴。

奇怪的是他并不这样做。到了茶点时间，迈克利斯怀抱着一大把紫罗兰和百合花回来了，依旧是卑微的表情。康妮有时不禁想知道，他这种表情，这种一成不变的表情，是不是他用来解除敌对立场的一种面具。他真是那么一条丧家犬吗？

他那种丧家犬一样的黯淡自我整个一晚上都是这样，但克里福德仍然从中感觉到他内在的厚颜无耻。康妮却感觉不到，也许是因为这种厚颜无耻并不直接指向女人；而是指向男人和他们的傲慢专横的。这个瘦家伙身上这种不可摧毁的、内在的厚颜无耻就是那种使男人们憎恶他的东西。只要有他在场，就是对一个上流社会男人的冒犯，无论他装得多么斯文得体。

康妮爱上了他，但她极力坐在那儿做着刺绣，让男人们去谈话，不让自己走了神。至于迈克利斯呢，他做得不露破绽；他还是昨天晚上那个忧郁、专心而又冷漠的年轻人，和主人保持着足够远的距离，在说话上对他们礼到为止，绝不大献殷勤。康妮觉得他一定忘掉早上的事了。但是他并没有忘掉。他知道他的处境……他仍旧是在外面的老地方，在天生就是局外人待的地方。他不是完全从个人角度来看待求爱的。因为他知道恋爱是不会把他从一条丧家犬变成一只安逸的上等狗的，尽管它戴着遭人妒忌的金项圈。

事实上，在他的灵魂深处，他的确是个局外人，是离群索居的，他内心里接受这个事实，无论他外表上是多么入时。孤独成了他的必需；就像外表上寻求和时尚人士相一致、相混同也是一种必需一样。

但是偶然的恋爱，作为安抚和抚慰，也是件好事，而且他并不是个忘恩负义的人。相反，对自然、自发的好意，他有种强烈而热切的感激：这几乎使他要感动到流泪。在他苍白、静止、幻灭的面容后面，他孩子般的灵魂对这女人感激地抽泣着，他热切地想要再去接近她；同时，他被人摒弃的灵魂知道他不应当与她有任何纠葛。

当他们在客厅里点起蜡烛的时候，他找到了机会和她说话："我可以去你那儿吗？"

"我去你那儿吧！"她说。

"啊，好吧！"

他等了她很长时间……她终于来了。

他是那种激动到战栗地步的情人，他的高潮很快就来了，然后就完事了。他那赤裸的身体有一种奇特的孩子气，缺乏防御能力：就像赤裸的孩子一样。他的防御能力完全在他的机敏和狡猾中，在他那狡猾的本能中，在这样的本能不发挥作用时，他就似乎成了双倍的赤裸，像个孩子，肉身尚未长成，十分娇嫩，不由得无望地挣扎着。

他唤起了这个女人的一种狂热的怜爱和渴望，唤起了她的一种狂野的、渴求的肉欲。他没有满足她的肉欲，他总是来得太快，结束得太快。然后他瘫软在她的胸前，在她眩晕地、失望地、不知所措地躺在那儿的同时，他又有点恢复了他的厚颜无耻。

但不久她就学会了如何去把持他，让他在高潮过去之后仍然留在她身体里。他很慷慨，出奇地威猛；他在她的身体里坚挺着，配合她，任她激烈地动作着……任她疯狂地热烈地动作着，直至她自己的高潮到来。当他感到她达到自己性高潮满足的疯狂程度是来自他被动的坚挺时，他产生了一种奇特的自豪感和满足。

"啊，真棒！"她战栗地低语，偎依着他慢慢平静下来。他躺在那儿，沉浸在他的孤独中，带着些许的骄傲。

迈克利斯那次只待了三天，对克里福德就同第一天晚上一样；对康妮也是，从外表上看来他控制得很好。

他像以前那样用悲愤而忧郁的语气给康妮写信，有时很机智，带着一种奇特的、无性的爱恋笔触。他似乎对她怀有一种无望的爱恋，本质上的遥远距离还像原来一样。他的内心深处是无望的，他不想有希望。应该说他讨厌希望。"Une immense espérance a traversé la terre。[①]"他曾在哪里读到过这话。他对此的评论是："——希望他妈的淹没了一切值得拥有的东西。"

康妮从来没有真正了解他，但她以自己的方式爱着他。她感觉到他的无望反射到她身上。她不可能在无望中真正地、实实在

[①] 一个巨大的希望越过了大地。

在地爱。而他呢，因为无望，所以完全不能真正地爱。

他们继续了一段时间，互相通信，偶尔也在伦敦约会。她依旧喜欢在他小小的快感到来之后，以她自己的主动从他那儿得到那种肉体的、性的战栗。他也依旧喜欢去满足她。只这一点，也足以维持他们的关系。

这也足以带给康妮一种微妙的自信，有一点盲目，也有一点傲慢。这几乎是对她自己本事的一种机械的自信，同时还有一种高度的愉悦。

她在拉格比过得十分愉快。她用她所有被唤醒的愉悦和满足去激励克里福德，所以他这时写得最好，他几乎以他奇怪的盲目方式感到快乐。他确实享用着她从迈克利斯那儿得到的性满足的成果，这是迈克利斯在她体内的男性被动坚挺使她获得的。当然，克里福德绝不会知道这个，要是他知道了，他是绝不会道谢的！

然而，当她心花怒放的快乐和刺激的日子远去，真正远去了之后，她变得沮丧而易怒了，克里福德是多么希望这种日子能重新到来啊！如果他了解到个中原因，也许他会希望让她和迈克利斯重新相聚的。

第四章

　　康妮总是有一种预感，感到她和米克——大家都这么叫他——的事情是没有希望的。然而，其他男人对她而言，似乎更是毫无意义了。她是属于克里福德的。他需要她生命中的很多东西，她都给予了他。而她也需要一个男人生命中的很多东西，但这些克里福德没有给她，也不可能给她。她不时和迈克利斯偷情作乐一番。但就像她所预感到的那样，这终究要结束。迈克利斯不可能长久保住任何东西。这是他天性的一部分，他生来就要和一切关系断绝，成为散漫的、与世隔绝的、绝对孤寂的人。这才是他的主要需求，尽管他总说：是她拒绝了我！

　　这个世界应该是充满种种可能性的，但是在多数的个人经验上，可能性却降到很小的程度。海里的好鱼很多……也许……但是大多数似乎只是鲭鱼和鲱鱼。如果你自己不是鲭鱼或鲱鱼，你可能会觉得海里的好鱼还是很少的。

　　克里福德正名声鹊起，收入也多了起来。人们都来看他。康妮几乎每天都要招待一些人。但是这些人不是鲭鱼就是鲱鱼，其中偶尔也会有些稀罕的鲇鱼或康吉鳗。

　　有些人是这里的常客，他们是克里福德在剑桥时的同学。其中有留在军队里的汤米·杜克斯，他现在是个陆军准将。他说："军队生活给了我时间去思考，也使我从不得不面对的生活之战中解脱出来。"

还有查尔斯·梅，他是爱尔兰人，专写些关于星辰的科学著作。还有一位哈蒙德，也是作家。他们都和克里福德年纪相仿，都是当时的青年知识分子。他们都信仰精神生活。精神生活之外的都是私事，无论你干什么都无关紧要。没有人会想起问你什么时候上厕所。这种事除了自己外，谁也不会感兴趣的。

日常生活中大部分的事情也都是这样……你怎么挣钱，你爱不爱你妻子，你有没有外遇，所有这些事都是个人的事，就像上厕所一样，别人是不会有兴趣的。

哈蒙德是个又高又瘦的小伙子，他有妻子和两个孩子，但是和一个女打字员打得火热。"关于性这个问题，它的全部关键。"他说，"就在于它没有什么关键。严格地说，这不存在问题。我们不想跟着一个男人去上厕所，那为什么我们就要跟他到床上去和女人睡觉呢？所以问题就在这里。如果我们不再注意一件事而忽视另一件事，那么就不会有什么问题。这完全是毫无意义的事情；这是好奇心用错了地方。"

"很对，哈蒙德，你说得很对！但是如果有人开始向朱丽亚求爱，你就会按捺不住；如果他再追求下去，你很快就会要发作。"……朱丽亚是哈蒙德的妻子。

"嘿，那当然！要是他在我的客厅角落里撒起尿来，我是定要发作的。所有这些事情一切都有一个适当的场合。"

"你的意思是如果他暗地里向朱丽亚求爱，你就不介意啦？"

查尔斯·梅有些嘲弄的意思，因为他曾和朱丽亚小小地调过一番情，哈蒙德就大发过一场脾气。

"我当然会介意。性爱是我和朱丽亚两人的私事；如果有人想插进来，我当然要介意的。"

"事实上。"清瘦而有雀斑的汤米·杜克斯说。比起苍白而相当肥胖的查尔斯·梅来，他看上去更像是爱尔兰人。他说道：

"事实上，哈蒙德，你有种强烈的占有欲和自负感，你想获得成功。因为我确已置身军界，所以已从尘世中走出来，现在我才明白人们是多么强烈地渴望出人头地和成功。这些东西在过度地膨胀。我们所有的人都在朝这条路上走。当然，像你这样的人，认为有了女人的支持便更容易成功。这就是你会那么嫉妒的原因所在。那就是你认为的性爱……你和朱丽亚之间的一台有力的小发电机，它会带给你成功。如果你不成功，你就会像查尔斯一样开始去调情，他没有跟人结婚，不像你和朱丽亚这种结过婚的人，有着像旅客皮箱上一样的标签。朱丽亚的标签上写的'哈蒙德太太'……好像列车上标示着属于某人的箱子似的。你的标签上写的则是'哈蒙德，由哈蒙德太太转交'。哦，你是很对的，你是很对的！精神生活需要舒适的房子和像样的饭菜。你的确没错。精神生活甚至还需要子孙兴旺。但这一切都取决于对成功的需求本能。成功是一切事情的支点。"

哈蒙德看起来有些生气。他一向以自己思想的正直、不随波逐流而自豪。虽然如此，他确实是希望成功的。

"那确实是的，你没钱就不能生活。"梅说，"你得有相当一笔钱，才能够活下去……甚至想要自由地思考，都得先有相当一笔钱，否则你的肚子就不会答应。但是在我看来，在性的问题上，你得把标签除去。我们既然可以自由地和任何人谈话，那么为什么我们不能向任何我们所喜欢的女子求爱呢？"

"好色的凯尔特人说话了。"克里福德说。

"好色！哼！为什么不可以？我不觉得和一个女人睡觉，比和她跳舞……或者甚至说谈天说地，会对她产生什么更大的害处。那只不过是感觉的交换、取代思想的交换罢了，为什么不可以呢？"

"像兔子一样随便吗？"哈蒙德说。

"为什么不可以？兔子怎么啦？它们就比那些神经过敏的、

革命的、充满仇恨的人类更糟糕吗？"

"就算是这样，可我们不是兔子呀。"哈蒙德说。

"正是！我有头脑：我有那些关于天文学的问题要去计算，这问题于我而言几乎比生死还重要。有时消化不良会干扰我。饥饿会可怕地干扰我。同样，性的饥渴也会干扰我。那会怎么样呢？"

"我想还是你纵欲过度，造成性的问题上消化不良，更让你受到严重干扰吧。"哈蒙德讥讽地说。

"不是！我自己吃得不过度，房事也不过度。你可以选择不要吃得太多。但是绝对没得吃，就只好饿死了。"

"一点也不！你可以结婚呀？"

"你怎么知道我可以结婚？结婚也许不适合我的心理程序。结婚也许会……会……使我的心理程序失效。我是不适合受那种束缚的……那我就必须像和尚似的把自己因在狗窝里吗？这纯粹是种陈腐不堪的愚蠢念头，我的朋友。我必须生活，必须做我的计算。我有时候需要女人。我绝不把这种事情看得有多么了不得，我绝不理睬那些道德谴责和禁律。如果我看到一个女人，像个衣箱似的，贴着我的名签，以及住址和火车站的名称，在到处乱跑，我会觉得羞耻的。"

因为和朱丽亚调情的事，这两个男人还在互相记恨。

"查理，这倒是个有趣的想法。"杜克斯说，"房事只是交谈的另一种形式，你不过是用行为表达了这些字句，而不是把它们说出来。我觉得这是很正确的。我们既可以和女人们交换关于天气和其他事情的想法，也同样可以和她们交换性欲的感觉和情绪。房事也是男女间一种正常的、肉体的谈话。假如你和一个女人没有共同兴趣，你不会跟她谈话，谈起来也会是索然无味的。同样的道理，假如你和一个女子没有共同的情感或感应，你就不会跟她睡觉。但你若是……"

"你如果和一个女人有了相当的情感或感应，你就应该和她睡觉。"梅说,"和她上床,这唯一可干的正经事。就像你有兴趣和人谈话时,你唯一可做的事就是谈个痛快。你不会装模作样地咬着舌头不说。你只会把你想说的全说了。和女人睡觉也是一样。"

"不。"哈蒙德说,"这话不对。拿你自己来说,梅,你耗费了一半的精力在女人身上。你固然才思敏捷,但从来没有真正干你想干的事。你太多的心思用在了另一方面。"

"也许是这样……不过,亲爱的哈蒙德,不管你是否结婚,你这方面的事做得太少了。你可以保持你心灵的纯洁和正直,但是它正在他妈的干枯。在我看来,你那纯洁的心灵正在变得像琴弓一样干巴巴的。你简直就是用高谈阔论淹没了它。"

汤米·杜克斯不禁爆发出一阵大笑。

"加油啊,你们这两个思想家!"他说,"看我……我并不干什么高尚纯洁的脑力劳动,我只草草记下一些想法。而我既不结婚,也不追逐女人。我觉得查理是很对的;如果他想去追逐女人,他尽可以不要追得那么勤。但是我绝不会禁止他去追。至于哈蒙德,他有对财产的直觉,所以直路窄门自然很适合他。①你们瞧着吧,他最终会成为一位英国文人。从头到脚都是 A、B、C 的字母。②至于我呢,我什么都不是,我只是个信口胡说的人。你是什么看法,克里福德?你认为性爱是帮助一个男人在世上成功的发电机吗?"

在这种时候,克里福德是不太说话的。他向来不是滔滔不绝的人;他的思想实在不够活跃,不足以滔滔不绝,他太困惑而且太情绪化了。现在他脸红起来,看上去很不安。

---

① 这句话出自《新约·马太福音》第 7 章中的这样一段话:"你们要进窄门,因为引到灭亡,那门是宽的,路是大的,进去的人也多。引到永生,那门是窄的,路是小的,找着的人也少。"在英语版《圣经》中,此处用 strait(窄)修饰"门",用 narrow 描述"路",在本文中,strait 变成了 straight(直),用来修饰 road(路),而《圣经》中的 strait gate 则被变成了 narrow gate。在引用典故中出现这样一些小的偏差,很耐人寻味。

② "文人"在英语中是 Man of Letters,而 letter 一词的本意是"字母",所以才有"从头到脚都是 A、B、C"之说,用来表示风趣。

"唔！"克里福德说，"我自己已 hors de combat①，我想在这个问题上我没什么好说的。"

"完全不是这样的。"杜克斯说道，"你的上半身绝对没有 hors de combat。你有健全完好的精神生活。让我们听听你的看法吧。"

"哦。"克里福德支支吾吾，"我觉得我没有什么想法……我想，'结婚就把事情了了'很代表我的想法。虽然，在相爱的男女之间，性爱是一件重要的事，这是当然。"

"是怎样重要的事呢？"杜克斯问道。

"啊……那可以使人更亲密。"克里福德说话的时候，就好像女人在这种谈话中一样不安。

"好，查理和我都相信性是一种交流，就像说话一样。要是一个女人和我开始性的谈话，自然时机成熟的时候，我就会把这种谈话同她到床上去完成。不幸的是没有女人跟我开始过这种特别的谈话，所以我只好自己上床；而且也没有什么不好……至少我希望这样，因为我怎么会知道？无论如何，我没有什么天文计算会被干扰，也没有什么不朽的著作要写。我只是个躲进军队求清净的家伙罢了。"

房子里安静下来了。四个男子在抽着烟。康妮坐在那儿，一针一针地做活……是的，她坐在那儿，她得一声不响地坐在那儿。她得像只老鼠那么安静地坐着，不去干扰这些高智商的绅士们无限重要的思辨。但是她一定得坐在那儿。没有她，他们的谈话便没有这么起劲；他们的想法便不会这样自由地涌现。康妮不在的时候，克里福德便会更加焦躁不安得多，他的怯懦会来得快得多，谈话也就进行不下去。汤米·杜克斯表现最为出色；因为康妮的在场，他更有灵感。康妮不太喜欢哈蒙德；她觉得他在心智上很自私。至于查尔斯·梅，她虽然喜欢他的某些方面，但他

---

① 丧失战斗能力。

看起来有些不讨人喜欢，尽管他要计算星星，却没有什么章法。

多少个晚上，康妮坐在这里听着这四个男人的表白！他们，还有一两个别的人！他们看来从未探讨出个什么名堂来，这没有让她觉得深深困扰。她喜欢听他们说，特别是汤米在的时候。那是一种乐趣。这些男人们不会吻你，和你进行身体的接触，但他们却向你展示出他们的心思。这真是很有趣。然而，他们的心思又是多么的冷酷！

有时她也会有点恼怒。她很敬重迈克利斯，然而，他们在说到迈克利斯的时候，却把所有的鄙夷都倾泻到他身上，他是他们眼中的杂种暴发户，最没有教养、最糟糕的俗人。杂种也罢，俗人也罢，他很快得出了自己的结论。他不是仅仅用无尽的言辞，用精神生活的展示来兜圈子，而得不出什么结论。

康妮很喜欢精神生活，并从中得到极大的快乐。但是她确实认为精神生活被说得有些过度了。她喜欢待在那儿，喜欢和这些老朋友在烟草的烟雾之中度过的精彩夜晚——她私下里这么称呼这些夜晚。她觉得很有趣，而且很自豪，没有她默默地出席，他们甚至连谈话都不能进行。她十分尊重思想……而这些人，至少是试图诚实地思考。但无论如何，总有那么一个秘密，不能被道破。他们都好像在影射某件事情，但这是什么事情，她死活也说不清楚。这是米克也没有澄清的事情。

但是这时候米克并不设法做任何事情，他只想消磨人生，别人怎么竭力对待他，他就怎么对人。他确实是离群索居的，克里福德和他的老朋友们因此而反对他。克里福德和他的朋友们不是离群索居的；他们或多或少致力于拯救人类，或者至少说，想教育人类。

星期天晚上有个精彩的聚谈，话柄又一次转到爱情上。

"祝福这将我们的心联结成这样那样亲属关系的纽带。"汤米·杜克斯说，"我很知道这纽带到底是什么……刚才把我们系在一起的是相互间的思想摩擦。除此以外，我们之间没有他妈的什么纽带。我们四分五裂，文人相轻，全世界该死的文人都是这样。每个人都该死，就其本身而言，所有的人都是这么干的。要不然，我们四分五裂，却掩盖起我们心中互相感到的怨恨，说些虚伪的甜言蜜语。精神生活似乎能在怨恨，在那种难以描述的、深不可测的怨恨根基上繁盛，这真是奇怪。事情往往就是这样！看看柏拉图著作中的苏格拉底和他周围那帮人！那种对一切的绝对怨恨，那样津津乐道于将别人撕成碎片……不论是普罗泰戈拉①还是其他任何人！还有亚西比德②，和其他所有加入争论的狗弟子们！我必须说，这使人宁可做个佛陀，安宁地坐在菩提树下，或者做个耶稣，平静地给门徒们讲主日故事，而不是精神上噼噼啪啪地来一通。不，精神生活出了毛病，根本性的毛病。它植根于仇恨与嫉妒、嫉妒与仇恨之中。从树上的果实你就能了解这棵树。"

"我不觉得大家都是这么仇恨。"克里福德提出异议。

"亲爱的克里福德，想想我们彼此之间强词夺理的样子，我们所有的人。我自己比任何人都坏。因为我无限喜欢那自发的怨恨，而不是那编造的甜言蜜语；那是些毒药。当我开始说克里福德这个人多么不错及诸如此类的时候，那可怜的克里福德就要被人同情了。看在上帝的分儿上，你们所有的人，请务必说我的坏话，这一来我就知道我在你们心中占有分量。不要讲甜言蜜语，否则我便完了！"

"哦！但我确实认为我们都真诚地彼此喜欢。"哈蒙德说。

"我告诉你们，我们必须……我们背地里都在说彼此的坏话！我是最坏的。"

"我想你把精神生活和批评行为混淆了。我同意，苏格拉底确实是批评活动的始作俑者，但是他所做的并不止于此。"查理·梅煞有介事地说。这帮老朋友们，在他们谦虚的表面下，都有种奇怪的高傲。他们都那样自命不凡，却都装得那样谦卑。

---

① 普罗泰戈拉（公元前490？—前420？）：古希腊哲学家。
② 亚西比德（公元前450？—前404）：古希腊雅典政客和将领。

杜克斯不愿再谈苏格拉底了。

"的确，批评和学问是两回事。"哈蒙德说。

"当然不是一回事。"贝里附和道。他是个害羞的年轻人，深色皮肤。他来这儿看杜克斯，那天晚上待着过夜。

大家都看着他，好像听见驴子开口说话了。①

"我并不是在讨论学问……我是在讨论精神生活。"杜克斯笑了，"真正的学问来自有意识的整个身体；来自你的头脑和思想，也来自你的肚子和小弟。头脑只能分析和推理。一旦让思想和推理占了其他一切的上风，这两者就只会批评而抹杀一切了。我是说它们所能做的就是这些。这非常重要。我的上帝，如今世界需要批评……极其需要。所以还是让我们过精神生活，为我们的怨恨而自豪，撕碎老朽的旧把戏。但是，你得留意，事情是这样的：尽管你过你的生活，可是从某种意义上讲，你和总体生命是一个有机整体。而一旦你开始了精神生活，你就是把苹果从树上摘了下来。你切断了苹果和树之间的联系：一种有机的联系。如果你的生命中除了精神生活外一无所有，那么你自己就是一个被摘下的苹果……你已经从树上掉下来了。那么自然地你便会怨恨起来，就像摘下的苹果自然地会要变坏一样。"

克里福德睁大了双眼：这些话对他而言全是一派胡言。康妮暗自窃笑。

"那这样的话，我们都是摘下的苹果了。"哈蒙德悻悻然很是刻薄地说。

"那我们把自己做成苹果酒好了。"查理说。

"可是你对布尔什维主义怎么看？"深色皮肤的贝里插了进来，好像大家谈论的一切都同这个问题有关联。

"妙！"查理高叫道，"你怎么看布尔什维主义？"

---

① 驴子开口说话，典出《旧约·民数记》，常用来比喻平时不说话的人突然开口说话。

"算了吧！让布尔什维主义见鬼去吧！"杜克斯说。

"恐怕布尔什维主义是个大问题呢。"哈蒙德严肃地摇着头说。

"布尔什维主义在我看来。"查理说，"就是对他们所谓的资产阶级的深仇大恨；至于什么是资产阶级，却没有明确的界说。总而言之，它是资本主义。感情和情绪断然也是资产阶级的，所以你得发明出一个不带任何感情和情绪的人才行。——然后是个人，尤其是个别的男人，也是资产阶级的：所以他必须受压制。你们得让自己沉浸到更伟大的事业中去，到苏维埃社会中去。甚至连有机体也是资产阶级的：所以理想必须是实现机械化。一个无机的单位，由许多不同的然而同样重要的部分构成，这只能是一部机械。每个人都是机械的一部分，而机械的驱动力则是仇恨……对资产阶级的仇恨。这就是我对布尔什维主义的看法。"

"的确！"汤米说，"但是这些话，我认为同样也是对整个工业理想的绝好描绘。简括地说，这是种工厂主的理想；只是工厂主会否认仇恨是驱动力。仇恨就是仇恨，就是这么回事；对于生活本身的仇恨。瞧瞧英国中部这些地方，那仇恨不是昭然在目吗……但那些都是精神生活的一部分，是逻辑的发展。"

"我不觉得布尔什维主义是合乎逻辑的，它否认前提的主要部分。"哈蒙德说。

"亲爱的老兄，它承认物质前提；纯粹的精神也是这样的……只接受物质前提。"

"至少布尔什维主义已经是强弩之末了。"查理说。

"强弩之末！它绝对没有走到尽头！布尔什维主义者很快就会拥有世界上最优秀的军队了，装备最精良的机械设备。"

"但这是不能持续太久的……这种仇恨。必定会有反作用力……"哈蒙德说。

"可是，我们已经等了很多年了……我们还会再等。仇恨就像其他事物一样，是会发展的。这是我们把观念强加于生活，强暴我们最深厚的天性而不可避免的后果；我们逼迫我们最内在的情感去适合某些观念。我们用程式驱动我们自己，如同一台机器。富有逻辑的思想自命主宰一切，而所有的一切却变成纯粹的仇恨。我们都是布尔什维克分子，不过我们更虚伪罢了。俄国人并不是伪善的布尔什维克分子。"

"但是除了苏维埃这条道路以外，还有很多其他的道路啊。"哈蒙德说，"布尔什维克分子们并不真正明智。"

"当然不明智，但是有时愚蠢也是一种明智：如果你想达到你的目的的话。从个人角度讲，我认为布尔什维克分子是弱智的；可是我把我们西方的社会生活也看作是弱智的。我甚至认为我们这些声名远扬的精神生活也是弱智的。我们都像白痴那样冷漠，我们都如同傻子那样缺乏激情。我们这些人都是布尔什维克分子，只不过我们给了它另外一个名称。我们认为我们都是神……像神一样的人！这和布尔什维克分子没有什么两样。一个人若是打算避免成为神或布尔什维克分子，他就必须要有人性，有感情，有情欲……因为这两者是一回事：因为神和布尔什维克分子都太好了，好得都不真实了。"

大家以沉默表示表示不赞成这样的看法，这时，贝里焦虑不安的问题打破了沉默："那你肯定相信爱吧，汤米，是吗？"

"可爱的年轻人！"汤米说，"不，我的小天使，十有八九我是不相信的，不相信！ 爱情在今天也不过是众多弱智表演中的一种罢了。一些扭动着腰部的家伙操一些爵士小妞，她们那种小男孩一样的屁股小得就像两颗衣领纽扣！你是指那种爱情呢？还是指那种分享财产、发家致富、夫唱妻随式的爱情呢？不，我的好伙伴，我根本不相信这些！"

"但是你总得相信点什么吧？"

"我？啊，理智上我相信要拥有一颗好心肠，一个闲不住的小弟弟，一种充满活力的智慧，以及敢于在女人面前说'狗屎！'的勇气。"

"那你已经都全了。"贝里说。

汤米·杜克斯爆发出大笑。"你这个小天使！要有就好了！要有就好了！不，我的心如同土豆一样麻木，我的小弟弟总是萎垂着，从没有抬起过头，我要敢在我的母亲和姑母面前说'狗屎！'，我宁可把这小弟弟割得一干二净……说真的，她们是真正的贵妇人；我不是真正有灵性的人，我只是附庸风雅。要有灵性真是太好了：那你身体中的所有部分，已经说到和不便说出的各个部分，就都是活泛的。小弟弟抬起他的头来，对任何真正有灵性的人说：你好！雷诺阿说过他用小弟弟来做画……他的确这样做了，多可爱的画啊！但愿我也能用我的小弟弟干些什么，上帝啊！无奈一个人只能这么说说而已！这是地狱里的又一种酷刑啊！是苏格拉底开了头。"

"但世界上也有不错的女子呢。"康妮终于抬起头来说。

男人们对此很是不满……她应该装聋作哑的。他们不喜欢她承认她如此专心地听到这种谈话。

"我的上帝！——'假如她们对我来说并不好，我又何必在乎她们有多好？'"

"不，那是没有希望的！我就是不能和女人产生共鸣。没有一个女人能使我在面对她的时候觉得真正需要她，我也不打算强迫我自己这样……上帝，不！我将依然故我，过精神生活。这是我能做的唯一的正经事。我可以很快活地和女人们谈天；但那完全是纯洁的！无望的纯洁！无望的纯洁！你怎么看的，希尔德布兰德①，我的小伙子？"

"如果一个人保持纯洁的话，事情就不那么复杂了。"贝里说。

"是的，生活就是再简单不过的事情！"

---

① 希尔德布兰德：即意大利籍教皇圣格列高利七世（1020—1086）。在这里表示圣人的意思，是杜克斯对贝里的戏称。

43

第五章

　　一个有着二月天淡淡阳光的寒冷清晨，克里福德和康妮穿过园林到树林里散步。也就是说，克里福德驾着他的自动轮椅，发出沙沙的响声，康妮走在他的身旁。

　　凛冽的空气里仍散发着硫黄味，但他们俩都已经习惯了。近处的天穹弥漫着乳白色的雾霭，这是霜和烟的混合物，上边覆盖着一片小小的蓝天；乃至有如置身于围栏里面，总是被围其中。人生如梦，如痴如醉，却总在围栏里面。

　　绵羊在园林中凋零的杂草中嗖嗖地喘气，草窝里的霜微微发蓝。一条小路穿过园林，通到树林的大门口，像一条粉红的漂亮丝带。克里福德最近刚让人用煤矿上筛过的砾石把它铺了一遍。当这些地狱里的石头和废渣氧化，散发出硫黄的时候，干燥天气里它就会呈现出鲜亮粉红的虾米颜色，在潮湿天气里，就会呈现出较深的蟹一般的颜色。现在这条小路呈现浅浅的虾米颜色，浮着一层微微发蓝的白霜。脚下这过过筛子的鲜亮粉颜色总是让康妮喜欢。不好的东西不一定都是不好的吗！

　　克里福德小心地从宅子的小丘上驶下斜坡，康妮用手扶在轮椅上。在他们的面前是那片树林，最近的是榛树丛，稍远处是一片浓密的淡紫色橡树。树林边上，野兔窜来窜去，轻轻地咀嚼着什么。一群乌鸦突然腾空飞起，逐渐地消逝在那片小小的天空中。

康妮打开树林的大门，克里福德慢慢地穿过去，驶到一条通向斜坡的宽路上，这条路两旁是修剪齐整的榛树林。这树林是当年罗宾汉曾打过猎的大森林残留下来的一部分，而这条路就是从前横穿这个村子的十分古老的通衢大道。当然现在，它只是一条穿过私家树林的车道罢了。从曼斯菲尔德过来的路在此叉开去转向北方。

树林里的一切都一动不动。地上的枯叶覆盖在霜的上面。一只松鸦尖叫起来，许多小鸟拍打着翅膀。但是没有猎物；没有野雉。它们在大战中都被杀光了，树林也没人看管，直到现在克里福德才重新有了一个猎场看守人。

克里福德很喜欢这片树林；喜欢那些老橡树。他觉得它们世世代代都是属于他的。他要保护它们。他希望这里不受侵犯，远离尘世。

轮椅慢慢驶上斜坡，在冻土上颠簸着。忽然左侧出现一块空地，空地上只有一丛枯死的蕨类植物，七倒八歪地有几棵细瘦的幼树，几根锯断的树桩，树桩顶部和盘根错节的根部毫无生气地露在外面。空地上还有几处黑色的痕迹，那是伐木人焚烧灌木丛和废物后留下的。

这空地是乔弗利男爵在大战中伐木提供战壕撑木的地方之一。车道右边缓缓隆起的小丘上都光秃秃的，难以置信地荒芜。小丘的顶部原来有许多橡树，现在一无所有；在那儿，你可以顺着下方的树梢一路望去，望见矿上的铁道和斯达克斯门的新工厂。康妮站在那儿凝望着，这儿是远离尘世的树林的一个缺口。从这儿可以看到外面的世界。但是她并没有把这告诉克里福德。

这块不毛之地常常会使克里福德觉得恼怒。他经历过战争，知道这意味着什么。但是直到他看见了这光秃秃的小丘，他才真正愤恨起来。他正在重新种植这座山丘。不过这事让他一想起来就怨恨父亲乔弗利男爵。

45

克里福德板着脸，坐在轮椅中缓缓往上走。当他们到了坡的顶部时，他停了下来；他不愿冒险去走那又长又颠簸的下坡路。他坐着远望，往下的车道蜿蜒伸展，清晰地形成一条穿越在蕨草和橡树之间的淡绿色道路。道路在山脚忽然转了向，消失了；但它有着坐骑上的骑士和骑马的贵妇那种可爱自然的优美曲线。

　　"我认为这儿真正是英格兰的中心。"克里福德坐在二月天微弱的阳光下，对康妮说。

　　"你是这么认为的？"身穿蓝色针织裙的康妮一边说，一边坐到小径旁的树桩上。

　　"对，我是这么想的！这是古老的英格兰，是古老英格兰的中心；我要让它保持这种完好。"

　　"哦，对！"康妮说。但正当她说这话的时候，她听见了斯达克斯门煤矿场传来的十一点钟的汽笛声。克里福德对于这声音太熟悉了，一点也没有注意到。

　　"我想让这个树林保持完整……不被改变。我不想让任何人侵犯它。"克里福德说。

　　他的话中带着某种伤感。这树林仍保存着一种狂放而古老的英格兰的神秘；但是大战时乔弗利男爵的砍伐却给它以重创。那些树木是多么静谧，它们数不清的弯曲的枝杈伸向天空，灰色的树干倔强地挺立于棕色的蕨草丛中！鸟雀在其间安全地飞来飞去！这儿曾经有鹿，有射手，还有骑驴缓缓而行的僧侣。这地方记得这些，仍然记得。

　　克里福德坐在苍白无力的阳光中，阳光照着他柔滑的金发，照着他红润饱满、高深莫测的面容。

　　"当我来到这儿时，我比任何时候都更感到无后的缺憾。"他说。

　　"但是这树林比你们家族还古老。"康妮温和地说。

　　"的确！"克里福德说，"但那是我们保存了它。要不是因为

46

我们……这树林早就完了，就像其他的森林一样。人还是需要为古老的英格兰保留一些东西的。"

"一定要吗？"康妮说，"是否非得要保存，哪怕跟新兴英格兰对抗也要保存呢？我明白，这是可叹的。"

"如果古老的英格兰不保存一点下来，那么根本就不会有英格兰了。"克里福德说，"我们这些拥有这种财产并对这种财产怀有感情的人，必须保存它。"

他们悲伤地沉默了片刻。

"对，保存一小会儿。"康妮说。

"一小会儿！我们所能做的，仅此而已。我们只能尽我们的绵薄之力。我觉得自从我们拥有这块土地以来，我们家族中每个人都在这儿尽到了他的一点力。一个人可以反对习俗，但必须保持传统。"他们再一次沉默了。

"什么传统？"康妮问道。

"英格兰的传统！这样的传统！"

"是啊！"她慢吞吞地说道。

"所以有个儿子就好办；一个人只能是链条中的一环。"他说。

康妮并不怎么热心于谈论链条，但是她什么也没说。她在想，他这么想要个儿子，倒也怪了，这与他个人的情况不符。

"我很遗憾，我们没法要儿子。"他说。

他充满激情的浅蓝色双眼紧盯着她。

"如果你能怀上另一个男人的孩子，差不多会是件好事。"他说，"如果我们在拉格比把这孩子抚养大，它^①就属于我们，属于这块土地了。我并不很在乎是不是亲生的。如果我们把它养大，它就是我们的了，而后就传宗接代。你觉得这事值得考虑吗？"

---

① 在英语中，孩子是中性的，所以用没有性别的代词"it（它）"来指代，而"it"同时又用来指代物，在这里一语双关，借题发挥，表明克里福德只把孩子当作一种物，或传宗接代的工具。

康妮终于抬起头来看着他。孩子，她的孩子，对他来说只是个"它"。它……它……它！

"可是，那另一个男人怎么办呢？"她问道。

"那很重要吗？难道这些事情真能对我们产生很深的影响吗？……你在德国不是有情人吗？……现在怎么样了？几乎是烟消云散。在我看来，我们一生中这些小小的所作所为，这些小小的关系，都无足轻重。它们都消逝了，现在在哪儿？在哪儿……去年的雪在哪儿？……在人的一生中能持久的东西才是重要的；我自己生命的延续与发展对我而言是重要的。而与人偶然发生关系，有什么问题？尤其是那些偶然的性关系！如果人们不可笑地加以夸张，事情便会像鸟雀交尾般过去。事情就应该这样。这有什么关系？重要的是终身的伴侣。重要的是日复一日地共同生活，而不是那一两次的苟合。你和我，无论在我们身上发生什么，我们终是夫妻。我们有彼此的习惯。在我看来，习惯比任何偶然的兴奋都更为重要。那种长久的、缓慢的、持续的东西……那就是我们借以生活的东西……不是任何一种偶然的快感。两个人生活在一块儿，逐渐地会达到一种和谐，他们将彼此产生复杂的情感共鸣。这才是婚姻的真谛，而不是性；至少不会是那种简单的性功能。你和我因为婚姻而交织在一起。我们只要坚持这一点，就一定能够把那种性的事情安排好，就像安排去看牙医那样；因为命运已经在肉体问题上将了我们一军。"

康妮坐在那儿听他说着，有些惊愕，有些畏惧。她不知道他说得是对是错。那个迈克利斯，她爱他，她这样对自己说。但她的爱不管怎样只不过是从她和克里福德婚姻中走出去的一次远足；那长期的、迟缓的亲密接触习惯，是在数年的苦楚和耐心中形成的。也许人的心灵是需要一些远足的，绝不可将其拒之门外。但远足的关键问题在于你重返家园。

"我怀上什么人的孩子你都不会在乎吗？"她问道。

48

"哦，康妮，我应该信任你端庄的天性和选择。你绝不会让那些不三不四的家伙碰你的。"

她想起了迈克利斯！ 他绝对是克里福德观念中的不三不四的家伙。

"但是关于不三不四的家伙，男人和女人可能在感觉上各不相同。"她说。

"不会。"他答道，"你是在乎我的。我不相信你会喜欢一个跟我格格不入的男人，你的格调不会让你那样做。"

她沉默了。逻辑绝对地谬误时，会是无可辩驳的。

"假如有这样的事，你希望我告诉你吗？"她问道，几乎是偷偷地瞟了他一眼。

"一点用不着。我还是不知道为好……偶尔的性事和长久的共同生活相比是不算什么的，你这一点上是同意我的，对吗？你不觉得性事和长久生活的必要性相比，处在更次要的位置？我们既然已经到了这种地步，只好这样去用它了？毕竟，那瞬间的兴奋有什么关系呢？生命的整个问题，不是完整人格在多年中的慢慢建构吗？不是过一种整合协调的生活吗？不整合协调的生活是没有意义的。假如性的匮乏使你不完整不协调，那么就出去风流一把。假如没有儿子使你不完整不协调，那么只要可能，就要个孩子。但这些事只是为了让你能有完整的生活，为了得到长久的和谐。我们是能够共同去获得完整协调的生活的……你觉得呢？……只要我们能够使自己适应需要，同时把这种适应和我们稳定的生活融为一体。你同意我的看法吗？"

他的这些话对康妮来说，有点让她深受打击。她知道在理论上他是对的。但当她真正想到和他一起过的稳定生活时……她犹豫了。难道她真是注定要把她今后的一生都汇同到这个人的生活中去？就没有别的了吗？

就这样了吗？她该满足于和他一起编织一种稳定的生活，成为一整块料子，不过或许偶尔也锦上添花，碰上一次奇遇。但是她怎么知道明年她又会有什么感觉呢？一个人怎么能知道呢？谁会年复一年总说"是"？这个小小的"是"，出口即逝！一个人为什么就该被这蝴蝶般轻盈的一个词束缚住呢？当然，它就是要拍拍翅膀飞走的，然后还有其他的"是"和"不"！像蝴蝶那样飞来飞去。

"我认为你是对的，克里福德。若按我的浅薄理解，我是赞成你的看法。只不过生活也许完全会换成新的面目。"

"但生活没有完全改变面目以前，你是同意的吧？"

"哦，是的！我想是这样的，真的。"

康妮看见一条棕色的猎犬从岔路上跑了出来，它正扬起鼻子望着他们，轻柔地吠叫着。一个挎着枪的人跟在猎犬后面，轻快地大踏步朝他们迎面走来，好像要袭击他们；然而他站住了，向他们行了一个礼，然后转向山下走去。这不过是个新来的猎场守护人，但却把康妮吓了一跳，他似乎威胁性地出现得那么迅速。这就是康妮见他时的情形，就像不知道从哪里突然冒出的一种威胁。

他穿着深绿的棉绒裤子，打着绑腿……一副老式的样子，配着一张红润的面孔，红色的髭须和冷淡的眼神。他正在飞快地向山下走去。

"麦勒斯！"克里福德喊道。

那人敏捷地转过脸，用一种轻快的动作行了个礼，这是一个士兵！

"你可以把这个轮椅转过来，把它发动起来吗？这样就好办了。"克里福德说。

那人立刻把枪一甩，挎到肩上，走了过来，同样是那种迅捷而轻柔的动作，好像要使自己不被人察觉。他中等身材，少言寡语，一眼都不看康妮，只盯着轮椅。

"康妮，这是新来的猎场守护人，麦勒斯。你还没有跟夫人

50

说过话吧，麦勒斯？"

"没有，先生。"这话来得干脆利落。

那人站着举了举帽子，露出近乎金色的浓密头发。他纯粹变成一道无所顾忌的目光，直盯盯地瞪着康妮，似乎要看看她是什么模样。他让她感到羞涩。她羞答答地朝他点点头，他把帽子换到左手上，像个绅士一样微微向她鞠了一躬；但他什么也没说。他就这样手里拿着帽子，静默了一会儿。

"你在这儿有些时日了，是吧？"康妮对他说道。

"八个月了，太太……夫人！"他镇静地纠正了自己。

"你喜欢这儿吗？"

她看着他的眼睛。他稍稍眯起了眼睛，带着讥讽，或许也带着鲁莽。

"啊，是的，谢谢您，夫人！我是在这儿长大的……"他又微微鞠了一躬，转过身去，把帽子戴上，大步走过去抓住轮椅。他的声音，在最后几个词上，拖长着厚重的方言腔调……或许这是种嘲弄，因为他之前的话语中一点儿不带口音。他差不多是个绅士。总之，他是个奇异、敏捷、格格不入的人，虽然孤独，但他却非常自信。

克里福德发动了小引擎，那人小心翼翼地转过轮椅，使它面向着那蜿蜒的斜坡，这斜坡渐渐通向幽暗的榛子树林。

"这样就行了吗，克里福德老爷？"他问道。

"不，你最好跟我们一块儿走，免得她遇上麻烦处理不了。这引擎爬坡的时候实在不怎么得力。"

那人四周瞟了一眼他的猎犬……关切的一瞥。猎犬望着他，微微摇着尾巴。他的眼神中出现了片刻的笑意，是在嘲笑或戏弄她，然而很温和的样子，然后微笑便消失了，他脸上又变得毫无表情。他们很快下了坡，那人手握着轮椅的扶杆，使它平稳一些。他看起来更像个自由的士兵，而不是仆役。他有些地方让康

51

妮想起了汤米·杜克斯。

当他们来到榛树林时，康妮突然跑到前面去把园林的门打开了。康妮站在那儿扶着门，两个男人经过时都望着她，克里福德带着非难的神气，而那人却带着一种怪冷酷的惊异，冷冷地想看看她究竟是什么模样。她从他那冷峻的蓝眼睛里看到一种苦楚，一种超脱的神情，然而又带着一种热情。但他为什么这样孤傲，这样格格不入呢？

穿过园林大门以后，克里福德停住了轮椅，那人连忙谦恭地跑过来把门关好。

"你为什么要跑过去开门呢？"克里福德冷静泰然的声音显示了他的不快，"麦勒斯会去做的。"

"我以为你会直接开过去。"康妮说。

"那就让你跟在我们后面跑吗？"克里福德问道。

"哦！我有时喜欢跑一跑！"

麦勒斯重新扶住了轮椅，好像根本没有注意到他们在说什么，可康妮却觉得他全都注意到了。当他推着轮椅上园林中那个陡峭的小丘时，他张开嘴，急促地呼吸起来。他还是比较虚弱的。虽然他奇异地充满着活力，但有些脆弱和压抑。她那女性的本能可以感知得到。

康妮退在一边，让轮椅前行。天变得阴沉沉的：那块从低沉的阴霾环绕中探出来头的狭小蓝天又合拢起来，像打开的盖子又盖上了，一股凛冽的寒意。要下雪了。一切都成了灰色，全都是灰色！世界显得破旧不堪。

轮椅停在粉红色小径的尽头，克里福德转过头来看着康妮。

"不累吧？"他问道。

"哦，不累！"她说。

但是她累了。内心里生出一种奇异而倦怠的渴望，一种不满。克里福德没有注意到：这不是他所关心的事情。但那陌生人明白。对康妮而言，她的世界和生命中的一切看起来都是破旧不堪的，她的不满要比那些小山还古老。

他们到了宅邸前，绕到没有台阶的后门那儿。克里福德尽力把自己挪到那张低矮的家用轮椅上；他使用双臂时灵活而有力。康妮接着把他那双没有知觉、死沉死沉的腿抬了过去。

猎场守护人以立正的姿势，等候主人让他退下，一边无一遗漏地仔细端详着一切。但当他看见康妮用双臂抬起克里福德那双死沉的腿，挪到轮椅里去，克里福德也跟着她转过身去时，他因为有些担心，脸色变得苍白。他惊骇了。

"谢谢你的帮忙，麦勒斯。"克里福德随便地说了一声，开始滚动轮椅向仆人们区域通道走下去。

"没有别的事情了吗，先生？"那种不冷不热，就像处在梦中的声音问道。

"没有了，再见！"

"再见，先生。"

"再见！谢谢你把轮椅推上那座小丘……但愿你不觉得太重。"康妮回头望着门外的那个猎场守护人说道。

他的眼睛立刻和她的相遇了，就像被唤醒了一样。他意识到她了。

"哦，不，不重！"他马上说，然后他的声音又落回到浓重的口音中，"再见，夫人！"

"那猎场守护人是谁？"午餐的时候，康妮问道。

"麦勒斯！你见过他的。"克里福德说。

"是，但他是从哪儿来的？"

"不是从哪儿来的。他就是特沃希尔人……我想，他是煤矿工人的儿子。"

"他自己也曾是矿工吗？"

"我想，他做过矿场的铁匠：铁匠中的头头。他曾在这里做

53

过两年猎场看护人，那是在大战前……在他没有参军之前。我父亲对他印象很好，所以当他回来想在矿场再当铁匠的时候，我让他回来做这儿的猎场守护人。找到他我挺高兴的……在这附近要找个好的男人做我的猎场守护人，几乎不可能……这人必须要熟知这些居民。"

"他结婚了吗？"

"他结过。不过他老婆跑了……跟了好几个男人……最后跟了一个斯达克斯门的矿工，我相信她现在还住在那儿。"

"那他现在独身了？"

"差不多吧！我想他在村子里还有个母亲……和一个孩子。"

克里福德用他那稍稍有些突出的浅蓝眼睛望着她，流露出一定的朦胧。表面上他看起来很机警，但在底子里，他同英国中部的空气一样，阴沉、烟雾笼罩。而且那阴霾似乎还在往外蔓延。所以当他用那种奇特方式注视着康妮，把他那些独特而精确的信息告诉她时，她觉得克里福德心底里充满着迷雾和空虚。这使她害怕起来，这种神气让他看上去失了个性人格，而几近白痴。

朦朦胧胧地，她意识到人类灵魂的一条重要法则：当人在情感上受到伤害和打击，而并没有在肉体上被结果掉时，灵魂似乎会随着肉体痊愈起来。但这仅仅是表面现象。实际上不过是一种重复性的习惯机制。慢慢地，慢慢地，灵魂的创伤开始显露，好像一块暗伤，只是慢慢地加重它可怕的痛楚，直到充斥于整个灵魂。正是在我们认为自己痊愈了，把它忘记了的时候，才应该去面对那可怕的后遗症的最糟糕的情况。

克里福德就是这样。一旦他"好了"，一旦他回到拉格比，开始写他的小说，不顾一切而对生活有了信心，他就似乎健忘起来，恢复了他所有的镇定。但现在，随着时光的流逝，慢慢地，慢慢地，康妮感觉到那忧虑和恐惧的暗伤又暴露出来，在他身上扩散开来。好些日子，那创伤潜伏得那样深，以致让人感到麻木了，好像它不存在似的。现在慢慢地，伴随着恐惧甚至麻痹的扩散，这创伤开始显现出来。精神上，他仍然机警。但是那种麻痹，那巨大的震荡所带来的暗伤，却逐渐在他情感的自我中扩散。

当创伤在他身上扩散时，康妮觉得它也扩散到自己身上来了。一种内在的恐惧，一种虚无感，一种对一切事物的漠然，逐渐在她的灵魂中扩散开来。当克里福德情绪高涨时，他仍能谈笑风生，就好像他能支配将来：比如，在树林里时，他还谈起她要有个孩子，有个拉格比的继承人。但是那天以后，这些漂亮话就像些枯死的落叶，皱缩着成为粉末，毫无意义，一阵风就把它们吹散了。这些话不是有着有效生命力的语言，充满青春活力，像大树上茂盛的枝叶那样。它们只是一堆堆毫无生气的落叶。

在她看来任何地方都是如此。特沃希尔的矿工又说要罢工了，而康妮看来那也不是精力的显现，而不过是大战的创伤潜伏了一些时日后，慢慢浮现出来而产生的一种不安的剧痛和一种到了麻木不仁地步的不满。那创伤太深了，太深，太深……这场不人道的错误战争造成的创伤。它需要几代人花上许多年的时间，用鲜血来消融深藏在他们的灵魂和肉体中的那块巨大的黑色瘀血。而这需要一种新的希望。

可怜的康妮！在岁月的流逝中，影响她的正是她一生中对于虚无的恐惧。克里福德和她自己的精神生活，也渐渐地开始变成了虚无。他们的婚姻，克里福德谈到的那种基于亲密习惯的完备生活，有些日子竟全都成了彻底的空白和纯粹的虚无。这只是些言辞，只不过是这么多的言辞。唯一的真实就是虚无，在其之上是伪善的言辞。

这就是克里福德的成功：荣华富贵！不错，他几乎闻名遐迩了，他的书带给他一千镑的收入。他的照片到处可见。在一家画廊里有他的半身像，另两处画廊里有他的肖像。他是现代声音中最现代的。凭着他残疾者离奇的宣传本能，四五年间，他就成为最出名的青年"才智者"之一了。哪儿来的才智，康妮不太明白。克里福德分析起人和动机来，的确很聪明，略带幽默，最终把一切都撕成碎片。但是这有点儿像小狗儿撕碎沙发垫子，不同的是这小狗儿不小了，也不顽皮，而是老得出奇，固执地自以为了不起。这是不可思议的，这就是虚无。这就是不断地回响在康妮灵魂深处的感受：全都是虚无，是对虚无的一种绝妙卖弄。同时是一种卖弄！一种卖弄！一种卖弄！一种卖弄！

迈克利斯拿克里福德做一个剧本的中心人物；他已经拟好了情节，并写好了第一幕。迈克利斯比克里福德更擅长于对虚无的卖弄。这就是残留在他们这些人中的最后的一点激情：对于卖弄的激情。而性欲上，他们是冷漠的，毫无感觉的。现在，钱已经不是迈克利斯所追求的目标。克里福德也从来没有把努力挣钱看得很重要，但是他能挣则挣，因为金钱是成功的象征。成功才是他们想要得到的。他们两个人都想真正的卖弄……一个男人的自我卖弄，以博得普通民众的一时欢心。

真是不可思议……卖身于荣华富贵。对康妮而言，由于她真正置身于荣华富贵之外，由于她对荣华富贵的刺激已变得麻木不仁，所以它也是虚无。甚至卖身于荣华富贵也是虚无，尽管这些男人已经卖身了无数次。就连这也是虚无。

迈克利斯写信告诉了克里福德关于剧本的事情。康妮当然早就知道了。克里福德又开始感受刺激了。这回他又要卖弄了，是人家来卖弄他，而且是大大卖弄一番。他请迈克利斯带着第一幕的本子到拉格比来。

迈克利斯来了：那是夏天，他穿着一套浅色的西装，戴着麂皮手套，还为康妮准备了些非常可爱的淡紫色兰花，而第一幕写得非常成功。连康妮都陶醉了……连尚存的一点点都被激动起来。迈克利斯为他自己陶醉别人的能力而陶醉，他真的很出色……在康妮的眼中，则是相当美的。她在他身上看到了一个不可能再遭到幻灭的种族的那种古代的静止状态，一种极端的、纯粹的不纯。在他最大限度地卖身于荣华富贵的做法的另一端，他似乎很纯洁，就像非洲象牙面具一样纯洁，那面具带着象牙的曲线和平面，梦想着不纯就是纯洁。

迈克利斯干脆让康妮和克里福德都着了迷，他和查泰莱夫妇在一起全然陶醉之际，是他一生中最精彩的时刻之一。他已经成功了：他让他们着了迷。甚至连克里福德一时都爱上他了……如果我们可以这样说的话。

于是，第二天早晨米克比平时更加不自在了；焦躁不安，两手六神无主地插在裤兜中。康妮晚上没有去他那儿……他也不知道要到哪儿去找她。卖弄风情！……就在他春风得意的时候。

早晨他上她的起居室去了。她知道他会来。他的不安很明显。他询问她对他那个剧本的看法……她觉得还行吗？他得听到对剧本的赞扬：那比性高潮更多地带给他一丝最终的激情战栗。而她兴高采烈地把剧本赞扬了一番。然而，打心底里说，她一直都知道它不过是虚无。

"你看！"他最后突然说道，"你我为什么不把事情挑明？我们为什么不结婚呢？"

"可我是结了婚的。"她有些吃惊，但同时又感觉到虚无。

"哦，那个呀！……他可以和你离婚的……为什么我们不结婚呢？我是想结婚的……我知道这对我是最好不过了……结婚，过一种正常的生活。我现在过的生活糟透了，简直要把我撕裂。你看，你和我，我们真是天生一对……就像手和手套一样。我们为什么不结婚呢？你有什么理由不让我们结婚呢？"

康妮吃惊地望着他：然而她仍然感觉到虚无。男人们都一样：他们都不顾一切。他们个个都跟烟火似的，只是从头顶上喷火，却指望用他们自己的小细棍把你送上天去。

"但是我已经结婚了。"她说，"我不能离开克里福德，你知道的。"

"为什么不能？为什么不能？"他叫道，"半年以后，他也不会知道你已经走了。除了他自己以外，他不知道有任何人的存在。嗨，依我看，这个人对你毫无用处；他完全裹在他自己内心里。"

康妮觉得他这话确实不错。但她同样感到米克几乎也不是在做出一种无私的表示。

"难道所有的男人不都是裹在自己内心里吗？"她问道。

"哦，或多或少有一些，我承认。男人不得不如此来达到目的。不过问题并不在这儿。问题是一个男人能给予女人什么样的时光：他能否使她快乐？要是他不能，他对这女人就没有权利……"他停了下来，用他那几乎是迷蒙的褐色大眼睛盯着她。"我觉得。"他补充道，"我能够给一个女人她所要求的最他妈好的时光。我可以保证。"

"什么样的好时光呢？"康妮问着，仍然有些惊愕地看着他，这种惊愕看上去像是喜悦的震颤；但其实她根本没有什么感觉。

"各种各样的好时光，他妈的，各种各样的！服装，一定量的珠宝，任何你喜欢的夜总会，认识你想认识的任何人，尽情享受……旅行，到哪儿都受人尊重……他妈的，各种各样的好时光。"

他得意扬扬地说着，康妮望着他，好像是眼花缭乱，而实际上毫无感觉。他所给她的这些金碧辉煌的许诺，甚至丝毫感动不了她的心灵。连她最外在的自我都没有了回应，要在平时，米克这番话是会使她感到战栗不已的。她简直对此没有了任何反应，她不可能"喷发"。她仅仅坐着，凝视着，看上去眼花缭乱，却没有任何感觉，只是嗅到了在什么地方有一种让人极其不快的铜臭味。

米克如坐针毡，在椅子里向前探着身，用一种几乎歇斯底里的神情盯着她：他究竟是出于虚荣心而急切地期望她答应呢，还是因为怕她真的会答应而惊慌呢?

"我得想一想。"她说,"现在我不能回答你,也许在你看来,克里福德无关紧要,但他的确是重要的。如果你想想他的伤残是多么需要……"

"唉,老天爷啊!如果一个人要利用他的无能,我也可以说我是多么孤独无依,一向就是孤独无依,其他的事情也可以拿出来这么说。老天啊!如果一个人除了无能之外,一无可取之处……"

他转过身去,双手在裤兜里剧烈地抖动。那天晚上他对她说:"今天夜里你来我的房间,好吗?我他妈的都不知道你房间在哪里。"

"行!"她说。

那天晚上,他是一个更兴奋的情人,他裸露的时候像小男孩般的脆弱,样子怪怪的。康妮发现,在他真正完事以前,她简直不可能达到她的关键时刻。他那小男孩般的赤裸和柔软,激起了她某种渴求的激情;在他完事之后,她不得不继续下去,狂野地喧嚣着,上下扭动着她的腰肢,而他则以他全部的意志和自我奉献,英勇地保持坚挺,停留在她体内,直到她不可思议地呼喊着,实现了她自己的高潮。

当他最后从她体内抽退时,他用一种苦涩的,几乎带点儿嘲讽的声音轻轻说道:

"你难道不能和男人同时达到性高潮吗?你非得要自己达到性亢奋!你得控制好呀!"

当时这短短几句话,造成她一生最大的震惊之一。因为他那种被动的做爱再明显不过是他唯一真正的做爱方式。

"你什么意思?"她说。

"你知道我什么意思。我都完事了,你还没完没了,弄上好几个小时……我还得咬牙挺住,直到你自己使劲让自己达到高潮才罢休。"

正当她处在一种言语无法表达的极度愉悦之中，对这个男人产生出某种爱恋的时候，这突如其来的残忍把她惊呆了。因为，毕竟像许多现代的男人们一样，他几乎还没有开始就要结束。这不得不让女人自己变得主动一些。

"可是你要我做下去，来得到我自己的满足吧？"她说。

"我要！"他冷笑着说，"那很好！我是要咬牙挺住，让你好好折腾我！"

"难道你不愿意吗？"她坚持说。

他回避了这个问题。"所有他妈的女人都一样。"他说，"要不就一点儿也达不到高潮，像个死人似的躺在那里……要不就是等男的实际上完事了，然后才开始把自己弄得亢奋起来，男的就得挺住。我还从来没有遇到过一个女人能和我一起达到高潮呢。"

康妮几乎没有听清楚这番来自男性的奇特信息。她只是被他对她的反感……那种莫名其妙的残忍打蒙了。她觉得很是无辜。

"但是你是想让我也得到满足的，不是吗？"她又重复了一遍。

"哦，行啦！我非常愿意。但是要说硬挺着等一个女人去达到她的高潮是一个男人很想要做的事情，那才叫活见鬼呢……"

这番话是康妮有生以来受到的最残酷的打击。她内心里有某种东西被杀死了。她原本对迈克利斯并不是那么渴望；在他把事情挑起来之前，她并不想要他。似乎她从来没有主动要过他。但是他一旦开了头，她觉得和他在一起达到她自己的高潮也是很自然的了。她几乎因为这个而爱上他……那天晚上她几乎爱上了他，希望和他结婚了。

也许他本能地感知到了，因此他就得粉碎性地摧毁整个表演；摧毁这海市蜃楼。她在性的方面对他或者说所有男人的全部好感，一夜之间化为乌有。她和他的生活彻底分道扬镳，就好像他从来没有存在过一样。

她继续毫无生气地度日。现在除了克里福德所谓的完备生活的单调空壳之外，什么也没有了，只剩下习惯于彼此待在一个屋檐下的两个人漫长的共同生活。

虚无啊！接受这生命的虚无似乎成了生活的唯一目的。所有那许多繁忙而重要的小事，共同组成了这巨大的虚无！

第六章

"为什么现在男人和女人不能真正相互喜欢呢？"康妮问汤米·杜克斯，他多少算是她的先知。

"呵，可他们真正喜欢的呀！我看自人类被创造出来之后，还没有一个时期的男女能像今天这样互相喜欢。真正的喜欢！拿我自己来说……比起男人，我真的更喜欢女人；她们更勇敢，和她们在一起我们可以更坦然。"

康妮沉思了。

"呵，是的，但是你和女人从来就没有过什么关系啊！"她说。

"我没有？那我这会儿在做什么，不正是和一位女人诚恳地进行谈话吗？"

"是啊，谈话……"

"如果你是一个男人，除了和你完全诚恳地谈话以外，我还能做什么？"

"也许不能怎样。但是一个女人……"

"女人需要人喜欢，需要人跟她谈话，同时，又需要人爱她，想要她；在我看来，这两件事是相互排斥的。"

"但是它们不应该是相互排斥的！"

"无疑，水不应该那样湿淋淋的；它湿度过大。但它就是这么湿淋淋！我喜欢女人，并跟她们谈话，所以我不爱她们，不想要她们。在我身上，这两件事不是同时发生的。"

"我想它们还是应该能同时发生的。"

"好吧。事情应该是别的样子，而不是它们现在这个样子，这个事实我不想知道。"

康妮想了想。"不是这样的。"她说，"男人可以爱女人，并且和她们谈话。我弄不明白男人怎么能够不跟她们谈话、友好、亲密，就爱她们。他们怎么能够这样呢？"

"那。"他说，"我不知道。要我来一概而论有什么用？我只知道我自己的情况。我喜欢女人，但我不想要她们。我喜欢和她们谈话；但是谈话尽管使我在一个方向上有亲密关系，但是在亲吻的事情上绝对使我同她们相隔十万八千里。你明白我的意思了吧！不过别拿我当普遍的例子，或许我只是个特殊情况：我属于那种喜欢女人但不爱她们的男人，如果她们迫使我装模作样地恋爱，或者装出如胶似漆的样子，我会憎恨她们的。"

"但那不会使你觉得悲哀吗？"

"为什么要悲哀？我一点也不悲哀！我看着查理·梅以及偷情的其他男人……不，我一点也不羡慕他们！如果命运给我一个我需要的女人，那么好极了。但是我从来就不知道哪个是我想要的女人，也没有见到过这样一个……唉，我想我太冷淡；但我确实很喜欢有些女人。"

"那你喜欢我吗？"

"很喜欢！你看，在我们之间就不存在接吻的问题，不是吗？"

"确实不存在。"康妮说，"但是不应该存在吗？"

"看在上帝的分儿上，为什么呀？我喜欢克里福德，但是如果我过去吻他，你要做何感想？"

"但是，这不是有区别的吗？"

"就我们看来，区别在哪里？我们都是有理智和判断力的人，暂且不管是男是女，这个暂且不论。你现在愿意我像欧洲大陆的男人们那样，开始那种炫耀性欲的举动吗？"

"我会讨厌那种做法的。"

"那么！告诉你吧，如果我真是个彻头彻尾的男子汉，我是绝碰不上我这一类的女子的。但我不会没有她而感到寂寞，我只是喜欢女人而已。谁会强迫我爱或假装爱她们，做起性爱游戏来呢？"

"不，我是不会这样的。不过这是不是有点问题？"

"你也许会有这样的感觉，但我却不觉得。"

"是的，我是感觉男女之间有些不对劲。女人不再对男人产生魅力了。"

"那男人对女人有没有呢？"

她想了想。

"也没有多少。"她诚实地说。

"那我们还是别管这些了吧，我们只要像人们一样彼此体面地简单相处就够了。那些做作的性冲动，去他的！我讨厌这些东西！"

康妮知道他确实是对的。然而他的这些话，使她觉得如此无望，无望而又迷茫。她觉得自己就像凄凉的池塘里的一根小稻草，她的意义在哪里？任何事物的意义在哪里？

是她的青春在反叛。这些男人们又老又冷酷。所有的一切看起来都显得那么老，那么冷酷。迈克利斯又是这样让人失望；他没什么用。这些男人不想要女人；哼，他们只是不真正想要一个女人，连迈克利斯也不想要。

而那些假装想要女人的狗东西，那些玩起性爱游戏的家伙，他们是坏透了。

真是可悲，而你还得应付。这是真的，男人对于女人已经没有什么真正的魅力了：要是你能蒙蔽自己，认为他们还有魅力，就像康妮蒙蔽自己而对迈克利斯存有幻想一样，那已经是尽你最大的能耐了。然而同时，你只是活着，生活一无所有。

她现在完全明白了人们为什么要举行鸡尾酒会、跳爵士舞和查尔斯顿舞，直到他们精疲力竭。因为你得通过这样那样的方式让青春得到发泄。否则它就要把你吞噬。这青春是多么可怕啊！你觉得自己如同玛士撒拉 ① 一样古老，而这青春却躁动着，使你不得安宁。多么残酷的生活！没有前途！她几乎希望真的跟上米克出走，这样，她的生活就可以成为一个不尽的鸡尾酒会，成为爵士乐的夜晚。无论如何这都比虚度时日，等着走向坟墓要强得多。

在一个心情糟糕的日子里，她独自到树林里去散步，费力地走着，什么也不去留意，甚至不知道自己身在何处。此时不远处的一声枪响惊醒了她，同时激起了她的无名之火。

然后，在她向前走的时候，她听见了说话的声音，就往后退去。有人！她可不想遇见什么人。但她灵敏的耳朵又捕捉到了另一个声音，她警觉起来；那是一个孩子在抽泣。她立即注意听；有人在虐待一个孩子。她摇摇晃晃地大步走在那条湿漉漉的车道上，火冒三丈。她准备狠狠发作一场。

转过拐角，她看见她前面有两个人：那个猎场守护人，和一个穿着紫色外套，戴着斜纹绒帽的小女孩，女孩正在哭泣。

"喂，不准哭了，乃（你，下同）这小兔崽子！"听到男人生气的声音，孩子哭得更大声了。

康妮大步走近前去，眼中带着怒火。那人回转身来看着她，冷冷地行了一个礼，他的脸气得发白。

"怎么回事？她为什么哭？"康妮断然问道，但有点气喘吁吁。

男人的脸上掠过一丝像是嘲讽的冷笑。"那，乃得问她自己。"他冷淡地答道，带着浓重的地方口音。

康妮感觉似乎让他打了一记耳光，气得脸色都变了，她充满

---

① 《圣经·旧约全书》中人物，活到九百六十九岁。

敌意地看着他，那双深蓝色眼睛十分漠然地冒出火焰。

"我问的是你。"她喘着气说。

他举起帽子，古怪地向她微微一鞠躬。"是的，夫人。"他说；然后他又重新用方言口音说："可俺（我）不嫩（能）告诉乃。"他俨然一个士兵的样子，让人感到费解，只是脸气得煞白。

康妮转向孩子。这是一个九岁或十岁的女孩，红润的脸庞，乌黑的头发。"怎么回事，亲爱的? 告诉我你为什么哭? "康妮用通常惯用的甜蜜口气问道。孩子扭捏地抽泣得更厉害了。康妮则更加温柔。

"好了，好了，不要再哭了! 告诉我他们怎么欺负你了!"……语气极为亲切。这时她在她的针织夹克口袋里摸索，幸运地摸到了六便士。

"不要再哭了! "她说着，在孩子面前弯下腰来，"看，我有东西给你! "

小女孩抽泣着，吸着鼻涕，把拳头从哭肿了的脸上移开了，一道机灵的黑色目光向六便士瞥了一瞥。她继续抽泣着，但是缓和了许多。"好了，好了，告诉我出什么事了，告诉我! "康妮说着把钱放在孩子胖嘟嘟的小手中，孩子的小手把钱攥住了。

"那是……那是……为了猫咪! "

低低的呜咽带来一阵阵抽搐。

"哪里的猫咪，亲爱的 ?"

一会儿的沉默之后，那攥着六便士的小拳头害羞地指向一丛荆棘。

"那儿! "

康妮朝那边望去，不错，确实有一只大黑猫，身上有一小摊血，可怕地躺在那儿。

"哦! "她厌恶地叫道。

"一个偷猎者，夫人。"那人嘲讽地说。

她生气地瞟了他一眼。"难怪孩子会哭了。"她说，"原来你当着她的面开枪把它打死。难怪她会哭！"

他盯着康妮的眼睛，明明白白流露出轻蔑，毫不掩饰他的情绪。康妮的脸又涨红了；她感觉自己一直在大发雷霆，这个人不尊重她。

"你叫什么名字？"她嬉戏着问小女孩，"愿意告诉你的名字吗？"

孩子吸着鼻子，然后用造作的尖声道："康妮·麦勒斯！"

"康妮·麦勒斯！呵，多好的名字！你是和爸爸一起出来的吗，他射杀了那只猫咪是吗？不过，那只猫咪是一只坏猫咪！"

孩子看着她，用大胆的深色眼睛仔细揣摩她，并琢磨她对那猫咪到底有多少哀悼之意。

"我本来要留在奶奶那儿的。"女孩说。

"是吗？你奶奶在哪儿啊？"

孩子举起胳膊，指向路的下方："在那个农舍里。"

"在农舍里啊！你想要回到她那儿去吗？"

流连不去的抽泣又发出突然的抽搐。"去！"

"跟我来，我带你去好吗？我带你回到奶奶那儿去好吗？这样爸爸就可以做他要做的事了。"她转向那人说道："这是你的孩子，是不是？"

他行了个礼。微微动了一下脑袋，表示肯定的意思。

"我想，我可以带她去那个小屋吧？"康妮问道。

"如果夫人您愿意的话。"

他又一次用那种冷静、探究、超然的目光直视了一眼她的眼睛。一个非常独来独往的男人，很有主见。

"你跟我一起去农舍，到你奶奶那儿去好吗，亲爱的？"

小女孩又尖声说道："好！"

康妮并不喜欢她；这是个被惯坏的小女孩，很是做作。尽管这样，她还是替她擦了脸，并拉起她的手。猎场守护人默默地行了个礼。

"再见！"康妮说。

去农舍差不多有一英里的路，等猎场守护人那如画的农舍映入眼帘的时候，大康妮已经被小康妮烦得不行了。那孩子像只小猴一样满脑子的鬼把戏，而且还那样泰然。

农舍的门开着，听得见里面的声响。康妮徘徊着的时候，孩子已抽脱开她的手，向屋里跑去。

"奶奶！奶奶！"

"怎么，你已经回来了！"

祖母在把黑铅涂在炉子上，那是星期六的早晨。她系着粗布围裙，手里拿着黑铅刷走到门边来，鼻子上还粘着黑点子。她是个瘦小的老妇人，有点干瘪。

"啊，咋的啦！"当她看到站在门外的康妮时，她便一边说着，一边急忙地用手臂擦脸。

"早上好！"康妮说，"这小女孩在哭，所以我就把她带回来了。"

祖母迅速转过身看着孩子："嘿，你爹哪儿去了？"

女孩抓住祖母的裙子，痴笑着。

"他在那边。"康妮说，"他打死了一只野猫，把孩子吓着了。"

"呵，不应该这样麻烦您的，查泰莱夫人，真的！您真是太好了，但是真不应该这样麻烦您。""瞧瞧，你瞅见了吗！"老妇人又转向孩子，"多好的查泰莱夫人啊，不嫌麻烦把你带过来！哎呀，真不该这样麻烦她！"

"没有什么麻烦，只不过走一走。"康妮微笑着说。

"嘿，俺就说您是大好人嘛，俺一定要说！那么她是在哭呀？俺就知道他俩走不了多远就得有事。这孩子怕他，怕得可厉害了。在她眼里，他差不多就是个陌生人，陌生得厉害，我想他俩不是那么容易合得来的。她爹很古怪的。"

康妮不知该说什么好。

"你瞧，奶奶！"孩子又痴笑起来。

老妇人看着女孩手中的六便士。

"哦，还给了六便士！夫人啊，您真别这样，真别这样。你瞧，查泰莱夫人对你有多好！哎呀，你今天早上可真是运气！"

她像其他人一样把"查泰莱"三个字读得像"查莱"。——"查莱夫人对你多好！"——康妮不由得望了望那老妇人的鼻子，老妇人又用手腕背面随便抹了抹脸，但那黑点子还是留在了鼻子上。

康妮挪动脚步要走了……"啊，太谢谢您了，查莱夫人，真的。快说谢谢查莱夫人！"——最后这句话是向小孩说的。

"谢谢你。"孩子尖声说道。

"真是个乖孩子！"康妮笑了，道过"再见"之后她走开了，远去以后，她心里轻松了不少。真奇怪，她想，那清瘦而高傲的人竟然会有这样一个瘦小精明的母亲。

康妮走了之后，那老妇人连忙冲到厨房里，朝一块小镜子里照着自己的脸。看到了自己的样子，她不耐烦地跺起脚来。"哎呀，俺系着这粗布围裙，脏兮兮的脸，恰好被她撞上！俺可是在她面前丢人了！"

康妮慢慢地走回拉格比的家。"家！"……这是一个亲切的词，用于描绘那堆令人厌倦的房子。但现在它已是明日黄花。它不知怎的已经废弃了。在康妮看来，所有伟大的词汇对于她的一代人来说，都被废弃了：爱情、快乐、幸福、家、母亲、父亲、丈夫，所有这些伟大的、充满活力的词汇，现在都奄奄一息，一天天地走向死亡。家是一个你居住其中的地方，爱情是不虚度光阴，快乐是形容好好跳一场查尔斯顿舞的词汇，幸福是人们用来吓唬别人的虚伪字眼，父亲是光会享受自己生活的个人，丈夫是一个你和他一起过日子，并且继续兴高采烈地过下去的男人。至于性，这伟大字眼中的最后一个，不过是用来描述一种兴奋的非正式用语，这种兴奋让你片刻销魂，而后却让你变得空前破烂不堪。破烂啊！似乎你的真正构成就是些廉价玩意儿，在不断地磨损，直至一无所有。

真正剩下的不过是顽固的禁欲：而在这种禁欲中，有着某种乐趣。就在对空虚生活的真正体验中，一个阶段接着一个阶段，一个行程接着一个行程，会有某种可怕的满足。不过如此！这始终是最终的表达方式：家、爱情、婚姻，迈克利斯：不过如此！而当一个人死去的时候，生命的最后一句话就会是：不过如此！

那金钱呢？也许我们不能用同样的说法。金钱总是每个人都想要的。金钱，成功，汤米·杜克斯老说的荣华富贵，拿亨利·詹姆士的话来说，那是永恒的需要。你不能花光了所有的铜板，最后说：不过如此！——不行，哪怕你只能再活十分钟，你都需要再有一些铜板来做这事做那事。哪怕只是维持机械运转，你也需要钱。你得有钱。钱你是一定得有的。你实际上不需要拥有别的任何东西。不过如此！

当然，因为你活着并非你自己的过错。一旦你活着，钱就是必需品，唯一绝对的必需品。所有别的东西，在紧要关头，你都可以不要。唯独没有钱不行。很明显，不过如此！

她想起了迈克利斯，想起要是跟他在一起，她能有多少钱；即使那样，她也不想要。她宁愿帮助克里福德用写作去挣来那点钱。那钱确实是她帮助他挣来的。——"克里福德和我在一起，我俩靠写作一年挣一千二百英镑。"她对自己这样说。挣钱！挣钱！无中生有！从虚无缥缈中挤出钱来！这是人类值得夸耀的最后一点本事！其余的都是胡说八道！

她拖着沉重的步子回家，回到克里福德那儿去，和他汇合力

70

量，去无中生有地制造出另一篇小说来；而一篇小说就意味着钱。克里福德似乎很在意他的小说到底是不是一流的文学。严格地说，她是不在乎的。空洞无物！她父亲说。可反驳是：去年赚了一千二百英镑！简单而又干脆。

如果你还年轻，你就要咬紧牙关，死也不松口，一直等到金钱从看不见的地方滚滚而来；这是本事。这是意志的问题；从你自己身体中迸射出来那种微妙而又微妙的强有力意志，把金钱的神秘虚无带回给你；一片纸上的一个词。它是一种魔术，当然它就是成功。荣华富贵！要是一个人不得不出卖自己的话，就让他把自己出卖给荣华富贵去吧！他即使在委身于它的时候，还可以轻蔑它，这真是不错。

克里福德，当然，还有许多孩子气的禁忌和崇拜对象。他想要人认为他"真棒"，这真是自以为是的荒唐。真棒的东西是实际上流行的东西。真棒而被人不屑一顾是没有用的，看来大部分"真棒"的人都没赶上车。毕竟你只能活一回，如果没赶上车，你就只好留在街头，和其他的失败者待在一起。

康妮期待着明年和克里福德去伦敦过冬。她和他都完全赶上了车的，因此他们满可以得意地坐上一会儿，让人瞧瞧。

最糟糕的是，克里福德开始变得暧昧，神不守舍，不时流露出茫然的沮丧。这是他心灵创伤的显露。这使康妮感到想要大声尖叫。哦，上帝呀！如果意识机制本身出了毛病，那人还能做什么呢？真该死，尽人事吧！人总不应该完全绝望吧？

有时她会悲痛地哭泣，但尽管这样，她一边哭，一边还在对自己说：多傻呀，手绢都湿了！好像哭就能让你解脱似的！

自从迈克利斯的事以后，她下定决心不再要任何东西了。在问题无法解决时，这似乎是最简单的解决方法。除了她已经得到的东西，她再也不想要什么了；她唯一想做的，是维护好她已经得到的一切：克里福德，小说，拉格比，查泰莱男爵夫人的地位，金钱和名誉，等等……她想把这儿的一切都好好维持住！爱情、性欲之类的玩意儿，只是些冰糕而已！吃完就不管它了。如果你心里不老想着它，它就什么也不是。尤其是性欲……什么也不是！只要在这上面下定了决心，你的问题就解决了。性欲和鸡尾酒：两者持续的时间都差不多长，效果也一样，实际上差不多是一回事。

但是一个孩子，一个宝宝！那仍是让人激动的事情之一。在这件事上她务必要非常谨慎从事。首先得考虑这个男人，说来也怪，这世上竟没有一个男人是你希望能跟他生孩子的。跟米克生孩子！想都不要去想！那就跟想和兔子生孩子一样！汤米·杜克斯呢？……他是挺不错的，但无论如何你不可能把他和一个宝宝，把他和下一代联系起来。他的结果是无后而终。此外，克里福德广泛交往的熟人，只要她一想到要跟其中某个人生孩子，就无不使她感到轻蔑。有几个也许做情人还有些可能，包括米克！但是让他们和你生个孩子！哦！那是多么羞耻、多么可憎的事情啊！

不过如此！

然而，康妮的心灵深处想是想要个孩子的。等一下！等一下吧！她会把这些男人好好地在她的筛子上过一遍，然后看看谁能合她心意。"到耶路撒冷的街头巷尾走走，看你能不能找到一个男人。"在先知之城耶路撒冷，是找不着一个男人的，虽然那儿有成千上万的男人。但是一个男人！ C'est une autre chose[①]！

她设想他得是个外国人：不是英国人，更不是爱尔兰人。而得是一个真正的外国人。

但是等着吧！等着吧！冬天她会跟克里福德去伦敦；再下一个冬天，她会跟他去法国南部、意大利。等着吧！她对孩子的事不着急。这是她的私事，在这件事上她有她自己特殊的女性行事

---

① 法语：那可是另一码事。

72

方式。她心底里对这件事是非常严肃的。她可不会贸然去和随便哪个男人在一起的，她绝不会！一个人差不多随时都可以找到情人，但是和哪个男人生孩子那就得……等一等！等一等！那是绝非寻常的事情。——"到耶路撒冷的街头巷尾走走……"这不是爱情的问题，而是找一个"男人"的问题。那么，你也许私下里会非常恨他。但如果他确实是个男人，那么一点私人的恩怨又怎么啦！这种事关系到的是一个人的另一个自我。

天像往常一样下着雨，路面浸透了水，克里福德的轮椅不便行驶，但是康妮还是想出去。她现在每天都一个人出去走，多半是在树林里。那儿，她是真正的独自一人。她在那儿看不到一个人。

这天，克里福德想给猎场守护人捎个信，但仆人却因为流感不能起来，——拉格比好像总有人在感冒——康妮说她可以顺便去那个小屋。

空气柔和，又死气沉沉，好像整个世界都在慢慢死去。灰蒙蒙，潮乎乎，静悄悄，连矿上都没有了动静，因为矿井是短时间开工，今天全被停了。万物的末日啊！

树林里的一切都倦怠而毫无生气，唯有大滴水珠从光秃秃的树枝上滴落下来，发出空洞而轻微的滴答声。其他的一切，在那些古老的树丛中，是灰暗中的灰暗，是无望的惰性、寂静、虚无。

康妮恍恍惚惚地往前走。老树林中透出一种古代的忧郁，不知为什么却使她感觉安慰，至少比外界那种令人厌恶的麻痹状态要好。她喜欢这残余森林的内向，喜欢那些老树无言的寂静。它们好像是一种沉默的力量，然而却是一种充满活力的存在。它们，同样等待着：固执地、克己地等待着，释放出一种沉默的潜力。也许它们只是等着末日的到来；被砍伐、搬走，森林的末日，对它们而言，就是一切的末日。但也许它们那强有力的、贵

73

族般的沉默，那强壮大树的沉默，含有某种别的意味。

当她从北边走出树林时，猎场守护人的小屋出现了，这是一个深棕色的石头小屋，有山墙和一个美观的烟囱，看上去像是没有人居住似的，它如此沉静、如此孤寂。但是一缕青烟从烟囱里升起，小屋前用栏杆围住的小花园也被收拾得整整齐齐。屋子的门关着。

现在她就在门前，她感到她有些怕那个男人，怕他那怪深邃的眼神。她不想把吩咐传达给他，打算一走了之。但她还是轻轻敲了敲门，没人答应。她又敲了敲，但是声音不大，还是没有人答应。她从窗口往里偷偷看了看，瞧见了那黑洞洞的小房间，里面有着几乎预示不祥的隐私，不想被人侵犯。

她站在那里听着，好像听见了小屋背面的动静。由于没能让人听见她敲门，她便使起性子来，不甘心就此罢休。

于是她从小屋边上绕过去。在屋子后边，地势陡然抬高，因此后院是凹下去的，被围在一堵低矮的石墙里面。她转过屋角停了下来。在离她两步远的小院里，那个男人正在洗澡，完全没有察觉到她。他的上身全裸着，棉绒裤子滑到了他瘦窄的胯上。他弯着白皙修长的后背，俯在一大盆肥皂水上，把头一下浸到水中，怪模怪样地微微晃着脑袋，动作很迅速，还举起他瘦长白皙的手臂，把耳朵里的肥皂水挤出来，就像戏水的鼬鼠一样敏捷、老练，完全是独自一人。康妮退回去，绕过屋角，匆匆回到树林中。她不由自主地震颤。其实不过是个男人在洗澡，太平常不过了。天晓得！

然而，在某种奇怪的程度上，这是一种幻想体验：对她是正中下怀。她看见那绒裤笨拙地滑到了纯净、精美、白皙的胯部，显露出骨骼的轮廓，那种独自一人的感觉，那种完全独自一人的感觉淹没了她。一个独自一人生活，而且内向地独自一人生活的人的完美、白皙、孤独的裸露。除此之外，还有某种纯粹的人之美。这不是美的材料，甚至不是美的躯体，而是一种闪烁的火光，一种单身生活的温暖的白色火焰，以你可以触摸到的轮廓显现：一个肉体！

康妮在子宫里接收到了这种视觉震撼，她知道的；它就在她的体内。但是思想上，她很想嘲弄一番。一个在后院里洗澡的男人！无疑，用的还是臭烘烘的洗衣肥皂！——她十分恼火；为什么偏巧会是她碰上这些粗俗的隐私呢？

于是她神不守舍地走开了，但一会儿之后，她坐在了树桩上。她心绪不宁，无法思考。但在这千头万绪之中，她还是决定把要送的口信带给那人。她不会就此作罢。她必须给他时间把衣服穿好，但又不能给他太长时间，以免出门走掉了。他大概正要到什么地方去。

于是她慢慢逛了回去，一边走，一边听。走近小屋时，那屋子还和刚才一样。一只狗吠了起来，她敲了敲门，心禁不住狂跳起来。

她听见那人轻轻下楼的声音。他很快打开了门，把她吓了一跳。他看起来有点不安，但很快又露出了笑容。

"查泰莱夫人！"他说，"请进！"

他的举止非常随意得体，她于是迈进门槛，到了有些沉闷的小屋里。

"我只是帮克里福德老爷带个口信过来。"她用一种温柔而有点喘不过气来的口气说。

那人用他深邃的蓝眼睛看着她，这使她稍稍把脸转了开去。他觉得她这种羞怯很标致，几乎是很美的。但是，他很快控制住了尴尬局面。

"如果不介意，您坐下好吗？"他问道，猜想她是不会坐的。门就这么敞着。

"不坐了，谢谢，克里福德老爷想知道你是否愿意……"她

75

传达起口信来，无意中又遇上了他的目光。现在他的眼神显得热情、亲切，尤其对女人来说，令人惊异地显得热情、亲切、自在。

"好的，夫人，我马上会去办理。"

接受了她的吩咐之后，他整个人都变了，又涂上了一层坚毅和冷淡的外表。康妮犹豫不决，她得走了。但她有点像是沮丧地四下打量了一下这所干净、整洁，有点凄凉的小起居室。

"你是一个人住这儿？"她问道。

"一个人，夫人。"

"那你母亲呢？"

"她住在村里她自己的房子里。"

"和孩子一块儿吗？"康妮问道。

"和孩子一块儿！"

他那朴素而有点憔悴的面孔，显出一丝难以解释的嘲弄。这是一张不断变化的脸，让人困惑。

"不。"看到康妮困惑不解的样子，他说道，"我母亲星期六会来我这儿，帮我整理整理房子；其他时间我都自己整理。"

康妮又看着他。他的眼睛又微笑了，虽然带着点嘲讽，但仍很热情，湛蓝色的，带着些亲切。她认为他不可思议。他穿着长裤和法兰绒衬衣，系一条灰色的领带，他的头发又软又潮湿，脸色苍白，一副憔悴的神情。他的眼睛不再微笑时，看上去就好像遭受了巨大的痛苦，但仍然不失热情。不过一种流露出隔阂感的苍白出现在他脸上，她不是真正为了他来这里的。

她有许多事情想说，可是什么也没说出来。她只是再一次看着他，说道："我希望我不至于打扰你吧？"

他眯起眼睛，淡淡的微笑中带着嘲讽。

"只是我要梳梳头发，如果你不介意的话。非常抱歉我没有穿上外套，但那时候我不知道是谁在敲门。没有什么人来这儿敲门。在这里，意外的敲门声让人听起来害怕。"

他走在她前面，从那条花园小径走过去扶住大门。他穿着衬衣，没穿笨重的棉绒外套，这下，她又看到他多么修长、清瘦，稍稍有点驼背。然而，当她经过他身旁的时候，他浅色的头发和敏锐的眼睛里，透出了年轻和智慧。他大概是个三十七八岁的男人。

她缓缓走到了树林里，知道他在目送着她；他仍让她如此心烦意乱，这是她无法抗拒的。

而他呢，他一边进到屋里，一边在想：她很好，很真切！她比她自己知道的还要好。

她对他十分惊异；他看起来一点都不像个猎场守护人，一点都不像个工人；虽然他跟本地人有些相似之处。但也有跟他们很不相同的地方。

"那个猎场守护人麦勒斯是一种怪人。"她对克里福德说，"他也许可以当个绅士。"

"他是这样吗？"克里福德说，"我倒没怎么注意。"

"但他不是有些特别的地方吗？"康妮坚持说。

"我想他是个不错的人，但我不太了解他。他去年才从军队退役，还不到一年。我想他是从印度回来的。他也许在那边学会了一些鬼把戏，或许他是一个军官的勤务员，然后地位有所提高。有些人就是这样的。不过这对他们没什么好处，当他们回到了老家时，地位还不是和以前一样。"

康妮沉思着凝视克里福德。她从他身上看到了他对下层阶级中任何真正有可能往上攀升的人特别具有一种狭隘的反感，她知道那是他们这种人的特性。

"但是你不觉得他身上有些特别的地方吗？"她问道。

"老实说，不觉得！我根本没注意到什么。"

他好奇地、不自在地、半猜疑地看着她。她感到他没有告诉她真话；他都没有对自己说出真话，就是这样。他讨厌有人暗示真有非同寻常的人。人们必须差不多和他在同一层次，或者低于这个层次。

　　康妮再次感到她这一带男人的狭隘和吝啬。他们如此狭隘，如此恐惧生活！

第七章

当康妮回到自己的卧室之后，做了一件很久都没做的事：她脱光了衣服，在一面巨大的镜子前看着自己赤裸的身体。她不知道自己在期待什么，观察什么，但她还是把灯拿了过来，直到灯照到了她的整个身体。

她一如往常地思索着……人的身体裸露时，是多么脆弱，多么容易受到伤害，多么可怜的一样东西；多少有点欠缺，有点不完整！

她曾经被认为有一副不错的身材，但现在她过时了：她有些过于女性，而不再像个充满青春气的孩子。她不高，带着点苏格兰人的气息，很娇小；但有着某种悬河泄水的风韵，那种风韵可以称得上美丽。她的皮肤呈淡淡的茶色，四肢具有一种沉静的气质，她的身体本应该具有一种丰满的、悬河泄水般的充裕；但它欠缺了些什么。

她的身体本应该让稳健的、奔流的曲线更趋成熟，但现在却平板了，变得有点粗糙起来。它似乎缺少足够的阳光和温暖；有些黯淡和枯萎。

它失望于自己不够十足的女人味，却也没有成功地变得有男孩子气，变得晶莹剔透；相反，它变得暗浊。

她的乳房有点小，像梨一样下垂。但那是未成熟的梨，有点苦涩，毫无意义地悬在那儿。她的小腹也失掉了当年新鲜圆润的光泽，当她年轻时跟她的德国男孩在一起的那些日子里，人家真正爱的就是她的肉体。那时候，她的小腹充满青春和期待，真正有自己的模样。现在它松弛了，平板起来，更单薄了，但那是一种松弛的单薄。她的大腿也一样，从前在那种女性的圆润中看起来那样伶俐，那样熠熠生辉，现在多少也在变得平板、松弛，缺少意味。

她的身体日渐失去意义，变得迟钝而黯淡，实质上完全不足挂齿。这让她觉得无限的压抑和失望。还有什么希望啊？她老了，已经二十七岁了，肉体都失去了光泽和活力。由于疏忽和克制而变衰老，是啊，克制。时尚女人把自己的身体保养得如同一件精致的瓷器，闪耀着光亮，至少从外面看来是这样的。瓷器的里面自然什么也没有；但是康妮呢，她甚至连这种外面的光彩都没有。精神生活！突然，在一阵狂怒中，她痛恨起这种生活来，这种骗局。

她朝背后的另一面镜子里瞧着，看她的腰、她的臀。她越来越瘦了，但这对她是不适合的。她转过身去，看到背部腰间的褶皱有点让人厌腻，但那曾经是那样洋溢着青春的啊！臀上缓缓的曲线和臀部业已失掉其光辉和丰满。全都消失了！只有那年轻的德国情人才爱慕过这一切，而他死去已经差不多十年了。时间过得真快！死去十年了，她才二十七。那健壮男孩的肉体，那种房事新手的笨拙，还曾经被她蔑视过！现在她到哪里去找？现在的男人里都找不着了。他们只有像迈克利斯那样可怜的，两秒钟的高潮；而不再具有旺盛的性欲，那种让人的血液和肉体都感到温暖的性欲。

她仍旧觉得她身体中最美的一部分，是从她背脊的凹陷处开始缓缓向臀部伸展的修长曲线，和臀部那宁静的、圆润沉静的丰满。就像阿拉伯人说的沙丘，柔和地、缓缓地往下滑延。在这儿，生命才保留着一线希望。但这儿也一样比以前更消瘦，更生涩和收敛了。

然而她身体的正面使她感到凄惨了。这里已经开始松弛，这种松弛的单薄几近枯萎，在没有真正活起来之前就开始老去。她想到她也许将来会怀上的孩子，她还适合怀孩子吗？

她匆忙穿上睡衣，上了床，辛酸地啜泣起来。从她的苦痛中生出一种对克里福德，对他的写作和谈话的无情愤恨：一种对所有欺骗女人及其身体的那种男人的无情愤恨！

不公平！太不公平！这种深入肉体的不公平感，使她的灵魂感到灼痛。

但是，到了早上，又一切如常，她七点钟起来，到楼下克里福德那儿。她得帮他做梳洗更衣等一切亲密接触的事情，因为他不用男人，又拒绝女仆。女管家的丈夫，倒是在他小时候就认识他，帮他做些事，搬搬弄弄的重活就由他来做；但康妮做的是涉及隐私的事情，她很乐意做这些事情。这是对她的一种要求，不过她想做力所能及的事情。

因此她极少离开拉格比，即使离开，也不过一两天；这时候，就由女管家贝蒂斯太太照顾克里福德。时间长了，他必定就会把所有的服务都看成理所当然的了。他自然会这样的。

虽然，在康妮的内心深处，一种不公和受骗的感觉开始燃烧起来。一旦肉体的不公感被唤醒，它就成为一种危险的情绪。它必须要发泄出来，否则它在谁的身上被唤醒，谁就会被它吞噬。可怜的克里福德，他没有过错。他是更大的不幸。这不幸是普遍灾难中的一部分啊。

然而，难道他没有一点儿可指责的地方吗？这样缺乏温情，这样缺乏简单、温情的肉体接触，难道他不应该为此受到指责吗？他从来没有真正的温情，甚至连亲切都谈不上，他有的只是那种以良好教养的冷漠方式体现出来的关切和周全！但是从来没有一个男子对一个女人所能有的那种温情，就像康妮的父亲能对她做到的那样，以一个成功男人、一个一心获得成功然而仍然能以自己的一点男性炽热来使一个女人得到抚慰的那种温情。

但克里福德不是这样。他那种气质的人不是这样的。他们都是铁石心肠，独来独往，温情不合他们的口味。你得冷若冰霜，守身如玉；如果你和他们属于同样的阶级，同一类人，这就蛮好。你可以保持冷漠，非常受人敬重，只要你守身如玉，就会感到守身如玉的满足。但如果你属于另外一个阶级，另一类人，这就行不通了；如果你只是守身如玉，就感觉自己是统治阶层的人，这不是好玩的。即使是最高贵的贵族，事实上已没有什么正面的东西好守，他们的统治实际上是场闹剧，根本谈不上什么统治，这时候守身如玉还有什么意义呢？有什么意义？只是些索然无味的胡扯罢了。

康妮心中郁积着一种反叛感。这一切有什么好处？她的自我牺牲，她对于克里福德的奉献，有什么好处？她到底在为谁？一颗冷酷的虚荣心啊，没有人与人的温情接触，就像任何出身卑微的犹太人一样道德败坏，渴望着卖身于"成功"，即荣华富贵。甚至克里福德那冷淡自闭的信念，认为自己属于统治阶级，也不能阻止他张着嘴，吐着舌头，垂涎荣华富贵。在这种事情上，迈克利斯毕竟更加真正有尊严，也远远成功得多。真的，细看起来，克里福德只是个小丑，而小丑比行为不端的人更丢脸。

在这两个男人当中，迈克利斯远比克里福德对康妮更有用。他更需要她。跛子嘛，随便哪个好护士都可以去照顾的！至于奋斗的勇气方面，迈克利斯是只英勇的耗子，而克里福德则完全是只好看而不中用的狮子狗。

家里又来了些客人，其中有克里福德的姑妈夏娃·班纳利爵士夫人。她是一位六十来岁的单薄女人，红红的鼻子，虽是个寡妇，但仍有那么点贵妇人气质。她属于最出色的家族之一，而且有不辱门庭的性格。康妮喜欢她，她十分单纯，随心所欲地坦率，而且表面上很和蔼。内心里，她是一个守身如玉的行家里手，俨然是人上人。她绝不是势利小人：她太过于自信。她十分擅长于冷冷地守身如玉的社交本领，让其他人都顺从她。

她对康妮很和善，竭力用她那种出身高贵者的敏锐观察，深入到康妮的女人灵魂中去。

"依我看，你真不错。"她对康妮说，"你为克里福德创造了奇迹。我自己从来没有见过前途无量的天才，他就是一个，风头健得很呢！"——夏娃姑妈得意扬扬地为克里福德的成功感到骄傲。又一件光耀门庭的事情！她关心的根本不是他的书，可她为什么就该关心呢？

"哦，我想这不是我的功劳。"康妮说。

"肯定是你！不可能是别人啊。我觉得你并没有得到足够的报酬。"

"这话怎么说？"

"看看你，现在成天被封闭在这儿。我跟克里福德说：要是这孩子哪天反叛起来，你也是活该。"

"但克里福德从来没有拒绝过我任何事情。"康妮说。

"听我说，我的孩子。"——班纳利夫人把她干瘦的手放在康妮的胳膊上。"一个女人应该有她自己的生活，否则，她以后便会后悔没有不曾有过自己的生活。相信我！"她又呷了一口白兰地，也许这就是她后悔的表现形式吧。

"但我不是在过我的生活吗？"

"依我看，不是这样的！克里福德应该把你带到伦敦去，让你四处走走。他的那帮朋友对他倒是合适，但是对于你呢？如果我是你，我就不会觉得很满足。你会让你的青春悄悄溜走，并在后悔中度过你的中年和老年。"

因了白兰地的作用，这贵妇渐渐陷入了静默的冥思。

但康妮并不渴望着去伦敦，不怎么愿意让班纳利夫人引领到那时尚世界中去。她感觉她不是那种赶时髦的人，那没什么意思。而且她也感到在那个世界背后，有一种特别的、毁灭性的冷酷；就像拉布拉多①的土地一样，表面上虽然长着艳丽的小花，可一英尺以下的土层都是冻土。

汤米·杜克斯也在拉格比，此外还有哈利·温特斯罗，以及杰克·斯特兰治威斯和他的妻子奥里芙。这种谈话比起平日里只有挚友们在一起时的谈话要不着边际得多，每个人都有点无聊，因为天气很糟糕，只好打打台球，在自动钢琴伴奏下跳跳舞。

奥里芙正在读一本关于未来的书，说以后婴儿将在试管中培育出来，女人们将会"无用武之地"。

"那是一件多么让人高兴的事啊！"她说，"这样，女人就可以过她们自己的生活了。"因为她丈夫斯特兰治威斯想要孩子，而她却不想要。

"你怎么想要无用武之地呢？"温特斯罗问她，带着一种丑陋的微笑。

"我希望能无用武之地；当然啦。"她说，"不管怎样，未来将会比现在更合理，而女人也不必为她们的功能所拖累。"

"那也许她们都得飘飘然了。"杜克斯说。

"我确实认为，足够的文明应该消除很多身体缺陷。"克里福德说，"例如男女间的事情，还是没有的好。我想，如果我们可以在试管里生儿育女，那么男女间的事没有也罢。"

"不！"奥里芙叫道，"那也许会留下格外多的空间供你取乐。"

"我觉得。"班纳利夫人带着沉思的样子说，"如果男女间的事情没有了，其他东西就会取而代之。也许是吗啡。空气中的一点点吗啡，会让所有人都感到极度清爽。"

---

① 加拿大东北部的地名，气候寒冷。

84

"政府在每个星期六往空气中释放乙醚，周末乐融融！"杰克说，"听起来好像不错；但到了星期三，我们又怎样呢？"

"只要你能忘却你的身体，你就会快活的。"班纳利夫人说，"当你意识到你身体的那一刻，你就完了。所以，如果说文明起到了什么作用的话，那就是它帮我们忘记身体，然后时间就在不知不觉中优哉游哉地过去了。"

"帮我们把肉体完全摆脱掉。"温特斯罗说，"现在正是时候，人们得开始改善一下自我的本性，尤其是肉体的方面。"

"想象一下我们像烟草的烟雾一样飘飘然的样子吧！"康妮说道。

"那不会的。"杜克斯说，"我们的老把戏就要轰然倒地；我们的文明将要衰落！它正走向无底深渊，下到地缝里去。相信我，架在这地缝上的唯一桥梁将是男性生殖器。"

"哎呀！你就危言耸听吧，将军！"奥里芙叫道。

"我相信我们的文明将要崩溃。"夏娃姑妈说。

"那接下来会怎样呢？"克里福德问道。

"我可一点儿也不清楚，但总会有些什么的，我想。"老妇人道。

"康妮说人就像缕缕轻烟，奥里芙让女人无用武之地，以及试管婴儿，杜克斯说男性生殖器是通向下一步的桥梁。我很想知道实际上会是怎样呢？"克里福德说。

"哦，别瞎操心了！今日有酒今日醉吧。"奥里芙说，"只是试管婴儿的事该抓紧了，好把我们这些可怜的女人解放出来。"

"在下一阶段，甚至会有真正的男人。"汤米说，"真正的、智慧的、健全的男人，和健全的、美丽的女人！这不是一个转变，一个不同于我们现在的巨大转变吗？我们不是男人，女人也不是女人。我们只是快乐的代用品，一些机械的、智力的实验。也许甚至会有一种真正的男人、真正的女人的文明，而不是我们

85

这一小伙几乎只有七岁儿童智力的聪明家伙的文明。那肯定要比飘然如烟的人和试管婴儿更令人惊叹。"

"哦，你们又开始谈论起什么真正的女人来了，我可不参与。"奥里芙说。

"当然，唯有精神是值得我们拥有的。"温特斯罗说。

"是酒精吧！"杰克一边说，一边抿着他的威士忌加苏打。

"你这样想吗？给我以肉体的复活吧！"杜克斯说，"到我们把大脑结石即金钱之类稍稍推到一边去的时候，这种复活终究会到来。那时候我们将得到的是接触的民主，而不是口袋的民主。"

有某种东西在康妮体内回响："给我以接触的民主，给我以肉体的复活！"她完全不知道那意味着什么，但那使她得到安慰，就像无意义的事情会让人感到安慰那样。

总之，一切都十分愚蠢，她被这一切烦得火冒三丈，包括克里福德、夏娃姑妈、奥里芙、杰克、温特斯罗，甚至杜克斯。聊，聊，聊！喋喋不休，真是见鬼了。

然后是人去楼空，可情形也差不多。她继续忍辱负重，但恼怒和愤懑，搅住了她的下部身子，她无法逃脱。日子看起来还得慢慢熬，伴随着一种奇异的痛苦，然而却什么也没有发生。只是她渐渐消瘦了；连管家都注意到了，向她询问她的情况。汤米·杜克斯也一直在说她的身体不怎么好，虽然她总是说她还行。只是她开始对矗立在特沃希尔教堂下方小山坡上的那些令人毛骨悚然的白色墓碑恐惧起来，它们有卡拉拉大理石①那种独特的、让人讨厌的白色，如同假牙一样可憎，她在园林中极其痛苦地望见这一切。她觉得她离被埋葬在那儿的日子已经不远了，英国中部这块肮脏的地方，其墓碑和纪念碑底下的群鬼又会增加新的成员。

她需要帮助，她很清楚这一点，于是她给她的姐姐希尔达写

---

① 一种优质大理石，因盛产该大理石的意大利城市卡拉拉而得名。

了几句 cri du cœur①。"我近来不怎么舒服，我不知道自己出了什么毛病。"

希尔达从居住地苏格兰赶来。她在三月里自己一人驾着一辆两座的轻便马车过来。她沿着车道往上，上坡时嘟嘟地响着喇叭，然后迅速绕过挺立着两棵巨大野山毛榉的一块椭圆形草坪，来到大房子前面的平地上。

康妮跑到台阶上。希尔达停下车，走下来吻了她的妹妹。

"哎呀，康妮！"她说，"究竟怎么回事？"

"没什么！"康妮说，有几分羞涩；但她知道，和希尔达相比，她受的是怎样的痛苦啊。姐妹俩有着一样的皮肤，相当金光灿灿，一样的棕色柔发和天然健壮而迷人的体格。但是现在康妮却很消瘦，灰头土脸，发黄的小细脖子从套衫里伸出来。

"你病了，小妹！"希尔达用一种温柔而又有些激动的声音说道，这一点上两姐妹很相似。希尔达比康妮大不了两岁。

"没，没什么病。也许是我的生活太单调了。"康妮有点可怜巴巴地说。

希尔达的脸上马上显出一种要和人争斗的气焰：虽然她看起来温柔宁静，但是她属于古代女武士那类女人，不是生来迎合男人的。

"这个可怕的地方！"她轻轻地说，看着这可怜的而破旧的拉格比，她生出一股恨意。她看上去温柔而热情，像一个熟透了的梨子，但实际上，她却是一个真正古老血统的女武士。

她静悄悄地进屋去见克里福德。克里福德心想，她看上去可真漂亮，但他同时也很畏惧她。他妻子那家人没有他那种风度和礼仪。他觉得她们是外人，但是一旦她们成了自家人，她们就让他很不好受。

---

① 法语：内心的呼唤。

他正襟危坐在椅子上，金发锃亮，满面红光，他的蓝眼睛是浅色的，微微有些凸出，他的表情莫测高深，但很有教养。希尔达认为这是一种愠怒然而很愚蠢的表情，而他在等着她开口。他有一副泰然自若的神情，但希尔达才不管他有什么神情呢；她已摆出了架势，哪怕他是教皇或者皇帝陛下，她也一样对待。

"康妮看上去健康状态不怎么好。"她柔声说道，漂亮的灰眼睛对他怒目而视。她看上去这么有女人味，康妮也一样；但他很清楚其中隐含着苏格兰人的倔强。

"她是有点瘦。"他说。

"那你为她做了什么吗？"

"你觉得有必要吗？"他用那种最温文尔雅的英国式的生硬反问道，因为这两种态度常常搅和在一起。

希尔达只是死死地盯着他，并未作答。巧辩不是她的擅长，康妮也一样；她只是目不转睛地盯着他，这比她说什么都更让他觉得难受。

"我得带她去看医生。"最后希尔达说，"在这附近，你能建议一个好点的医生吗？"

"我想我不能。"

"那我就把她带到伦敦去，那儿有一位我们信任的医生。"

克里福德虽然已怒火中烧，但他没说什么。

"我想我也许还得在这儿过夜。"希尔达说着，脱下她的手套，"明天我就把她带到伦敦去。"

克里福德气得脸色蜡黄，那天晚上，连他的眼白也有点黄了。他的脸气成了猪肝色。但希尔达仍旧一直保持着谦和温柔。

"你得找个看护或者什么人来照料你个人的事情。你真的应该用一个男仆。"吃过晚饭，大家似乎都在安静地喝着咖啡时，希尔达说。她的口气柔软，似乎很温和，但克里福德却觉得她在拿大棒子狠击他的脑袋。

"你是这样觉得的吗？"他冷冷地说。

"那绝对！当然是必要的。要不照这个办法做，要不父亲和我就得带康妮离开这里几个月。不能再这样下去了。"

"什么东西不能再这样下去？"

"你没有看到这可怜的孩子吗？"希尔达两眼直直地盯着他问道。这个时候，克里福德看起来就像一只被煮熟的大虾，满脸通红，至少她是这样觉得。

"康妮和我会考虑一下这件事的。"他说。

"我已经和她商量好了。"希尔达说。

克里福德在看护们的手下待过足够长的时间；他讨厌她们，因为她们让他没有一点隐私。至于一个男仆！……他受不了一个男人在他旁边转来转去。还不如一个女人呢。康妮不就很好吗，为什么不能是她呢？

姐妹俩第二天清早就出发了，希尔达驾着车，康妮在旁边坐着，就像只复活节的羔羊，又瘦又小。麦尔肯爵士不在，但肯辛顿的房子可以进得去。

医生仔细地给康妮作了检查，并询问了她的生活情况。

"我有时在有图片的报纸上看见过你和克里福德男爵的照片。你们几乎都是名人了，不是吗？那个文静的小女孩就这样长大了，即使画报上刊登着你的照片，我还是认定你是那个文静的小女孩。没有关系，不要紧的！你没有任何器质性的毛病，但你不能老这样下去！不能再这样啦！告诉克里福德男爵，让他带你到城里，或者到国外去，让你开心。你得开心，一定的！你的精力太差；没有底气，没有什么底气。你的心力已经有点异样：哦，是的！不过是心力的问题；我让你到戛纳或比亚利茨去待一个月，准保就好了。但是绝对不能，绝对不能再这样下去，我告诉你，否则后果怎样，我可不负责任。你消耗着你的生命，但没有让它再生。所以你得开心，健康的真正的开心。你不断消耗精力，却不养精蓄锐。你知道，这是不行的。抑郁啊！要避免抑郁！"

希尔达咬紧牙关，其中含有某种意思。

迈克利斯听说她们都在伦敦，赶快带着玫瑰花跑来了。"怎么了，出什么事了？"他叫道，"你消瘦得不成样子了。咳，我从来没有见过你这么大的变化！你为什么不让我知道呢？和我一块儿到尼斯去吧！到西西里去，怎样！走吧，跟我到西西里去，这个时候那儿正是最可爱的时候呢。你需要去见见阳光！你需要去享受生活！啊呀，你是日见消瘦了！跟我走吧！到非洲去！咳，该死的克里福德！不要管他了，跟我走好了。你一跟他离婚，我就马上娶你过来。跟着我，尝试一下新生活！天哪！拉格比那鬼地方，无论谁都要闷死的！该死的地方！肮脏的地方！无论谁都得闷死！跟我到充满阳光的地方去！你需要的是阳光，肯定的，阳光和正常的生活。"

但是，想到这样抛弃克里福德，康妮却于心不忍。她不能那样做。不能……不能！她真的不能那样。她得回拉格比去。

迈克利斯让人厌恶。希尔达并不喜欢他，但是和克里福德比起来，她觉得迈克利斯还好一点。姐妹俩又回到英国中部去了。

希尔达同克里福德谈话，当她们回到家的时候，克里福德的眼珠子还是黄的。他也操心过度，但是以他自己的方式；不过他得听一听希尔达说的，听一听医生说的一切，当然，不听迈克利斯说的话。在希尔达这整个最后通牒过程中，他一声不吭。

"这是个出色男仆的地址，他一直伺候着那位医生的一个病人，直到病人上个月去世。他确实是个好人，肯定会来的。"

"但我不是病人，我也不想要男仆。"可怜虫克里福德说。

"这儿还有两个女人的地址；我见过其中的一个，她一定能好好干；她是个五十上下的女人，安静、壮健、和善，也有相当的教养……"

克里福德只是悻悻然，就是不回答。

"那好，克里福德，要是明天我们还不能做出决定，我就打电报给父亲，我们会把康妮接走的。"

"康妮愿意走吗？"克里福德问道。

"她是不愿意走的，但她知道这是不得已的事。我们母亲死于癌症，就是因为焦虑导致的。我们可不愿意再冒这样的危险。"

第二天，克里福德建议用波尔顿太太，她是特沃希尔教区内的看护。显然女管家贝蒂斯太太知道这个人。波尔顿太太刚从教区职务上退下来，开始做私人看护工作。克里福德对于把自己交到一个陌生人手中去让人照料很有一种怪异的畏惧感，但是这位波尔顿太太曾经在他患猩红热的时候照顾过他，所以他是认识她的。

姐妹俩立刻去拜访波尔顿太太，她住在对于特沃希尔来说还是蛮不错的一条街上一所颇新的房子里。她们看到了这位四十岁上下、长得挺像样的女人，她穿着看护服，系着白色的衣领和围裙，正在一个狭小拥挤的小起居室里给自己沏茶。

波尔顿太太十分殷勤，彬彬有礼，看起来好像还挺不错，她说话时明显有点含混不清，但在很大程度上用的算是正确的英语，由于多年来那些矿工病人都听她的摆布，她自视很高，而且相当有自信。总之，她大小也是村中管理阶层的一员，并非常受人尊敬。

"是啊，查泰莱夫人的脸色不怎么好！唉，她从前那么健美，怎么现在不成了？她一个冬天都在不断衰弱！哦，不好受啊，真的。可怜的克里福德老爷！唉，都是那场战争，这些痛苦都是大战的罪恶！"

波尔顿太太说，如果沙德罗医生让她走，她马上就可以到拉格比去。按理说，她在教区还有半个月的护理工作要做，但是，他们无疑可以找到一个替工的。

希尔达匆匆跑去见了沙德罗医生，第二个周日，波尔顿太太便带了两只箱子，乘着莱沃尔出租马车到拉格比来了。希尔达跟她谈过几次话；波尔顿太太任何时候都乐于谈话。她显得这么年轻！那种激情洋溢的样子会让她苍白的两颊泛起红晕。她现年四十七岁。

她的丈夫特德·波尔顿二十二年前死在矿里，去年圣诞节整整二十二年，就在圣诞期间，他抛下了她和两个孩子，其中一个还是抱在怀里的婴儿。呵，这婴儿爱蒂斯现在已和谢菲尔德城里布茨·凯什药店的一个年轻人结了婚。另一个孩子在切斯特菲尔德当教师，如果她没有被邀请外出的话，她每周末都会回来。如今年轻人都过得挺快活，不再像她爱薇·波尔顿，年轻的时候了。

特德·波尔顿在煤矿发生爆炸时丧命，才二十八岁。那时，前面的伙计朝他们四个人喊立刻趴下。大家都及时趴下了，只有特德，就这样丧了命。事后调查中，矿主那一方说特德惊慌失措，想跑开，没有听从命令，所以他自己酿成了这个过失。因此赔偿费也只有区区三百镑，他们还把这个当作恩惠，因为那全都是死者自己的过错。而且他们不肯把这笔钱一次全给她；因为她想拿这笔钱来开个小店铺。他们说，要是那样，她肯定会把这些钱浪费掉的，说不定是花在喝酒上！所以她只好每星期去拿三十先令。是的，她不得不每周一清晨去办事处，在那儿站好几个钟头等着轮到她；是的，差不多有四年的时间，她每周一都去那儿。两个小孩都这么小，她能怎样呢？但是，特德的母亲却对她很好。当那个小的能蹒跚学步的时候，她就把两个孩子都带在身边照管着，而她，爱薇·波尔顿呢，就到谢菲尔德去学习战地流动医院的课程。第四年，她甚至上了一个护理课程，并取得了资格。她决心自立，靠自己来养育孩子。于是，她到了尤瑟维特，一个小地方，在医院当了一段时间的助手。当那个公司，特沃希尔煤矿公司，实际上是乔弗利男爵，看到她能自立的时候，他们便对她很好，给了她教区护理的工作，并帮助她，她要在这个问题上念他们的好。她从那以后就一直做这项工作，直至现在，她感到这工作对她来说有点力不从心了，她想找个清闲点的工作，做一个乡间巡回服务的看护，就可以有很多的清闲。

"是的，公司对我很好，我总这么说。但我永远不会忘了他们关于特德说过的话，因为自从进入矿井，他就是一个坚毅无畏的人，而他们的话，等于把他钉在了懦夫的耻辱柱上。而他已死了，他无法对他们的人说任何事情。"

她的话里奇异地混杂着各种各样的感情。她喜欢那些矿工们，她这么多年来一直看护着他们；但是她觉得自己地位比他们要高。她觉得她差不多是个上层阶级的人；而同时，她心里潜伏着一种对于统治阶级的怨恨。这些老板啊！在工人与老板之间有纠纷的时候，她总是站在工人这边。但是无所争的时候，她就渴望着自己能处于更高的地位上，成为上层阶级的一员。上流阶级使她着迷，激起她英国人所独有的那种向往优越感的热情。能来到拉格比她真是激动极了；她还能跟查泰莱男爵夫人讲话，这多让人激动啊，老实说，男爵夫人可不像那些矿工的妻子们！她常常绘声绘色地这样说。但是，可以觉察出来的是，她心中还是怀恨查泰莱家族的；她有着一种对老板们的仇恨。

"啊，是的，当然啦，那一定会让查泰莱夫人累坏的！幸好她还有个姐姐来看她，帮助她。男人们是想不到这些的，无论尊卑，男人们都一样，他们觉得女人为他们做的全都是理所当然的。哦，我把这话跟矿工们说过好多次了。但是克里福德老爷也有他的难处，他两腿都残疾了。查泰莱家一向都是些自傲而又冷淡的人，当然，他们有权力这么做。但是现在，他们落到这个样子！这对查泰莱夫人是很不容易的，她也许比人家更不容易呢。她哪有什么过错啊！我和特德只生活了三年，但老实说，我有了他，就有了一个我永不能忘记的丈夫。他绝对是千里挑一的人，就像这春天一样快活。谁能想到他会死于非命呢？直到现在我还不相信他死了，虽然我亲手洗净了他的尸体，但我从来都不愿相信他死了。他从来就没有在我心中死去，他没有死。我从来就不接受这个事实。"

这是拉格比的一种新的声音，康妮听着觉得非常新鲜；这在她身上唤醒了一种新的听觉。

然而，最初一个星期左右的时间里，波尔顿太太在拉格比是很安静的；她那种自信而霸道的举止收敛了很多，她很是惴惴不安。同克里福德在一起，她很羞怯，几乎是一种恐惧，她沉默寡言。而克里福德很喜欢这样，他很快就恢复了他的冷静，让她为他忙得团团转，却根本不怎么注意她。

"她不存在，然而很有用！"他说。康妮吃惊地睁大了眼睛，但并没有去反驳他。不同的两个人所产生的印象是多么不同啊！

很快，他对看护的态度变得更加威严和专横了。这也就是她所期待着的，他却不知不觉中成全了她。人是多么容易被自己的期待所影响啊！当她从前看护那些矿工们，帮他们包扎，照顾他们时，他们多像一群孩子，对她倾诉，告诉她他们怎样受到苦痛。他们常常使她感到自己的威严卓越，在她的职权内，她几乎是个超人。现在克里福德却使她感到了自己的卑微，她像仆人一样，忍气吞声地接受这种境况，以适应上层阶级。

她来照顾他的时候，都不声不响，长长的标致面容上，双眼朝下望着。她每次都非常谦卑地问："这个要我现在做吗，克里福德老爷？那个要我做么？"

"不用，就那样好了，我以后再叫你做。"

"是的，克里福德老爷。"

"半个钟头之后你再来吧。"

"是的，克里福德老爷。"

"把这些旧报纸给我带出去，好吗？"

"好的，克里福德老爷。"

她悄悄走开了，半个小时之后她又悄悄地回来。她被人差遣着，但她并不介意。她正领教着上层阶级。她并不怨恨，也不讨厌克里福德；他只是那些特殊人物中的一部分，那些上层阶级特殊人物的一部分，这个阶级是她以前所不了解的，但现在，这些都在被慢慢了解。她跟查泰莱夫人在一起时放松得多了，毕竟，一个家庭中女主人挺关键的！

波尔顿太太晚上帮克里福德上床就寝，自己就睡在对面隔着一条走廊的房间里，夜里如果他按铃叫她，她就得去。她早晨还帮他起床，很快，她就能服侍他的一切了，她甚至还为他刮脸，用试探性的温柔女性方式为他刮脸。她很不错，很能胜任这份工作，不久，她就知道该怎么去管束他了。当你在他下巴上涂肥皂沫，轻轻刮着他粗硬的胡须时，他实际上和那些矿工没什么太大差别。虽然他高傲专横，缺乏直率，但这并不影响她，她正在经历的是一种新的体验。

不管怎么样，克里福德内心里却总不能十分宽恕康妮，因为她把对他的个别照料丢给了一个雇来的陌生女人。他对自己说，她把他们两人之间那种亲密关系的花儿给断送了。但康妮对这个却并不在乎。他们之间所谓的亲密关系之花，在她看来就像一枝破败的兰花，他的根部寄生在她的生命之树上，这种东西长出来的花，在她看来，就是破败的。

现在她自己有了更多的时间，她可以在她楼上的房间里，幽雅地弹琴、唱歌："不要去触动那刺人的野草……因为爱的束缚不易挣脱。"她直到最近才意识到挣脱那些爱的纠葛是多么不易。但是，谢天谢地，她现在总算挣脱了！她又独自一人了，真是快活，她不用常常和克里福德说话了。当他一个人的时候，他噼噼啪啪地敲打打字机，没完没了。但是当他不"工作"，而她又在他身边时，他就会说啊，不停地说；对人和动机、结果、人物性格进行无限细小的分析，她已经受够了。好几年来，她曾经喜爱过这种生活，但是现在她受够了，突然地，她觉得再也不能忍受了。好在她现在终于清静了，她真是感恩不尽。

在她和克里福德的意识之间，似乎有着成千上万的根须和藕丝在纠缠着，它们互相纠缠着成为一个理不清的线团，直到它们之间再也没有一丝缝隙，这棵植物就渐渐死去。现在她正在安静地、精细地解开他的意识和她的意识之间的纠缠，慢慢地、一根一根地、耐心而又急于求成地揪断藕丝。但这种爱情的束缚，甚至比其他大多数束缚都更加难以解脱；尽管波尔顿太太的到来帮了大忙。

可是，克里福德还是希望像从前那些亲密的夜晚那样，跟康妮待在一起：跟她说话或者高声地朗读。但是，现在康妮可以设法叫波尔顿太太在十点钟的时候进来，打断他们的活动。于是十点一过，康妮就可以回到楼上，一个人待着。克里福德就被波尔顿太太好好服侍着。

波尔顿太太同贝蒂斯太太在女管家的房间里吃饭，因为她们都很投缘。真奇怪，仆人们的住处现在好像是离得越来越近了；好像都要挨到克里福德的书房门口了，而原来他们的住处离得挺远的。女管家贝蒂斯太太有时会坐到波尔顿太太的房间里，当康妮和克里福德单独在的时候，她听得见她们低声说话的声音，她感到好像有一种劳动人民侵入到起居室的感觉，是不同于克里福德感受的另一种强烈震颤。这是自从波尔顿太太来到拉格比后的变化。

康妮觉得自己得到了解脱，她到了另一个世界里，她的呼吸都不一样了。但是她还是害怕，她究竟还有多少根茎，也许是致命的根茎，还和克里福德地纠缠着。但即使这样，她还是感到了呼吸的自由，毕竟，她生命中的新阶段已经开始了。

第八章

波尔顿太太也时刻关切地留意着康妮，将自己作为女性能提供的保护和作为看护职业人员能提供的保护延伸到她身上。她常常劝男爵夫人多出去走走，驱车去尤瑟维特看看，多呼吸新鲜空气。因为康妮已经养成了习惯，安静地坐在火炉旁边，假装着看书，或无精打采地做着针线活，几乎就不出门。

希尔达走后不久，有一个刮风的日子，波尔顿太太说："这时候您干吗不去树林里散散步，到猎场守护人的小屋后边看看那些仙花呢？那是你在一天的路程里所能看到的最美景色。您还可以采一些仙花回来放在您的房里，野仙花总是让人看起来那样喜庆，不是吗？"

康妮对此欣然接受，甚至也接受了她把水仙花叫作仙花！野水仙！人毕竟不能自作自受。春天到来了……

> 一年四季不停轮转，但白昼总
> 轮不到我，无论清晨的或黄昏的
> 赏心乐事……①

---

① 这是英国诗人弥尔顿（1608—1674）《失乐园》第三卷中的一段话。

而那个猎场守护人，他的瘦削白皙的身体，就像一朵无形鲜花的孤寂花蕊！在极度的抑郁中她竟把他忘记了。但是现在有某种东西被唤醒了……"苍白地在门廊与大门的那边"①……现在要做的，就是穿过那些门廊和大门。

她比原来强壮了，走起路来也更矫捷，树林里的风，不再像穿过花园的风那样紧吹着她，使她没精打采。她想忘却，忘却这个世界，忘却那些可怕的行尸走肉的人们。"你们必须重生！②我信肉体的复活！③一粒麦子不落在地里死了，仍然是一粒；若是死了，就结出许多籽粒来。④当番红花绽放之时，我亦显现而见天日！⑤"在三月的春风中，无数经典话语从她的心头一股脑儿掠过。

缕缕阳光透进来，十分耀眼，树林边榛树枝下的白屈菜，在阳光照射下，闪耀着明亮的黄色光芒。树林里静悄悄的，越来越静，只有一缕缕的阳光在其间穿行。最初的一批银莲花已经绽放，无尽的小银莲花将白色撒满整个树林的地面，白茫茫一片。"世界因你的气息而苍白。"⑥但这次却是珀耳塞福涅的气息；她在一个清冷的早晨，走出地府。寒风气息逼来，头顶上，被树枝缠住的风在怒吼。风也像押沙龙⑦一样，被缠住后竭力想挣脱。那些银莲花看起来好冷啊，它们在绿色衣裙上抽动着赤裸的白皙肩膀。可是它们顶住了。小径旁边，最初的一些小报春花也一样，绽放着黄色的花蕾。

---

① 这是英国诗人史文朋（1837—1909）《普罗塞耳皮娜的花园》一诗中的一行诗句，原诗的那一节中应该是这样的："苍白地在门廊与大门的那边／她头顶宁静的树叶站立／用远离人间烟火的冰冷双手／采集所有人间的事物。"诗中的她指的是普罗塞耳皮娜，是罗马神话中天神朱庇特与农神刻瑞斯之女，被冥王普路托劫走，强娶为后。她在希腊神话中名叫珀耳塞福涅。

② 此话出自《圣经·约翰福音》第三章。

③ 此话出自基督教古老信经之一的《使徒信经》。

④ 此话出自《圣经·约翰福音》第十二章。

⑤ 这应该也是一句经常被引用的话，但出处不详。

⑥ 史文朋《普罗塞耳皮娜的花园》一诗中的一行诗句。

⑦ 《圣经》中犹太王大卫之子，反叛其父，失败后长发在森林中被树枝缠住，为追击者所杀。

头顶上风的吼叫和摇撼还在继续，只有寒流逼到下边。康妮在树林里莫名其妙地兴奋起来，她的两颊泛起了红晕，双眼冒着蓝色的火焰。她慢慢地走着，一边采些报春花和最初的紫罗兰，这些花发出甜美清冷的气息，甜美而又清冷。她就这么溜达着，也不知道自己走到了哪里。

最后她走到了树林尽头的一片空地上，看见了那所涂成绿色的石头小屋，这小屋看上去差不多是玫瑰红色的了，就像蘑菇背面的肉色，小屋的石块在一阵子阳光中被晒热了。在门边，闪烁着黄色的茉莉花；门是关着的。但是无声无息；烟囱不冒烟；连狗也不吠。

她轻轻地绕到小屋后面，那儿地势隆起；她有个借口，来看水仙花。

那儿都是些短柄的野水仙，在沙沙作响。它们摇曳着，颤动着，那么鲜活，但是风把它们刮得背过脸去，无处躲藏。

它们在一阵阵痛苦中摇晃着鲜活的残缺小花瓣。不过，也许它们真的很喜欢这样；也许它们真的很喜欢这样摇晃。

康妮背靠着一棵小松树坐了下来，这小松树在她的身后摇曳着，有着一种奇异的生命力，富有弹性，力量充沛，昂扬向上。它挺立着，充满着生命，顶部的树梢沐浴在阳光里！她看着野水仙在阳光下变成了金黄色，一阵子温暖的阳光照在她手上和膝上。她甚至闻到了这些花淡淡的柏油似的味道。如此宁静孤单的她似乎进入到她自己命运的潮流之中。她曾经一直被绳索系着，像一条泊在岸边的小船，颠簸着，飘摇着；现在她脱开绳索飘移了。

阳光让位给寒冷；野水仙在阴影下静静地低垂着脑袋。它们将这样低垂着度过白天和漫长的寒夜。在它们虚弱的外表下，有着多么强悍的意志呵！

康妮站起身，感到有点僵直了，她采了几支野水仙，走开去。她很讨厌去摧残这些花朵，但是她想采那么一两朵回去。她还得回到拉格比去，回到那围墙中，她现在有多么讨厌那个地方，尤其是那些厚厚的围墙！围墙啊！然而，在这种大风天，人们却需要它。

她回到家，克里福德就问她："你上哪儿了？"

"就在树林的那一边！你瞧，这些小水仙花可不可爱？想想吧，它们出自泥土呵！"

"同样出自阳光和空气。"他说。

"却是在泥土中形成的。"她很迅速地驳斥了他，连她自己都有点吃惊。

第二天午后，她又去了树林。她沿着那条宽阔的马道走。这条路蜿蜒向上，穿过落叶松林，通到一口叫作约翰井的泉水边。这边的山坡上寒气袭人，落叶松笼罩在阴暗中，一朵花也没有。但是那冰冷的泉水，却在它白里带红的纯洁的鹅卵石泉眼处轻缓地向上喷涌。多么冰凉，多么清澈啊！很鲜艳！那新来的猎场守护人一定捡了些鲜艳的鹅卵石。漫溢的泉水往山脚下流淌，她可以听到轻微的流水声。那落叶松林在山坡上的幽暗中挺立的，光秃秃的，一副狰狞的样子，在松林发出的涛声之上，她还能听到泉水的叮咚声，如水铃的声音一般。

这地方有些阴森，又冷又湿。然而这口井想必几百年来一直都是饮水之处。现在却不是了。这块小小的空地杂草丛生，又冷清又阴沉。

她起身慢慢往家里走去，走着走着，听见了右边一阵轻轻的敲击声，她站住倾听。到底是敲打声还是只啄木鸟的声音？一定是敲打声。

她继续走，一路听。之后便发现了藏在小杉树之间的一条狭窄的小径，小径不知通往何方。但她觉得这条小径是有人走过的。她壮着胆子走到小径上，两旁浓密的杉树林很快就淹没在老橡树林中。她沿着小径走下去，在这风声鹤唳的树林所特有的静默中，敲打声越来越近了，这些树木即使是在风声中，也能产生一种静默。

她看见了一块隐秘的小空地，和一所粗木筑成的隐秘小木屋。她以前从未来过此地！她明白了这是饲养野山鸡的安静所在；那猎场守护人穿着衬衣，正跪在地上敲打着。猎犬朝她小步跑来，短促地尖声吠叫，猎场守护人忽然抬起头，看见了她。他的眼中闪现出一丝惊愕。

他站起身向她行了一个礼，默默地看着她，看着她颤颤巍巍地走过来。他不喜欢被人侵扰，十分珍视他的这份孤寂，他把这看成是他生命中唯一的也是最后的自由。

"我正奇怪哪儿来的敲打声呢。"她说着，觉得自己虚弱得有气无力，当他那样直视着她的时候，她还有点怕他。

"俺正给小鸡准备个窝。"他用浓重的土话说。

她不知该说什么，浑身软弱无力。

"我想坐一会儿。"她说。

"到屋里来坐吧。"他说着，在她之前进到小屋里去，把一些木料和杂物推到一边，拖出了一把榛树做的粗陋椅子。

"俺给你生火吧？"他用一种怪怪的方言天真地问道。

"哦，不用麻烦了。"她答道。

但是他看了看她的双手：它们都冻得有些发青了。于是他马上拿了些松枝放在屋角的小壁炉里，一会儿，黄色的火苗就蹿到了烟囱里。他在那砖炉边给她留开了地方。

"在这儿坐着暖暖身子吧。"他说。

她顺从了他。他有那种保护者的权威，使她立即服从了他。她坐下来，在火苗上暖着双手，不时地往火里面添些木料，而他又在外面开始敲敲打打起来。其实她并不想坐在那儿，在屋角里拨弄这堆柴火；她宁愿站在门边看他工作，但是她正在受着照料，所以就得服从。

101

小屋里很舒适，嵌着没有上过漆的松木，在她坐的椅子旁，有一张原木做的桌子和一把小凳，一条木匠用的长板凳，还有一只大箱子，一些工具，和新木板、钉子；墙壁的木钉上还挂着各种各样的东西：大斧头、短柄斧、几个捕兽的夹子，几袋东西和他的外衣。房间里没有窗户，光线是从开着的门那儿射进来的，这里杂乱无章，却也是一种小小的圣地。

她听着那人轻轻的敲打声；听起来并不怎么愉快。他感到很懊恼。他的隐私被人侵犯了，这是多么危险的侵犯啊！还是一个女人！他终于明白他想要的究竟是什么了，是孤独。然而他却没有能力去护卫他的孤独；他不过是人家雇的一个用人，而这些人是他的主子。

尤其是，他不想再和一个女人接触了。他害怕，他曾经因为过去的接触而受到了很大的伤害。他觉得要是他不能独自一人，要是人不让他孤独，他宁愿去死。他完全从外面的世界中退缩了；他的最后藏身处就是这个树林；他得藏在那儿！

康妮暖和起来了，她把火生得大了些，一会儿就感到热了。她走到门边，坐在一张小凳上，看着那人干活。他看起来好像并没有注意到她，但是他知道她在那儿。不过他仍然干他的活儿，似乎很专注，他褐色的猎犬坐在他的旁边，警惕地注视着这靠不住的世界。

那人修长、沉静、敏捷，把一直在做的鸡窝做好了，他把鸡窝翻了个个儿，试了试滑门，然后把它放在一边。接着他站起身，取来一只旧笼子，把它放在刚才干活的那块垫木板上。他蹲下来，试了试横木；有一些横木在他手上折断了；他开始把钉子拔出来，然后把鸡笼翻转过来，打量该怎么弄，完全没有流露出任何痕迹，表明他意识到有一个女人在这儿。

康妮出神地望着他。那天当他赤裸着身体的时候，她在他身上看到的那种孤独，他现在虽然穿了衣服，但她仍然能感觉出来：孤独又专心，就像一只独自活动的动物，但他同时又那么沉静地思索，像一颗退避的灵魂，从一切人类关系中退避出来的灵魂。即使是现在，他也在静默地、忍耐地回避着她。这种静默和无限的忍耐，在这么一个充满激情和渴望的男人身上体现出来，触动了康妮的子宫。她看着他低下的头，他敏捷而又沉静的双手，看着他那敏感的细腰蹲伏的姿势；那儿潜藏着某种忍耐和退让。她觉得这个人的体验比她的更博大精深；博大精深得多，或许更要命。想到这儿，她让自己轻松起来；就此不用负什么责任了。

于是，她就坐在那小屋的门边，一直沉浸在梦想中，完全没有意识到时间的流逝和身处的环境。她的思路渐渐远去，那人突然地朝她看了一眼，发现她脸上有一种十分静穆和期待的神情。在他看来，这就是一种期待的神情。突然，他觉得他的腰间，就在他背部的底端，有一条火舌在轻抚，他在心里呻吟起来。他被一种近乎死亡的恐惧震慑着，他害怕任何人类的亲密关系。他现在最希望的就是她能离开，让他一个人待在孤寂中。他畏惧她的期待，她的女性的期待，和她的现代女性的执着。而他最畏惧的是她冷酷的、上层阶级女性的轻率的自行其是。因为毕竟他只是一个用人。他厌恶她出现在这里。

康妮忽然不安地猛醒过来。她站起身。天色已近黄昏，但她无法走开。她朝那人走去，他取立正的姿势站立，疲倦的面孔紧绷着，毫无表情，他注视着她。

"这儿真不错，很宁静。"她说，"我还从来没有到过这里呢。"

"从来没来过吗？"

"我想以后有时间我会常来这儿坐坐的。"

"那好！"

"你不在这儿的时候，锁不锁这屋子？"

"锁的，夫人。"

"那你觉得我也可以拿一把钥匙吗？这样我可以经常来这儿

坐坐。你有两把钥匙吗？"

"就俺所知是没有。"

他不知不觉中又说起土话来。康妮犹豫了：他在做出反对。小屋究竟是不是他的呢？

"我们不能再配一把钥匙吗？"她轻声问道，言语中包含着一个女人决意要按自己方式行事的声调。

"再配一把！"说着他带着一种愤怒和嘲弄的眼光瞟了她一眼。

"对啊，一把备用的。"她说着，脸有些红了。

"没准儿克里福德老爷晓得有没有备用的。"他在搪塞她。

"对啊！"她说，"他也许有一把备用的。另一种方法是我们可以用你那把去让人配一把。我想，那用不了一天的工夫。这段时间里可不可以不用你的钥匙呢？"

"俺说不好，夫人！俺不知道周围谁能配钥匙。"

康妮突然脸气得通红。

"好吧！"她说，"我去搞定。"

"好吧，夫人。"

他们的视线相遇了。他的眼神冷冰冰的，很是不快，充满了厌恶和轻蔑，对会发生什么情况全然无所谓。她的眼神则因为遭到回绝而愤怒。

但是，她的心却沉了下来，看得出来，当她与他发生抵触时，他有多厌恶她。她看到他处在一种绝望中。

"再会！"

"再会，夫人！"他行了礼，猛地转过身去。她唤醒了他心中沉睡着的猛犬，这些猛犬充满古老而饥渴的怒火，对固执女性的怒火。但他绵薄无力，绵薄无力。他明白！

而她呢，则对男性的固执感到愤怒。还是一个用人！她不快地走回家去。

她发现波尔顿太太在小丘上那棵大山毛榉树下等着她。

"我正在想您什么时候能回来呢，夫人。"她神采奕奕地说。

"我回来晚了吗？"康妮问道。

"啊……不过是克里福德老爷等着喝他的茶罢了。"

"那么你为什么不替他沏呢？"

"啊，我觉得我的身份不适合那样做。并且我想克里福德老爷也不会喜欢的，夫人。"

"我就看不出有什么不喜欢的。"康妮说。

她径直走到克里福德的书房里，那把旧铜壶正在托盘上冒着热气。

"我回来晚了吗，克里福德？"她说着，放下采回来的那些花，把茶叶罐取了过来，站在托盘前，帽子和围巾都还没取下。"真是抱歉！但是你怎么不叫波尔顿太太帮着沏茶呢？"

"我没有想到这个。"他讽刺地说，"我看不太出她适合在茶桌上充当主妇。"

"呵，摆弄银茶具又不见得有多么神圣。"康妮说。

克里福德惊异地看了她一眼。

"你这个下午都做了些什么？"

"走了走，在一个背风的地方坐了坐。你知道吗，大冬青树上还结着小果子呢。"

她取下身上的披肩，仍戴着帽子坐下来沏茶。烤面包一定不脆了。她把茶壶保暖罩罩在茶壶上，站起身找玻璃瓶来装她的紫罗兰。这些可怜的花朵都蔫了，软软地低垂着脑袋。

"他们会活过来的！"她一边说，一边把瓶子里的花儿凑到他面前让他闻。

"比朱诺的眼睑更为甜美。"[①]他引用道。

---

① 这是莎士比亚《冬天的故事》一剧中的一句不完整的台词，原文应该是："比朱诺的眼睑，或是西塞利娅的气息更为甜美的暗色的紫罗兰。"朱诺是罗马神话中的天后，西塞利娅是爱与美的女神，即维纳斯。

"我可一点都没看出来这和眼前的紫罗兰有什么关系。"她说，"伊丽莎白时代的那些诗人都那么矫揉造作。"

她为他斟上茶。

"离约翰井不远的那个养野山鸡的小屋，你认为会不会有第二把钥匙？"

"也许有吧，怎么了？"

"我今天碰巧发现了这个地方——我以前从不知道有这么一个地方的。我觉得那儿真是个可爱的地方。我可以不时去那儿坐坐，是不是？"

"麦勒斯在那儿吗？"

"在那儿！就是他铁锤的敲打声让我发现那小屋的。他似乎不太乐意我去侵犯了那个地方。当我问他有没有第二把钥匙时，他几乎都很粗鲁了。"

"他说什么了？"

"哦，说倒没说什么：就是他那种态度；他说钥匙的事他全不知道。"

"可能我父亲的书房里有一把。贝蒂斯知道的，所有的钥匙都放在那儿。一会儿我让他去看看。"

"哦，太好了！"她说。

"你刚才是说麦勒斯几乎粗鲁起来了吗？"

"哦，其实也没有！但是我想他不希望我随意出入那个城堡。"

"我也觉得他不会乐意。"

"但是我就不明白他为什么要这么介意。总之，那又不是他的家！又不是他的私人住宅。我就不明白为什么不能随便去那儿坐坐？"

"的确！"克里福德说，"这个人啊，他太把自己当回事了。"

"你觉得他是这样的人吗？"

"哦，当然！他觉得他自己与众不同。你知道，他曾经有过

106

一个妻子，但是他们合不来，因此他1915年那年入了伍，而且，我记得是被派到印度去了。不管怎样，他曾在埃及的骑兵队里当过一段时间的铁匠；常跟马匹打交道，在这一点上，他绝对能干。然后，一个驻印度军队的上校觉得他不错，让他当了一个中尉。是的，他们还给了他委任令。他跟他的上校回到了印度，回到了西北前线。他病了；他有一份津贴。我想，他大概是去年才离开军队的，当然，像他这种人要回到从前的地位去是件不容易的事。他内心肯定要挣扎一番的。但是在我看来，这里的事他倒是能尽到他的职责。不过，我可不喜欢看见他摆出一副麦勒斯中尉的神气。"

"他说着那一口浓重的德比郡土腔，他们怎么能把他升为一个军官呢？"

"他只是……偶尔说一阵。就他而言，他能说得十分地道。我想，他可能觉得自己既然又当了老百姓，还是像老百姓那样说话更好。"

"你怎么以前没有跟我说起过他的事呢？"

"呵，我很烦这些传奇故事。它们是所有秩序毁灭的原因。发生这样的事情是天大的不幸。"

康妮倾向于同意这种说法。到处格格不入的不满之人有什么用处？

在一段持续的好天气里，克里福德也决意去树林里走走了。风虽然有些冷，但并不令人讨厌，阳光就像生命一样，温暖又充实。

"真让人惊讶。"康妮说，"到了一个真正晴朗清爽的日子里，人的感觉真是不一样。要在平时，人们差不多感觉空气都是半死不活的。人们正在扼杀真正的空气呢。"

"你觉得人们是这样做的吗？"他问道。

"是啊，我是这样想的。所有人的厌倦、不满和愤懑的情绪，能把空气里的活力都耗尽。我确信这一点。"

"也许大气的某种状况降低了人们的活力吧？"他说。

"不，是人毒杀了宇宙。"她断言道。

"污染了自己的巢穴。"克里福德说。

轮椅扑哧扑哧地往前走。榛树林上挂着淡金色的柔荑花，在有阳光照射的地方，银莲花盛开着，仿佛在欢呼着生命的欢快，正如往日里人们和这些银莲花一起欢呼时一样美好。这些花儿有种淡淡的苹果花香。康妮采了一些给克里福德。

他接过花儿，好奇地看着它们。

"你这尚未受玷污的寂静之新妇啊。"[①]他引了一句诗，"这句诗用在这些花上好像比用在希腊花瓶上更恰当。"

"玷污是个多么可怕的字眼啊！"她说，"只有人类才玷污万物。"

"哦，我不知道……蜗牛之类。"他说。

"即使是蜗牛，也不过是吃这些花而已，而蜜蜂是不会玷污它们的。"

她对他生起气来。他振振有词地表达一切。紫罗兰是什么朱诺的眼睑，银莲花是什么未受玷污的新妇。她多么憎恶辞藻啊，它们总是夹在她和生命之间：如果说有什么东西在玷污的，那就是它们在玷污：现成的辞藻和词句，将生命之精髓吮吸出活生生的事物。

这次和克里福德一起散步，很是扫兴。在康妮和他之间已经存在着一种紧张不安的情绪，虽然他们两人都佯装不知，但是它确实存在着。忽然，有一种女性的本能在迫使她离开他。她想跟他一刀两断，尤其是他的那些意识，辞藻，他的自我迷醉，那种没完没了、一门心思的自我迷醉和对他自己辞藻的迷醉。

天又开始下雨了，但是一两天后，她冒雨去了树林。一进树

---

① 引自英国诗人济慈（1795—1821）《希腊古瓮颂》的第一句诗句。

林，她便直奔那间小屋。虽然在下雨，但天气不太冷，在雨色苍茫中，树林是这样寂静和悠远，这样不可接近。

她来到了那块空地上。一个人都没有！小屋锁上了。她在那粗陋的门槛下坐了下来，坐在原木台阶上，蜷缩着给自己取暖。她就这样坐着，看着雨滴，听着它们胜似无声的声响，听着风掠过高耸树枝时的飒飒声，然而那时看起来似乎又并没有风。老橡树立在四周，深灰的、有力的树干让雨水淋成了黑色，它们匀称而又充满活力，向四周张牙舞爪。地面上基本上没有什么灌木杂草，只有银莲花闪烁着，有一两堆矮树丛，或许是接骨木或雪球树，和一堆淡紫色的荆棘；那古老的黄褐色羊齿蕨，被银莲花的绿叶覆盖着，几乎都看不见了。也许这是唯一未受玷污的地方之一了！未受玷污！整个世界都受玷污了。

但有些东西是不会受玷污的。你不会去玷污一罐沙丁鱼。很多女人就像那样；以及男人们。但是这块大地……！

雨渐渐变小。它几乎不再在橡树林中制造黑暗了。康妮想走；然而她仍坐在那儿。可是她越来越冷；而她内心中愤愤然的那种压倒一切的惯性却使她留在那里，像瘫痪了一样。

受玷污！一个人怎么可能没有接触就受到玷污呢！受到变得猥亵的死亡辞藻的玷污，受到变成困扰纠缠的死亡观念的玷污。

一条湿漉漉的褐色犬跑了过来，它并不吠叫，只是翘着落汤鸡似的尾巴。猎场守护人跟在后面，像个车夫似的，穿着一件水淋淋的黑色油布雨衣，有点涨红了脸。她感觉，当他看见她之后，走得飞快的脚步退缩了。她在粗陋的门槛下那巴掌大的干地上站起身。他朝她无声地向了一个礼，慢慢走近来。她开始后退。

"我正想走呢。"她说。

"您不是等着要进去吗？"他问道，眼睛望着小屋，并不看康妮。

"不，我只是在这儿坐会儿，躲躲雨。"她带着娴静的高贵说。

109

他看着她，她好像很冷的样子。

"那么，克里福德老爷没有另外的钥匙吗？"他问道。

"没有，不过没有关系。我可以坐在门槛下，这儿挺干爽的。再会！"她讨厌他话语中那十足的土腔。

当她要离去的时候，他紧紧盯着她。然后他拉起外衣，从裤兜里掏出了小屋的钥匙。

"你还是把这把钥匙拿去吧，俺给小鸡仔另找地方吧。"

她看着他。

"什么意思？"她问道。

"我是说，俺可以另找个合适地方来饲养这些野山鸡。要是您要到这儿来，您准保不愿意俺同时也在周围瞎忙乎。"

她看着他，从他那模模糊糊的土话中，她总算明白了他的意思。

"难道你就不能说普通英语吗？"她冷淡地说道。

"嚯！俺琢磨着，这可是够普通的了。"

她怒火中烧地沉默了片刻。

"您要这把钥匙，您最好就拿上。要不，俺明天给您也行，俺把所有东西先清理一下。您看行吗？"

她更生气了。

"我不要你的钥匙。"她说，"你也没必要清理什么东西。我根本没想要把你从这木屋里赶出去，谢谢你！我只想有时能来这儿坐坐，就像今天这样。我只要在这门槛下坐一会儿就很好了，请你最好别再多说了。"

他看着她，蓝色的双眼中带着一种不怀善意的眼神。

"哎呀。"他又开始用那种低缓的土腔说话了，"夫人您大驾光临，就像圣诞节来到一样受欢迎，小屋、钥匙、一切，都欢迎您。只是一年中的这个时候，要让鸡孵蛋，俺得瞎忙乎一阵，照料它们和别的一切。冬天里，俺差不多不用来这一带。可是到了春天时节，加上克里福德老爷要养野山鸡……夫人您不会在您到这儿来的时候，要我老在周围瞎忙乎吧。"

她在一种朦胧的惊愕中听他说话。

"为什么我会在意你在这儿呢？"她问道。

他好奇地望着她。

"俺感到别扭！"他说得很简短，但是意味深长。她脸红了。"很好！"她最后说，"我不会打扰你。但是我想我本来会毫不介意坐着看你照料这些野鸡的。我本应该喜欢这样。但是你既然认为这样妨碍了你，那我就不打扰你好了，你不必再为这个担心。你是克里福德老爷的猎场守护人，不是我的。"

这句话听起来很奇怪，她自己也不知道为什么这样说。但她也懒得管了。

"不，夫人。这小屋是夫人的。夫人您喜欢咋样都中，啥时候都中。您可以提前一个礼拜通知俺，让俺卷铺盖走人，只是……"

"只是什么？"她不知所措地问道。

他怪可笑地把帽子往后推了一推。

"只是也许您真的来了，会愿意这地方就您自己，没有俺在一旁添乱。"

"可是为什么？"她恼怒地说，"难道你是个不开化的人？你认为我应该害怕你吗？我为什么要注意你，注意你在不在这儿？这有什么重要呢？"

他看着她，脸上露出一丝不怀好意的笑容。

"不重要，夫人。一点也不重要。"他说。

"那么，到底是为什么呢？"她问道。

"那我就给夫人您另搞一把钥匙吧？"

"不，谢了！我不要。"

"无论如何我会搞来的。我们最好有两把这儿的钥匙。"

111

"你想着你很无礼。"康妮脸通红地说，有点气喘。

"哦，不！"他忙说道，"别这么说！哦，不！俺并没有什么恶意，俺只是觉得要是您到这儿来，俺就得搬出去，到别的地方安顿下来，那要费很大的工夫。但是如果夫人您不介意我在这儿，那么……小屋属于克里福德老爷，这里的一切随夫人支使，您想咋样就咋样，只要俺不得不在这儿做点事情的时候，夫人不要介意就成了。"

康妮完全不知所措地走开了。她不知道自己是否受到侮辱，是否受到极大的冒犯。也许那人真的说的是实在话；也许他认为她指望他离得远远的。好像她对这样求之不得！好像他还真有多么重要似的，看他那个蠢样！

她心烦意乱地回到了家，不知道自己在想些什么，有什么感觉。

第九章

　　康妮对于克里福德的那种厌恶，连她自己都感到惊讶。而且，她感到自己原来就不怎么喜欢他。但那不是憎恨：远远没有那么强烈。那只是一种复杂的肉体上的厌恶。她似乎觉得，正是因为她厌恶克里福德，她才跟他结婚，那是一种说不清道不明的肉体上的厌恶。当然，她当初之所以跟他结婚，主要是因为他在精神上吸引了她，使她兴奋。他似乎成了她的支配者，因为在某种程度上，他比她要高明。

　　然而现在，精神上的兴奋渐渐衰竭了，崩溃了，她能感到的就只有肉体上的厌恶。这种厌恶从她内心深处滋生蔓延：她意识到了她的生命如何被这种厌恶蚕食。

　　她感到软弱无力、孤立无援。她希望有人能帮帮她，但根本没有。社会之所以可怕，是因为它太疯狂。文明社会是疯狂的。金钱和所谓的爱情，是这个社会的两大疯狂追求；而金钱遥遥领先。个人都在杂乱无章的疯狂中以两种方式表现自己：金钱与爱情。看看迈克利斯！他的生活，他的作为，都是一种疯狂。他的爱情也是一种疯狂。

　　克里福德也一样。所有的谈话！所有的作品！看看他让自己飞黄腾达的狂热的劲头！这一切都是疯癫。世界真是越来越糟糕了，真是疯了。

康妮感到这种恐惧使自己精疲力竭。所幸的是，克里福德已经把对她的操纵转到了波尔顿太太身上，但他自己全然不知。正如许多疯癫的人一样，从他没有意识到的事物上就可以看出来；那是嵌在他意识中的广阔荒漠。

波尔顿太太在许多地方是值得钦佩的。但她有一种奇怪的颐指气使的专横气质，还固执己见，这也是现代女性的癫狂迹象之一。她认为自己完全服从他人，为他人而活着。克里福德之所以吸引她，是因为他总是，或者常常以更精细的本能挫败她的意志。的确，他的独断专行比她的更精细、更微妙。这就是他对波尔顿太太的魅力之所在。

或许，这也曾是他吸引康妮的魅力之所在。

"今天天气多好啊！"波尔顿太太会用她那种爱抚的、劝说的声音说道，"我想您今天真该坐着轮椅出去转转，阳光多好啊！"

"是吗？你能不能把那本书递给我——就那儿，黄皮的。我想，这些百合可以拿开了！"

"怎么了，它们多漂亮啊！"她发音时把"漂亮"拖长成了"皮奥亮"，"味道好极了。"

"我就是讨厌那种味道。"他说，"有点儿像葬礼上的味道。"

"是吗！"她惊呼道，简直有点受了冒犯，但是牢记在心。她把百合都拿出了房间，铭记着他的挑剔。

"今天是我替您刮脸呢，还是您自己刮？"还是那种温和、爱抚、顺从然而好管闲事的声音。

"我不知道。你等会儿吧。我准备好了再叫你。"

"好的，克里福德老爷！"她温柔地、顺从地答道，然后静静地退了出去。但对方的每次回绝都使她身上积累起意志的新能量。

过了一会儿，他按了铃，波尔顿太太于是马上出现在他面前。他说："我想今天还是你替我刮脸吧。"

她心中暗喜，异常温柔地答道："好的，克里福德老爷！"

114

她动作灵巧，触摸起来温柔缠绵，不紧不慢。起初，他很讨厌她的手指在他脸上没完没了地轻抚，但渐渐地他开始喜欢上了这种感觉，这给他带来了快感。他几乎天天都让她来刮脸：她的脸离他的脸很近，她全神贯注，以确保自己不会出错。渐渐地，她的手指对他的面颊和嘴唇，他的下颌和脖子的每一处都非常熟悉了。他是个养尊处优的人，他的面容和颈项真是好看，他真是一位绅士。

她也很端庄，皮肤白皙，脸部相当长，很沉稳，双眼明亮，但不流露任何东西。逐渐地，她开始用无尽的柔情，几乎是爱，掌控他了，而他也开始服从她。

她现在几乎是什么都替他做了，他也觉得跟她在一起比和康妮在一起更自在，他心安理得地接受了她奴仆似的服务。她也喜欢去摆弄他。让他的身体处在她的掌控之中，包括最卑贱的事情。有一天，她对康妮说："当你彻底地了解了他们的本质之后，所有的男人其实都是孩子。呵，我过去在下面看护特沃希尔矿工的时候，处理过最难对付的病人，但是他们一旦被病痛折磨，需要你去照顾他们的时候，他们就都成孩子了，都是些大孩子。哦，男人没什么两样。"

刚开始的时候，波尔顿太太还觉得一位绅士，一位像克里福德男爵这种真正的绅士，肯定会与众不同，所以克里福德开始时占了上风。但是渐渐地，用她的话说，当她了解到了他的本质之后，她发现他跟其他人也差不多，是个有着成人身体的孩子：只不过这个孩子有些怪脾气，举止斯文，富有权威，还有着她一无所知的奇奇怪怪的各种知识，凭着这一点，他就可以压她一头。

有时康妮曾想跟克里福德说："天啊！你千万别这么可怕地陷到这个女人手里去啊！"但是，她觉得自己并没有那么在意他，所以终究没有把这话说出来。

他俩一如既往，一块儿度过夜晚的时光，直到十点钟。他们仍旧会一起聊天，或者一起读书，或者校阅他的手稿。但是这其中的乐趣早已丧失殆尽。她很厌倦他的那些手稿，但是她仍然尽义务帮他打出来。不过，这项工作早晚会由波尔顿太太来做的。

因为康妮已经建议波尔顿太太学习用打字机了。波尔顿太太跃跃欲试，她马上就开始了，而且练习也很勤奋。现在克里福德可以口述一封信，让她打出来，她打得虽然有点慢，但是不会出错。克里福德也很有耐性地为她拼一些难写的词和偶尔出现的法文。她特别高兴，所以教她几乎是一种乐趣了。

现在，晚饭过后，康妮时常会以头痛作为借口回到自己房里。

"也许波尔顿太太能跟你一块儿玩玩皮克①。"康妮说。

"哦，我完全不会有问题。你回房去休息吧，亲爱的。"

她走了没多久，他就会把波尔顿太太叫过来，跟他一起玩皮克或者伯齐克②，甚至下象棋。他教她玩这些游戏。康妮发现自己对波尔顿太太那种样子很反感，她总是红着脸，像个小女孩似的那么羞怯，犹犹豫豫地举起她的王后或者马，然后又缩回去。而克里福德这时就会用一种优胜者的姿态，半开玩笑地微笑着对她说："你必须说：'j'adoube③！'"

她就会抬起头来，用明亮的、惊异的眼睛看着他，然后羞怯地、驯服地嘟哝着说："我举棋未定！"

是的，他在教她，他也自得其乐，这给了他一种权威感。而她则兴奋不已。她逐渐拥有了乡绅所知道的一切，拥有了使他们成为上流社会的一切：金钱除外。这些都让她兴奋。而同时，她也让他觉得自己需要她在身边。她那种真正的兴奋，对他是一种由衷的绝妙恭维。

康妮看来，克里福德开始显露出他真实的面目了：有些粗俗，有些平庸，单调乏味而又体态臃肿。爱薇·波尔顿的那些小

---

① 一种通常由两人用 32 张牌对玩的纸牌游戏。

② 玩时用 64 张、96 张或 128 张牌，以墩数多寡计胜败。

③ 法语：我举棋未定。

花招和她那谦卑的专横，也做得太明显了。不过康妮特别惊奇于这个女人从克里福德那里得到的真正兴奋。说她爱上了克里福德似乎并不贴切。她之所以兴奋，是因为她接触到了一位上层阶级的人，这位有头衔的绅士，这位照片登在画报上、能写书赋诗的作者。她的兴奋发展到一种不可思议的激情。而他对她的"教化"，在她心中所唤起的兴奋和回应的激情，简直比任何情爱所能做的还要深远。实际上，她已不可能再生恋情，这一点使她得以完全沉醉于另一种深入骨髓的激情，这种奇异的激情来自对知识的渴求，对他所具有的知识的渴求。

所以从某种程度上说，这个女人爱上了他，一点儿也没错：无论我们给"爱"这个词什么样确切的意思。她看起来是这么端庄、这么年轻，她的灰眼睛有时也是不可思议的。同时，她身上还有一种潜藏着的甜蜜满足，甚至是扬扬得意的满足，私下的满足。呵，这私下的满足！康妮多么厌恶这一点啊！

但是毫无疑问，克里福德已经完全被这个女人掌握了！她那么持久地以她的方式崇拜他，全心全意地伺候他，让他可以爱怎么使唤就怎么使唤她。难怪他那么得意。

康妮听到他俩之间的长谈。大部分是波尔顿太太在说，她一谈起特沃希尔村就滔滔不绝，那不只是闲谈。简直是盖斯凯尔夫人、乔治·艾略特、米特福德小姐①融为了一体，再加上这些女人遗漏掉的多得多的东西。只要话匣子一打开，波尔顿太太谈起人们的生平来，简直比任何书本都讲得好。她对他们所有人的私生活都了解得一清二楚，对他们所有的事情都有一种火一般的独特热情，听她说话尽管有点儿不够体面，却很棒呢。起初，她不敢像她自己所说的那样跟克里福德"谈特沃希尔"。但是一旦谈开了头，就谈下去了。克里福德为寻找"素材"而听，他收获颇丰。康妮明白了，他

---

① 这三位都是英国 19 世纪女作家，以描写社会底层的工人生活和农村生活为主。

所谓的天赋不过如此：闲聊私生活的聪明才智，智慧而又显然超然事外。当然啦，当波尔顿太太"谈特沃希尔"时，是非常热烈的。事实上是忘乎所以。真是不可思议，竟然会有那么多事情发生，而她竟然都知道。她简直都能写出几十卷书来。

康妮听她的话听得很着迷。但是事后总有点惭愧。她不应该带着这种怪异而强烈的好奇心来听她说话。每个人终究可能会听到关于人家的私事，但我们只能以一种尊敬的本意去听，尊敬挣扎着的苦难事物，本着一种细致入微的、有识别力的同情。甚至嘲讽也可以看作一种同情。真正决定我们生活的，在于我们能否将同情心收放自如。分寸也是一篇小说的最重要之处。它能激起我们的同情心并将它引向新的境地，也能让我们的同情心从已经腐朽的事物之中引退。因此，处理得当的小说能揭示出生命中的最隐秘之处：因为正是生命中的这些富于激情的隐秘之处，最需要我们敏感的意识之涛在其上潮涨潮落，扬清激浊。

但是小说，正如闲话，也能激起虚伪的同情和反感，使心灵变得呆板、迟钝。小说能够将最龌龊的感情美化，只要这种情感按常理是"纯洁"的。于是，小说就像闲话一样，最终变得十分邪恶，而且像闲话一样，因为总是表面上站在天使一边，所以就格外邪恶。波尔顿太太的闲话就总站在天使一边。"他是如此这般的坏人，而她则是如此这般的好人。"然而，即使从她的这些闲谈中，康妮也能看出来，那个女人只不过是个能甜言蜜语的角色，而那个男人则性子火暴而诚实。可按照波尔顿太太那种邪恶而庸俗的同情心取向，性子火暴的诚实使他成了一个"坏人"，而甜言蜜语则使她成为一个"好人"。

因为这个理由，闲话是不体面的。因为同样的理由，大多数小说，尤其流行小说，也是不体面的。大众现在只响应诉诸其邪恶的东西。

然而，从波尔顿太太的谈话中，你获得了特沃希尔村的新景

118

观。看起来，这是一种恶浪滚滚的丑陋生活：全然不像从外部看到的那样平淡单调。克里福德当然对被提及的大部分人都面熟，康妮只认识其中一两个。这些事听起来更像是在中非的莽林，而不是英国的村庄。

"你们听说阿尔苏小姐上星期结婚的事了吧！谁想得到啊！阿尔苏小姐，那老鞋匠詹姆士·阿尔苏的女儿。他们在派克罗夫特盖了一所房子。那老头儿去年摔了一跤，然后死了；都八十三岁了，他还敏捷得像个小伙子。他在贝斯特伍德山上滑了一跤，就在那条孩子们搞的滑道上，把大腿摔断了，就这样死去，可怜的老头儿啊，多么遗憾啊。这下好了，他所有的钱都留给了黛蒂：没给男孩子们留下一枚铜板！黛蒂呢，我是知道的，她长我五岁……对了，她去年秋天刚五十三岁。你知道，他们都是这样一些非国教的信徒，我保证！她在主日学校教了三十年书，直到她父亲去世。然后她就开始跟一个金布鲁克来的男人有了那种关系，我不知道你们认不认识他，就是那个红鼻子的老家伙，还挺花哨的，叫威尔库克，在哈里逊贮木场做活。他呀，至少也有六十五岁了，但是你要是看到他俩手挽着手，在大门前接吻的情形，你准会觉得他们是对小年轻呢！哎哟，她就在对着派克罗夫特大路的窗口上，坐在他怀里，过往的人都看得见。他都有几个四十多岁的儿子了，太太去世也就是两年前的事！要是老詹姆士·阿尔苏没有从坟墓里爬出来，那是因为他爬不出来：谁让他生前对女儿那么严厉！好了，现在他们结了婚，住到金布鲁克去了。人们说她从早到晚都只穿一件睡袍，还到处溜达，千真万确！天哪，我觉得这真是太糟糕了，这些上了年纪的人还干这种事！他们这些做法真是比年轻人还糟糕，还令人反感。我看这都是电影的错。但是你又没法让人家不去看。我常说：去看看那些有点教育意义的电影吧，千万千万别再去看那些情节剧和言情片了。无论如何，都不能让孩子们去看！但是你瞧，这些成年人比孩子闹得更起劲，那些年纪大的就更出格！还说什么道德！谁理你那套。人们都爱怎样来就怎样来，我看，他们倒是因此自在多了。但是现如今，他们也得收敛一下了，如今矿上这么不景气，他们挣不来钱，就开始发牢骚，这真是糟糕，尤其是那些娘儿们。男人们都还挺不错，还耐得住性子！他们不这样又有什么办法呢，这些可怜虫！但是这些娘儿们呢，哦，她们竟然老样子！还去显摆，凑份子给玛丽公主送结婚礼物，当她们看到公主得到的那些堂皇礼物时，简直气疯了：她是谁，她得到的东西怎么可以比大家的都好？为什么斯万和埃迪加公司给她六件皮外套，都不给俺一件？俺还不如留着那十先令呢！俺想知道，她会给俺什么东西？俺老爹工作这么辛苦，俺连一件春天的外套都买不起，而她的东西都多得用车装。现在该是穷人有点钱花的时候了，富人有钱花的时间够长的了。俺需要一件春天穿的新外套，真的很需要，可俺到哪里弄去？——我对她们说：'感谢上帝吧，尽管没你想要的豪华新衣，可你们吃得饱穿得暖啊！'而她们却反驳我说：'为什么玛丽公主不感谢上帝能让她穿些破旧衣裳呢？要是什么都没有那不是更好！像她这样的人，得到的东西都多得用车装，俺却买不起一件春天的外套，该死的，真是让人长气。可人家是公主！公主就得被这样众星捧月！都是钱在作怪，因为她有钱，所以人家越是要多给她！为什么没有人给俺钱呢，俺跟她一样有权利得到啊！别跟俺说什么受教育，钱才是最重要的东西。俺想要一件春天的新外套，俺真的需要，但俺不会有的，因为俺没有那么多钱——'她们关心的就只有衣裳。她们会毫不犹豫地花七八个几尼①去买一件冬装——可你要知道，她们只是些矿工的女儿哪——她们会花两个几尼去给孩子买一顶夏天的帽子。然后她们戴着值两几尼的帽子去始初循道会教堂，要是在我年轻的时候，只要有一顶值三先令的帽子就已经很知足了！听说今年始初循道会的年会上，他们要为主日学

---

① 1 几尼值 21 先令。

校的孩子们建一个讲台，那个大讲台高得都要冲到天花板上去，汤普森小姐，主日学校女生一班的教员告诉我，单讲台上的人穿的那些新衣服，就花了一千多英镑！这年头就是这样！但是你还不能去阻止她们。她们成天就为了这些衣服，男孩子也一样：他们把钱全部花在自己身上：买衣服，抽烟，到矿工福利社去喝酒，每星期都要到谢菲尔德去两三回。咳，世道真是变了呀。他们现在什么都不怕，也什么都不尊重，这些年轻人啊！年纪大一点的男人，真是又宽容，又善良，真的，他们任凭女人拿走一切。于是事情就到了今天这步田地。这些女人是真正的魔鬼。可年轻人不像他们的老爹。他们从来不付出，真的：他们只为自己。要是你告诉他们得攒点钱成个家，他们就会说：那事可以放一放，还有机会，我现在要尽情享乐，任何其他事都可以放一放。哦，可以说，他们是既粗野又自私！一切都成了年长男人的事情，到处都前景不妙啊。"

克里福德开始对这个村子有新的认识了。这个地方始终让他畏惧，但他曾经还以为它是稳定的呢。

"村里这些人当中有信奉社会主义和布尔什维主义的吗？"他问道。

"哦。"波尔顿太太说，"你确实可以听到有一些人在嚷嚷这些东西。不过这些人基本上都是些欠债的女人。男人们不管这些事。我不相信谁能把特沃希尔的男人都变成红色分子。他们在这种事情上都极有分寸。不过年轻人有时会胡说一通。但他们并不是真的关心这事。他们只是想让口袋里多几个钱，好到福利社去花，或者到谢菲尔德去胡闹。他们就这点追求。要是他们没钱了，他们就会去听那些红色分子的高谈阔论。但是没有人真正相信。

"那你觉得这样就没有危险了吗？"

"哦，是的！要是行业景气，就不会有危险，但是情况如果长期很糟糕，年轻人就会出格。我告诉你，他们是一帮自私的、被惯坏的家伙。但是，我看他们也干不出什么事情来。他们除了

121

在摩托车上出出风头，到谢菲尔德的'舞之宫'去跳舞，对什么事都不会去认真。你都没有办法让他们认真起来。认真的人穿上晚礼服到宝丽宫去，在一群女孩子面前出风头，跳着新出的查尔斯顿舞等等！我知道，有时公共汽车上，挤得满满的都是些穿着晚礼服的小伙子，这些矿工的儿子，他们都要去宝丽宫，更不要说那些自己驾着汽车或者骑着摩托车，带着女朋友的小伙子了。他们从不会在一件事上认真考虑——除了东卡斯特和德比的马赛：因为他们都是场场必赌。还有足球！但就算是足球，也不是那么回事了，那真是差得远了。他们说，踢足球太累了。不，他们宁愿在星期六下午骑着摩托车到谢菲尔德或诺丁汉去。"

"那他们去那儿干吗呢？"

"嗨，四处逛呗……去天皇茶室一类讲究地方喝喝茶……跟某个女孩到宝丽宫去，要不去看电影，或者上帝国剧场。那些女孩跟这些小伙子们一样随便。他们想干什么就干什么。"

"那他们要是没钱去干这些事情怎么办呢？"

"似乎也能凑合。这时候他们就开始胡说八道。但是，我看不出谁会想要布尔什维主义，因为这些年轻人要的只是金钱，以供他们享乐，那些女孩也是一样，光知道打扮：其他事情他们一概不管。他们的头脑不足以成为社会主义者。他们没有足够的认真态度来真正认真对待任何事情，他们是从来都不会当真的。"

康妮心想，其他所有的阶层和这里所讲的下层社会是多么相似啊。所有的都一样，不管是小村庄特沃希尔，还是伦敦贵族区梅菲尔，还是肯辛顿。现如今的社会只有一个阶层：那就是拜金阶层。不论是男拜金主义者还是女拜金主义者，唯一的不同就是你能挣到多少和你想挣多少。

在波尔顿太太的影响下，克里福德开始对煤矿产生了新的兴趣。他逐渐找到了归属感。一种新的自我肯定又回到了他身上。毕竟，他是特沃希尔真正的主人，他实际上就是这些矿场。他又感到了一种新的动力，而在此之前，他对此是一向感到畏缩的。

特沃希尔矿的煤越来越少了，如今只有两处煤场：一处叫特沃希尔，另外一处叫新伦敦。特沃希尔曾经是个出名的煤矿，利润也很出名。但是它的黄金时代已经结束。而新伦敦从来就不是那种富矿，要在平时，还能勉强维持。但现在时世不佳，遭废弃的就是这种矿场。

"许多特沃希尔的人都跑到斯达克斯门和怀特欧芬去了。"波尔顿太太说，"您可能还没去过斯达克斯门，看过他们战后开的那些新工厂吧，克里福德老爷？咳，您哪天真得去看看，那边可全是新玩意儿：巨大的化学工厂建在煤坑上，那根本就不像一个煤矿。人们说，他们从那种化学副产品上赚得的钱，比出煤赚的钱还要多——我都忘了那东西叫什么来着。还有那些工人的新宿舍，多漂亮的公寓啊！难怪这帮乌合之众要趋之若鹜了。但是很多特沃希尔人到那边去了之后，过得挺不错的，比我们自己的人过得好多了。他们说特沃希尔要完了，要结束了，这只不过是时间的问题，它是迟早要倒闭的。新伦敦肯定会先关门。哎哟，要是特沃希尔都停工了，那可不是好玩的！罢工的时候就已经够糟的了，但要真的彻底关门，我看那跟世界末日也差不多了。我小的时候，这里是全国最好的煤矿，人们那时要是能在这儿工作真是幸事。哦，在特沃希尔挣的钱不少呢！但是现在人们却说，这是一条即将沉没的轮船，该是大家逃走的时候了。这听起来能不令人寒心嘛！但是当然，不到万不得已，还是有许多人不会离开的。他们不喜欢那些新玩意儿，挖得那么深，全用机器作业。有些人很是害怕那些铁人，他们就这么叫的，那些开矿机器取代了以前人的工作。而且他们说，那也很不经济。但是，浪费在机器上的，可以在工钱上找回来，还能省好多。这样看起来，地球上的人很快就会毫无用处了，一切都用机器来做。但是他们说，这些话早在人们放弃织袜机的时候就有人说过了，我还能记得起一两架这样的织袜机。但是说实话，机器越多，

123

人也越多了，看上去就是这么回事！他们说。你从特沃希尔的煤炭中提取不出和斯达克斯门那儿一样的化学材料，多可笑啊，这两个煤矿相距不过三里地。可他们就是这么说的。但是大家都说，如果不开发点什么来改善一点男人的生活，并雇用女孩，那也太不像话了！所有的女孩每天都在往谢菲尔德跑。我看，现在每个人都在讲特沃希尔煤矿要完了，它是一只快要沉没的破船，所有的人都得赶紧抱头鼠窜，各找活路。要是特沃希尔煤矿又有了起色，那可真还有戏可看哪。可是人们说得太多了。当然，在大战的时候，有过一段欣欣向荣的时间。那时候乔弗利老爷给自己搞了个信托基金，让钱在某种意义上变得永远安全了！他们是这么说的！可是他们现在又说甚至连老爷和老板们都得不着什么钱了。真是难以置信啊，你说能信他们的话吗！我可是一贯觉得这煤矿能永远继续下去的。但我年轻的时候，哪能想得到今日这种情形呢！新英格兰公司已经关门了，考尔维奇·伍德公司也一样：是啊，那些场景会时时萦绕在我的头脑里，穿过小树林去看看废弃的考尔维奇·伍德煤矿矗立在树林间，灌木在矿井口四处丛生，那些轨道都红锈斑斑。一座死亡的煤矿就像死亡本身一样。天啊，要是特沃希尔也倒闭的话，我们将会怎样——真是一想起来就难以忍受。除了罢工的那个时候，矿上总有熙熙攘攘的人群，但即使在罢工的时候，风扇轮也是不会停下的，除非整个儿停工。这世界多可笑，你今年不可能知道明年会发生什么事，世事难料啊。"

波尔顿太太的一番话，引起了克里福德内心新的斗争。他的收入是稳定可靠的，就像刚才波尔顿太太所说的，因为他父亲的信托基金，虽然这笔收入不多。他对矿上的事真的不怎么关心。他想获得的是另外一个世界，文学和名望的世界；也就是功名的世界，而不是那个劳动的世界。

现在，他认识到了扬名的成功和工作的成功之间的差异：因为有享乐的民众和工作的民众。他作为个人，一直在用他的小说

124

迎合享乐的民众。而他投合了人心。但是，在享乐的民众之下，是工作的民众，做着讨厌的、肮脏的、相当可怕的工作。他们也得有人为他们提供工作。为他们提供工作，是比为享乐的民众提供娱乐讨厌得多的事情。当他写着小说，"出人头地"的时候，特沃希尔却在走向衰败。

他现在明白了，成功的荣华富贵要的是两样东西：一样是作家和艺术家给予的吹捧、奉承、抚慰、挑逗；另一样更为凶残，就是敲骨吸髓。而荣华富贵所要求的敲骨吸髓则是由在工业上赚钱的人来完成的。

是的，两大群恶狗都在争夺着荣华富贵：一群是谄媚者，他们提供各种娱乐、小说、电影、戏剧；而另一群则不那么张扬，然而他们却更残忍，他们敲骨吸髓，攫取实实在在的金钱。那群文质彬彬、爱炫耀的娱乐狗相互争斗、相互吠叫，争夺荣华富贵。然而同必不可少的敲骨吸髓狗之间默默进行的你死我活争斗来，简直算不了什么。

但是在波尔顿太太的影响下，克里福德也开始对参与另一群狗的斗争产生了兴趣，他想用工业生产的残忍方式，去争夺荣华富贵。不知怎的，他也跃跃欲试了。

从某种意义上说，波尔顿太太使他成为一个真正的男人，而康妮却从未做到过。康妮的冷眼旁观，总是让他很敏感，让他时刻意识到自己的状态。波尔顿太太则让他只意识到外面的世界。他的内心开始变得绵绵然，但是外表上他却开始变得很有实效。

他甚至振作精神重新去了一趟矿上：他去了那儿之后，坐矿车下去，在矿车里被牵引着到各个工作区去。战前学的、似乎全被遗忘了的东西，现在又重新回到他这里。他现在是残疾人，坐在矿车里，由井下的经理用强光电筒照着给他看煤层。他没说什么话。但心里已经开始活动起来了。

他又开始重新读起采矿业的技术著作，研究政府报告，他还

125

把用德文写成的关于采矿业、煤炭化学工业和页岩勘探的最新趋势仔细地读了读。当然，最有价值的发现肯定是尽量保密的。但是一旦你开始在煤炭开采技术上进行研究，开始对方法和技术、对煤炭的副产品和煤炭化学工业的可能性进行研究之后，你就会惊叹于现代技术思维的创新及其不可思议的智慧，似乎魔鬼把他自己的才智给了这些工业技术家。这种工业的技术科学可比艺术、比文学、比那些感情用事的弱智玩意儿有意思得多。在这个领域中，人就像神或魔鬼，有创造发明的灵感，致力于将其付诸实现。在这种活动中，人们超越了任何可以计算的心理年龄。但是克里福德明白，在涉及感情生活和人生的时候，这些靠自己奋斗成功的人只有大约十三岁的心理年龄，是弱不禁风的孩子。这种天壤之别真是令人惊讶。

但是管那个干吗，让人在情感心理和"人的"心理上滑落到普遍的愚钝中去吧，克里福德才管不了那么多呢。让这一切都见鬼去吧。他现在只对现代采煤工业的技术感兴趣，他要把特沃希尔拯救出来。

他日复一日地到矿场里去，琢磨着，那些总经理、井上经理、井下经理和工程师们，做梦都没有想到，他会对他们这么严厉。力量！他感到一种新的力量掠过他的身体：这是一种超越这些人之上的权威，是对成百上千的矿工们的权威。他明白了：渐渐地他能控制住这里的局面了。

他就像是获得了新生。他现在生机勃勃！以前和康妮在一起，过着那种艺术家和思想者的与世隔绝的生活时，他在慢慢地消沉。现在，让这些东西都见鬼去吧，让它们沉睡去吧。他简直觉得生命力从煤矿里，从矿井里，向他奔涌而来。矿场上那污浊的气味对他而言，比氧气还让人感到舒心。那给了他一种权威感，权威。他在干一番事业，他正要干一番事业。他会胜出的，一定会胜出：这不是那种靠小说赢得的胜利，那不过是宣传，整

126

个是在消耗精力，是充满恶意。他要的是一个男人的胜利。

刚开始他认为解决方法在于电力：他想把煤炭变成电力。然后，他又想出了一个新主意。德国人发明了一种新式的自燃机车，这种机车用不着司炉工，而是用一种新燃料，这种燃料在一定条件下，只用一点就能产生巨大的热能。

这个主意激起了克里福德的兴趣，这种浓缩燃料烧得慢，而且热力又猛。那么这种燃料要燃烧，光靠空气是肯定不够的，它一定还需要外界的其他刺激。于是他开始做实验，并找了一个聪明的小伙子来帮他，这年轻人据说在化学研究中很有天赋。

他感到胜利，终于从自我中走出来。他毕生的夙愿就是能从自我中跳出来，现在终于实现了。艺术未能帮他实现这个目标，反倒把他牵制住了。而现在呢，现在他成功实现了目标。

他并没怎么意识到波尔顿太太在背后的支持，也没怎么感觉到自己对她的依赖。但有一点是明显的，就是当他和她在一起的时候，他的声调就变得轻松亲密起来，几乎有些庸俗。

而跟康妮在一起的时候，他却总显得有些生硬。他觉得自己欠了她太多的东西，所以给她以最大的尊重和体谅，而她却只给了他外表上的敬意。显然，他暗地里是畏惧她的。他心中新的阿喀琉斯的脚后跟[1]还是有一个致命的弱点，在这里，他的妻子，康妮，能给他致命的一击。他对她怀着几分屈从的敬畏，对她非常谦和有礼。但是当他跟康妮说话的时候，他的声音却总有些紧张，而每当她出现的时候，他便渐渐沉默起来。

只有当他和波尔顿太太在一起的时候，他才真正感到自己是一位老爷，一个主子，他的话才会跟她的一样，流畅自如而又滔滔不绝。他还让她给自己刮脸，擦澡，就好像他是个小孩一样，真的好像他还是个小孩子。

---

[1]　阿喀琉斯的脚后跟典出古希腊神话，意为致命弱点。

第十章

　　康妮特别孤独，现在很少有人光顾拉格比了。克里福德也不再需要这些人，他甚至和那些知己都有点反目为仇。他变得很古怪。他更喜欢收音机，他花了些钱安装一台，最终装得非常成功。有时候甚至可以收听到马德里和法兰克福的电台，这在英格兰中部是很不容易的。

　　他可以独自坐在那儿，连续好几个钟头听着那收音机向外吼叫。康妮对此非常吃惊。但他就能坐在那儿，面无表情，神情恍惚，好像丢了魂似的听着，或者好像是在听着那无法形容的东西。

　　他真的在听吗？抑或那只是他在内心里想别的事情时使用的一种催眠剂呢？康妮想不明白。她只好逃到自己房间，或者到外面树林里去。有时候会有一种恐惧攫住她，那是一种对整个人类文明中所表现出来的那种原初疯狂所产生的恐惧。

　　但是现在克里福德已经逐渐迈向工业领域。他差不多成了那种外表强悍，而内心柔弱的生物，就像现代工业和金融界的那些令人惊异的龙虾闸蟹一样，成了一种无脊椎的甲壳动物，他们跟机器没什么两样，都披着钢铁一般的甲壳，但是体内却柔弱得像一堆纸浆。康妮自己都感到完全困惑了。

　　她仍然不自由，因为克里福德还是需要她。他似乎有种不安的恐惧，怕她会离他而去。他内心柔弱的那部分，他的情感和本性的那一面，仍对她有一种畏惧似的依赖，就像一个孩子、一个傻瓜那样对她有着深深的依赖。她是查泰莱夫人，他的妻子，她必须留在那儿，留在拉格比。否则，他就会像白痴一样在荒野中迷失自己。

当康妮意识到他这种令人惊异的依赖性时，她感到了一种恐惧。她听过克里福德跟他矿上的经理们、董事会的成员们以及那些年轻的科学家们之间的谈话，他看问题时的敏锐目光，他的权威，他对于这些所谓实干家们的不可置疑的物质权威，都让她惊讶不已。他自己也成了一个实干家，成了一个异乎寻常、极端精明的主子。康妮把这些生命关头的转变都归功于波尔顿太太。

但当这个精明的实干家一个人静下心来回到情感生活中时，他又成了白痴。他崇拜着康妮。她是他的妻子，是一个更高尚的存在，他对她崇拜得五体投地，他就像一个原始人，因为极度的畏惧而崇敬，其中甚至还包含了一种对于偶像权威的嫉恨，一个让人敬畏的偶像。他常常要求康妮发誓，发誓不会离开他，不会弃他而去。

"克里福德。"她对他说——但这是在她得到了那座小屋的钥匙之后——"你是不是真的想要我哪天生个孩子？"

他用那双微突的灰眼睛看着她，其中含着几分忧虑。

"如果不在我们之间造成变化，我是不会介意的。"他说。

"对什么不造成变化？"她问道。

"对你和我；对你我之间的爱情不造成变化。如果会影响到那一点，那我就全力反对。呵，也许哪一天我会有个自己的孩子的！"

她惊愕地望着他。

"我是说，也许这些日子里，哪天那个又回到我身上。"

她仍旧惊愕地瞪着他，让他觉得不安起来。

"那你还是不愿意让我有孩子啦？"她说。

"我告诉过你。"他像只被人逼急了的狗，赶紧回答道，"我是很愿意的，但前提是不触动到你我之间的爱情。如果会影响，我是坚决反对的。"

康妮只好在冷酷的畏惧和轻蔑中沉默下来。克里福德的这些话简直就是痴人说梦。他都不知道自己在说什么。

"呵，不会影响你我感情的。"她带点嘲讽的意味说道。

"很好！"他说，"这是关键！如果那样，我是丝毫不会介意的。我想，要是能有个孩子在这屋子里玩耍，而且感到自己能为他建立起一个锦绣前程，这绝对是再好不过的事。那我就有了奋斗目标，但是我必须知道那是你的小孩，是不是呢，亲爱的？我会把它看成自己的孩子一样。因为这一切都是有了你才显得重要。你是明白这一点的，是不是，亲爱的？我没法参与，所以我不重要。但是就生命而言，你不就是我吗！这一点你是知道的，对不对？当然，这是就我而言。我是说，如果不是因为你，我绝对什么都不是。我是为了你和你的将来而活着的。我自己是无关紧要的。"

康妮听着他的这些话，心里感到深深的沮丧和厌恶。这就是毒害人类生存的貌似真理的可怕东西之一。一个有理性的男人怎么会对女人说这种话？不过现在的男人都失去了理智。稍微有点高尚情操的男人，怎么可以把这生命责任的可怕重担加到一个女人身上，却让她一无所有呢？

而且，半小时的时间之后，康妮就听到克里福德以热烈冲动的声音跟波尔顿太太谈话，用一种毫无激情的激情向这个女人做自我表白，好像她是他的半个情妇，半个养母。波尔顿太太小心翼翼地为他穿上晚礼服，因为家里来了些企业界的重要客人。

康妮有时真的觉得她在这种时候会死去。她觉得自己要被这些不可思议的谎言，这些让人困惑的愚蠢的残酷压得粉碎。克里

130

福德在事业上那种奇特的效率让她十分敬畏，而他对她私下里崇敬的表白却使她感到惊恐。他们之间什么都不存在了。她现在再也没有接触过他，而他也再不抚摸她了，他甚至从来没有好好地拉过她的手握在自己的掌心里。没有，他们已完全没有接触了，而他还用那种崇拜宣言来折磨她，这是一种完全无能的残忍。她觉得她快疯了，要不就是她快要死了。

她总是尽可能地逃到树林里去。一天下午，当她默默地坐在约翰井边，若有所思地看着泉水冷清地翻涌的时候，猎场守护人大步朝她走了过来。

"我替您做了一把钥匙，夫人！"他说着，行了一个礼，把钥匙递给了她。

"非常感谢！"她惊了一下，说道。

"小屋不是太整洁，希望你不会介意。"他说，"我已经尽可能地把它收拾了一下。"

"我没想要给你带来这么多麻烦！"她说。

"哦，不是很麻烦。在一个星期内我就会把这些野鸡安置起来。但是它们不会怕你的，我早晚都得来看它们，但是我会尽量少来打搅你。"

"你不会打搅我的。"她辩解道，"如果是我碍事的话，我宁可不去那个小屋。"

他热切的蓝色双眼看着她。看上去很亲切，但又很超然。虽然他的样子看起来单薄，不怎么健康，但至少他的身体和心智是健全的。忽然他咳嗽起来。

"你感冒了。"她说。

"没什么——只是着了点凉！前段时间的肺炎搞得我如今还在咳嗽，不过这没什么。"

他跟她保持着一定的距离，不再向她靠近。

她于是常常往小屋那儿跑，早晨或者下午，但他从来没有在那儿出现过。无疑，他在有意回避她。他想为自己的隐私留一片空间。

他把小屋收拾得很干净，桌子和椅子都放在壁炉旁边，剩下的还有一些引火的木柴和小原木，他的工具和一些行李都放得远远的，似乎为了要消除他存在的印记。屋外边的空地上，他用树枝和稻草盖了个矮小的屋棚，那是给野鸡避雨的，在屋棚下有五只鸡笼。有一天康妮来的时候，发现笼子里有两只棕色的母鸡警惕而凶悍地卧在正孵着的鸡蛋上，它们抖松羽毛，如此骄傲地沉浸在女性的热血沸腾当中。这几乎使康妮的心儿破碎。她觉得现在自己是这样的孤独，被闲置着，完全不是一个女性，而只是一个担惊受怕的可怜虫。

不久，那五个笼子都装了母鸡，其中有三只棕色的，一只灰色的，一只黑色的。它们都那么相似，挤成一堆，带着女性的迫切，那种女性禀性，抖松羽毛，笨重而轻柔地蹲伏在蛋上。当康妮蹲到它们面前时，它们用闪光的眼睛注视着她，愤恨而惊恐地发出短促而尖锐的咯咯声，那是那种被人迫近时女性的愤怒。

康妮在小屋的玉米筐中找到了些谷物。她用手拿着去喂它们。它们不要吃，只有一只母鸡在她手上狠狠啄了一下，把康妮吓了一跳。但是她渴望帮它们做点什么，这些不吃不喝的孵蛋母鸡。她用小罐子给它们装了一些水，有一只母鸡喝了一口，她高兴极了。

她现在每天都来看这些母鸡，它们是这个世界上唯一可以使她的心感到温暖的东西。克里福德的表白让她从头凉到脚。波尔顿太太的声音使她发冷，那些来访的企业界人士也一样。迈克利斯偶尔写给她的信，也同样使她产生寒气袭人的感觉。她觉得要是还这么继续下去的话，她真的要死了。

然而春天到来了，林中的风信子正在开花，榛树也发芽了，像一阵绿色雨点撒满在树上。多么可怕呀！春天到了，而一切却这样无情，这样冷酷。只有那些母鸡，那些抖松羽毛蹲伏在鸡蛋上的母鸡，它们热烈地孵小鸡的女性身体才是温暖的！康妮感觉自己随时都会晕过去。

这一天，阳光明媚，一丛丛樱草花在榛树下灿烂地盛开着，小径上缀满了紫罗兰，康妮午后来到鸡笼边，在一只笼子前面，一只很可爱的小鸡在扬扬自得地迈着蹒跚的步伐，而母鸡妈妈则在后面担惊受怕地发出咯咯的声音。这小东西是棕灰色的，身上还带着一些黑色的斑点，它在这个时候，简直就是整个大地上最有活力的生命。康妮蹲下去，欣喜地注视着它。生命！这是生命！那么纯洁，那么有活力，那么无所恐惧的新生命！一个新的生命！它是这样的纤小，这样的毫无畏惧！它甚至还癫癫地跑了起来，跌跌撞撞地回到鸡笼那儿，在母鸡的惊恐的警告声中藏到妈妈翅膀下面去了，它其实并不是那么畏惧，它就觉得好玩，把这当成一种好玩的游戏。不一会儿，那个尖尖的小脑袋又从母鸡金棕色翅膀下钻了出来，探视着这个世界。

康妮沉醉于其中。而与此同时，她女性的孤独凄凉感从来也没有像现在这样的剧烈和痛苦，她几乎不堪忍受。

她现在只有一个愿望，就是到林中的那块空地去。其他一切不过是苦痛的梦境。但是有时她为了尽到主妇的职责，不得不整天留在拉格比。那时，她感到自己日渐空虚，以致发狂。

一天傍晚，用过茶以后，她也不管家里有没有客人，就自己跑了出来。已经不早了，她好像怕被人发现了又要被叫回去似的，飞奔着穿过了花园。当她走进树林的时候，深红色的太阳刚刚西沉，但她在花丛中赶紧走着。其实离天黑还有挺长时间。

她来到空地上的时候还脸色通红，神情迷茫。猎场守护人也在那儿，只穿着衬衣，刚好在关鸡笼的门，这样这些小鸡才能安全地过夜。但是还有三只褐色的小东西，在稻草棚下叽叽叫着，伸着小脚丫到处乱跑，一点也不听母鸡妈妈焦急的召唤。

"我想来看看这些小鸡！"康妮害羞地瞟了一眼猎场守护人，喘着气说，好像旁若无人似的，"又有新的小鸡了吗？"

"到现在为止，已经有三十六只了。"他说，"真不赖。"

看着这些小生命一个个出世，他也同样有着一种奇异的快乐。

康妮在最后一只鸡笼前蹲下来。那三只小鸡已经进笼里去了。但是它们放肆的脑袋还是起劲地从黄色羽毛里钻出来，一会儿缩回去，一会儿只有珠子一样的小脑袋从鸡妈妈硕大的身子下往外张望。

"我特别喜欢去摸它们。"她说着，小心翼翼地把手伸进了笼子里。但那只母鸡马上狠狠地啄了她一下，康妮吓了一跳，赶紧把手缩了回来。

"它怎么啄我！它这么恨我！"她惊异地说道，"我又不会伤害它们！"

那人站在她旁边，笑了起来，他在她身旁蹲了下去，两膝微分，自信地把手慢慢地伸到笼子里。母鸡虽然啄了他一下，但并不是很重。慢慢地，轻轻地，他用稳重而柔和的手指，在母鸡的翅膀下摸索着，然后把一只小鸡握在手中拿了出来，小东西还在轻轻地叽叽叫着。

"喏！"他说着，朝她伸过手来。她把小东西双手捧过来，它用那两条极细的小腿站了起来，这个颤颤巍巍、摇摆不定的小生命，它那轻轻的颤动从轻巧的腿上传到了康妮的手心里。但它还是勇敢大方地抬起了它清秀的小脑袋，急切地向四处瞧着，不时发出"叽叽"的叫声。"多可爱的小家伙！这么横行霸道！"她温柔地轻轻说道。

猎场守护人蹲在她的身边，也开心地看着她手里那个勇敢的小家伙。忽然他看见一滴眼泪落在她手腕上。

他起身站远一些，来到另一只鸡笼前。他突然意识到往昔的火焰又熊熊燃起，火苗在他的腰间跳跃着，吞噬着，他原来一直以为这火焰已经永久地熄灭了。他背对着康妮，跟这欲火斗争着。但是这火焰跳动着，向下蔓延，萦绕在双膝间。

他转过身去看着她。她正跪在地上，慢慢地向前伸出双手，摸索着，让小鸡回到母鸡那儿去。她身上有某种如此静默孤独的东西，对她的同情之火在他五脏六腑燃烧。

他毫无意识地快步走到她身边蹲下去，从她手里接过小鸡，因为他知道她怕那只母鸡，他把小鸡放回笼子里。这时，腰间的火焰突然更猛烈地蹿起来。

他惶惶地瞥了她一眼。她转过脸去，无声地哭了起来，她在为她这段时间孤独凄凉的无限苦楚而哭泣。他的心顿时融化了，成为一团烈焰。他伸出手放在她的膝上。

"不要哭了。"他温柔地说。

然而，他用双手捂着脸，觉得她的心真是碎了，什么都已经不重要了。

他把手放在她的肩上，温柔地，轻轻地，沿着她的后背的曲线滑了下去，不由自主地，他的手摸索到了她的蜷曲着的腰间。他的手在那儿，轻轻地，温柔地，凭着一种盲目的本能，爱抚着她曲线柔和的腰际。

她找到了手绢，摸索着想把眼泪揩干。

"要不要去小屋里？"他平定而镇静地说。

他双手温柔地扶着她的肩膀，帮她站立起来，扶着她慢慢朝小屋走去，进到屋里，他才松开她。他把桌椅推到一旁，从工具箱里取出了一条棕色的军用毯，慢慢地把它铺在地上。她毫无表情地站在那儿，朝他脸上扫了一眼。

他脸色苍白，没有任何表情，好像要任凭命运的摆布。

"在这儿躺下吧。"他温柔地说着，关上了门，这一来，小屋里变暗了，完全黑暗了。

她奇异地顺从了他，在毯子上躺了下来。然后，她感到一只

135

温柔的、不安地摸索着的手，被欲望无望地驱使着，触摸着她的身体，触摸着她的脸。那只手温柔地，轻轻地爱抚着她的脸，给她以无限的宽慰和镇静，然后，她的面颊被印上轻轻的吻。

在一种昏睡的梦幻状态中，她静静地躺在那儿。她感到他手在轻轻地，然而又怪笨拙地在她的衣服上摸索着，她不禁颤抖起来。但是这只手，却又知道如何从它想要的地方，解开她的衣服。他慢慢地，小心翼翼地，拉下了她薄薄的丝绸紧身衣，一直拉到她的脚踝。然后在一种极度兴奋的战栗中，他吻着她温暖柔软的身体，吻着她的肚脐，在那儿逗留了好一会儿。接着他马上进入了她的身体，他全然进到了她柔软安宁的肉体中那最平静的港湾。对于他而言，深入女人身体的那一刻是他内心最安宁的时刻。

她静静地躺在那儿，好像在沉睡，她总是在这种沉睡状态中。所有的兴奋和高潮，都是他的；她无须努力得到什么。即使他紧紧地抱着她，身体剧烈地运动，射精，她都是睡着的，直到他精力耗尽，靠在她胸前轻轻喘息的时候，她才开始醒过来。

然后她感到惊诧，只是朦胧地感到惊诧，为什么？为什么这是必要的呢？为什么它竟能驱除掉她头上浓重的阴云，而给她以安宁？这是真的吗？这是真的吗？

她那饱受折磨的现代女性头脑一刻不停地在转动。这是真的吗？她知道，如果她委身于这个男人，那么这就是真的。但是她如果还要自我固守，那它就什么也不是。她感到很苍老，感到自己有几百万年那么苍老。最终，她再也不能承担起自我的重担。她整个身心随时都可以奉献出去，随时。

那人躺在那儿，沉浸在神秘的静思中。他有什么感觉？他是怎么想的？她不知道，他对她而言是一个陌生人，她不了解他。她只有等待，因为她不敢去打破他神秘的静思。他趴在那儿，抱着她，他湿湿的身体紧贴在她的身上。这是多么陌生的身体啊。然而它却并不让人感到不安。他的沉静本身是那么安宁。

这一点，当他醒过来离开她的身体时，她就明白了。那就像把她遗弃了似的。他在黑暗中把她的衣物收拾起来，盖在她的膝盖上，然后自己在那儿站了一会儿，显然在整他自己的衣服。然后他静静地拉开门，走了出去。

　　她看见橡树枝头升起一弯新月，照耀着落日的残晖。她赶快翻身坐起，穿好衣服，朝小屋的门走去。

　　低矮的树丛都沉到了阴暗中，差不多全黑了。然而，头顶上的天空像水晶般透明，不过天空中几乎没有洒下任何亮光。他穿过低矮的阴影朝她走来，扬着他那像一块白点的脸。

　　"我们走吧！"他说。

　　"到哪儿去？"

　　"我送你到园门口。"

　　他有他的处事方式。他锁上小屋的门，跟在她后面。

　　"你不会后悔吧，你会吗？"当他走到她身旁的时候，他问道。

　　"不！不后悔！你呢？"她说。

　　"光为这事！我是不会后悔的！"过了一会儿，他又加了一句："但是还有其他事情。"

　　"其他什么事？"她说。

　　"克里福德爵士。其他的人。还有接下来的一些复杂问题。"

　　"为什么会有复杂的事情呢？"她沮丧地问道。

　　"事情总是这样发展的。对你对我都一样，总会复杂的。"在黑暗中，他稳步前行。

　　"那你觉得后悔吗？"她说。

　　"在某些方面是有点儿后悔吧！"他一边回答，一边仰望着星空。"我以为我再也不会有这种事了。但是现在我又开始了。"

　　"开始什么了？"

　　"生活。"

　　"生活！"这话在她心中回荡着，让她感到一种奇异的兴奋。

"这就是生活。"他说，"没办法躲避的。如果你躲避它，你也许就会死去。所以，如果不得不重新开始，我愿意接受它。"

她不完全这么看，但是仍然……

"那是爱情！"她欢快地说道。

"不论它是什么，都一样。"他回答道。

他们都默不作声地穿过渐渐黑下去的树林，最后来到了园门口。

"你不会恨我吧，会吗？"她渴望地说。

"不，不会的。"他答道。突然地，他紧紧地把她搂在胸前，那是一种原始的激情。"不，对我来说太好了，真的太好了，你是这样觉得的吗？"

"是的，我也这样觉得。"她答道，有点不是实话，因为她还没有完全清醒过来。

他轻轻地，温柔地吻着她，他的吻是那么热烈。

"要是世界上没有其他人就好了。"他悲叹道。

她呵呵笑了。他们到了园门口，他为她打开了门。

"我不送了。"他说。

"不用送了！"她把手伸了出去，似乎想和他握别。但他却用双手握住了她的手。

"我还能再过来吗？"她的问话充满了期待。

"能啊！当然能！"

她离开他，穿过了园林。

他站在后边，看她消失在黑暗中，那黑暗和远处地平线的苍白形成鲜明对照。他几乎痛苦地看着她离去。当他想要一人独处时，她又把他拴了起来。她让一个最终想要一人独处的男人付出了痛苦的代价，失去了隐居的清净。

他向黑暗的林中走去。一切都那么寂静，月亮也沉下去了。但他仍能感受到夜的声响，那是斯达克斯门的机器声，那是大路上来来往往的车辆声。他慢慢地登上那座光秃秃的小丘。从那儿的顶端，他能看见整个乡村，看见斯达克斯门那儿一排排的灯光，特沃希尔煤矿上较小的亮光，特沃希尔村里的黄色灯光，在昏暗的乡间，随处都是灯光，远处，是熔炉的红色火光，朦朦胧胧，呈玫瑰色，因为夜空晴朗，所以才有白热金属倾倒时的那种玫瑰色。斯达克斯门的电灯光，多么刺眼多么让人憎恶啊！这其中有着一种无法言明的罪恶本质！这让人不安的，永远躁动着恐惧的英格兰中部工业之夜啊！他听到斯达克斯门的卷扬机运转着，将七点那一班工人送到矿井里，他们分成三班轮流作业。

他再次走向那幽暗而僻静的树林。然而他知道，僻静的树林只不过是个幻觉。工业的嘈杂打破了这里的寂静，那刺眼的灯光，虽不能见，但却在无形中嘲弄着树林的孤寂。没有人能离群索居，超然物外。这个世界是容不下隐者的。现在，他已经得到了这个妇人，他决定重新回到那个痛苦与命运的轮回中。他的经验告诉他这意味着什么。

这并不是女人的过错，更不是爱情的过错，甚至也不是性欲的过错。错就错在那邪恶的电灯和恶魔般的机器喧嚣。那里，在那个有着贪婪而又贪婪的机械、有着机械的贪婪的机械世界里，灯火闪烁、金属喷涌、汽笛喧嚣、藏污纳垢，时刻准备着毁灭一切不能跟它们同流合污的事物。很快，这片树林就会被摧毁，风信子也不再生长。所有脆弱的事物，都将消失在那咆哮着、翻涌着的铁水中。

他对那妇人充满了无限的柔情。可怜的孤独女人啊，她竟不知道自己是这样的可爱，哦！她所接触的那些粗俗的事物简直配不上她的美好！可怜的人儿，她也有着野水仙那样的柔弱，容易受到伤害，她根本不是坚韧的橡胶制品和白金，像那些摩登女子那样。它们会把她毁了！无疑，它们会毁了她，就像它们毁灭一切本性柔弱的生命一样。多么柔弱啊！她是那么的柔弱，柔弱得

139

像一株生长着的野水仙那么柔和恬静，而这种气质正是当今那些造作的女人身上所缺乏的。他要用心呵护她一小会儿。只是一小会儿，随后那无情的钢铁世界和那机械拜金主义的贪婪就会把他们俩都毁灭掉，她和他。

他带着枪，牵着猎犬，回到了自己的昏暗小屋，点上灯，生起火，他开始吃晚餐：几片面包和一些奶酪，就着几个洋葱头和啤酒。他独身一人，但他就喜欢这种静静的孤独。他的房间干净整洁，但是有些空荡荡的。房间里炉火明亮，炉台是洁白的，一盏油灯悬在铺着白漆布的桌子上，亮堂堂的。他本想读一本关于印度的书，可是今晚，却怎么也读不下去。他穿着衬衣坐在火炉边，没有吸烟，只有一杯啤酒在手边。他想起了康妮。

说实话，他对今天那事很后悔，也许大部分是为她。他有一种预感。并不是错误感或者罪感；在那方面他不受良心的谴责。他知道，良心主要是对社会的恐惧，或者对自我的恐惧。他并不惧怕自己。但是他很清楚自己是惧怕社会的，他本能地感到这个社会是只恶毒的、几近疯狂的野兽。

那个女人！要是她能够跟他一起，生活在一个没有外人的世界该多好啊！他的情欲又翻涌起来，阴茎像一只精力充沛的鸟儿那么兴奋激动。而同时，又有一种压迫感沉重地压在他的双肩，他害怕自己和她的事情会暴露在外界的"物"面前，那邪恶地在电灯光中闪烁的"物"。她，这可怜的人儿，对他而言，只不过是一个年轻尤物；但却又是一个他进入过，而且仍然对其怀有欲念的年轻尤物。

他伸了伸懒腰，打了个呵欠，怀着奇异的欲念，因为他已经离群索居了四年。他站起来，重新穿上外套，背上枪，把灯火拨小，牵着猎犬走进了繁星满天的夜色中，他的欲望和那种对外界恶毒之"物"的恐惧交织在一起，这种情感驱使着他在树林中慢悠悠地逡巡着。他喜欢这种黑暗，喜欢让自己笼罩在这黑暗里。

这黑夜正适合他那膨胀的欲望，这欲望不管怎么说，像是一笔财富；他阴茎躁动的不安，腰际蠢动的烈火！啊，要是可以和其他人联合起来，跟外界那些闪烁着的电动之"物"去抗衡就好了，那些柔弱的生命、柔弱的女人，还有那财富般的自然情欲就可以得到保护。要是这些人能肩并肩地联合起来战斗就好了！但是所有的人都站在那边，迷醉在那些"物"中，在机械的贪婪或者贪婪的机械之奔腾中，欣喜若狂或者一败涂地。

而康妮呢，她几乎没怎么思考就匆匆穿过了园林回到家里。到那时为止，她还没有什么想法。她应该还来得及赶上晚饭的。

可是，她很懊恼地发现门是插上的，她不得不去按铃。波尔顿太太开了门。

"哎呀，您可回来了，夫人！我还正担心您是不是迷了路呢！"她说，带点无赖的味道，"不过好在克里福德爵士还没有问起您；他正跟林雷先生在一起说着什么事。我看他可能得留下来吃晚饭了，您说是不是，夫人？"

"大概是吧。"康妮说。

"我是不是推迟一刻钟开饭？这样您可以有些时间从容地换件衣裳。"

"这样也好。"

林雷先生是矿场的总经理，一个上了年纪的北方人，没有足够的活力来使克里福德十分满意；既不适应战后的新环境，也不符合战后煤矿工人"慢慢来"的信条。可是康妮喜欢林雷先生，尽管她很反感他太太一副拍马屁的样子。好在那女人没来，免去了康妮的不快。

林雷留下来吃晚饭，康妮是那种男人们喜爱的主妇，她很谦逊，然而又非常殷勤体贴，她大大的蓝眼睛和安详的神态，让谁都没法儿看出她到底在想些什么。康妮把这种角色演得十分娴熟，这都几乎成了她的第二天性；然而，那绝对只能是第二天性。奇

141

怪的是，当她演着这种角色时，她竟能把一切都从意识里抛开。

她耐心地等着，终于，她可以上楼去想想自己的事情了。她就这么等着，好像等待是她的拿手好戏。

然而，当她回到自己的房间时，她依旧觉得茫然而困惑。她都不知道该从哪里想起。他究竟是一个什么样的人呢？他真的喜欢她吗？她觉得他并不那么喜欢她。然而他很亲切。有某种东西，一种温暖天真的亲切，奇特而又突然地，几乎让她把子宫为他而敞开。但是她觉得，也许他对任何女人都是这样亲切。不过即使这样，这种亲切仍然不可思议地给人以安慰。他是一个充满着激情的人，那么健全而又充满激情。但他也许并不那么专一，他可能对任何一个女人都会像对她这样。那其实不是针对个人的。对他而言，她只是一个女人而已。

不过也许这样更好。毕竟，他是对她的女性身份亲切，这是任何男人从来没有做过的。男人对她这个人很亲切，可是对她的女性身份却相当残酷，蔑视她或全然无视她。男人们对康斯坦斯·瑞德或者查泰莱夫人十分亲切；但是对她的子宫却不然。而他却会温柔地爱抚着她的腰际，她的乳房，不管她是康斯坦斯还是查泰莱夫人。

她第二天又去了小树林。那是一个灰色的、寂静的午后，深绿色的山靛散布在榛树林脚下，所有的树木都在默默地努力绽放新芽。今天她几乎可以感觉到那大片树木巨大的生命力涌动，向上涌动，向上，向上，直到每一个新芽的芽尖上，新芽长成火红的小橡树叶，古铜般的色彩如同血一样鲜艳。那是澎湃的浪潮，向着天空奔涌。

她来到林中的空地上，但是他不在那儿。她也没抱多大的希望能看到他。小野鸡们轻快地跑来跑去，灵巧得像一群小昆虫，而那只黄母鸡则在鸡笼那边咯咯地急切叫唤。康妮坐下来看着它们，等待着。她只会等待。她甚至都没注意小野鸡。她就那么等着。

时间梦一般悠悠过去，他还没来。她也没怎么希望等到他。他下午是从来不到这儿来的，她得回家去用茶了。但是她费了很大的劲才逼着自己勉强离开了。

她回家的时候，下起了蒙蒙的细雨。

"又下雨了吗？"克里福德看她抖着帽子上的雨珠，说道。

"毛毛雨。"

她默默地斟着茶，出神地想着她的心事。她今天还是想去看看那猎场守护人，看看那究竟是不是真的。那事情究竟是不是真的。

"过会儿我跟你念几段书吧？"克里福德问道。

她望着他，心想，难道他感觉到什么不对劲了吗？

"春天总会让我觉得有些不舒服……我想我也许该去休息一会儿。"她说。

"随你吧，你不会觉得特别不舒服吧？"

"还好，就是有点儿累……春天到了的缘故。要不叫波尔顿太太过来和你玩玩牌？"

"不用！我听听广播好了。"

她听出了他声音中那奇怪的满足。她回到楼上自己的卧室，在那儿她听见收音机开始咆哮，用的是一种棉绒般假斯文的白痴声音，有点像一连串街头叫卖声，是模仿老叫卖者的尖叫，是假斯文的装腔作势。她穿上她的紫色旧雨衣，从旁门溜了出去。

蒙蒙细雨就好像给世界戴上了一层面纱，神秘，寂静，天气不冷。当她匆匆穿过花园后，她都感到热了。她不得不解开她的雨衣。

在傍晚的蒙蒙细雨中，树林里沉寂、宁静、隐秘，充满卵子与半抽新芽、半绽花蕾的神秘。昏暗中，所有的树木好像都已经宽衣解带，赤条条地闪着幽暗的亮光，地上一切青翠的东西，仿佛都在发出绿色的低吟。

空地上杳无人迹。小鸡们差不多都藏到母鸡的翅膀下去了，只有一两只最冒失的小鸡，还在草棚下的那块干地上来回轻轻啄着。但它们的脚步也都是犹犹豫豫的。

那么，他还没有来！他是故意不来的。要不就是有什么事不对头。也许她应该去他住的农舍那边看看。

但她生来就是为了等待的。她用她的那把钥匙，打开了小屋的门。一切都十分整洁，谷粒都盛在柜子里，毯子叠好放在架子上，稻草整齐地堆在屋角；这是新添的一捆稻草。钉子上挂着防风灯。桌子和椅子也都放回到昨天她躺过的地方了。

她在门边的一张小凳子上坐下来。多么宁静！细雨蒙蒙，发出淅淅沥沥的声响，风却寂然无声。万籁俱寂。树木挺拔直立，影影绰绰，那么朦胧，沉默而又生机盎然。一切都这么朝气蓬勃！

夜色逐渐降临，她不得不离开。看来他在躲着她。

但是突然，他大步地朝空地上走来，穿着那件看起来像车夫似的黑色雨衣，湿得发亮。他朝小屋迅速瞥了一眼，微微地行了个礼，然后转过身朝鸡笼走去。他无声地蹲下去，小心地注视着一切，然后小心地为母鸡和小鸡关好门，让它们安全过夜。

最后，他终于慢慢地向她走了过来。她还坐在小凳上。他在门廊下和她面对面站着。

"乃来啦。"他土腔土调地说。

"是的！"她抬头看着他说，"你来晚了。"

"是啊！"他一边回答，一边向林中望着。

她慢慢地站起身，把小凳子推到一旁。

"你要进来吗？"她问道。

他精明地看着她。

"要是你天天晚上到这儿来，别人不会有想法吗？"他说。

"怎么会呢？"她茫然地抬起头望着他，"我说过我要来的。再说没人知道。"

144

"但是，他们很快就会知道的。"他答道，"那个时候该怎么办呢？"

她也不知道应该怎样回答。

"他们怎么会知道呢？"她说。

"人们总会知道的。"他悲凉地说道。

她的嘴唇有点颤抖起来。

"但是我实在忍不住。"她的声音有些发颤。

"不。"他说，"如果你不来就忍住了——只要你愿意。"他低声添了一句。

"但是我不想那么做。"她嘟囔着。

他转过脸，看着那边的树林，沉默无言。

"那要是人们知道了又怎么办呢？"他终于问道，"想想吧！你会觉得多么屈辱啊，不过是你丈夫的一个仆人！"

她仰视他避开的面孔。

"是不是。"她结结巴巴地说，"是不是你不想要我了？"

"你想想看！"他说，"你想想，要是人们都知道了——克里福德爵士和——唾沫淹死人啊——"

"那，我可以走啊。"

"走到那儿去呢？"

"哪儿都行！我自己有收入。我母亲留给了我两万英镑的信托基金，我知道这笔钱克里福德是不能动的。我可以离开的。"

"但是也许你不想走呢？"

"我会，我会走的！我才不管会发生什么事呢。"

"呵，你是那样想的吗？但你会在乎的！你不得不在乎，人人都会要考虑考虑。因为你得记着，你是查泰莱夫人，你在跟一个猎场守护人发生暧昧关系。如果我是一位绅士，事情就另当别论。是的，你会在意的，你不能不顾虑。"

"我不会在意那些东西的，我是夫人又怎么样！我真的讨厌

145

这个名称，人们每次这样称呼我的时候，我总感觉他们在嘲弄我。是的，他们是在嘲弄我！甚至你在称呼我的时候，也是这样的。"

"我！"

这是他第一次正视她，他直视着她的双眼。"我并没有嘲弄你的意思。"他说。

当他这样看着她时，她发现他的眼睛阴暗起来，十分阴暗，他的瞳孔也张大了。

"你一点都不担心后果吗？"他声音沙哑地问道，"你应该好好考虑一下，别等到无可挽回的时候，那就太迟了。"

他的声音很奇怪，像是警告又像请求。

"可是我没有东西可以失去。"她急躁地说道，"如果你觉得我会失去一些东西的话，你要明白，那正是我愿意失去的。你是在为自己担忧吧？"

"唉！"他简单地答道，"是的，我是在担忧！我害怕！我害怕所有这一切。"

"你到底在担心什么？"她问道。

他很快地将头向后甩了一下，意思是说外面的世界。

"所有的东西！所有的人！他们所有的这一切。"

说完，他弯下腰来，突然在她不愉快的脸上亲了一下。

"不，我无所谓。"他说，"让我们来吧，别的都不管了！不过要是有一天你后悔做了这种事——"

"不要敷衍我。"她恳求道。

他的手指轻抚着她的脸颊，再次突然地吻了她。

"我们进屋吧。"他温柔地说道，"这样你可以把雨衣脱了。"

他把枪挂起来，脱去那件已经打湿的外衣，然后去把毯子取了出来。

"我多带了一条毯子过来。"他说，"如果你喜欢的话，我们可以把这一条盖在身上。"

"我不能待太长时间。"她说,"七点半我得回去吃晚餐。"

他迅速望了她一眼,然后看了看他的表。

"好吧。"他说。

他关上门,在悬挂着的防风灯里点起了小小的火光。

"哪一天我们要玩个时间长的。"他说。

他小心地把毯子放下,一条叠好的用来枕她的脑袋。然后他在那张小凳上坐了一会儿,他把她拉到身边,用一条手臂紧紧搂住她,另一只手在她身体上游走。当他发现她的秘密时,她听见他深吸了一口气。在她薄薄的衬裙下,什么也没穿。

"哦!触摸侬是什么劲头啊!"他一边说,一边用手指爱抚着她的臀部和腰部那细嫩、温暖而私密的肌肤。他慢慢地一遍又一遍地,用他的脸颊轻轻地蹭着她的小腹和大腿。他是那么迷醉,让她惊讶不已。触摸她生动而隐秘的肉体时,他所感到的那种美,那种心醉神迷的欢欣,是她所不了解的。因为只有激情可以意识到它。激情消逝的时候,再美的东西也会显得莫名其妙,甚至有点可鄙;温暖的、生动的,因肉体接触而产生的美,比视觉上的美要更深厚得多。她可以感到他的脸在她的大腿上、小腹上,在她臀部,温柔地滑动,感到他的髭须,他的柔软而浓密的头发,紧紧地擦过她的肌肤,她的双膝开始战栗起来。在体内幽远的深处,她感到了一种新的躁动,一种新的裸露在浮现。她有些害怕起来。她觉得他不能再这么爱抚她了。他紧紧地搂抱着她,而她还在等着,等着。

当他进入她的身体,在强烈的安慰与满足中寻求到纯粹的平和时,她还在等待着。她觉得自己似乎被忽视了。但是她知道,那多半是由她自己造成的。她决意要自己进入这种单独状态。现在也许她是注定要这样了。她静静地躺着,感受他在她体内的动作,他深深陷入的专注,他在射精时的突然战栗,然后他的拱动慢慢舒缓下来。这种臀部的拱动,无疑有些可笑。假如你是一个女人，而且在做这种事情，无疑会感到男人屁股的这种拱动极为可笑。无疑会感到男人的这种姿势和动作十分可笑！

但是，她安静地躺着，没有畏缩。甚至他做完之后，她也没有像原来和迈克利斯在一起时那样，奋起争取她自己的满足；她静静地躺着，泪水慢慢盈满眼眶，然后流淌下来。

他也静静地躺着，但是紧紧搂住了她，他想用自己的腿放在她那双可怜的裸腿上面，这样可以让她温暖些。他以一种亲密而自信的温暖躺在她的身上。

"乃冷吗？"他温柔地小声问道，好像她离他很近很近。而她却远远地遭到冷遇。

"不冷！但是我得走了。"她温和地说道。

他叹息着，把她搂得更紧了，然后他又放松下来歇歇。

他没有猜到她会流泪，他以为她此时此刻的感受和他的一样。

"我得走了。"她又说了一遍。

他起身在她身旁跪了一会，吻她大腿的内侧，然后把她撩起的裙子拽下来，同时在防风灯十分微弱的光亮中不假思索地系上自己的衣服，甚至都没有转过身去回避一下。

"哪一天乃一准来农舍。"他说着，温情，坚定，安闲地望着她。

但是她毫无生气地躺在那儿，向上凝视着他，心想：陌生人！陌生人！她甚至觉得有点怨恨他。

他穿上外衣，寻找着掉在地上的帽子，然后挎上了枪。

"来吧！"他低头看着她，眼神热情而平和。

她慢慢站了起来，她不想走；却也不想留在那儿。他帮她穿上那件薄薄的雨衣，看看她是不是把衣裳都整理好了。

他打开门，外面黑了。那条忠实的猎犬看见他就欢快地站了起来。细雨灰蒙蒙地在黑暗中飘洒着。天真的很黑了。

"俺得打上灯。"他说，"不会有人的。"

狭窄的小径上，他前面带路，防风灯低低地摇晃着，照亮了地上湿漉漉的草，闪着黑色光亮的树根就像蛇一样，花儿也无精打采。除此之外，雨中的一切，都灰蒙蒙的，一片漆黑。

"哪一天乃一准来农舍。"他说，"乃会来的吧？俺们一不做二不休。"

她对于他这种奇特而持续想要她的欲望感到很迷惑，他们之间没有交流，他甚至从来没跟她真正说过话，而她也不由自主地厌恶他的土话，他说"乃一准来"的时候似乎不是在跟她说话，而是跟一个普通的女人在说话。看到骑马道上毛地黄的叶子，她知道大概已经走到什么地方了。

"现在七点一刻。"他说，"你还赶得上。"他的声调变了，似乎觉察到了她的疏远。当他们转过了路上的最后一个弯，走向淡褐色的篱墙和园林门的时候，他把灯火吹灭了。"这儿我们可以看得见路了。"他说着，轻轻扶住她胳膊。

但是，走起路来还真是不容易，对付脚下的泥土还需要诀窍，不过他还是可以凭感觉踏出路来，他已经习惯了。到了园林的门口，他把电筒交给她。"园林里还是有点亮的。"他说，"不过，你还是拿着它吧，免得走错了路。"

的确，在空旷的园林中，似乎有着一种幽灵似的灰色的微光。突然，他把她拉到自己怀里，手又在她衣服下面摸索起来，冰冷而潮湿的双手触摸着她温暖的肉体。

"抚摸着一个乃这样的女人，我就是死也心甘！"他沙哑的嗓音说道，"哪怕只能多待一分钟也好。"

她觉着他对她的欲望又在重新燃起。

"不！我得赶紧走了！"她有点慌乱地说。

"呃，好吧。"他应道，马上改变了态度，让她走开了。

她转过身，却又马上掉转头来对他说："吻吻我。"

他在黑暗中朝她弯下身，吻了吻她的左眼。她扬起她的双唇，他轻轻地吻了一吻，但很快就退缩了。他不太喜欢那种唇吻。

"我明天再来。"她一边说，一边往回走，"如果可以的话。"她加了一句。

"那好，不要来得太晚。"他的声音从黑暗里传出。她已经完全看不见他了。

"晚安。"她说。

"晚安，夫人。"他答着。

她停下来，回过头朝着那潮湿的黑暗中望去。夜色中她只能看到他黑乎乎的一片。"干吗这样说？"她说道。

"那好吧。"他回答道，"那么，晚安，快回去吧！"

她隐没在了灰黑的夜色之中。到家时她发现旁门还开着，于是神不知鬼不觉地溜回了自己的房里。当她关上房门的时候，晚餐的铃声响了，但她还是决意要洗个澡——她必须给自己洗个澡。"以后再也不能这么晚了。"她心想，"这未免太恼人了。"

第二天她没去树林，倒是跟着克里福德到尤瑟维特去了。他现在可以偶尔坐车外出了，他雇了一个强壮的年轻人做司机，必要时，年轻人可以帮他从车上下来。他是特地来看他的教父，莱斯利·温特的。莱斯利住在尤瑟维特附近的希普利宅邸，是一位富有的老绅士，在爱德华七世时代，他是那些有过黄金时期的、富有的矿主之一。爱德华七世因为打猎，还在希普利庄园住过几次。这是一所十分堂皇的老式的灰墙宅邸，里面陈设考究，温特是独身，他对于自己家里的这种布置风格很是骄傲；但是，这所宅邸却被煤矿包围在中间。温特依赖于克里福德，但是由于那些画报上的照片和文学，他个人对他并无太多的尊敬。这老绅士是爱德华七世那一派的纨绔子弟，在他看来，生活就是生活，那些舞文弄墨的人又是另一回事。而对于康妮，这老绅士却总是殷勤备至；他觉得她是一个魅力十足、端庄文雅的少妇，跟克里福德一起生活未免有些可惜，而且她也不可能带给拉格比一个继承

150

人，这是最为遗憾的事情。不过他自己也没有子嗣。

康妮在想，要是他知道了克里福德的猎场守护人和她发生了关系，还跟她说"哪一天乃一准来农舍"，他会说什么呢？他肯定会憎恶她，轻蔑她，因为他几乎仇恨劳动阶级的人挤到跟前来。假如她的情人是和她同一阶级的人，他是不会介意的，因为康妮天生就被赋予了那种端庄、顺从、柔和的气质，也许这就是她的天性。温特常称她"亲爱的孩子"，还送了她一幅18世纪可爱的女子小画像，她违心地接受了。

康妮全神贯注地想着她和猎场守护人的事。毕竟，温特先生是个真正的绅士，是老于世故的人，他把她当成一个人，一个有品位的个人来看待；他不会用"乃""侬"这样的字眼而把她跟其他的女人混为一谈。

她那天没去树林里，第二天也没有去，第三天也没去。只要她觉得，或者设想自己感到那人在等她，想她，她就不去那儿。但是到了第四天，她就坐立不安了。不过她仍然不愿意到树林中去，再一次把她的双腿朝那个男人张开。她想尽了一切她可以做的事情——到谢菲尔德去，或者去拜访一些朋友，可是一想到这些事情，她就觉得很反感。最后她决定出去散散步，但不是去树林那边，而是朝着相反的方向；穿过园林樊篱那边的小铁门，她可以到马瑞海去。那是一个阴沉的春日，天气还比较暖和。她漫无目的地走着，沉浸在连她自己都没有意识到的心事中。她对外界的事物一点都没往心里去，到了马瑞海的农庄，她才突然在狗的狂吠声中惊醒。马瑞海农庄！这个农庄的牧场都延展到拉格比园林的围墙边了！所以都成邻居了，但是康妮却好久没有到这儿来了。

"贝尔！"她对那只白色的大巴儿狗说，"贝尔！你忘记了我了吗？不认识我了？"她有些怕狗，贝尔一边向后退，一边狂吠。她想穿过那个农家院子，到畜牧场那条路上去。

弗林特太太走了出来。她和康妮一般年纪，原来是教师，但是康妮疑心她是个虚伪小人。

"呀，是查泰莱夫人！哎呀！"弗林特太太的眼睛里闪着光芒，脸红得像个小女孩。"贝尔！贝尔！怎么了！竟对查泰莱夫人吠叫啊！贝尔！好了，别叫了！"她几步冲了过去，挥舞一块白布驱赶着狗，然后走向康妮。

"它原来还认识我的。"康妮说着，跟她握了握手。弗林特一家是查泰莱家的佃户。

"它怎么会不认识夫人您呢！它就喜欢炫耀。"弗林特太太十分热情地说着，她红着脸抬起头来，有些慌乱看着康妮，"不过它好久没有看见您了。您的身体好些了吧？"

"是啊，谢谢你，我现在好多了。"

"我们怎么整个冬天几乎都没看见夫人您呢。您进来坐坐，看看我的宝宝吗？"

"好吧！"康妮犹豫了，"就待一会儿。"

弗林特太太赶忙跑回去收拾屋子，康妮慢慢地跟在她后边，幽暗的厨房里，水壶正在火上沸腾，康妮在那儿迟疑不决，这时弗林特太太走了回来。

"真是对不起。"她说，"您往这边来吧。"

她们走进了起居室，一个婴儿正坐在炉边的破旧地毯上，桌上简单地摆了一些茶点。一个年轻的女仆害羞地而笨拙地退到走廊上。

这个宝宝大概一岁，是个不知天高地厚的小家伙，一头红发，随父亲，还有两只懵懂的淡蓝色的小眼睛。这个女孩一点都不认生，坐在一堆衬垫中间，四周都是布娃娃和其他的玩具，现在这很时髦。

"哇，真是个可爱的小宝贝！"康妮说，"瞧她长得多好！真是一个大胖娃娃！大胖娃娃！"

孩子出世的时候，她送过她一条围巾，后来又给了她一些赛璐珞　鸭子做圣诞节礼物。

　　"嘿，约瑟芬！你知道谁来看你了吗？看看这是谁，约瑟芬？查泰莱夫人——你认识查泰莱夫人的，不是吗？"

　　这个懵懂的小家伙，不知天高地厚地瞪着康妮，"夫人"对她来说和其他东西没什么两样。

　　"来！到我这儿来好不好？"康妮对孩子说。

　　这孩子怎样都行，康妮把她接过来放在腿上。把孩子抱在腿上是多么温暖、多么可爱的一件事啊！这么柔软的小手臂，无意识的放肆的小腿！

　　"我正准备自己随便喝点茶的。卢克到集市上去了，我自己想什么时候用茶就什么时候用。您在这儿喝杯茶吧，查泰莱夫人？我想这种茶点夫人自然是用不惯的，但是您如果不介意的话……"

　　康妮很愿意喝杯茶，但是她不喜欢人家提到她习惯了的事情。桌上重新换上了最漂亮的茶杯，最好的茶壶。

　　"但愿不会给你添麻烦。"康妮说。

　　然而，要是弗林特太太不麻烦，哪儿来的乐趣！康妮逗着宝宝玩，小女孩的无畏把康妮逗乐了，她从这小宝宝柔软、温暖的身上感到一种深深的快乐。这年轻的小生命！这样的无畏！正是因为无助，她才无畏。所有其他人，都因畏惧而如此狭窄！

　　她喝了一杯相当浓的茶，吃了些精美的黄油面包和罐头李子。弗林特太太因为兴奋而满面红光，同时也很拘束，仿佛康妮是某个英勇的武士。她们谈着女人的私房话，两人都兴致盎然。

　　"但是这茶点太糟糕了。"弗林特太太说。

　　"比我家里用的还好呢。"康妮说得很真诚。

　　"哦——呵！"弗林特太太自然是不相信的。

　　最后康妮还是站了起来。

153

"我得走了！"她说，"我先生不知道我上哪儿了。他肯定又会东想西想了。"

"但他绝对想不到您会在这儿的。"弗林特太太高兴地笑道，"他一定会派人四处喊您的。"

"再见了，约瑟芬。"康妮亲吻了孩子，用手揉了揉她红色的软发。

弗林特太太坚持要去替康妮开门，大门上了锁，而且用门闩插上了。康妮走到了农庄门前的小花园里，小花园被绿篱环绕着，小径旁种着两行报春花，绒乎乎的，很富贵的样子。

"这报春花开得多漂亮啊！"康妮说。

"卢克管它们叫'没心没肺'。"弗林特太太笑着说，"摘些走吧。"

于是她热心地帮康妮采了好些大鹅绒般的报春花。

"够了！够了！"康妮说道。

她们来到小花园的门边。

"您想从哪条路走？"弗林特太太问道。

"还是走畜牧场那条路吧。"

"我想想！哦，对了，母牛在挤奶场里，不过还没有挤完。但是门锁上了，你得爬过去呢。"

"那我就爬过去好了。"康妮说。

"还是我陪您到栅栏那边去吧。"

她们走下那片让兔子糟蹋得不像样的草场。鸟在林中拼命啭鸣着傍晚的欢欣。一个男人正在召回最后一批母牛，这些母牛慢条斯理地走在草场上踏出的一条小径上。

"它们晚了，今晚挤吧。"弗林特太太愤愤地说，"它们知道卢克天黑以前不会回来。"

她们来到栅栏边，栅栏另一边是浓密的小杉树林。那儿有个小门，但是锁上了。门里面的草地上立着一个空瓶。

"这是那个猎场守护人盛牛奶的空瓶子。"弗林特太太解释道，"我们装了牛奶就给他拿到这里来，然后他自己把它取回去。"

"什么时候取呢？"康妮问道。

"呵，他什么时候到这边来就什么时候取。一般都是早上。那好，再会了，查泰莱夫人！您一定要常来啊，跟您在一起真是很开心。"

康妮跨过栅栏，走到了一条窄窄的小径上，小径两旁挺立着密密麻麻的小杉树。弗林特太太穿过草场往回跑去，戴着一顶太阳帽，因为她真正是位教师。康妮不喜欢这些新植的树林；这么浓密，让人觉得恐怖又压抑。她低着头匆匆赶路，想着弗林特太太的孩子，真是个可爱的小东西，不过她两条腿会像她父亲，有点罗圈。现在已经能看得出来了，但是也许长大了就会好的。要一个孩子是多么让人兴奋、多有成就感的事啊，看弗林特太太有多得意！她有的，康妮没有，而且显然不可能有。是的，弗林特太太为人母了，是值得炫耀炫耀。但这使得康妮有点儿，稍微有点儿，嫉妒起来。她实在是有些嫉妒。

突然她从沉思中惊醒过来，轻轻惊叫了一声。一个男人出现在她面前！

是猎场守护人。他在路中间站着，就像巴兰的驴子 ① 似的，挡住了她的去路。

"这是怎么回事？"他惊讶地说道。

"你是怎么来的？"她喘着气问道。

"你是怎么来的？你去小屋了吗？"

"没有！哦，不！我刚去了马瑞海。"

他好奇地看着她，像在探寻着什么，她有些内疚地低下头。

"你现在是要到小屋去吗？"他有些严厉地问道。

---

① 骑驴子的巴兰是《圣经》中的先知，被派去诅咒以色列人，在遭到自己的驴子责备以后，转而祝福以色列人。

"不，我去不了。我待在马瑞海。没有人知道我去哪儿了。我已经晚了，我得赶紧走。"

"好像是在想甩掉我吧？"他微笑着说，话里有一丝嘲讽。

"不！不。不是那个意思，只是——"

"怎么，有别的原因吗？"他说着，几步走上前去抱住了她。她觉得他的身体是这样可怕地紧贴着她，这样兴奋。

"哦，不要，现在不要。"她叫出声来，想把他推开。

"为什么不行？现在才六点钟，你还有半个小时。不！不！我现在就要你。"

他紧紧地抱着她，她感到了他的急切。她那古老的本能开始在为自由而挣扎了，但是她体内有一种奇怪的感觉，又迟钝又沉重。他的身体更急切地紧贴着她，她已无心去挣扎了。

他朝四处看了看。

"来——到这儿来！从这里过来。"他一边说，一边紧紧地盯住浓密的杉树林，这都是些小杉树，还没怎么长大。

他回头看着她。她看着他的眼睛，那么强烈、那么明亮、凶悍，充满了旺盛的精力，可不是爱意。不过她的意志已经松懈下来。她的肢体感到一阵奇异的沉重。她妥协了，放弃了。

他领着她穿过多刺的树林，那树林像墙一样很难通过，他们一直走到一块稍微空旷的地方，这里只有一堆枯死的大树干。他把一两根干枯的大树干扔到地上，再把他的外套和背心盖在上面，她得像动物似的，躺到树的树干底下，而他就站在旁边等着，只穿着衬衣和裤子，用着了魔似的双眼望着她。不过他还是考虑很周到的——他让她舒舒服服地躺着。不过，他却把她内衣的带子弄断了，因为她只是被动地躺在那儿，一点也不配合。

他只把前身裸露着，当他进入她身体的时候，她觉得他赤裸的肉体紧贴着她。好一会儿，他在她体内静静地待着，沸腾着，颤抖着。当他开始动作起来的时候，在一种突然而不可抑止的兴奋中，唤起一波又一波的新奇快感。一阵儿一阵儿，慢慢地波动起伏，好像轻柔的火焰在轻轻拍打，轻柔得就像羽毛，向着光辉的顶点奔涌，那么激烈，那么美妙，要熔化了她的整个身体似的。有如钟声，一波接一波地登峰造极。她躺在那儿，不由自主地发出狂野而细微的呻吟，直到最后叫出声来。但是这一切结束得太快了，太快了，她无法再用自己的活动来强行让自己结束。这一次是不同的，真的不同。她什么也不用做。她无法再让他坚硬而紧紧咬住，以达到她自己的满足。她只有等待，等待，心中呻吟着，感受着他在抽出，抽出，缩小，直到他从她体内滑脱、离去的那一关键时刻。她的子宫张开着，温柔地、温柔地喧闹着，好像潮水下面的海葵，喧闹着要他再次进入，成就她的满足。她沉浸在激情中，下意识地紧紧抓住他，他从来没有完全从她体内滑脱出来，她能够感到他柔软的小芽在她体内动弹，一种奇异而有节奏的慢慢加快的动作，使得这种奇异的节奏也在她体内伸展开去，慢慢地膨胀、膨胀，直到最后充满她整个分崩离析的意识。这时候，那种难以言表的运动重新开始，其实那并不是一种运动，而是感觉在纯粹的深海漩涡中翻腾着，越来越深入地穿透到她的所有组织和意识中去，直到她最终成为一种和漩涡同中心的感觉流体，而她躺在那儿无意识地发出含混不清的叫声。声音从无边的黑夜里中传出来，那意味着生命！那男人怀着敬畏听着从他身下发出的这种声音，同时将他的生命喷射在她的体内。当那声音逐渐平息时，他也停下来，静静躺在那儿，什么也不知道；而她也慢慢松开他，懒洋洋地躺在一边。他们就这样躺着，什么也不知道，甚至不知道对方的存在，二人都迷失了自己。最后，他开始醒过来，发觉自己无遮挡地裸露着，而她则觉察到他的身体正从对她的紧紧环抱中松开。他正在坍塌；但是她心里感觉无法忍受他从她身体上下来。他现在必须永远覆盖在她的上面。

但是他最终还是抽身了，他吻她，给她遮盖起来，然后开始

157

遮盖自己。她躺在那儿，仰望着头上的树干，还无法动弹。他站着扣好他的裤子，朝四周看了看。密林中鸦雀无声，只有那条诚惶诚恐的狗躺在那里，爪子放在鼻子上。猎场守护人又在干枯树干堆上坐了下来，默默拿起康妮的手。

她转过身看着他。"这一次我们同时达到了高潮。"他说。

她没有回答。

"如果能这样真的挺不错。多数人一辈子都没体验过这个呢。"他像是在梦中说话。

她看着他的沉思的脸。

"是吗？"她说，"那你觉得快乐吗？"

他回过头来看着她的眼睛。"快乐。"他说，"是的，可还是不要谈吧。"他不想她再谈这个。于是他俯下身来，吻了她，她觉得他一定会永远这样吻她。

最后她坐了起来。

"人们不是能经常同时达到高潮的吗？"她用一种天真而好奇的语气问道。

"有很多人从来都没有过。你只要看他们一副夹生面孔就可以知道。"他不知不觉说出口，但是心里又觉得后悔开了这个头。

"你和别的女人也这样同时达到过高潮吗？"

他看着她，觉得好笑。

"我不知道。"他说，"我不知道。"

她知道，他不想告诉她的事情他是绝对不会说的。她看着他的脸，对他的激情还在她五脏六腑运行。她在尽力克制着自己，因为她已经感到迷失了自我。

他穿上背心和外套，再次艰难地穿过杉树林到小径那里去。

落日最后的几缕余晖洒在树林里。"我不跟你一块儿走了。"他说，"这样会好一些。"

她恋恋不舍地看着他，不忍转过身去，而那猎犬却焦急地站在

158

一旁等着他出发了，他似乎也没有什么话可说了。确实没有话了。

康妮慢慢走回家，认识到身上另一种东西的深度。另一个自我活在她体内，正在燃烧、熔化，在她的子宫和五脏六腑中软软的感觉，她和这自我一起酷爱他。酷爱到走路时两膝酥软的地步。在她的子宫和五脏六腑中，她在流动，在奔腾，而一个最天真的女人，她在那种对他的酷爱中又是脆弱无助的。感觉就像是个孩子，她心想；就像有个孩子在我身体里。就是这样，就好像她一向都紧闭的子宫张开了，充满了几乎是负担然而很可爱的新生命。

"我要有个孩子就好了！"她心想，"要是他是孩子，我怀上他就好了！"——想到这个，她的肢体都融化了，她明白了，有个自己的孩子，和跟一个自己五脏六腑所渴望的男人有个孩子，这两者之间是有天壤之别的。前者似乎是平常意义上的有孩子，但是跟一个在自己五脏六腑和自己子宫中酷爱的男人有个孩子，就让她感觉和原来的自我大不相同了，感觉好像自己正在深深地，深深地沉入到整个女性的中心，沉入到孕育创造的睡眠中。

让她感到焕然一新的并不是这种激情，而是如饥似渴的酷爱。她原来对此一向很惧怕，因为那让她感到无助；她现在仍然恐惧，她害怕自己爱他爱得太深，迷失了自我，抹杀了自我，她不希望自己被抹杀，像个奴隶，像个未开化的女人。她不能成为一个奴隶。她惧怕这种酷爱，然而她不想立刻去对抗它。她知道自己可以对抗。她心中像魔鬼一般固执，足以对抗从子宫充分膨胀起来的温柔酷爱，加以摧毁。她甚至现在就可以这么做，或者她认为可以这样做，然后她可以按自己的意愿专注于激情。

哦，是啊，像一个酒神女祭司，像一个酒神信徒那样狂热激昂，在树林中飞奔，去拜谒活的阳物伊阿科斯①，在其背后没有独

---

① 伊阿科斯：希腊神话和奥菲士教教义中的人物，宙斯和农神得墨忒耳的儿子，冥后珀耳塞福涅的兄弟，有时也被认为是其儿子，还被看成是扎格列欧斯（据说是宙斯和女儿珀耳塞福涅所生的儿子）再生。是他引导伊洛西斯秘密仪式的队伍。

立的个性，他只是纯粹为女人服务之神！个体的男人，让他不敢侵入吧。他只是一个寺庙仆役，他只是举着属于她的阳物，只是阳物的保管者而已。

于是，在不断新的觉醒中，原来那种冷酷的激情在她心中一度升腾起来，男人在她心中又蜷缩为可鄙的对象，仅仅是举着阳物的人，当他的服务完成之后，便被撕得粉碎。她感到酒神女祭司们的那种力量充斥于她的四肢和全身，女人闪现出来，迅雷不及掩耳，将男性击倒；但当她感觉这些的时候，她的心很沉重。她不想这样，这一切大家都明白，是不妊的，不生育的；酷爱才是她的珍宝。这种情感这么不可思议、这么温柔、这么深邃而神秘！不，不，她宁愿放弃那冷酷而显赫的妇人权威；她已经厌倦了这种感觉，它让她变得那么生硬；她愿意沉入新的生命之池中，沉入无声地歌唱着酷爱之歌的子宫和五脏六腑深处。开始害怕男人为时尚早。

"我去马瑞海那边走了走，还跟弗林特太太喝了杯茶。"她对克里福德说，"我是想去看看小宝宝的。那孩子真是可爱，她的头发就像柔软的红蛛丝。多可爱的宝贝啊！弗林特先生到集市上去了，所以她和我，还有那孩子一起吃了些茶点。你有没有纳闷我去了哪儿？"

"是啊，我正觉得奇怪呢，但是我猜你肯定是去哪家喝茶了。"克里福德嫉妒地说。凭他的洞察力，他感到她身上有了一种新的东西，这种感觉是他所无法领悟的，但是他把这归结到了那孩子身上。他认为，困扰着康妮的是她不能生孩子，也就是说，不能自动生孩子。

"我看见您穿过园林到了铁门那里，夫人。"波尔顿太太说，"所以我还以为您可能是去了神父家。"

"我差点要往那儿去，可是后来又拐到马瑞海去了。"

两个妇人的目光相遇了：波尔顿太太灰色的眼睛十分明亮，

160

似乎在探究什么；而康妮的蓝眼睛则是那么朦胧，奇异地透出美丽。波尔顿太太几乎很肯定康妮有了情人，但是这怎么可能呢，那个情人又会是谁呢？他到底是哪里的人？

"哦，常出去走走，看看女伴儿，对您的身体是很有好处的。"波尔顿太太说，"我刚跟克里福德爵士说，如果夫人肯多出去看看，多跟人家打打交道，对夫人是绝对有好处的。"

"是啊，我觉得出去走一趟挺高兴的，克里福德，那个孩子真是奇妙可爱而又放肆。"康妮说，"她的头发就像蜘蛛网似的，是那种鲜光的橙红色，那双瓷器般的浅蓝眼睛，十分奇特、放肆。当然啦，她是个小女孩，不然不会这么大胆，简直赛过任何小弗朗西斯·德雷克爵士①。"

"夫人说得一点不错——是个地道的小弗林特。他们始终是冒失的棕色脑袋的一家人。"波尔顿太太说。

"你不想看看她吗，克里福德？我已经约了她们来喝茶，这样你可以看看她。"

"谁啊？"克里福德问道，不安地看着康妮。

"弗林特太太和她的宝宝，下星期一过来。"

"他们可以去你楼上的房间喝茶。"他说。

"怎么啦，你不想看看那孩子吗？"她喊道。

"呵，看看倒无所谓，不过我不想把喝茶的时间都搭进去陪着她们。"

"哦！"康妮喊道，一双朦胧的大眼睛望着他。

她没有真正看见他，他是另外一个人了。

"你们可以舒舒服服地在楼上的房间里用茶嘛，夫人，克里福德爵士要是不在那儿，弗林特太太会觉得更自在的。"波尔顿太太说。

---

① 弗朗西斯·德雷克爵士（1540—1596）：英国海军将领，做过环球航行，为击败西班牙无敌舰队发挥过重要作用。

她已确信康妮有了情人，她的灵魂充满了欢欣。但是那人是谁呢？他是谁？也许弗林特太太那儿可以找到一些线索。

当天晚上，康妮不想洗澡。他肉体同她肉体接触的感觉，他对于她的那种黏着状态，使她十分留恋，在某种意义上讲，是神圣的。

克里福德觉得很不安。他不愿让她晚饭后离开，而她却渴望着能有更多的时间一个人待着。她看着他，但眼神却是顺从的。

"我们是玩牌呢，还是我给你读书，或者，干些别的什么？"他不安地问。

"还是你读书给我听吧。"康妮说。

"读什么呢——诗还是散文？要不读一段戏剧？"

"就读拉辛的吧。"她说。

用庄重的法式风格读拉辛的书，是他原来的拿手好戏，但现在他似乎生疏了，而且还有点儿局促；其实他倒是更喜欢听收音机。但是康妮却在做手工活，她用自己的衣服为弗林特太太的孩子裁剪了一件小衣裳，那是她从一件浅黄色的丝绸外衣上裁剪下来的。回家之后到晚饭前她一直在忙着裁剪，克里福德的读书声不绝于耳，她温婉地、静静地坐在那儿，全神贯注地为这件小衣服缝缀着。

她的内心仍可以感觉到激情的轰鸣，像深沉钟声的余音。

克里福德跟她说了些关于拉辛的问题，话已经说过了好一会儿，她才反应过来。

"是的！是的！"她抬起头望着他，说道，"是很精彩。"

她温柔娴静地坐在那儿，双眼闪耀着深邃的蓝色光芒，这使克里福德再次惊恐起来。她从来没有这样完全地温柔娴静过。他不由自主地对她着了迷，好像她的芳香使他如醉如痴。这样，他无力地继续读着诗，他那浑厚的法文发音，对她而言，就像是烟囱里的微风。拉辛的那点东西，她一个字都没有听进去。

她沉醉在温柔的狂喜中，就像森林飒飒作响地发出朦胧欢乐的春之吟，抽芽长蕾。她可以在同一个世界上感受到那个男人和她在一起，那个无名的男人，他在漂亮地走动，因为有生殖器的神秘而漂亮。而在她自己身上，在她所有的血管里，她感觉到他和他的孩子。他的孩子在她的整个血脉中，像一道曙光。

　　"因为她没有手，没有眼，没有脚，也没有丰富的金发……"

　　她仿佛一座森林，一座灰暗的山路纵横的橡树林，成千上万盛开的花朵在这里无声地低语。同时，欲望之鸟在她广阔而错综复杂的身体中沉睡。

　　克里福德的话语还在继续，那是一种叽叽哝哝的离奇声音。这声音多么离奇！他看起来是多么怪异啊，他俯在书本上，样子古怪，贪婪，却又显得有教养，他的肩膀宽厚有力，但却没有真的腿！多么怪异的生物啊，他有某种鸟类的尖锐、冷酷而固执的意志，他没有温情，一点都没有！这就是未来的生物，没有灵魂，只有极其警觉而冷酷的意志。想到这里，她微微地战栗起来，她很怕他。不过，那轻柔温暖的生命之火比他更旺盛，他还不知道真相呢。

　　诗读完了。她猛地惊醒。当她抬头看见克里福德的双眼时，更是吓了一跳。那眼睛灰白而怪异，仿佛满腔仇恨。

　　"谢谢啦！拉辛的诗真是读得漂亮！"她温柔地说道。

　　"差不多跟你听得一样好。"他冷酷地说道，"你在做什么？"他问。

　　"给弗林特太太的孩子做件衣裳。"

　　他转过头去。孩子！又是孩子！她整天只想着这些。

　　"毕竟。"他用一种演说的口吻说，"我们能从拉辛那儿得到我们想要的任何东西。有条有理的情感比混乱的情感更重要。"

　　她朦胧而茫然地注视着他。"是的，是这样的。"她说。

　　"现代社会里人们肆意放纵情感，那只会使它平庸化。我们

163

所需要的，是古典的约束。"

"是的。"她慢慢说道，想起了他听收音机情绪化的痴语时那茫然而无情的面孔。"人们假装有感情，其实他们什么都感受不到。我想这便是所谓的浪漫了。"

"一点不错！"他说。

实际上，他已经很疲惫了。这种夜晚让他疲惫不堪。与其这样度过夜晚，他倒宁愿去读点技术书，或者跟矿场的经理说说话，要不就听听收音机。

波尔顿太太端了两杯麦乳精进来：一杯给克里福德，帮他入睡，一杯给康妮，让她重新长胖。这是她推荐的一种常规的睡前饮料。

喝完了麦乳精，康妮高兴地走开了，感谢上帝，她不必帮着克里福德就寝。她拿起他的杯子放在托盘上，然后拿起托盘，准备把它放在外面。

"晚安，克里福德！睡个好觉！拉辛的诗就像梦一样能深入人心。晚安！"

她飘然走到门口。她竟没有吻他就这么走了，他的双眼尖锐而冷酷地看看她，好啊！他整晚的时间都为她读诗了，而她说了晚安之后竟然没吻他。她竟这样冷酷无情！即使这种吻别只是一种礼节，但生活不就是构筑在这些礼节之上吗。她可真是个布尔什维克！她的天性就是布尔什维克的！他冷冷地、恼怒地盯着那扇她走出去的门，真是让人生气！

对黑夜的恐惧又降临了。他是一个神经质的网络，而当他没有振作精神工作并如此精力充沛时；或者当他不在收听收音机并如此彻底保持中性时：他就被焦虑和一种危险的迫近的虚无之感纠缠着。他感到很害怕。但如果康妮愿意，她是能够让他摆脱恐惧的。可是显然她不愿意，她不愿意。她那么冷酷无情，对他为她所做的一切，她都熟视无睹。他把他的生命都寄托在她身上，

164

她还是那么无情无义。她只想我行我素。"女士好任性。"

现在她又醉心于孩子。只是因为那会是她自己的，完全是她自己的，而不是他的！

克里福德的身体总的来说还是很强健的。他看起来很健康，气色也很好，他的双臂宽厚有力，胸膛厚实，他长胖了。然而同时，他又非常惧怕死亡。一个可怕的洞穴似乎在某个地方，以某种方式威胁着他，一种虚无，他的精力将崩溃成这种虚无。他不时精疲力竭地感觉自己死了，真的死了。

因此，他那双微突的灰眼睛就会呈现出一种怪异的神情，诡秘却有点痛苦，冷酷而又肆无忌惮。这是种特别奇异的神情，这种肆无忌惮的表情：好像他已经战胜了生命，并不惧怕生命本身。"谁了解意志的奥妙——因为它竟然能战胜天使——"

但是他所惧怕的，是那些不能入睡的夜晚。那真是可怕，灵与肉的毁灭从四面八方向他逼来。这时候，毫无生气地存在，多么可怕！在夜晚，毫无生气地存在着。

但现在他可以按铃叫波尔顿太太过来。这是他最大的安慰。她会穿着睡衣走进来，辫子垂在背后，虽然那棕色的发辫中会掺杂些许白发，但却奇异地拥有一种少女般的柔和气质。她会为他沏上一杯咖啡或甘菊茶，她会跟他玩象棋或皮克牌。甚至在她昏昏欲睡时，她也能很神奇地下一手好象棋，使他觉得胜之无愧。这样，在寂静的深夜，在那种亲密的氛围中，台灯将孤寂的灯光洒到他们身上，他们就这样坐着，或是她坐着，他躺在床上。她几乎睡着了，而他则几乎陷入某种恐惧。他们就这样玩着，一起玩着——然后一起喝杯咖啡，吃点饼干，在这种万籁俱寂的深夜，两人都不怎么说话，但是彼此都觉得很安详。

这天晚上，波尔顿太太琢磨着究竟谁是查泰莱夫人的情人。她想起了她的特德，虽然他死了那么长的时间，但她从来没有觉得他已经完全死去。当她想起他时，她原来对于这个世界的嫉

165

恨，尤其是对那些雇主的由来已久的怨恨，便清醒过来，是他们害了他。虽然那些主子们并没有亲手残害他的生命。但是，在她的情感上，她觉得他们害了他。因为这个，在她内心深处，她是个虚无主义者，有真正的无政府主义倾向。

半睡半醒中，她的特德和查泰莱夫人那不知名的情人似乎混在一起了，这一来，她觉得自己和另一个女人都在憎恶克里福德爵士，以及他所代表的一切。而同时，她却在和克里福德玩皮克牌，还用六便士赌输赢。跟一位准男爵玩皮克牌，即使输了六便士，也是引以为荣的事呢。

他们玩牌时，总要赌一把。这样他可以忘掉自己。他常常会赢。今天晚上他又一直在赢。这一来，不到第一道曙光出现，他是睡不着了。幸运的是，四点半左右，曙光就出现了。

此时，康妮正在床上酣睡呢。但那个猎场守护人，却久久不能安息。他关上鸡笼，在树林里转了一圈，回家吃了晚餐。但之后他并没有上床，而是坐在炉火边沉思。

他回想起他在特沃希尔的童年，回想起五六年的婚姻生活。他想起了他的妻子，那照例是让人心酸的。她是那样粗暴！但是自从他1915年春天入伍后，他就再也没见过她。然而她却还在这儿生活着，不过三英里之遥，而且比以前更粗暴。他希望有生之年不要再见到她。

他回想起他作为一个士兵的海外生涯。由印度到埃及，再回到印度：盲目而没有思想的生活，成天和马匹待在一起；爱他也为他所爱戴的上校；他当军官的那几年，一个中尉，本来还有一个很好的机会可以升为上尉的。然后上校死于肺炎，他自己死里逃生；健康受到损害；他深重的不安；他离开军队回到英国，重新成了工人。

他只是苟且偷生。他本来以为在这树林中，至少短期内，会很安全。那儿没人来打猎，他只需养好野山鸡就行。他不用伺候人打猎。离群索居便是他想要的一切。他得有某种不引人注目的地方，而这便是他的故乡。这里甚至还有他的母亲，虽然她对他而言并不十分重要。他可以继续生活，一天天存在着，不跟人接触，不抱希望。因为他不知道该对自己做些什么。

他真的不知该对自己做什么。因为他当了几年军官，混在其他军官和公务员及其妻小中间，他丧失了所有"进取"的雄心。在中产阶级和上层阶级中，有的是冷酷，好奇的隔岸观火式的冷酷和毫无生气，他了解他们，这使他感到寒气逼人，感到和他们有天壤之别。

所以，他回归了自己的阶级。在那里，去发现他几年外出期间已经忘却了的东西，一种小家气，一种极其讨厌的庸俗举止。他现在终于承认举止多么重要。他还承认，假装不在乎一两个铜板和生活琐事，同样也很重要。可在这些平民之中，是没有伪装的。熏肉的价钱是多一枚铜板还是少一枚铜板，比改动福音书还重要。他无法容忍这个！

况且，还有工资纠纷。因为在有产阶级中生活过，他明白，期待解决工资纠纷是毫无用处的。除了死，没有什么解决办法。唯一的办法就是不去在乎，不去在意工资问题。

但是，如果一个人没有钱，又不幸，就不得不去在意。无论如何，这是他们所能担心的唯一的事。对金钱的在意，就像毒瘤一样，吞噬着一切阶级的个人。他拒绝在乎金钱。

那么，然后又怎样呢？不关心金钱，生命提供给你什么呢？什么都没有。

而他可以独自生活，淡淡地满足于孤身一人，养养野鸡，让脑满肠肥的家伙最终在早餐之后将它们射杀。这是徒劳！极其徒劳！

但是，干吗在意，干吗操心呢？直到现在，在这个女人闯进他的生活之前，他既没有在意，也没有操心过。他几乎大她十

167

岁。而从根本上讲，他在经验上要比她年长一千岁。他俩的关系日渐密切。他可以看得见他们俩被牢牢拴在一起，不得不共同生活的那一天。"因为爱之束缚难松绑！"

那又怎样呢？那又怎样呢？他得白手起家，重新开始吗？他必须跟这个女人纠缠在一起吗？他必须和她的残疾丈夫大闹起可怕的纠纷吗？还有自己那粗鲁而记恨他的妻子，是不是也必须和她闹起可怕的纠纷呢？不幸啊！许多的不幸！而他不再年轻，仅仅是有浮力而已。他也不是无忧无虑的人。每一份苦楚、每一种丑陋都让他受伤，也会让这个女人受伤！

但即使他们摆脱了克里福德爵士和他的妻子，他们得到了解脱，他们又将做什么呢？他将怎样处置自己的一生？因为他总得做点什么吧。他不能让自己只做寄生虫，靠她的钱和自己的微薄退休金度日啊。

这个问题很难解决。他只能想到去美国，去那儿试试一种新的空气。他一点儿都不相信金钱万能。但是也许，也许有一些别的什么。

他无法停止思考，甚至无法入睡。他坐在那儿，呆呆地沉浸在痛苦的思索中，直到半夜，然后突然从椅子上站了起来，取过他的外套和枪。

"走吧，小姑娘。"他对那条狗说，"我们最好去外边走走。"

这是一个繁星满天的夜晚，但是没有月亮。他缓缓走着，小心翼翼地迈着轻轻的步伐，谨慎地逡巡着。他唯一要对付的，是安置捕兔机的矿工们，尤其是马瑞海那边的斯达克斯门的矿工们。但现在是繁殖季节，连矿工们也不干预。然而，对偷猎者的谨慎搜索却缓和了他的神经，把他的思绪带到了别处。

当他谨慎地巡视了一圈后——那是一段将近五英里的路程——他觉得有些疲惫。他走到小丘的顶端四下张望。除了斯达克斯门矿场那边隐约有声之外，一切都悄无声息，斯达克斯门的工厂从来都没停过工：除了工厂那边一排排耀眼的电灯之外，四下里几乎没有什么光亮。周遭一片灰暗，沉睡在烟雾之中。已经两点半了，甚至在熟睡中，这个世界还是那样躁动、残酷，火车的声音，还有大路上经过的货车的声音此消彼长，高炉中火光闪耀。这是一个铁与煤的世界，铁的残忍，煤的烟雾，无穷无尽的贪欲，驱动着整个世界的运转。只有贪婪，在睡眠中躁动的贪婪。

天有点冷，他咳嗽起来。一阵冷风吹过小丘，他想起了那女人。现在他宁愿放弃他所有一切或他将可能拥有的一切去换取这个女人，他想把她搂在怀里，暖暖地裹在一张毯子下酣睡。所有来世的希望和逝去的荣耀，他都愿为了她而放弃，只要有她在那，有她和他暖暖地在一条毯子下酣睡，只要能那样酣睡就足够了。似乎对他而言，能把她搂在怀里一起酣睡，是他唯一的需要。

他来到小屋，把自己裹在毯子里，躺在地上睡觉。但是他睡不着，觉得冷。此外，他深感残酷地感受到他自己粗犷的本性。他深感残酷地感受自己粗犷的孑然状态。他要她，想触摸她，想把她紧紧地抱在怀里，共享完满时刻，沉沉睡去。

他重新起身，走出门去，这一次是朝园林门那里去，他慢慢沿着通向大宅的小径走。将近四点了，天气仍然清冷，天色尚未破晓。他已经习惯于黑夜，能看得很清楚。

渐渐地，渐渐地，那大宅像磁石般吸引着他。他想接近她。这不是情欲，不是的。而是粗犷的孑然状态，是对这种状态的残酷感觉，它需要有一个默默的女人被他抱在怀里。也许他能找到她；也许他甚至可以叫她出来，或者想个方法进去，到她那里去。因为这种需要是不可抗拒的。

他慢慢地、默默地攀上了通向门厅的斜坡。然后他绕过小丘顶端的那些大树，踏上了那条车道，这车道在大宅门前的菱形草地边上绕了一个大弯。他已经能看见矗立在宅子前菱形大草坪上的那两棵大山毛榉了，它们在夜色中暗暗伸出它们的树枝。

这就是那所大宅子了，矮矮的，长长的，影影绰绰，楼下克里福德的房间还亮着灯。但是她的房间在哪儿呢？那牵着柔情的另一端，把他无情地引到这里来的女人究竟在哪里？他无从知晓。

他又走近了些，手里握着枪，在路上默默站着，凝视着这座房子。也许现在他还可以找到她，用个什么方法看到她。这房子并不是无法攻破的，再说他又像盗贼一般精明。为什么不到她那里去呢？

他一动不动地站着等待，这时，曙光在他身后朦朦胧胧、不知不觉地降临了。他看到房间里的灯熄灭了。但是他没有发现波尔顿太太来到窗前，拉开古老的深蓝色的丝绸窗帘，独自站在漆黑的房间里，望着外面白天即将来临的灰暗天空，寻求被渴望的黎明，她等待着，等待着克里福德确信已经拂晓。因为只要他确信天已破晓，他几乎能马上入睡。

她睡眼惺忪地站在窗边等待。突然，她吃了一惊，几乎叫出声来。车道上竟然站着一个男人，那是黎明中的一个黑色身影。她脸色灰白地醒过来，不露声色地注视着，免得惊动了克里福德爵士。

日光开始迅速闯入世界，黑影好像变小了，但是更清晰。她认出了枪、绑腿和肥大的外衣——一定是猎场守护人奥利弗·麦勒斯。没错，因为那条狗像影子一样在那里东闻西嗅，等着他呢！

这人想干什么？他想把这房子里的人都叫醒吗？他站在那儿干吗呢？一动不动，仰望着这房子，像只发情的公狗一样，站在母狗的房子前。

老天哪！波尔顿太太灵光一闪，陡然明白了。他就是查泰莱夫人的情人！他！他！

想想看！嘿，她，爱薇·波尔顿，也曾经有点爱上了他。那时候，他是个十六岁的小伙子，而她是二十六岁的女人。她那时候正在学习，他在解剖学和她要学的其他事情上给了她很大帮

170

助。他是个聪慧的男孩，拿过谢菲尔德文法学校的奖学金，学过法语之类的东西，但最终还是在井上当了个钉马掌的铁匠，他说那是因为他喜欢马，其实是因为他不敢走出去面对世界，只不过他不愿意承认罢了。

但他是个好小伙子，好小伙子，帮过她很多忙，那么聪明地把事情给她讲得一清二楚。他的机灵绝不下于克里福德爵士，而且总是跟女人们很合得来。人都说，他和女人比跟男人更合得来。

但是他后来竟然娶了贝莎·古茨，仿佛跟自己过不去。有些人结婚就是为了糟蹋自己，因为他们对某些事情已经失望了。也难怪这场婚姻会失败。——在整个大战期间，他离开了几年；成了一个中尉之类的；一个十足的绅士，真是十足的绅士！——然后他又回到特沃希尔来当猎场守护人！真的，有些人得到了机会还不知道去把握！他又说起下层阶级的德比郡土话，但是她，爱薇·波尔顿，却知道他是可以像任何绅士那样，说标准英语的，真的。

哎呀！天哪！原来夫人爱上了他！嘿——夫人不是第一个：他确实有魅力。但这也太离奇了！一个是土生土长的特沃希尔男人，而夫人却是拉格比大宅的主妇！哎呀，要我说，这可真是给了大富大贵的查泰莱家族一记大耳光啊！

而他，这猎场守护人，看到白天渐渐到来，也明白了：那都是徒劳！想把你自己从孑然状态中解脱出来，这种尝试是徒劳的。你一生都得处于这种状态。只是偶尔，偶尔，可以填补空隙。偶尔！但是你得等待这偶尔。你得接受自己的孑然一身，坚守一生。然后接受填补空隙的偶尔。但是得有这样的偶尔来才行。你无法强求。

猛然间，牵引他来追寻她的该死欲念破碎了。是他自己打破它的，因为他必须这么做。这是一个需要双方都付出，才能达到的过程，如果她不自己走上前来，他便不应该再去追寻她。他不

171

能这样做。他必须走开，直到哪一天她自己主动来到他身边。

他缓缓地在沉思中转过身，再次接受了孤独。他知道这样更好。她一定会到他身边来的：追寻她是没用的。一点用都没有！

波尔顿太太看着他渐渐消失，那条狗跟在他的身后。

"哦，原来这样！"她说道，"我从来就没有想到会是他，而他却是我本该想到的人！他是小伙子的时候，对我挺好的，那时特德死后不久。呵，呵！要是他知道了，会怎么说呢！"

她得意地瞟了一眼已经熟睡了的克里福德，轻轻地走出了房间。

第十一章

康妮正在清理拉格比的一间储藏室。拉格比有好几间这样的储藏室：这大屋本来就挤，但这家人从来不卖掉那些旧东西。乔弗利爵士的父亲喜欢收藏绘画，乔弗利爵士的母亲喜欢收藏16世纪意大利家具。乔弗利爵士自己喜欢古老的橡木雕刻箱子，教堂圣器储藏室的箱子。于是代代相传。克里福德收藏非常现代的画作，花的价钱十分公道。

于是，在储藏室里有爱德温·兰西尔爵士[1]的拙劣作品和威廉·亨利·亨特[2]画的乏味鸟窝，以及其他足以让一个皇家艺术学会会员的女儿[3]吓一跳的皇家艺术学会会员的作品。康妮决定哪天彻底清查一遍，整个儿来个大清理。而那些古怪的家具引起了她的兴趣。

她在这里边发现了一个小心地包起来以防损坏和干腐的家传红木摇篮。她得把它打开看一看。它还是有点把她迷住了，她看了它好长时间。

"这摇篮不用真是太可惜了。"在一旁帮忙的波尔顿太太叹了口气，"虽然这样的摇篮如今已经是老古董了。"

---

[1] 爱德温·兰西尔爵士（1802—1873）：英国画家。

[2] 威廉·亨利·亨特（1790—1864）：英国画家，以画鸟窝闻名。

[3] 指康妮。

"也许会用得着的。我说不定会有个孩子。"康妮随口一说，就像说她也许会有一顶新帽子那样。

"您是说在克里福德爵士有什么变化的情况下？"波尔顿太太结结巴巴地说。

"不！我是说现在的实际情况。克里福德爵士只是肌肉麻痹——这不会影响他的。"康妮说道，这谎言说起来自然得就像她的呼吸。

是克里福德为她灌输的这种观念。他说过："我当然能要个孩子。我并不是真的残疾了，即使臀部和腿部的肌肉麻痹了，性功能还是很容易恢复的，那时候我的精子就能传播了。"

在他一阵阵精力充沛，努力思考采矿问题的时候，他真的感觉好像他的性功能在恢复。康妮惊恐地看着他。但是她十分机灵，足以利用他的暗示来做自己保护。因为如果可能的话，她可以有个孩子：但不是他的。

波尔顿太太哑然失色，好一会儿都没喘过气来。过后，她就觉得这话不足信，她看得出其中有明堂。不过，大夫们如今可以做这样的事情。他们可以移植精子之类的。

"太好了，夫人，我只期望您能有个孩子，我为您祈祷。对您这是可喜的事情，对大家也一样！哎呀，拉格比要是有了个孩子，那真是会大不相同了！"

"可不是吗？"康妮说。

她选了三张六十年前皇家艺术学会会员的作品，准备送到肖特兰茨公爵夫人那儿，给她用于下一次义卖会。肖特兰茨夫人被人称作"卖场公爵夫人"，她总是向全郡征集物品来拍卖。得了这三幅镶框的皇家艺术学会会员的作品，她一定会十分得意。她兴许还会因为这些画来造访。她要是来访，克里福德会多生气呵！

但是，哦，天哪！波尔顿太太心想道，你给我们带来的这个孩子会不会是奥利弗·麦勒斯的啊？哦，天哪，那将是拉格比摇

174

篮里的特沃希尔婴孩，天哪！不过倒也不亏待这摇篮！

这储藏室里堆积的许多稀奇古怪的东西中，有一只很大的漆皮箱，做得非常精巧，这是六七十年前的东西，里面装满了一切可以想象得到的物品。最上层是一整套梳妆用品：刷子、瓶子、镜子、梳子、小盒子，甚至还有三把装在保护套里的精致小剃刀，以及剃须皂盒等。下面一层是文具：吸墨纸、钢笔、墨水瓶、纸、信封、记事簿；然后再下来是全套的女红用具：三把不同大小的剪刀、顶针、针、丝线、棉线、织补球，所有这一切都质量上乘，做工精良。此外还有个药品箱，瓶子上标明各种药名："鸦片酊""没药酊""丁香精"等等，但都是空的。一切都是没用过的东西，整个箱子关上的时候，只有一个小型的然而肥实的周末旅行包那样大小。但里面却像迷魂阵一样应有尽有。里边装的瓶子都不会倾倒：因为实在是没有地方让它倒。

所有这些东西的做工和设计都十分精致，是维多利亚时代的上乘手艺，但实在有点太怪异了。购置这个箱子的查泰莱家的人肯定也感觉到了这一点，所以这些东西从来没人用过。它有一种独特的冷漠感。

虽然这样，波尔顿太太却喜欢极了。

"瞧这些漂亮的刷子，肯定很值钱，还有那三把修面刷，真是技艺精湛！哦！看这些小剪刀！有钱都难买到这么精致的东西。呵，它们真是可爱！"

"是吗？"康妮说，"那你就拿去吧。"

"哦，真的吗！夫人。"

"当然啦！要不然这些东西搁在这儿要搁到世界末日呢。如果你不想要，我就把它们跟那些画一起送给公爵夫人，她可不配有这么多东西呢。真的，拿去吧！"

"哦，夫人！唉，我真不知该怎么感谢您才好。"

"那就别谢好了。"康妮笑着说。

于是波尔顿太太怀里抱着那只又大又黑的箱子，兴奋得满面春风地走下楼来。

贝茨先生驾着马车，把波尔顿太太和她的箱子送到了她在村子里的家。而她要展示一下，就得请几位朋友过来：学校女教师、药剂师的老婆、准出纳员的老婆威登太太。她们认为这东西很了不起。然后便开始窃窃私语，谈论起查泰莱夫人的孩子来。

"世间总会有奇迹的。"威登太太说。

但是波尔顿太太确信，如果真有孩子的话，那孩子一定是克里福德爵士的。那是肯定的！

过了没多久，教区的牧师慈祥地对克里福德说："拉格比真的有希望产生一个继承人吗？啊，要真是这样，那真是老天开眼了！"

"哦！可以这样希望吧。"克里福德说着，话语中带着些许的讥讽，同时又有着某种确信。他开始相信真有可能他会有自己的孩子。

一天下午，莱斯利·温特来了，大家都叫他"温特老爷"。他是位七十岁的老先生，清瘦，干干净净的，是个十足的绅士，波尔顿太太这样跟贝茨太太说。的的确确！他那种老派的、老是"嗯呀啊"的说话方式，似乎比戴假发的男人还要过时。时间在飞行中，掉下了这些精致的旧羽毛。

他们议论着煤矿的问题。克里福德觉得他的煤炭，即使那些品质不佳的种类，都可以做成一种浓缩燃料，这种燃料如果在某种湿度和压强中，加以酸性气体，燃烧时就能产生很大的热力。长期的观测中他发现，在特殊强度和湿度的风中，矿井口产生的燃烧十分完全，几乎没有什么烟，燃烧后也只留下一些细碎的灰尘，而不是那些粗大的粉红色沙砾。

"但是上哪儿去找用你燃料的机器呢？"温特问道。

"我可以自己去制造这种机器，用自己的燃料。然后生产的电力，我可以卖掉。我确信我能够做得到。"

176

"要是你真能这么做的话，那好极了，真是太好了，我的孩子。哈！好极了！要是我能帮上什么忙，我会很乐意的。我就怕我已经过时了，我的煤矿场就跟我一样老派。但是谁知道呢，我走了之后，还有像你这样的年轻人，真是好极了！这一来，我又可以把所有的工人都雇回来了，你也用不着卖煤了，也不用再管煤是不是销得好。真是个绝妙的主意啊，但愿你能成功。要是我自己有儿子的话，他们肯定也会为希普利矿场出些新主意：这是无疑的！顺便说一句，我的孩子，大家都说拉格比有希望添个继承人，这传闻到底有没有根据？"

"有这种传闻吗？"克里福德问道。

"哦，亲爱的孩子，菲林伍德的马歇尔跟我问起这事来着，我所听到的传闻就是这些。当然，要是这纯粹是无中生有的事，我是绝对不会在外面满处宣扬的。"

"这么说吧，温特先生。"克里福德不安地说着，但是两眼闪烁着奇异的光芒。"希望还是有的，可能会有些希望吧。"

温特走到房间另一端，紧紧握住了克里福德的双手。

"我亲爱的孩子，我亲爱的朋友，你知道听了这话，对我来说意味着什么吗？我亲耳听到你说可能会有个儿子，而且说不定可以重新雇用上特沃希尔的工人！哦，我的孩子！保持住望族的门面，让工作等待任何想要工作的人上门来！"

老绅士真的感动了。

第二天，康妮正把一些黄色的高大郁金香放在花瓶里。

"康妮。"克里福德说，"你知道外边传闻说你就要给拉格比生一个继承人的事吗？"

康妮因为一阵恐惧而感到茫然，但是她仍沉静地站在那儿，继续摆弄着她的花。

"我没听说啊。"她说，"是人家在开玩笑吗？还是有意中伤？"

他停顿了一会儿，说道："我希望两者都不是。但愿那会是一个预言。"

康妮继续整理着她的花。

"我今天早上收到了父亲一封信。"她说,"他告诉我,他已经替我答应了亚历山大·库珀爵士的邀请,在七八月份到他在威尼斯的'埃斯梅拉达'别墅去度假,让我别忘了。"

"七月和八月?"克里福德说。

"噢,当然我不会待那么长时间的,你真的不一块儿去吗?"

"我不愿去国外。"克里福德迅速答道。

她把花儿搬到窗前。

"那我去,你介意吗?"她说,"你知道,这件事我已经答应人家了。"

"你要去多长时间?"

"也许三个星期。"

接着是一阵子沉默。

"那好。"克里福德慢条斯理地,带着几分沮丧说道,"我想三个星期我还是可以坚持的:要是我绝对有把握你会要回来的话。"

"我当然会要回来的。"她平静而单纯地说,非常肯定。她正在想着另一个男人。

克里福德觉出了她的肯定语气,于是相信了她,他相信这是出于对他的考虑。他觉得心头总算松了一口气,马上又喜笑颜开了。

"如果是那样的话。"他说,"我想就没什么问题了,你说呢?"

"我也这么想。"她说。

"你是不是很喜欢生活中有些变化?"

康妮抬起头,用奇异的蓝眼睛看着他。

"我想再见到威尼斯。"她说,"想在潟湖上一个砂石岛的沙滩上沐浴。但是你知道我很讨厌利多 ①!我相信我不会喜欢亚力

———————

① 威尼斯在潟湖中央,利多是威尼斯著名浴场。

山大·库珀爵士和库珀夫人的。但是，要是希尔达也在那儿，而且我们有一艘自己的小船：噢，那肯定会很有意思。我真希望你也能去。"

她说得很真诚。她十分喜欢用这些方法让他开心。

"哦，但是想想我吧，想想我在巴黎北站、在加来码头上的情形！"

"那又有什么关系？我看到其他在大战中受过伤的人，被人用担架椅抬着呢。何况我们都以车代步。"

"那我们就得带两个仆人去了。"

"呵，用不着！我们有菲尔德就足够了，那边总会有个仆人的。"

但克里福德还是摇了摇头。

"今年就算了，亲爱的！今年不去了！也许明年我可以试试。"

她沮丧地走开了。明年！谁知道明年会怎样？她自己并不是很想去威尼斯：不是现在，现在她还有那个男人。但她去是作为一种克制，而且，也因为要是她真有了孩子，克里福德会以为她的情人是在威尼斯。

现在已经五月了，六月份他们就应该出发了。总是这些安排！总是人的生活为人做安排。车轮驱动着人，驾驭着人，而人却不能真正控制车轮。

这是五月份，可是天气又阴冷潮湿起来。阴冷多雨的五月对于谷物和干草的收成是好事！现在谷物和干草多重要啊！康妮得上尤瑟维特去一趟，那是他们的小镇。在那儿，查泰莱家族依然是以前的查泰莱家族。她是独自去的，菲尔德帮她开车。

尽管是五月份，大地披上新绿，但乡间却很凄凉。天气相当冷，雨中还夹杂着烟雾，空气中有某种废气的感觉。人们得抗争才能生存。难怪这里的人又丑又粗鲁。

汽车费力地爬坡，穿过特沃希尔长而分散的村落，这里脏兮兮的，砖房都是黑色的，黑石板屋顶轮廓清晰的边缘闪闪发光，

179

泥地上都是黑色的煤屑，铺石路又湿又黑。仿佛凄凉彻底浸泡到一切之中。这里完全没有大自然的美丽，没有丝毫生活的欢欣，没有丝毫自然界飞禽走兽都具有的追求外形美的本能，人类的直觉能力已经完全死亡，真令人震惊啊。看看杂货店里层层垒起的肥皂，看看蔬菜贩摊子上的大黄和柠檬！还有女帽店中的丑陋帽子！所有一晃而过的东西都丑陋而又丑陋，接下来的是由灰泥和镀金材料盖起来的、俗不可耐的电影院以及被淋湿的电影海报："一个女人之爱！"还有始初循道会又新又大的小型教堂，它光秃秃的砖墙和窗上浅绿色和深紫红色的大块格窗玻璃真是够始初的。再往高处去，是卫斯理宗小教堂，墙砖已经发黑，仁立在铁栏杆和一丛发黑的灌木后边。自以为高人一等的公理会教堂是用乡下风格的砂岩建筑成的，有个尖塔，但不是很高。再过去是新建的校舍，昂贵的粉红砖墙，还有个铁栅栏环绕的沙砾运动场，整个校舍看起来很是堂皇，外表上让人想起是教堂和监狱的混合物。五年级的女孩们正上着唱歌课，刚刚做完"拉——咪——哆——拉"的发声练习，开始唱一支"甜蜜的儿歌"。简直难以想象有什么东西比这更不像歌曲，更不像自然而优美的歌曲了：那是循着一个曲调的轮廓发出的一种怪叫。还不如野蛮人：野蛮人还稍微有些节奏。也不像动物：动物号叫时还意味着什么。简直什么都不像，竟然能叫唱歌！菲尔德去加油的时候，康妮坐在车里专心地听着。这样一个民族能有什么样的将来呢？他们直觉上已经麻木不仁，剩下的只有机械的怪叫和怪诞的意志力。

雨中，一辆煤车叮当作响地驶下山坡。菲尔德加满油又动身了。经过一个个大而外表丑陋的布店、服装店，还有邮政局，来到空荡荡的小集市上，萨姆·布莱克正从自称为客栈而不是酒肆的"太阳"店里往外张望，朝查泰莱夫人的汽车连连鞠躬，这里是旅行的商人歇脚的地方。

教堂远在左边的黑树林中。汽车在下坡路上往下溜，经过

"矿工之怀"。车子已经走过了"威林顿""纳尔逊""三大桶"和"太阳"这些铺面，现在过了"矿工之怀"，接下来的是"技工殿"，然后是有点俗丽的新"矿工福利"等，经过几栋新"别墅"，汽车驶上了往斯达克斯门去的黝黑路面，公路两旁是灰暗的篱笆和墨绿的田野。

特沃希尔！那就是特沃希尔了！这才是快活的英格兰！莎士比亚的英格兰！不！是今天的英格兰，自从康妮住到那儿之后，她就明白了这一点。现在这里繁衍的是一种新的人类，他们过于意识到金钱和社会政治生活方面，而在自然的直觉方面，他们已经死亡，完全死亡了。这些人都是些行尸走肉，但是他们却又靠着一种极端坚忍的意识活着。这一切都有点不可思议，有点像阴曹地府。这就是个阴曹地府。十分莫名其妙。我们怎么会明白这些行尸走肉的反应呢？康妮看见许多大卡车，满满地装载着谢菲尔德来的钢铁工人，这是一群古怪的、被扭曲的、像人模样的卑微生物，他们正往马特洛克去远足，这时候她不禁柔肠寸断，她想：噢，上帝啊，人都对人做了什么？人类的领袖们一直在对他们的同胞做些什么啊？他们把他们变成了非人；现在不可能再有同胞情谊了！这只是一场噩梦！

她重新感到了恐惧的波涛在心中涌动，一切都是那么阴沉，令人寒心，对一切感到绝望。这些工业大众，以及她所了解的上层阶级，都没有希望了，再也不会有什么希望了。然而，她却还想要一个孩子，一个继承人！拉格比的继承人！她不禁因为恐惧而战栗起来。

而麦勒斯却冲破这一切走了出来！——是的，他远离着这一切，就像她一样。但甚至在他身上，同胞情谊也所剩无几。它死了，同胞情谊死了。就这一切而言，只有分离和无望。这就是英格兰，大部分的英格兰：如康妮所知道的那样，因为她是从它的中心开车出来的。

汽车正在往上开，朝着斯达克斯门前行。雨渐渐停了，空气中浮现出一丝澄明的五月之光。村庄在狭长的起伏中绵延着，往南是匹克，往东是曼斯菲尔德和诺丁汉。康妮正往南行。

　　当她来到高处时，她可以看到在她左边，在起伏大地之上的一块高地上，高耸着阴森的华索普城堡，暗灰的颜色，下面是矿工的一些浅红色灰泥墙房子，看起来还比较新，再往下就是那座煤矿，矿上不时升起缕缕青烟和浓重的蒸汽，这里每年成千上万的英镑都流到公爵和其他股东的腰包里。这雄壮的老城堡虽然成了废墟，但在那低低的地平线上，它还是高耸着，俯视着下面潮湿的空气中飘浮着的青烟白雾。

　　转了个弯，他们行驶在通向斯达克斯门的高地上。从公路上看斯达克斯门，它只是个庞大而华丽的新饭店，也就是柯宁斯贝纹章饭店，红白金三色极其分明地矗立在路边。但是如果你留神的话，你就会看见左边有着一排排精致的"现代"住宅，排列得就像多米诺骨牌，中间还有空地和花园相互间隔，这真是些不可思议的"大师们"在意想不到的大地上玩一盘奇异的多米诺骨牌游戏。这块住宅区再过去，在后面，耸立着一些令人惊愕和畏惧的高大建筑，这些建筑是真正的现代矿山、化学厂房和长长的陈列馆，这种形式是前人不可能想得到的。在如此庞大的新装备前，矿场的井架和井口的出车台是那么不起眼。在这些建筑物的前面，那多米诺骨牌似的住房永远都带着那样的惊讶矗立着，等着游戏开始。

　　这就是战争以来，地球表面上崭新的斯达克斯门。但事实上，康妮不知道，在下坡路上离"饭店"半英里的地方是老斯达克斯门，那儿是一个旧的小矿场，黑色的老砖房，有一两个教堂，一两个店铺和一两间小酒店。

　　但如今，这都算不上什么了。浓浓的烟雾从新工厂的上方升起，那才是现在的斯达克斯门煤矿：那儿没有教堂，没有小酒

182

店，甚至没有商店。这里只有那些巨大的工厂，这是供奉诸神的现代奥林匹亚神殿；此外便是些标准的住宅和饭店。而这些所谓的饭店，虽然看起来怪讲究的，其实只是工人们的酒店罢了。

甚至在康妮来到拉格比之后，这块地方才拔地而起的。那些标准住宅里，住满了从四面八方聚拢的乌合之众，他们除了做其他职业以外，就是偷猎克里福德的兔子。

汽车继续行驶在高地上，可以看见这个起伏不平的郡绵延不绝。这个郡！它曾经是个骄傲而有气派的郡！前方，又时隐时现地出现并悬挂在天际的，是高大雄伟的查德威克大厦，它有窗户的地方比有墙壁的地方还多，这是最著名的伊丽莎白时代房屋之一。它孤独而高贵地屹立在一个大公园之上，但是已经过时，不再受到关注了。它仍然被保留在那儿，只是作为一个展示用的场所。"瞧瞧我们的祖先是多么威风！"

那是过去。如今的世界在山下。未来呢，只有老天才知道在哪里。汽车已经在路两旁陈旧乌黑的矿工小平房之间转向下坡去尤瑟维特的路上了。在这潮湿的季节，尤瑟维特整个都升腾着烟雾和蒸汽，要升腾到那里有的随便什么神仙那儿去。尤瑟维特在山谷脚下，所有到谢菲尔德的铁路都从这儿经过，煤矿场和钢铁厂不时从长烟囱中发出浓烟和耀眼的白光，教堂上面可怜的巴洛克尖顶，虽然摇摇欲坠，但依旧在烟雾中挺立着，总是让康妮莫名其妙地感动。这是一个古老的集市城镇，是丘陵地带的中心。主要的旅店之一是"查泰莱纹章"。在尤瑟维特那里，人们都觉得拉格比似乎是一整块地方，而不只是一个宅子，就如对外人来说：拉格比大宅，在特沃希尔附近；拉格比，一个"所在"。

矿工们乌黑的小平房平整地立在人行道上，有着上百年矿工住宅的那种狭小和不分你我。这些小平房就这么一路排下去。公路变成了一条街道，当你往下走的时候，你马上便会忘记那些开阔而起伏的乡间，以及仍然在那里耸立着，然而却像幽灵一样的城堡和大宅。现在你正好在乱七八糟裸露的铁路线上方，铸造厂和其他的"工厂"都矗立在自己四周，它们实在是太大了，以至于你只注意到高高的围墙。铁的叮当声产生着巨大的回响，大卡车震撼大地，汽笛尖叫。

然而，当你沿着这条街道再往下走，进入拐弯抹角的市镇中心，走到教堂后面，你就置身于两个世纪以前的世界里，在曲曲弯弯的街道上，"查泰莱纹章"以及那家老药房矗立着，这些街道通常通往那些城堡和虎踞龙盘的大宅的郊野开阔世界。

街角，一个警察正举着手，让三辆运铁的卡车滚滚而过，那可怜的老教堂被震得发颤。直到这些货车过去了，那警察才向夫人敬礼。

就是这样。在古老而弯曲的城镇小街上，挤满了成堆又旧又黑的矿工住所，大概还能见出道路的样子。紧接着这些住所的，是一排排较新、较大的粉红色房屋，像是给山谷敷上了石膏：这是更现代的工人住房。再远一些，在开阔起伏的城堡地区，烟雾夹杂着蒸汽，星罗棋布的砖房略带天然的红色，是更新的矿工住宅区，有的在凹陷处，有的狰狞地顺着以天空为背景的斜坡轮廓线。而其间，夹杂其间的，是马车和茅舍时代古老英格兰，甚至罗宾汉时代英格兰的破烂遗迹。矿工们不上工的时候，就带着受压抑好动本能造成的苦闷，在那儿到处寻觅猎物。

英格兰啊，我的英格兰！可哪个才是我的英格兰？那些富丽堂皇的英格兰大宅可以照成好照片，产生同伊丽莎白时代英国人有一种联系的幻觉。气度非凡的府邸自从好好女王安妮和汤姆·琼斯 [①] 的时代起就在那儿。但是煤尘落下来，染黑了黄褐色的灰泥，很久以来它们便不再金碧辉煌了。渐渐地，它们也像那些富丽堂皇的大宅一般，一个个被遗弃了。现在它们正在被拆

----

① 英国18世纪小说家亨利·菲尔丁（1701—1754）的代表作《汤姆·琼斯》中的主人公。

除。至于那些英格兰的小平房——它们在那儿——那些砖头房子，不过是贴在无望的乡村大地上的膏药罢了。

现在人们正在拆除富丽堂皇的大宅，乔治时代的大宅正在消失。康妮在车里经过弗利奇利——一座乔治时代的完美古宅时，现在也正在被摧毁。这宅子一直保养完好，直到大战以前，魏泽莱一家还住在里面过着豪华生活。但是现在，它太大，开销太高，而且乡下已变得太适合居住了。贵族们都搬到更让人心旷神怡的地方去住了，在那儿，他们花他们的钱而不必知道这些钱是怎么来的。

这就是历史：一个英格兰抹去了另一个。煤矿业曾使豪宅里的人腰缠万贯。现在它正把这些宅子抹去，就像他们抹去那些茅舍一样。工业的英格兰抹去了农业的英格兰。一种意义抹去了另一种意义。新英格兰抹去了旧英格兰。历史的延续不是有机的，而是机械式的。

属于有闲阶级的康妮抱着旧英格兰的残余不放。她花了很长时间才明白过来，旧英格兰实际上已经被这骇人的、让人胆战心惊的新英格兰抹去了，而且这种涂抹还会继续着，直到这个过程最终完结。弗利奇利消逝了，伊斯特伍德消逝了，希普利正在消逝：温特先生所钟爱的希普利。

康妮在希普利做了短暂访问。屋后的园林大门就开在矿场铁路的道口附近；希普利矿场本身就在树林后边。园门大开着，因为矿工们有穿行权，可以从园林经过。于是他们就在园林里到处闲荡。

汽车经过矿工把报纸扔在里面的几个观赏池塘，然后经由一条私家车道来到宅子前。它高高地耸立在一栋18世纪中期的非常舒适的灰泥建筑旁边。这里有一条漂亮的紫杉林小径，通往一座更老的房子，大宅宁静地伸展开去，乔治风格的玻璃窗像是快乐地眨着眼睛。在大宅后面，有几个美丽至极的花园。

康妮觉得宅子里面比拉格比好得多。光亮得多，更有生气、更有模样、更典雅得多。房子的墙壁嵌着漆成乳白色的木板，天花板点缀了金色，一切都井井有条，所有设备都尽善尽美，价钱不菲。甚至连走廊都布置得宽敞秀美，曲曲弯弯，充满了生气。

　　不过温特却孤独地生活着。他深爱着他的宅子。但是他的园林却跟自己的三个煤矿场紧邻。他在观念上是个很慷慨的人。他几乎很欢迎矿工们到他的园林里来。要不是这些矿工，他哪能挣到这么多钱！所以，当他看见三五成群、衣衫褴褛的工人在他的观赏池塘边闲逛时——自然不能进到园林中他的私家部分，不，他在那儿规定了界限——他便会说："矿工们也许不像小鹿那样可以作为装饰，但他们可是远能产生更大的利润呀。"

　　但那是在维多利亚时代后半期的黄金时代——从金钱角度看。矿工们那时候都是些"好工人"。

　　这番话，温特是半带歉意地说给他的客人、当时的威尔士亲王听的。亲王用他喉音很重的英语回答道："你说得不错，要是在桑德灵厄姆①下面有煤炭的话，我一定会在草坪上开个矿场，并认为那才是第一流的花园景观。哦，我很愿意用狍来和矿工做等价交换。我听说你的工人都是些不错的工人呢。"

　　然而当时亲王也许把金钱之美和工业的好处想得太夸张了。

　　但是，亲王成了国王，国王死了，如今是另一位国王了，新国王的主要功用似乎只是开办施粥所。

　　而好工人们则在某种程度上将希普利围在了里面。园林旁边，挤满了许多新的矿工村，乡绅有点儿感到居民的格格不入。以前，他总觉得自己是自己领地和自己矿工的主人，心态温和然而相当自大。现在，由于新精神潜移默化的渗透，他有点儿被挤出去了。正是他自己不再有所归属。这是不会错的。煤矿业有

---

① 英国英格兰诺福克郡一教区和皇家宅邸。

186

了自己的意志，这种意志就是跟绅士老板作对！所有的矿工都加入这种意志，要想对抗它十分艰难。它不是让你滚蛋，就是干脆让你死。

温特绅士，因为曾经进过军队，还经受住了这种冲击。但是他在晚饭后，也不想到园林里散步了。他差不多总是躲在家里。有一次，他光着脑袋，脚穿黑色漆皮鞋和紫色丝袜，陪着康妮朝园林大门那边走，用他那种老是"嗯呀啊"的很有教养的方式跟她说话。但是，在一小伙矿工面前经过时，这些人就站在那儿，盯着看，既不行礼，也没有别的什么表示，这时康妮就感觉这富有教养的瘦削老人是如何在畏缩，就像笼子里优雅的羚羊在庸俗的目光面前畏缩一样。矿工们对他并没有个人敌意：一点也没有。但是他们的精神却是冷酷的，正在将他排挤出去。他们的心灵深处有一种深深的嫉妒。他们"为他而劳作"。他们在丑陋中怨恨他的斯文、考究、有涵养的生活。"他是什么人！"他们怨恨的是差距。

但是，在他的英格兰人心底，并且在很大程度上作为一个军人，他相信他们有理由怨恨差距。他觉得自己享受各种优惠确实有点儿不对。但是他代表一种制度，他不能被排挤出局。

除非死亡。康妮造访后不久，死神突然降临到了他的头上。在遗嘱中，他给克里福德留下了很可观的一笔遗赠。

继承人们马上发话把希普利拆了。要保留这座豪宅花钱太多，没有人会愿意住在那儿的，于是这大宅就这么毁了。紫杉的林荫道被砍伐殆尽。园林的树木也被砍光拿去做木材了，整个产业分成了几小块。这儿离尤瑟维特很近。在这古怪的不毛之地——又一个"真空地带"，新的半独立式住宅的街道如雨后春笋般出现，非常诱人！希普利大宅小区！

离康妮上一次造访不到一年，这一切就发生了。希普利大宅小区拔地而起，新街上排列着红砖的半独立式"别墅"。谁也不

187

会想到，十二个月前，这里曾矗立着一座灰泥大宅。

爱德华七世的那种花园景观，即拿煤矿场来点缀花园的草地，到后来阶段就发展成了这个样子。

一个英格兰抹去另一个英格兰。温特爵士和拉格比大宅的英格兰消失了，死了。涂抹尚未完成。

接下来会怎样呢？康妮难以想象。她能看见的只是新砖房构成的街道在不断往田野伸展，新建筑在矿场上崛起，新女郎穿着丝袜，新矿工青年闲逛到"宝利"或者"福利"里面去。年轻的一代完全没有老英格兰的意识。在意识的连续性中有一条鸿沟，几乎是美国式的：但实际上是工业造成的鸿沟。接下来会是什么样子呢？

康妮总觉得没有"接下来"了。她想把头埋在沙里；或者，至少埋在一个活生生男人的怀里。

世界真复杂，它是这样的古怪和令人厌恶！怎么会有那么多的大众，他们太可怕了，真的！她在回家的路上一直想着这事，她看着矿工们缓慢地离开矿坑，浑身灰黑，衣冠不整，他们耸着一边的胳膊，拖着沉重的铁靴。从矿井中出来的乌黑面孔上，只有白色的眼珠在醒目地转动，他们的脖子因为矿井低矮的隧道而蜷缩着，肩膀也走了形。男人啊！男人！唉，某种意义上有耐性的好男人；但是从其他意义上讲，是不存在之物。男人应该具有的某种东西在他们身上被变种、被灭绝了。然而他们是男人。他们做孩子的父亲。你可以跟他们生孩子。可怕啊，可怕的想法！他们善良和蔼。但是他们只是半人，只是一个人灰色的那一半。到此为止，他们是"好的"。但这也不过是他们那一半中的好。设想一下他们身上死去的那一半活过来怎么办！哦，不！想一想都太可怕！康妮绝对害怕工业大众。她觉得他们是那么怪异。一种完全没有美在其中、没有直觉、始终"在地狱里"的生命。

想想这些人的孩子！哦，天哪！上帝啊！

而麦勒斯就是出自这样的一个父亲。不完全是这样。四十年时间造成了差异，男人身上的一种惊人差异。钢铁和煤炭已经深深嵌入到男人的肉体与灵魂中。

　　化了身的丑陋，然而却是活着的！他们全都会怎么样呢？也许随着煤炭的消失，他们也会从地球表面世界上消失。当时煤炭召唤他们，他们成千上万地不知从什么地方蹦出来。或许他们只是煤层中的怪异动物。他们是另一现实中的生物，是精灵，侍奉煤的各种元素，就跟金工工人是精灵，侍奉铁元素一样。非人之人。由煤、铁、黏土组成的生物。碳、铁、硅等元素组成的动物：精灵。他们也许会有奇异的、非人的矿石之美，煤的光泽，铁的分量、蓝色泽和抗耐性，玻璃一样的清透。矿物世界的元素生物，怪异而遭受了扭曲！他们属于煤、铁与黏土，正像鱼儿属于大海，蛀虫属于朽木。他们是矿物分解出来的生物！

　　康妮很高兴能回到家里，把脑袋埋进沙子里，就此不闻窗外事。她甚至觉得能跟克里福德唠唠叨叨地聊天也是乐事。因为她对那个煤矿和铁的英格兰中部的恐惧使她浑身上下都觉得很不爽，如同得了流感。

　　"当然，我不得不到班特利小姐的店里喝茶。"她说。

　　"真的吗！温特本来会请你喝茶的。"

　　"哦，是啊，不过我不敢让班特利小姐失望。"

　　班特利小姐是个单薄的老处女，她鼻子大大的，有种浪漫气质，沏茶时那种细心凝重的感觉，就像在做圣礼。

　　"她有没有问起我？"克里福德说。

　　"当然有啦！——'请问夫人，克里福德爵士身体还好吧？'——我看你在她心目中位置比卡维尔护士①还高呢。"

　　"你肯定跟她说，我现在很不错。"

---

① 卡维尔护士（1865—1915）：英国人，第一次世界大战期间，帮助协约国军人逃出德国占领下的比利时时，被德国占领当局逮捕处死，因而在英国受到高度尊重。

189

"可不是！她看上去特别欣喜，好像我说了天堂的门为你敞开了一样。我说，要是她来特沃希尔，一定要到这儿来看看你。"

"我！干吗呢？来看我！"

"怎么了，克里福德。人家这么崇敬你，你总不能不稍稍回报一下人家吧。在她眼里，跟你比起来，连卡帕多西亚的圣乔治①都不算什么。"

"你觉得她会来吗？"

"哦，她脸红了！当时那样子看起来非常迷人，可怜的人啊！为什么男人不跟真正崇拜他们的女人结婚呢？"

"女人的崇拜总是开始得太迟。她到底有没有说她会来？"

"哦！"康妮模仿着班特利小姐的喘息声说，"夫人，我哪敢造次呀！"

"造次！多可笑啊！但是我可真不希望她到这儿来。她的茶怎么样？"

"噢，立顿红茶，浓得很！但是，克里福德，你难道不觉得你就是班特利小姐和那帮老处女的《玫瑰传奇》②吗？"

"即使这样，我也并不觉得是个荣耀。"

"她们把你在画报上的照片当宝贝似的收藏起来，说不定每天晚上还要替你祈祷呢，这不是挺好的嘛。"

她上楼换衣裳去了。

那天晚上克里福德对康妮说：

"你觉得在婚姻中，有永恒的东西吗？"

她看着他。

"克里福德，你总把永恒说得跟一个盖子或一根长长的链条似的，无论你走多远，它总拖在你背后。"

---

① 卡帕多西亚的圣乔治（约公元3世纪）：基督教殉教者，被英国基督徒尊奉为守护圣人。据说生于小亚细亚的卡帕多西亚。

② 《玫瑰传奇》是中世纪法国城市文学中的一部重要作品。

他看着她，生气了。

"我的意思是——"他说，"要是你去威尼斯，不会真希望有某种你当真的恋爱而去吧，你说呢？"

"当真的威尼斯之恋？不，你放心吧！我绝不会在威尼斯有恋爱，除非是逢场作戏。"

她带着一种怪轻蔑的意味说。他的眉头拧成一团，望着她。

第二天早晨，她正从楼上下来，看见猎场守护人的猎犬弗洛西正坐在克里福德卧室门外的走廊上，轻轻地呜咽着。

"怎么了，弗洛西！"她温柔地说道，"你来这儿干什么？"

说完，她静静地打开了克里福德的卧室门。克里福德正坐在床上，他的床桌和打字机被推在一边。猎场守护人规规矩矩地站在床脚，弗洛西也跑了进来，麦勒斯微微用头和眼睛朝它示意了一下，要它去门外等着，于是它又溜了出来。

"早安，克里福德！"康妮说，"我不知道你正忙着呢。"然后她看着猎场守护人，向他道了一声早安。他低声跟她回了礼，双眼暧昧地看着她。她已经觉得有一股激情荡漾在她的身上，哪怕仅仅是因为他出现在这里。

"我打扰了你们吗，克里福德？真对不起。"

"哦，不，都是些无关紧要的事情。"

她轻轻走出房间，回到一层楼那间蓝色的化妆室里。她坐在窗前，望着他走上车道，他沉静的动作很独特，慢慢地消失在远方。他有着一种天生沉静的气质，一种清高孤傲，也有某种脆弱的神情。一个用人！克里福德的一个用人！"要是我们受制于人，亲爱的勃鲁托斯，那错处并不在我们的命运，而在我们自己。"[1]

他是受制于人吗？是吗？他是怎么看她的呢？

有一个阳光明媚的日子，康妮在花园里忙碌着，波尔顿太太

---

[1] 这是莎士比亚名剧《裘力斯·恺撒》第一幕第二场中的一句台词。参见《莎士比亚全集》第8卷第218页，人民文学出版社，1988年。

在一边帮她的忙。不知什么缘故，这两个女人走到了一起，处于人与人之间同情心的一种说不清楚的上下起伏之中。她们用木桩把康乃馨固定住，还种了一些夏季植物，这项工作她俩都非常喜欢。康妮把幼苗柔软的根部放到松软的黑色土坑里，再把土培好，这时她尤其感到高兴。在这春日的清晨，她也觉得自己的子宫在震颤，仿佛阳光的爱抚使它如此快活。

"你丈夫过世多年了吧？"康妮拿起一棵小苗放在土坑里，一边向波尔顿太太问道。

"二十三年了！"波尔顿太太小心地把耧斗菜一株株分开，一边说道，"从他们把他送回家那一刻起，到现在已经二十三年了。"

康妮听到"送回家"这个可怕的结局，心里不禁怦然一跳。

"你认为，他为什么遭难？"她问道，"他跟你在一起时快乐吗？"

这是一个女人对另一个女人的发问。波尔顿太太用手背把一绺头发从脸前拂开。

"我不知道，夫人！他是那种顽强不屈的人：他不怎么跟其他人合得来。他宁死也不愿低头。一种致命的固执。你明白，他并不真的在乎。我是归罪于矿井。他根本就不应该下到矿井里去做工。但是他年轻的时候，他的父亲便让他去了那儿。然后，一旦你过了二十岁，就不太容易改行了。"

"那他说过他讨厌去那儿做工吗？"

"哦，没有！他绝不会这么说！他从来不说他讨厌什么，他只是做出一副滑稽的模样。他是那种粗心大意的人：就像第一批欣然奔赴战场的年轻人，很快他们就阵亡在前线。但他并不是榆木脑瓜，他就是对什么都不在乎。我常对他说：'没有什么人也没有什么事能让你在乎！'但他并不是这样！当我生第一个孩子时，他坐在那儿一动不动，孩子出生以后，他用那种郑重的眼神看着我！我那时也很难熬，但是我还得去安慰他。我对他说：'不要紧的，亲爱的，一切都过去了！'他看了我一眼，脸上浮出一种奇异的微笑。他从来不说什么，但从此以后，我觉得他在夜里跟我就再也没有什么真正的乐趣了；他在做爱时不再那么恣意尽兴了。我常对他说：'哦，亲爱的，让自己尽兴点吧！'——有时候我会对他说粗话。他也不说什么，他不会再让自己任着性子做爱了，或许是他不能这样了。他不想再有孩子，我常埋怨他母亲，她不该让他进产房来。他可没有权利到那个地方去。男人一旦想起问题起来，就会想得很多很复杂，远远超出他们自己能承担的范围。"

"他真的这么在意吗？"康妮惊愕地说。

"是的，他有点不能把整个那种痛苦看成自然的事情。这损害了他对夫妻之爱的乐趣。我对他说：要是我自己都不介意，你为什么要介意呢？那是我的事！——可他只是说：这是不对的！"

"也许他太敏感了。"康妮说。

"说得没错！当你开始了解男人之后，你便知道他们就是那个样子了：在不该敏感的地方太敏感。而我相信，他自己都不明白，他痛恨煤矿，就是恨它。他死时的面容是那么安详，仿佛获得了自由。他是很帅气的青年！当我看见他的时候，心都要碎了，他那么安然，那么纯净，好像他自己愿意死去似的。哦，我的心都要碎了，真的。可那是煤矿造的孽。"

说着，她流下了辛酸的泪水，康妮却比她哭得还伤心。那是个温暖的春日，空气中浮动着泥土与黄花的馨香，许多植物都开始抽芽，花园沐浴在阳光中。

"那对你一定是个极大的打击！"康妮说。

"哦，是的，夫人！起初我自己都还没有意识到，我只会说：哦，我的老公，为什么要离开我！——我只会哭。但我总觉得他会回来的。"

"但他并没有想要离开你。"康妮说。

"哦，是的，夫人！那只是我哭泣时说的傻话，我一直在盼着他回来。尤其是在夜里，我醒来的时候总会想：为什么他不在床上？——似乎我在意识中不相信他已经逝去。我觉得他一定会回来，紧挨着躺在我身边，让我可以感觉到他的存在。这就是我所期待的，感觉他温暖地和我偎依在一起。而我不知道经过了多少次的打击，才明白他不会再回来了，我花了好些年才明白过来。"

"他的触摸感。"康妮说。

"是的，夫人！他的触摸感！至今我都无法忘怀，而且我永远也不会忘记。如果真有天堂，他一定会在那儿。他会紧挨着躺在我身边，让我入睡。"

康妮惊恐地朝她沉浸在沉思中的潇洒面孔瞥了一眼。又一个来自特沃希尔激情洋溢者！对他的触摸，因为爱之束缚难松绑！

"一旦你深深爱上一个男人，那就太可怕了！"她说。

"哦，夫人啊！这就是让人觉得痛苦的原因之所在。你感觉人们想要他被弄死。你感觉矿井就是想要弄死他。哦，我觉得，要不是因为煤矿，以及经营煤矿的人，他就不会离开我。但是如果一男一女在一起，他们全都想要拆散这对男女。"

"如果他们肉体上在一起。"康妮说。

"是啊，夫人！这世上铁石心肠的人太多了，每天早晨，当他起来去矿上时，我都觉得不对头，不对头。但是他还能做什么呢？一个男人能做什么呢？"

一种异常的仇恨在这妇人心中燃起。

"但是一种触摸感能延续这么长时间吗？"康妮突然问，"它就能使你这么长久地感觉着他吗？"

"呵，夫人，有什么别的东西能够持久？孩子们长大了便要离开你。但是男人，哦！但是，就连这个，就连对他的触摸感的记忆，他们都要把它夺走。甚至你自己的孩子！啊，行了！也许

194

我们本来就是要分离的，谁知道呢。但是感情是不一样的东西。也许最好是绝不要在乎。但是，当我看见那些从来不曾真正被男人温暖过的女人，我就觉得她们是些内心的情欲不能得到满足，却要装得一本正经的可怜虫，哪怕她们穿得再漂亮，再悠闲自在。不，我行我素。我不在乎别人。"

第十二章

吃过午饭，康妮径直去了树林。那真是让人愉快的一天。早开的蒲公英像一个个小太阳，新开的雏菊白得耀眼。榛树丛中，由半张开的叶子和最后一些灰色的垂直柔荑花序，形成了花边的样子。黄色的金凤花现在人片密集地盛丌，紧紧簇拥着，闪耀着耀眼的金黄色。这就是那种初夏的黄色，那种强有力的黄色。而报春花长得很宽大，白白的颜色，无拘无束，抱成团的报春花不再害羞。风信子繁盛而葱郁的叶子组成了一片海洋，向上举着白玉米般的一串串蓓蕾。马径上，勿忘我草蓬松地繁生着，耧斗菜绽开了它们紫色的花苞，一堆矮树丛下，还有些蓝色的鸟蛋壳。处处都是蓓蕾，处处都是生命的跳跃！

猎场守护人并不在小屋里。一切都很平静，棕色的野山鸡在那儿活蹦乱跳。康妮继续向着他的农舍走去，她想找到他。

农舍立在树林的边缘，沐浴在阳光中。小园子里，靠近大开着的屋门，野水仙正一簇簇地生长着，红雏菊都快长到路边来了。弗洛西轻吠着，跑上前来。

门是大开着的！说明他在家。阳光倾泻在红砖台阶上，真美！当她经过那条小径时，就从窗子里看见了他，他穿着衬衣，正坐在桌边吃东西。狗儿轻轻地哼着，慢慢地摇着尾巴。

他站了起来，走到门边，用红手帕揩着嘴，同时还在一边咀嚼着食物。

"我可以进来吗？"她说。

"请进！"

阳光照进家徒四壁的屋子，屋子里弥漫着一股羊排的味道，羊排是用火跟前的金属挡板做成的，因为挡板还架在炉围子上，旁边是白色的炉台，黑色的土豆炖锅搁在一张纸上。炉火红红的，但是并不旺，通风的炉门关上了。开水壶在咝咝作响。

桌子上摆着他的盘子，里面是些土豆和吃剩的羊排；还有小篮子里的面包、盐和一只盛着啤酒的蓝杯子。桌上铺着一块白色漆布，他站在阴影中。

"你吃饭吃得挺晚的哪。"她说，"继续吃吧！"

她在靠近门边的一把木椅上坐下来，浸润在阳光中。

"我得到尤瑟维特去。"他说，一边在桌旁坐了下来，但并不吃东西。

"你先吃。"她说。

但他仍然没有动。

"你要吃点什么吗？"他问她，"要喝杯茶吗？壶里的水是开的。"说着他从椅子上欠身要站起来。

"我自己来弄好了。"她说着站了起来。他看上去很忧郁，她觉得她打扰他了。

"那好，茶壶就在那边。"——他指着一个褐色的小角柜，"茶杯和茶叶在你头顶的壁炉架上。"

她取出黑色的茶壶，并从壁炉架上取下一听茶叶。然后用热水把茶壶冲了冲，但是她待在那儿，不知把水倒在哪里好。

"倒出去吧。"他看见了她迟疑的样子，说，"那水挺干净的。"

她走到门边，把水倾倒在小径上。这儿多可爱啊，这么清静，这才是一片真正的林地！橡树上正长出土黄色的小叶；花园里的红雏菊仿佛红绒纽扣。她看了一眼门槛上那块空心的大石

197

板，现在从这门槛上迈过的脚着实不多。

"这儿真可爱。"她说，"这么美丽而沉静，一切都这么生机勃勃而静谧！"

他又吃起来，相当慢，不大情愿的样子，她觉得他很沮丧。她默默地沏了茶，把壶放在炉架上，她知道人们通常是这么做的。他推开盘子，然后走到屋后边去了，接着她听见插销的声响，一会儿他回来了，拿着一盘子奶酪和黄油。

她把两杯茶放在桌上，这是仅有的两个茶杯。

"喝杯茶吧？"她说。

"如果你喜欢加糖的话，糖在橱柜里，还有一小罐奶油。牛奶在餐具间的一个罐子里。"

"我帮你把盘子收了吧？"她向他问道。他看着她，微微带着讥刺地笑起来。

"那好……如果你愿意的话。"他一边说，一边慢慢地嚼着面包和奶酪。她去了后面的洗碗间，那儿有个水泵。左边有个门，无疑这就是餐具间了。她打开门，看到这个所谓的餐具间，她几乎笑出声来：这只是一长条刷白了的壁橱，但里边装了一小桶啤酒，一些器皿和一点儿食品。她从一个黄色的罐子里取了点牛奶。

"你这牛奶是哪儿来的？"当她回到桌边时，她问他。

"弗林特夫妇给我的。他们装好了牛奶就把瓶子放在畜牧场边。你知道的，就是那天我遇见你的那个地方。"

但是他沮丧。

她斟好茶，然后举起牛奶罐。

"我不要牛奶。"他说着，接着似乎听见了什么声响，十分敏锐地向门口望着。

"也许我们最好还是把门关上。"他说。

"那未免有点可惜。"她答道，"没有人来吧，你觉得会有人来吗？"

"不会，除非是千分之一的可能性，不过谁知道呢。"

"就算那样也不要紧的。"她说，"我只是过来喝杯茶而已。你有勺子吗？"

他把手伸过去，打开了桌子下的抽屉。康妮在靠门边的桌子旁坐着，阳光照在她的身上。

"弗洛西！"他叫起那狗儿，它正睡在楼梯边一块小垫上，"去，去外边看看！"

他竖着自己的手指，命令下达得十分清晰，于是狗儿跑出去守望了。

"你今天不高兴？"她问他。

他迅速转过他蓝色的双眼，凝视着她。

"不高兴？不，是烦恼！我得去取传票，因为我捉了两个偷猎者。哦，我不喜欢见人。"

他这时说的英语很标准，很准确，但声音里含着怒气。

"你是不是很讨厌当猎场守护人？"她问道。

"讨厌当猎场守护人？不！只要我能够安安静静地生活，我不会讨厌当猎场守护人的。但是想到要去警署和各种其他地方浪费时间，等着一帮子傻瓜来听我陈述……咳，天哪，我真是要疯了……"他带点幽默微笑着。

"你能不能真正独立起来呢？"她问道。

"我？如果你是说我能自己养活自己，我想我肯定能做到，我可以靠抚恤金过日子。我可以做到的！但是我得工作，否则我会闷死。也就是说，我得干点事情使我不至于闲着。我脾气不好，所以没法自己干事。所以得是为别人做事，不然，我的坏脾气一发作，不出一月，我就不干了。所以总的说起来，我在这儿还是干得很舒心的，尤其是最近……"

他微笑地看着她，又幽默起来。

"但是你为什么脾气这么坏呢？"她问道，"你是说你总是脾

199

气很坏吗？"

"就是的。"他笑着说，"我消化不了我的胆汁。"

"可是什么胆汁？"她说。

"胆汁啊！"他说，"难道你不知道那是什么吗？"她默不作声，感到有些失望。但他并没有注意她。

"下个月我会暂时离开一小会儿。"她说。

"是吗？去哪儿？"

"威尼斯。"

"威尼斯！和克里福德老爷一块儿吗？你要去多久？"

"一个月左右吧。"她答道，"克里福德不去。"

"他留在这儿？"他问道。

"是的！他讨厌他现在这种样子去旅行。"

"噢，可怜的家伙！"他同情地说道。

对话稍微停顿了一会儿。

"我走了你不会忘记我吧，会吗？"她问道。他又抬起头，凝视着她。

"忘记？"他说，"你知道没有人会忘记的。那不是记性的问题。"

她想问：那么是什么问题？但她终究没有问出来。她只是用一种低哑的声音说道："我告诉了克里福德，我也许会怀上孩子。"

现在他真正在望着她，带着刨根问底的热切眼神。

"真的吗？"他终于说道："他怎么说？"

"呵，他是不会介意的，只要孩子看起来像是他的，他倒是会真的喜欢呢。"

他沉默了很长时间，然后再次凝望着她的面容。

"你没有提到我吧，这应该肯定吧？"他说。

"没有啊。没有提到你。"她说。

"不，他肯定难以容忍我在这事上越俎代庖。——那你应该从哪里弄来这孩子呢？"

"我可以在威尼斯来段风流韵事啊。"她说。

"不错。"他慢慢地答道，"所以你才要去威尼斯。"

"但并不是真为了找一个情人。"她看着他，为自己辩护。

"只是做个样子而已。"他说。

又是一阵沉默。他坐在那儿，望着窗外，脸上的表情半是讥讽，半是酸楚。她讨厌他这种苦笑。

"你没有做任何避孕的措施吧？"他突然问道，"因为我这儿什么都没有。"

"没有。"她轻轻地说道，"我不喜欢那样。"

他看着她，然后又带着那特殊的微微的苦笑，望着窗外。他们就这样紧张地沉默着。

最后，他转过头来，讥讽地说道："那，你是不是为了怀上孩子才想要我？"

她低下头。

"不，其实并不是这样。"她说。

"那其实是什么呢？"他非常尖刻地问道。

她抬起头来，用责备的眼神看着她，说："我不知道。"

他大笑起来。

"难道我知道吗，真是该死！"他说。

两人又沉默了很久，这是一种冷冰冰的沉默。

"好吧。"他最后说，"夫人您喜欢就好。如果您有了孩子，克里福德老爷会非常喜欢的。我又没吃什么亏。相反，我倒是有了很精彩的体验，真的，这体验精彩极了！"说完，他伸着腰，忍住的呵欠打了一半。"要是你利用我，那也没什么，反正我又不是第一次被人利用；再说，我还觉得这一次是我最乐意的一次，当然这事非常没有尊严。"他又伸了一个怪怪的懒腰，肌肉颤抖，古怪地咬紧牙关。

"但是我并没有利用你。"她为自己辩护道。

"我随时供夫人利用。"他答道。

"不。"她说,"我喜欢你的身体。"

"真的吗?"他答道,笑起来,"那好,我们扯平了,我也喜欢你的身体。"

他用那双奇异的,黯淡的眼睛看着她。

"现在我们去楼上好吗?"他用一种压抑的声音问她。

"不,不要在这儿,现在不要!"她重重地说道。但是,如果他稍微对她施一些压力,她肯定会屈服,因为她没有力量去跟他对抗。

他把脸转过去,似乎忘了她的存在。

"我想触摸你,像你触摸我那样。"她说,"我还从来没有真正触摸过你的身体。"

他看着她,又笑了起来。"现在吗?"他说。

"不!不!不要在这儿!去小屋吧,你会介意吗?"

"我是怎么触摸你的?"他问道。

"当你爱抚我的时候。"

他看着她,他的眼神和她的痛苦而渴望的眼神相遇了。

"你喜欢我的爱抚吗?"他问道,还是那样对她笑着。

"喜欢,那你呢?"她说。

"呵,我嘛!"他换了一种声调,"我也很喜欢。"他说:"不用问你都应该知道。"这是真的。

她站了身,拿起她的帽子。"我得走了。"她说。

"你要走了吗?"他温和地问道。

她十分想要他来触摸她,跟她说些什么,但是他什么也没说,只是在那儿客气地等着。

"谢谢你的茶。"她说。

"我还没有谢谢夫人赏光沏茶呢。"他说。

202

她朝着小径走去，他站在门口，微微地苦笑着。弗洛西举着尾巴跑过来。康妮无言地拖着沉重的脚步穿过树林，她知道他站在那儿看着她，脸上带着那种不可理喻的苦笑。

她十分沮丧而懊恼地回到家里，她非常不喜欢他说被人利用的那种话，因为从某种意义上说，确实是这样。但是他不能那么说。这样一来，她又被两重情感占据了：她对他又是怨恨，又想弥合同他的不快。

她十分不安而恼怒地用完了茶点，然后立即回到楼上房间去了。但即使是在她的房间里，也没有一点作用，她依然手足无措。她得做点什么。她得回到小屋去；要是他不在那儿，那就罢了。

她从旁门溜了出去，愠怒地径直朝小屋走去。当她来到林中那块空地上时，她感到一种惊恐不安。但是他却在那儿，穿着衬衣，正蹲在鸡笼前，打开门让母鸡出来，周围的那些小鸡，现在长得有点难看了，但还是比那母鸡好看得多。

她径直朝他走了过来。

"你瞧！我来了。"她说。

"呵，我知道！"他一边说，一边直起身看她，脸上洋溢着一丝欢欣。

"你现在是要把母鸡放出来吗？"她问道。

"是啊，它们孵小鸡孵到只剩下皮包骨了，现在，它们全都想出来找点东西吃。孵蛋的母鸡是忘我的，它们一心都扑在蛋和仔鸡身上。"

多可怜的母鸡，多盲目的奉献！甚至对那些并非自己所生的蛋也如此地奉献！康妮怜悯地看着它们。他们两人之间，被一种不由自主的沉默笼罩着。

"我们进小屋去吧？"他问道。

"你想要我进去吗？"她猜疑地问道。

"是的，如果你愿意的话。"

203

她沉默了。

"进去吧。"他说。

她和他进到了小屋里。当他把门关上时，屋里全黑了，于是他在灯里点起一个小火，和上次一样。

"你没穿内衣吗？"他问道。

"是的！"

"好，我也把我的脱了。"

他铺开毯子，把一条毯子放在旁边作被子用。她则把帽子脱了，松开了头发。他坐下来，把鞋和绑腿取下，接下来解开了他绒裤。

"来，躺下来！"他穿着衬衣，站在那儿说。她默默地听从，在他身旁躺了下去，把毯子盖在两人身上。

"好了！"他说。

他拉起她的衣裳，直到他看见她的乳房。他温柔地吻着它们，把她的乳头含在唇间，轻轻爱抚着。

"啊，真可爱，真是太好了！"他说着，突然把脸偎在她温暖的小腹上轻轻蹭着。

她把手臂伸进他的衬衣，环抱着他，但是她却有些害怕，怕他那纤瘦、光滑、裸露的身体，它似乎刚强有力，她也怕他那威猛的肌肉。她畏缩了，很害怕。

他轻声叹息，说道："啊，真可爱！"这时，她身体里有东西在颤抖，精神上有东西在强硬地反抗：顽抗那种可怕的肉体亲近，顽抗他那种独特的匆匆占有。这一次，她并没有被自己销魂的激情征服，她躺在那儿，两手无力地放在他充满激情的身体上，无论她怎么做，她的精神似乎总进入不了状态，他臀部的冲撞在她看来有些可笑，他的小弟弟猴急着达到迸发高潮的渴望看起来挺滑稽。是的，这就是爱，这种可笑的屁股颤动，以及这可怜的、无足轻重的、湿乎乎的小弟弟的萎缩。这就是神圣的爱！

毕竟，现代人对这种把戏感到藐视是对的，因为它就是一种把戏。有些诗人说得很对，创造人类的上帝肯定有种乖戾的幽默感，他造出了有理智的人，而同时却强迫他摆出这种可笑的姿势，并使他盲目地渴求这种可笑的把戏。甚至莫泊桑都觉得它是让人蒙羞的画蛇添足。世人轻蔑床第之事，却又照做不误。

她那非同寻常的女性心理嘲弄地在一旁冷眼观望，虽然她一动不动地躺在那儿，但是她一时冲动，要挺起腰来，要把这男人扔出去，她要从他丑陋的钳制中、从他屁股荒唐的冲撞蹂躏中逃开去。他的身体是又鲁莽、又轻慢、又不完美的玩意儿，粗陋的笨拙中有点让人讨厌。因为一种完美的进化肯定要消除这种把戏，消除这种"功能"。

他很快完事，一动不动地躺着，退缩到沉默之中，退缩到陌生的、毫无动静的远方，远远的，比她意识的地平线还远，这时，她的心开始落泪。她觉得他像退潮一样退去，把她留在那儿，如同岸上的一块石头。他在抽退，他知道，他的精神在离开她。他知道。

她真的很伤心，她的双重意识和反应折磨着她，她哭了起来。他没有加以注意，或许甚至根本不知道。她哭泣来势汹汹，震撼了她自己，也震撼了他。

"噢！"他说，"这一次不行，你心不在焉。"——那么，他知道啊！她哭得凶猛起来。

"但是那有什么关系？"他说，"偶尔总会出现这种情况的。"

"我……我不能爱你。"她呜咽道，突然间，她觉得自己心碎了。

"不能吗？唉，不用烦恼！没有法律说你一定得这么做。顺其自然好了。"

他还是静静地躺在那儿，手放在她的胸前。然而她的双手却缩了回来。

他的话并没有起到太大的安慰作用。她放声哭起来。

"不要这样，不要这样嘛！"他说，"甜的苦的都得尝尝，不过这次有点苦罢了。"

她辛酸地哭泣着，呜咽道："我想爱你，但是却做不到。这才是可怕的！"

他笑了笑，半是苦涩，半是顽皮。

"那不可怕。"他说，"即便乃这样寻思。不过乃末法让它变得可怕。甭为爱不爱俺闹心。乃千万甭勉强。一篮子核桃中总有一两个孬的。好的孬的俺们都得尝尝。"

他把手从她胸前拿开，不再触摸她了。现在，她没有被他触摸，反而觉得有了一种满足。她讨厌他说的土话：什么"乃""侬""俺们"的。要是他喜欢，他可以爬起来，直接站在她面前系上那可笑的绒裤。毕竟，迈克利斯还知道避人，背过身去系扣子。这人却如此自信，他都不觉得人们看他就像看一个小丑，一个没有教养的家伙。

然而，当他默默地站起身，准备离她而去的时候，她忽然在惊慌中紧紧抱住了他。

"不！不要走！不要离开我！不要跟我生气了！抱着我！紧紧抱住我！"她盲目而疯狂地低语着，甚至都不知道自己在说什么，她用不可思议的力气紧紧抱住了他。她想解脱自己，解脱自己内在的愠怒和抵抗。然而，占据着她的这种内在的抗拒，是多么强有力啊！

他重新把她抱在怀里，拉到自己的身边。突然间，她在他的怀中变得娇小了，这样娇小。消失了，她的抗拒消失了，她开始融化在一种奇异的平和中。她在他的怀抱中融化了，她变得那么娇小，那么奇妙，使得他的情欲又无限地激昂起来。他所有的血管都沸腾着热烈而又温柔的情欲，在他的血液中奔涌，那都是因为他怀中的她，因为她的温柔，因为她摄人心魂的美丽。在那纯粹而温和的情欲中，他的双手轻轻地爱抚着她，那种奇异的爱抚让她神魂颠倒地沉醉其中，他温柔地爱抚着她腰间柔滑的曲线，深入，再深入，他滑到了她柔软而温暖的臀部，他离她身上最敏感的核心越来越近了。她觉得他仿佛一团欲火，然而却那么温柔，她觉得自己简直要融化在这火焰之中了。她情不自禁。她觉得他的小弟弟以一种默默无声的惊人力量与果断，朝她挺了起来，她听任自己去迎合他。她在一种销魂的战栗中屈服了，她的一切都为他而洞开。哦！假如他此时此刻不为她温存，那简直太残酷了，她整个人都在向他开放，她是那样情不自禁！

那种坚挺有力、毫不妥协的挺进深入到她体内，是那么奇异、那么可怕，她不禁战栗起来。它就像一把利剑，插入她温柔地展开的身体里，也许死亡就在眼前。她在一种痛苦的骤然恐惧之中，紧紧抱住他。但是，随之而来的是一种陌生、缓慢的平和推进，那种幽暗的平和推进和一种沉重的、原始的、如太初创造世界时所用的那种精细。她的恐惧在内心隐退，她的内心敢于平和地消失，她不再有所保留。她敢于放纵一切，放纵整个全身心，敢于在洪流中消失。

她好像就是大海，除了幽暗中的波涛汹涌，一无所有，以至于她的全部幽暗慢慢动了起来，她就是幽暗与沉默中巨浪滚滚的汪洋大海。哦，在她体内很深很深的地方，大海分流，朝四处滚动，形成滔天巨浪，汹涌而去，在她那最敏感的部位，正中心分裂开来，朝四处滚动，从温柔地插入的中心，随着插入的家伙越来越深，越来越深，触感也越来越深，她被越来越深，越来越深地揭示出来，她的巨浪越沉重地涌向岸边，将她揭示出来，可触知的无名氏的潜行就越来越近，她自己荡起的波涛也越来越远离她滚滚而去，突然，在一种温柔、颤抖的痉挛中，她的整个原生质中最敏感的地方被触动了，她知道自己被触动了，高潮来临，她消失了。她消失了，她不存在了，她出生了：一个女人。

唉！太美了，太可爱了！在那潮汐的回落中，她体会到了性爱的全部魅力。现在她整个身体，因为温情爱意，紧紧依偎在那无名氏男人身上，盲目地依恋着那变蔫的小弟弟，它经过全力的猛烈冲击，现在是那么柔嫩、那么脆弱，它不知不觉地退缩了。当这神秘而敏感的小东西从她的体内抽退出来时，她下意识地叫出声来，那是一种纯粹的迷离，她试着把它放回去。它太美妙了！她多喜欢它啊！

　　现在，她才了解到了那小巧的、蓓蕾似的小东西，它是那样缄默、温柔，她禁不住又发出惊讶而深切的小声叫唤，她的女人心在为强有力的小弟弟的这种温柔、脆弱而呼唤。

　　"太棒了！"她呻吟道，"真是棒极了！"但他什么也没说，他安静地躺在她身上，温柔地吻着她的身体。她带着一种极乐呻吟，作为一种献祭品和一个新生事物。

　　现在，她内心中对他的不可思议的赞叹开始被唤醒了。一个男人！在她身上产生的这种奇异的男性力量！她的双手在他身上游走，仍然有点害怕。害怕他身上曾让她感到陌生、敌意，甚至有些格格不入的东西，一个男人。而现在，她触摸着他，这是神的儿子和人类的女儿在一起。他摸上去多美，质地多么纯粹啊！多么可爱，多么可爱、强健，然而又多么纯粹、多么精巧！敏感的身体却有这样一种宁静。威猛和精巧肉体的这样一种纯粹的宁静！多美！多美啊！她的双手怯生生地在他的后背往下爱抚着，一直到那柔软的、小小的、浑圆的臀部。美！真美！一股骤然燃起的新意识火焰在她浑身激荡。这怎么可能呢，对这种美，她以前竟只知道反感？触摸这温暖生动的臀部，有着一种难以言表的美！这生命中的生命，这真正温暖、威猛的美妙。他两腿之间沉甸甸的奇怪球体！多么神秘啊！多么奇异而神秘的重量，捏在手里是那么柔软，沉重！这是根，一切美妙事物之根，一切完美的原初之根。

她紧紧抱着他，用一种近乎敬畏和畏惧的声音好奇地惊叹起来。他也把她搂得紧紧的，但什么也没说，他是什么也不会说的。她挨过去，离他更近一些，更近一些，只想靠近他那感官奇迹。在他全然不可思议的宁静中，她再次感到他的小弟弟在慢慢地、有力地挺起：又一股力量。她的心在一种敬畏中熔化了。

　　这一次，他进入她身体时，十分温柔，极具魅力，那是全然的温柔和美艳，没有哪种意识能够抓住这种感受。她整个自我都在无意识地、活生生地、原生质一般地颤抖。她无法知道那是什么东西。她无法记得那曾是什么。只知道世上再没有什么能比这个更迷人。只知道这个。然后，她完全宁静了，全然不知道她有多长时间没有了意识。他宁静地和她在一起，沉浸在深不可测的沉默中。关于这，他们绝不会说起。

　　当她重新恢复了意识之后，她紧紧贴在他的胸前，喃喃地说："我的爱人！我的爱人啊！"而他则默默地搂着她，她蜷缩在他胸膛上，是那么完美。

　　但他仍沉浸在那深不可测的沉默中，像捧着花儿一样把她搂在怀里，那么宁静而奇异。"你在哪儿？"她向他耳语道，"你在哪儿？跟我说句话！跟我说说话嘛！"

　　他温柔地吻着她，喃喃地说："啊，我的小人儿！"

　　但她没明白他是什么意思，她不知道他在哪儿。他在沉默中让她感到似乎他不在那里。

　　"你爱我吗？"她低声说道。

　　"是啊，侬晓得的！"他说。

　　"但是，你要告诉我！"她恳求道。

　　"啊！是的！侬没感觉到吗？"他说得很含糊，但是温柔而肯定。她把他搂得更紧了。他比她爱得更加平静得多，而她则要求他对她做出保证。

　　"你是爱我的！"她轻声说道，语气中带着一种执拗。他的双手轻柔地抚摸着她，就像抚摸一朵花儿，没有那种情欲的震颤，只是带着微妙的亲近。而她则仍被一种不安的迫切需求纠缠，想要紧抓住爱不放手。

"告诉我你会永远爱我。"她恳求道。

"是的！"他心不在焉地说道。而她感到她的这个问题把他从她身边赶走了。

"我们是不是该起来了？"他终于说话了。

"不！"她说。

但是她觉得他已经分心了，他正听着外边的动静。

"快天黑了。"他说。她在他声音里听出了环境的压力。她吻了吻他；带着一个女人对放弃自己欢乐时光感到的悲伤。

他站起来把灯光调亮了些，然后开始穿衣服，很快他就穿着好了。他站在她的上方，一边扣着裤子，一边用乌黑的大眼睛俯望着她，他的脸上微微有些发红，头发乱蓬蓬的，在那微弱的光线中，显得怪温暖的，他是那么沉静而美妙，太完美了，她永远无法告诉他，他在她眼中是多么完美。她想紧紧地偎依着他，抱着他，他的完美有着一种温暖的、近乎沉睡的距离，这使她想大声呼喊，紧紧搂住他，占有他。但她无法永远占有他。她赤裸的腰身温柔而优美地蜷曲在毯子上。他不知道她在想些什么，但他觉得她是那么美，那么温柔，尤其是他进入她的身体后，才感到她是那么奇妙，她的美妙超过了一切。

"我爱侬，我能进到乃里面去。"他说。

"你喜欢我吗？"她问道，心都为之怦动。

"我能进到乃里面去，弥合我心中的一切伤痕。我爱侬，乃向我敞开。我爱侬，我像这样进到乃里面。"

他俯下身子，吻着她柔软的腰窝，把面颊贴在上面轻轻蹭着，然后他为她盖上毯子。

"你永远都不会离开我吧？"她说。

"甭问这样的事情。"他说。

"可是你确实相信我爱你吧？"她说。

"乃刚才爱我，比乃想象得还要爱。不过一旦乃细想起来，谁知道会发生啥事情！"

"不，不要说这种话！——你不是真的认为我在利用你吧，你真的这样想吗？"

"怎么？"

"为了生孩子——"

"如今世上，任何人都可以生孩子。"他一边说，一边坐了下来束紧着他的绑腿。

"噢，不！"她叫道，"你不是真的这样想吧？"

"呃，行了。"他皱起眉头望着她说，"刚才才是最妙的。"

她静静地躺在那儿。他轻轻打开了门。外面的天空像水晶一样闪耀着深蓝的色彩，天边是一片宝石绿。他出去把鸡都关好了，轻轻对狗儿说了几句话。她躺在那儿，对生命的奇迹、生存的奇迹惊奇不已。

当他回来时，她还躺在那儿，像个吉卜赛女人那样神采奕奕。他在她身旁一张小凳上坐下来。

"乃走之前，哪天晚上一定来农舍，好不？"他扬起眉毛看着她说，双手在两膝间晃荡。

"好不？"她学着他的土话说了一遍，逗他玩。

他笑了。

"是啊，好不？"他又说一遍。

"好啊。"她模仿着他的土腔说道。

"中！"他说。

"中！"她重复道。

"跟俺睡觉。"他说，"一定的呵，乃啥时候过来？"

"我啥时候？"她说。

211

"不。"他说，"乃学得不像。那你什么时候来？"

"兴许礼拜天。"她说。

"兴许礼拜天！好啊！"

他朝她很快笑了笑。

"不，乃学得不像。"他抗议道。

"为啥不像？"她说。

他笑起来。她试着说方言真有点令人捧腹。

"来，起来吧，乃逮走了！"他说。

"我得吗？"她说。

"是俺逮！"他纠正她道。

"为什么我说'得'，你老说'逮'？"她抗议道，"这不公平。"

"俺没有！"他往前倾着身子，温柔地抚摩她的面孔。

"不过那小妹妹真是妙，不是吗？世上最好的小妹妹。在你高兴、愿意的时候。"

"什么是小妹妹？"她问道。

"您不知道吗？小妹妹！是乃下面的那个；就是我进到乃里面去的那个地方；也是乃让我在侬里面的那个地方；就是那地方，实在的。"

"实在的。"她逗着玩。"小妹妹！那么就像是操差不多。"

"不，不！操只是你做的事情。动物操来操去。但是，小妹妹比那强多了。那是乃自己，明白吗？乃可比动物强得多，不是吗？乃就是在操的时候也比那些动物强得多！小妹妹！哦，我的小人儿，那是乃的美！"

他的双眼如此深沉、如此温柔地看着她，有种不可言喻的温暖和让人无法承受的美丽，她站了起来，在他两眼间吻着。

"是这样的吗？"她说，"你真的爱我吗？"

他吻着她，没有回答。

"乃得走了，让我来给侬掸掸灰。"他说。

他的手掠过她身体的优美曲线，那么坚定，没有任何欲望，只有一种温柔、亲切的知性。

当她在黄昏中跑回家时，世界似乎成了一个梦，园林里的树木，如同在潮汐中抛了锚的帆船颠簸荡漾着，连通往大宅的斜坡也高扬着生命力。

第十三章

星期天，克里福德想到树林里去走走。那是个明媚的清晨，梨花和李花突然开放了，满世界都是奇异的白色。

当世界正万紫千红、花团锦簇的时候，克里福德还得让人扶着从椅子转到机器轮椅中，这对他来说是很残酷的。但是他忘怀了，甚至还有点为自己的残疾感到自负。康妮仍然很苦恼，得把他动不了的双腿举到适当位置。现在是波尔顿太太在帮他，要不就是菲尔德。

她在车道顶部的山毛榉屏障边等他。他的轮椅突突作响地前进，带着体弱病人那种慢悠悠的架势。当他来到康妮那儿时，他说："克里福德爵士骑着他汗流浃背的战马来了！"

"起码也是匹呼哧呼哧打着响鼻的马儿！"她笑着说。

他停下来，回头看着那狭长而低矮褐色老宅的正面。

"拉格比连眼皮都不眨一下！"他说，"可它干吗要眨呢？我驾驭的是人类的精神功业，胜过驾驭骏马。"

"我想是的。柏拉图所说的灵魂都驾着两匹马的战车上天堂，现在要坐福特轿车去了。"她说。

"要不就是劳斯莱斯：柏拉图可是个贵族哪！"

"是啊！再也没有黑马好鞭笞和虐待了。柏拉图绝对想不到我们今天能够比他的黑白两匹骏马更胜一筹，根本用不着骏马了，只要一个引擎！"

"只要一个引擎和汽油！"克里福德说。

"我希望明年能把这老宅整修一下。我想我得省下一千英镑左右的钱来整修：可是这工程这么贵！"他又加上一句。

"噢，很好啊！"康妮说，"只要不再有罢工就好了！"

"他们再罢工又有什么用！那只会毁了这行业，毁了它仅剩的一点东西：这帮笨蛋无疑正开始看到这一点！"

"也许他们根本不在乎毁灭这行业。"康妮说。

"哦，不要说这种女人气的话！即使这行业不能使他们钱包鼓鼓的，至少也让他们填饱肚子。"他说着，语调里奇怪地带上了些波尔顿太太的鼻音。

"但你那天不是说，你是个保守的无政府主义者吗？"她天真地问道。

"你还没明白我的意思吗？"他反驳道，"我是说，从严格的私生活角度上说，人们喜欢怎么做就怎么做，喜欢怎么想就怎么想，只要他们能使生命的形式和结构得以保持完整。"

康妮默默地走了几步，然后又固执地问道：

"这就等于说，一只蛋想怎么腐败下去都行，只要它的外壳还是完整的。但是腐败了的蛋还是会碎的。"

"我想，人不是蛋。"他说，"甚至也不是天使的蛋，我亲爱的小福音传道士。"

在这个明媚的清晨，他兴高采烈。云雀在园林上空鸣啭，远处低洼的矿场正静静地冒着蒸汽。一切都还是老样子，跟大战前没什么两样。康妮实在不想跟他争论，她也真不愿意跟克里福德到树林中去。就这样，她在他的轮椅旁走着，心里还在跟他赌着气。

"不会再这样了。"他说，"如果事情处理得当，以后就不会再有罢工的事情出现。"

"为什么不会有了？"

215

"因为可以让罢工实际上成为不可能。"

"但是工人们会让你这么干吗？"她问道。

"我们不会去问他们。我们就在他们不注意的时候干：这是为了他们自己好，也拯救了这行业。"

"这对你自己也有好处。"她说。

"那是自然！大家都有好处。但是对他们的好处会更多。没有煤矿我也能生存，但他们却不能没有煤矿，否则他们就要挨饿。而我还有其他生路。"

他们遥望着煤矿场那窄窄的山谷，矿场后面特沃希尔那些黑色屋顶的房子，仿佛一条蟒蛇似的盘踞在山坡上。褐色的老教堂里传来阵阵钟声：礼拜日，礼拜日，礼拜日！

"但是那些工人们会让你来定条件吗？"她说。

"亲爱的，假如你做得温和一些，他们就得让你来定。"

"但是，难道你们双方之间，不能达成共识吗？"

"绝对可以达成共识：只要他们能认清了行业先于个人。"

"那你必须拥有这行业啦？"她说。

"我不拥有。但是在某种程度上，我确实拥有它，是的，很肯定地拥有。现在产业所有权已经成了宗教问题——自从耶稣和圣方济各以来就是这样。关键不是'拿你所有的分给穷人[①]'，而是用你所有的鼓励这行业，让穷人有工作。这是让众生吃饱穿暖的唯一方法。如果让我们倾囊分给穷人，那就等于让我们跟穷人们一起挨饿。让普天下挨饿不是什么高招。甚至普遍贫穷也不是件好事，贫穷是丑陋的！"

"但是贫富不均呢？"

"那是命。为什么木星比海王星要大？你无法改变起万物的构造来！"

---

① 这句话原本出自《圣经·马太福音》。在第19章中，耶稣说："你若愿意做完全人，可去变卖你所有的，分给穷人……"

216

"但要是到了羡慕、嫉妒和愤懑的感情开始爆发的时候呢？"

"尽量阻止它。总有人得操纵全局。"

"那谁来操纵全局呢？"康妮问道。

"是那些拥有和经营各行各业的人。"

一段长长的沉默。

"在我看来，他们都是些糟糕的老板。"她说。

"那你觉得他们应该怎样做呢？"

"他们压根儿没把老板的工作太当回事。"她说。

"可他们当老板，比你当男爵夫人要认真多了。"他说。

"但那是别人强加给我的地位。我还真不想当呢。"她不假思索地脱口而出。克里福德把车停了下来，看着她。

"现在是谁在推卸责任？"他说，"现在是谁想逃脱他自己当老板的责任，这可都是你说的。"

"我可没说我想当老板。"她反驳道。

"咳！这不就是在逃避吗。你已经处在这种地位上：这是命定的。你就得以身作则。是谁给了矿工们应得的一切：他们的政治自由，他们的教育，还有这些：他们的卫生设备，他们的健康状况，他们的书籍，他们的音乐，这一切的一切，都是谁给他们的？是矿工们自己给的吗？不！英国还有很多像拉格比和希普利这样的地方，它们都为之做出了自己的贡献，而且它们还在继续给予。这就是你的责任。"

康妮听了，脸涨得通红。

"我是想给予。"她说，"但是我不能被允许这样做。如今一切东西都是现买现卖；你刚才提到的种种东西，都是那些拉格比和希普利卖给矿工的，赚了好多钱。所有东西都是卖给他们的。你们从没有给予过他们一分一毫真正的同情，此外，是谁剥夺了人们自然的生活和人性，而给他们带来工业的恐惧？这些都是谁做的？"

217

"那我能做什么？"他反问道，脸都气得发青了，"难道请他们来抢劫我不成？"

"为什么特沃希尔变得这么丑陋，这么可憎？为什么他们的生活这么无望？"

"特沃希尔是他们自己建立起来的，这是他们自由的表现。他们为自己建成了一座漂亮的特沃希尔村，他们在这里过着他们自己的美好生活。这种生活我又不能为他们去过。每个人都有自己的活法。"

"但是你让他们为你而工作，他们靠着你的煤矿而生活。"

"绝对不是如此。每只甲虫都会自己找食吃，没有一个工人是被迫为我工作的。"

"他们的生活被工业化了，他们对生活没有了希望，我们也一样。"她叫道。

"我相信他们并不这样想。那只是些罗曼蒂克的辞藻，只是些酣睡消沉的浪漫主义残余。我亲爱的康妮，你站在这儿，可一点儿也看不出是失望的样子啊！"

这是真的。她深蓝的眼睛在闪耀，两颊绯红，她看上去远不是沮丧和绝望，而是充满了反叛的激情。她发现在草丛中，新长出的野樱草还毛茸茸站立在自己朦朦胧胧的茸毛中。她自己在愤怒之余，也觉得很奇怪，为什么她明明觉得克里福德不对，但却又没法说服他，她都说不出他到底错在哪里。

"难怪那些矿工们会憎恨你。"她说。

"他们并不恨我！"他答道，"你可不要搞错了：从你对男人一词的理解来看，他们就不是男人。他们是你所不理解、也永远不可能理解的动物。不要把你的幻想强加于他人。大众以前始终是一样的，也将永远是一样的。尼禄的奴隶跟我们的矿工，或福德汽车厂的工人，差别微乎其微。当然，我说的是尼禄在煤矿和田野劳作的奴隶。这就是大众：他们是一成不变的。也许在

218

这些大众中，会有一两个崭露头角的人，但这并不会改变他们。大众是不可改变的。这是社会科学中重要的现象之一。Penem et circenses[1] 只是如今，教育成了竞技场的一种糟糕替代物。我们如今的错误就在于，把程序中的竞技场部分搞得乱七八糟，用一点点教育去毒害大众。"

当克里福德开始真正吐露出他对于平民的感情时，康妮害怕起来了。他的话里有着一种真得叫人害怕的真理。但这是杀人的真理。

看她脸色苍白，一声不吭，克里福德又重新启动了轮椅，他们一路无言，直到他们来到园林门边，他把轮椅停住，康妮开了门。

"我们现在要拿起的是鞭，而不是剑。"他说道，"自从有了大众，他们就开始被人统治着，直到时间终止，他们必须被人统治。说他们能自己统治自己，那纯粹是些虚伪的话，是场闹剧。"

"但是你能统治他们吗？"她问道。

"我？当然！我的精神和意志都还没有残疾，我又不是用腿去统治他们的，我会做好我的那一份统治：绝对的，我的那一份；给我生个儿子，他就将在我之后统治他的那一份。"

"但他不会是你自己的儿子，不属于你自己的统治阶级；或者也许不是。"她结结巴巴地说道。

"我不管他的父亲是谁，只要他是个健康的人，智商不比普通人低。给我任何一个健康的，正常智商的男人所生的儿子，我都能使他成为一个极具能力的查泰莱后代。谁生了我们并不重要，重要的是命运把你放在哪里。任何一个孩子，只要放在统治阶级里，他便会成长为一个统治者。把国王和公爵的孩子放在庶民大众中，他们将会变成卑微的庶民。这都是不可抗拒的环境所迫的缘故。"

---

[1] 这句话典出古罗马讽刺诗人朱文那（60？—140？）的诗句，讽刺罗马民众只知道呼求两样东西，就是面包和竞技场里的游戏或杂耍。

"那么庶民并非世世代代都得做庶民，而贵族的血脉也非代代相承的了？"她说。

"不，亲爱的！这一切都是罗曼蒂克的幻想。贵族是一种职能，是命运的一部分，而大众履行着命运的另一部分职能。个人几乎是无关紧要的。问题是，你被教养出来适合哪一种职能。不是个人构成了贵族：这是贵族整体的职能。庶民之所以为庶民，也是由他们的职能所决定的。"

"照你这样说，人与人之间就不存在共同的人性了！"

"你愿意怎么想就怎么想。谁都得先填饱肚子，但一旦涉及表达的职能和行使权力的职能，我相信统治阶级和被统治阶级之间是有巨大鸿沟的，绝对存在这样的鸿沟。这两种职能是相反的。职能决定了个人。"

康妮惊愕地望着他。

"你不想接着散步吗？"她说。

他开动了他的轮椅。他要说的都说了。现在他重新陷入了那种独有的、空洞的冷漠中，让康妮觉得十分难受。无论如何，她决计不能在这树林中跟他争论了。

他们面前展开的马径将树林分开，一边是榛树林形成的屏障，一边是灰白色的树木。轮椅缓缓地前行，颠簸着来到勿忘我的草丛中，这里的勿忘我像牛奶泡沫似的在车道上冒出来，超出了榛树树荫遮蔽的范围。克里福德走来往行人在花丛中踩出的中间路线。康妮走在后面，看着车轮在车叶草和喇叭花上辗过，把那些珍珠菜的黄色小花钟轧得粉碎。现在，他们又在勿忘我丛中开出一条道来。

所有的花都在这儿开放，蓝色水洼中初生的野风信子，茂密得如同一潭静水。

"你说得不错，这儿真是可爱极了。"他说，"太美了，有什么能比得上英国的春天这样可爱啊！"

220

康妮看来，在他的这些描绘中，似乎春天的花儿之所以这样万紫千红，都是议会制定的法案使然，英国的春天！为什么不说是爱尔兰的春天？犹太的春天？轮椅还在慢慢前进，穿过一丛丛强健的野风信子和灰色的牛蒡草，这些风信子立在那儿，就像一株株小麦。当他们来到那片被伐光了空旷地上时，炫目的阳光照得他们眼花缭乱。这里到处都是野风信子，使这一片蓝得耀眼，时而又变成淡紫色和紫色。在这中间，还有一些蕨草扬着它们褐色的卷曲的头顶，仿佛许多小蛇在跟夏娃耳语，透露着什么新的秘密。

克里福德继续驾着轮椅前行，一直来到山脊上；康妮在后面慢慢跟着。橡树的褐色嫩芽温柔地展开。历经过冬天的寒冷，一切都变得温润了。甚至是那些有很多断枝、满是皱纹的橡树，也开始吐出它们柔嫩的新叶，伸展开褐色的细瘦枝条，仿佛阳光中小蝙蝠的翅翼。为什么人身上从来就不会发生新的蜕变，能使人返老还童？人类的生活是多么无趣啊！

克里福德把轮椅停在山顶，俯视着山脚。野风信子仿佛潮水，将宽阔的马径冲刷成蓝色，这暖暖的蓝色海洋把山麓点缀得一片明媚。

"这种颜色真是漂亮。"克里福德说，"但是拿来作画就不行了。"

"的确！"康妮说着，心里根本对此不感兴趣。

"让我试试能不能自己驶到泉边，好吧？"克里福德说。

"那这轮椅还能上得来吗？"她说。

"我们试试看嘛。不入虎穴，焉得虎子！"

轮椅开始慢慢往下走着，颠簸着来到那条被蓝色风信子侵入的绮丽的宽阔马径上。哦，最后的一艘船，越过风信子的浅滩！哦，最后的风口浪尖上的舰艇啊，航行在我们文明的最后航程中！你去向何方，哦，神秘的轮船啊，你缓缓行驶在航道上！克里福德从容自得地坐在轮椅上继续着他的冒险；他戴着黑色帽子，穿着斜纹软呢上衣，静静地坐在那儿，十分小心谨慎。哦，船长啊，我的船长，我们辉煌的航行结束啦！可是还没完呢！穿灰色衣裙的康妮跟着往下走，她望着那颠簸中下坡的轮椅。

他们经过了那条通往小屋的小径。谢天谢地，这小径太窄了，克里福德的轮椅没法过去：其实这条路窄得连一个人经过都不容易。轮椅到了山脚，转了个弯，便消失了。康妮听见身后一声低低的口哨。她敏锐地往四周看了一眼：猎场守护人正迈着大步，从坡上向她走来，他的狗紧跟在他身后。

"克里福德老爷是不是要去那个小屋？"他看着她的眼睛问道。

"不，他只是想到去约翰井那边看看。"

"噢，那好！我可以不露面了。但是我今晚见你。十点钟左右，我在园林门口等你。"

他直视着她的眼睛。

"好吧。"她犹豫地说道。

正说着，他们听到克里福德在"叭叭"直摁喇叭，他在召唤着康妮。她呼喊了一声作为回答。猎场守护人稍稍牵动嘴角，做了个鬼脸，他的手在康妮胸前，轻柔地由下而上地抚摸起来。她惊恐地看了看他，忙朝山脚跑去，一边朝克里福德呼喊应答着。那人在上面看着她，转过身去，轻轻笑了笑，然后隐没在小径中。

她看见克里福德正慢慢地往坡上走，那泉眼在半山腰的落叶松林中，她赶上他时，他已经到了。

"她干得真不错。"他说道，指的当然是轮椅。

康妮看着那些灰色的大叶牛蒡草，它们幽灵似的从落叶松林的边缘生长出来，也有人称它们罗宾汉大黄。泉水四周，一切都那么清静，那么阴郁！然而那泉水却奔涌得那么欢快愉悦！那儿还有几株小米草和强健的蓝色喇叭花。那边的堤岸下，黄色的泥土正在拱动：是一只鼹鼠！它露着头，两只嫩红的爪子正在扒着土，盲目地拱着它钻子般的头，嫩红的小鼻尖高高举着。

"它好像在用鼻尖看东西。"康妮说。

"那比它的眼睛还好使！"他说，"你要喝点水吗？"

"你呢？"

她从小树枝上取下一只搪瓷杯子，弯下身给他取了一杯水。他浅啜了几口。然后她又弯下身去舀了点水，自己喝了些。

"好凉的水！"她喘着气说。

"挺好喝的，不是吗！你许愿了吗？"

"你呢？"

"我许了，但是我不想说。"

她听到啄木鸟轻轻啄木头的声音，然后一阵轻柔而神秘的风声穿过松林。她抬起头，一朵朵白云正从蓝天上飘过。

"看那些云！"她说。

"像些白色的羔羊。"他答道。

一片云的阴影遮住了这小块空地。鼹鼠钻出来，到了松软的黄土地面上。

"讨厌的小东西。"克里福德说，"我们该打死它。"

"看！它多像讲坛上的牧师啊。"她说。

她采了几朵小铃兰花放到他面前。

"新割的草！"他说，"闻起来多像上个世纪那些浪漫的贵妇啊，毕竟那时的贵妇们还比较明智呢！"

她望着天上的白云。

"我想可能要下雨了。"她说。

"下雨！为什么呢！你觉得天要下雨了吗？"

他们开始沿路返回，克里福德小心地驾着颠簸的轮椅下坡。他们下到幽暗的山谷底部，向右走了大概一百码，拐到长斜坡的脚下，这里，风信子在阳光中挺立着。

"好，就看你的了！"克里福德一边说，一边把轮椅准备好。

这个坡又陡峭又颠簸。轮椅慢慢爬着坡，似乎不太情愿地挣

223

扎着。但她仍磕磕绊绊地前进着，好容易到了一处长满风信子的地方，轮椅就不动了，似乎让花丛绊住了，它挣扎着，剧烈颠簸着，然后停住了。

"我们最好摁响喇叭，看猎场守护人会不会来。"康妮说，"他可以帮着推一推。我再推一推。这样就行了。"

"我们让她歇歇吧。"克里福德说，"你能不能帮我在轮子下面垫一块东西？"

康妮找来一块石头，他们等着。过了一会儿，克里福德又开动了引擎，想让轮椅动起来。但这机器挣扎着，摇摆着，像是出了问题，发出奇怪的声音。

"我来推吧。"康妮说着，跑到轮椅后边去准备推。

"不，别推！"他懊恼地说道，"如果还要推，要这该死的机器有什么用！把石头放在车轮下！"

发动机停住又打开；但这次比上次还糟。

"你得让我推一推。"她说，"要不，摁喇叭叫猎场守护人过来。"

"等等！"

她等着；他又试了一次，但是越弄越坏。

"你如果不想要我推，那就摁喇叭。"她说。

"真该死！你安静一会儿吧！"

她安静地待在一边，他狠狠地敲打着那可怜的发动机。

"克里福德，你这样会把机器弄坏的。"她责备道，"而且，还白费你一番气力。"

"要是我能下来看看这该死的玩意儿就好了！"他气急败坏地说道，说完尖锐地摁响了喇叭。"也许麦勒斯能看看什么地方出了毛病。"

他们在被碾碎的花丛中等待，天上的云慢慢凝重起来。沉静中，一只野鸽叫了起来！咕噜咕咕！咕噜咕咕！克里福德猛地一摁喇叭，把野鸽吓得不出声了。

猎场守护人一下子出现了，他打探着大步走出拐角。他行了个礼。

"发动机你懂不懂？"克里福德尖刻地问道。

"我想我可能不懂。发动机出毛病了吗？——"

"显然！"克里福德喝断了他的话。

那人小心地俯下身子，蹲在车轮边，瞧着那台小小的发动机。

"这种机械的玩意儿，我想我可能一窍不通，克里福德老爷。"他镇定地说，"如果汽油和机油都够了的话——"

"好好看看是不是什么东西破损了？"克里福德又打断了他的话。

猎场守护人把枪斜靠在树上，脱了外衣，丢在枪旁边。棕色的猎犬蹲在一旁守卫着。他蹲伏下去，朝椅子下瞧着，他伸出手去弄油乎乎的发动机，那些油污把他礼拜日的白衬衣弄脏了，让他心里有点恼怒。

"看起来没有什么东西坏了。"他说着，站了起来，把前额上的帽子往后一推，他擦着额头，显然在想办法。

"你看了下面的支杆没有？"克里福德问道，"看看那儿是不是好的！"

那人又趴在地上，头向后倾，在引擎下蠕动着，用手摸索着。康妮想，当一个男人俯卧在大地上的时候，他是个多么可怜、弱小的生物。

"就我看来，它们似乎都挺正常。"他模糊的声音从车下传来。

"不能指望你帮上什么忙。"克里福德说。

"好像我确实没有办法！"他爬起来蹲坐在脚跟上，跟矿工们一样的姿势，"那儿真的没有什么很明显的损坏。"

克里福德又启动了引擎，然后上了挡，可轮椅还是不动。

"看来得再加大一点儿引擎的马力。"猎场守护人向他建议道。

克里福德讨厌他在这儿指手画脚，但他还是把发动机开得嗡嗡作响，就像一只绿头大苍蝇。车子咆哮着喧嚣起来，似乎好了些。

"听声音，这故障好像排除了。"麦勒斯说。

但是克里福德已经给她挂上了挡位，轮椅突然一倾，又退了回来，然后缓缓地前进。

"如果帮着推一推，它可能就好了。"猎场守护人一边说，一边走到轮椅的后面。

"站开点！"克里福德喝道，"它自己会走！"

"但是克里福德！"康妮从旁插嘴道，"你知道它已经难以承载了，为什么还这么固执呢！"

克里福德气得脸色苍白，他把操纵杆使劲推来推去。轮椅动了一下，摇摆着又走了几码，然后停在一块长势特别好的风信子花丛中。

"完了！"猎场守护人说，"马力不够。"

"它以前上来过。"克里福德冷冷地说。

"但这次好像不行了。"猎场守护人说。

克里福德没有回答。他开始鼓捣发动机，他把引擎开得时快时慢，仿佛要让它弄出个抑扬顿挫的调子来。奇异的声音在林中回响。然后，他突然给轮椅挂上挡，一下子把刹车松了。

"您这样会把她完全弄坏的。"猎场守护人喃喃地说道。

轮椅咆哮着，突然向路旁的壕沟颠过去。

"克里福德！"康妮大叫一声，连忙朝他跑了过去。

但猎场守护人早已把住了轮椅的扶杆。克里福德也用尽了力量，想把轮椅转到大路上去，在一阵古怪的喧嚣声中，轮椅拼命往山上爬去。麦勒斯稳稳地在后面推着它，轮椅于是慢慢往上前进，好像自己又恢复了过来。

"你瞧，它又好了！"克里福德得意地说着，朝后面看了看，是一张猎场守护人的脸。

"你在推吗？"

"不推它走不动的。"

"不要管它！我叫你不要动它！"

"它不行的。"

"让它试试看！"克里福德怒声喝道。

猎场守护人退了回去，取过他的枪和外衣。轮椅仿佛立即又不行了，懒洋洋地停在那儿。克里福德像个囚犯似的困在那儿，脸都气白了。他用手猛力推动着操纵杆，腿脚一点儿忙也帮不上。轮椅被他鼓捣得发出怪响。他极度狂躁，转动着轮椅上的小柄，结果怪声更大了，但轮椅还是一动不动。不，轮椅简直是丝毫不动。他停住引擎，在恼怒中僵硬地坐着。

康妮坐在路旁荒芜的土堤上，看着那些可怜的、被碾碎的风信子。"有什么能比得上英国的春天这样可爱啊！""我会做好我的那一份统治。""现在我们需要的是鞭，而不是剑。""统治阶级啊！"

猎场守护人拿着枪和外衣大步走上前来，弗洛西小心地跟在他的脚边。克里福德叫这人在发动机上干这干那。康妮对这些机械和技术的东西是一无所知，但对于半路抛锚的事件却很有经验，她耐心地坐在土堤上，等着，好像她根本不存在。猎场守护人又趴到地上去了。这些统治阶级和被统治阶级的人啊！

他站起来耐心地说道："再试试看。"

他的声音是从容安宁的，似乎在对一个孩子说话。

克里福德把引擎开动了，麦勒斯赶紧走到轮椅后边，开始推起来。轮椅终于走动了，但几乎一半是动力，一半是人力。

克里福德转过头来，气极了。

"你让开一点儿好不好！"

猎场守护人立刻放了手，克里福德继续说道："你这样我怎么知道它到底走得怎么样！"

那人把枪放下，开始穿上外套。他要做的都做了。

轮椅开始慢慢往后退。

"克里福德，你得刹车！"康妮喊道。

三个人立刻手忙脚乱起来。康妮和猎场守护人轻轻撞在了一起。轮椅停住了，一时间，树林中是一片死寂的沉默。

"显然，我是非听人摆布不可了！"克里福德说着，气得脸都发黄了。

没有人回答他。麦勒斯把枪挎在肩上，脸上除了一副心不在焉的忍耐神情外，再也没有任何表情。狗儿弗洛西几乎站在主人的两脚之间守望着，它不安地移动着，狐疑而厌恶地望着那轮椅，这三个人的举动让它不知所措。在那些被碾碎的风信子丛中，这真是一幅生动的情景，大家都缄口不语。

"我想它是该让人推一推了。"最后，克里福德故作镇静地说道。

还是没有人回答。麦勒斯心不在焉的神气，似乎没有听到他的话。康妮焦急地朝他看了一眼，克里福德也回过头来探望。

"麦勒斯！你不介意帮我把轮椅推回去吧！"他用一种高傲而冷酷的语气说道，"但愿我刚才说过的话没有让你见怪。"他不悦地加了这么一句。

"没什么，克里福德老爷！你要我把轮椅推回去吗？"

"请。"

那人走上前去，但是这一次毫无结果。刹车被卡住了。他们又推又拉，猎场守护人重新脱下外衣，放下枪。现在克里福德一言不发了。最后，猎场守护人把轮椅的后部抬离地面，同时，把脚伸进去，想拨动车轮，使它摆脱羁绊。但是没有用，轮椅掉下来。克里福德紧紧抓住轮椅两侧，那人因为用力过猛，直喘气。

"别弄了！"康妮向他喊道。

"要是你能把轮子这么拉过来，就行了。"他一边说，一边告诉她该怎么做。

"别！你不要去抬轮椅。会把自己扭伤的。"她说着，因为恼怒而一脸通红。

但是他看着她的眼睛，朝她点了点头。她不得不上前去握着轮子，准备着。他又把轮椅抬了起来，她把轮子一拖，轮椅摇晃起来。

"老天啊！"克里福德吓得叫了起来。

但是轮椅已经好了，刹车不再被卡住。猎场守护人在轮子下面垫了一块石头，走到土堤边坐了下来。刚才的这一番力气让他心跳加速，面色苍白，几乎要晕倒。康妮看着他，气得差点喊起来。又是一片死寂的沉默。她看见他的双手在大腿上颤抖。

"你怎么样，伤着没有？"她走过去问他。

"没有。没有！"他几乎有些生气地转过脸去。

又是死一般的沉默。克里福德金黄色脑袋的后部一动不动。甚至连那狗儿也站着一动不动。天上已经阴云密布了。

最后，守林人叹了口气，用红手帕揩了揩鼻子。

"那肺炎真让我丧失了不少体力。"他说。

没有人说话。康妮心里估量着，要把那轮椅和笨重的克里福德抬起来，一定得花不少气力：这对他来说太费力了，那得要多大一番体力啊！就算没要他的命，也够他受的了！

他站起来，重新拿起外衣，把它挂在轮椅的扶手上。

"您准备好了吗，克里福德老爷？"

"好了！"

他弯下腰，把垫着的石头拽开，用全身的力气推着轮椅。康妮从没看过他这么苍白，这么乏力。克里福德这么重，山坡又这么陡。康妮走到了猎场守护人身边。

"我也来帮着推！"康妮说道。

她说着也推起来，她因为生气而使出了一股妇人的蛮力。轮椅走得越来越快了，克里福德转头来。

"你有必要这样吗？"他说。

"当然有必要！你想要了人家的命吗！要是刚才机器还没有坏的时候，你就让它走——"

她并没有说完，因为她已经喘起来了，她稍微放慢了一点儿速度；这真是一项十分艰巨的工作。

"噢！慢点儿！"猎场守护人在她身旁说道，眼神中有一丝淡淡的笑容。

"你真的没有受伤吗？"她严肃地说道。

他摇了摇头。她看着他那只短小而充满活力的手，由于风吹日晒而变成了棕色。这就是那只爱抚过她的手。她以前竟从来没有看它一眼，它的样子是这么安静，就像他一样，有着一种怪内向的宁静，康妮想握紧它，就好像她无法够得着它一样！她整个灵魂突然倾向了他那一方：他是这么沉默，这么不可接近！而他呢，也觉得他的四肢重新有了活力。他左手推着轮椅，右手放在康妮白皙的手腕上，温柔握住，爱抚着。一股力量的火焰沿着他的背往下走，来到腰间，他又恢复了生气。她突然弯下腰，吻了吻他的手。而这时，克里福德头发梳得整整齐齐、一动不动的后脑勺就在他们面前。

到山顶时，他们歇了歇，康妮很高兴能够休息一会儿。她曾想过让这两个男人结成友谊，但这只是一个短暂的梦想：这两个人一个是她的丈夫，一个是她孩子的父亲。她现在才知道，这种梦想是多么荒唐。这两个男人水火不容，誓不两立。她第一次体会到，恨是一种多么奇怪而微妙的感觉。而这也是第一次她有意识地、全然地痛恨起克里福德来，这是一种鲜明的愤恨：她恨不得他从这块大地上消失。说也奇怪，她这样恨他，并且自己也承认恨他，然而她却感到了自由，感到了生命的充盈。——现在我才意识到自己是这么痛恨他，我再也不能继续跟他生活在一起

230

了。她心想。

平地上，猎场守护人一个人就能推动轮椅。克里福德于是跟康妮交谈了一会儿，以显示他的处乱不惊：他说起迪耶普的伊娃姑母，说起麦尔肯爵士，这个麦尔肯爵士曾写信来问起康妮是希望和他一起坐他的小汽车去威尼斯呢，还是想跟希尔达乘火车去。

"我更希望坐火车去。"康妮说，"我不太喜欢坐汽车走远路，尤其是有尘土的时候，但我还是得听听希尔达的意见。"

"她肯定想自己开车去，然后把你也带上。"他说。

"也许吧！——这儿我可得帮着把轮椅推上去，你真不知道这椅子有多重。"

她走到轮椅后面，跟猎场守护人肩并肩地推着椅子往那条粉红色的小径上走去。她一点都不在乎被人瞧见。

"为什么不让我在这儿等着，然后去把菲尔德叫过来？他来干这种活儿肯定不会吃力。"克里福德说。

"没有几步就到家了。"她喘着气说。

当他们来到山顶时，康妮和麦勒斯都在揩着额上的汗珠。奇妙的是，这种共同的工作，让他们比以前走得更近了。

"多谢你了，麦勒斯。"当他们走到门前时，克里福德说道，"看来我得换一台发动机才行。你用不用去厨房吃顿饭？好像也差不多到吃饭的点了。"

"谢谢您，克里福德老爷。今天是礼拜天。我还得去我母亲那儿跟她一起吃晚饭。"

"那随便你吧。"

麦勒斯穿上了外套，看一眼康妮，行了个礼便走了。康妮狂怒地上楼去。

吃午饭的时候，她已把持不住自己的感情了。

"克里福德，你怎么能这么不体谅人呢？"她对他说。

"体谅谁？"

"猎场守护人啊！如果那就是你所说的统治阶级的做法，我可真要替你感到害臊。"

"为什么？"

"他得过病，而且那么虚弱！老实说，要我是仆役阶级的人，你不是要人来伺候吗，那就让你等着。我会让你尖叫的！"

"我完全相信。"

"如果他双腿瘫痪，坐在轮椅中，表现得跟你一样，你会对他怎么做？"

"我亲爱的福音传道士，你这样混淆不同个人和人格是很无聊的。"

"你这样卑鄙、缺德、缺乏起码的同情心，才是最无聊的。Noblesse oblige①！噢，这就是你和你的统治阶级的本色！"

"那要我怎么样呢？难道要我去为我的猎场守护人毫无必要地感情冲动吗？我拒绝这样做。这些让我的福音传道士去做好了。"

"哎呀，好像他不是跟你一样的人类似的！"

"不过是我的猎场守护人，我每星期付给他两英镑，还给他提供了住所。"

"你付他工钱！你以为你一周付他两英镑加住房是干什么的？"

"是要他为我服务的。"

"嗬！你还是把你那一周两英镑的工钱和住所留着自己用吧！"

"也许他愿意：但他没能耐挣来这样的奢侈！"

"你，还有你的统治！"她说，"你统治不了，不要自以为是。你只不过比你应有那一份钱多拿了一些，就要让人为一周两英镑的工钱替你工作，要不就以饥饿相威胁。统治！你的统治带来了什么好处？嘿，你没血没肉！你只知道用钱去欺压人家，跟犹太人或投机商人没什么两样！"

---

① 法文：是贵族就得行为高尚。

"你在讲演时高雅极了，查泰莱夫人！"

"我告诉你！你刚才在树林中的时候，那才真是高雅极了！我真替你害臊。噢，我父亲可比他人道十倍：你这位绅士！"

他伸手按了铃，叫波尔顿太太进来。但他已经气得脸都黄了。

康妮怒不可遏地回到她的房间，心想：他和那些买卖人！幸好，他买不了我，所以，我也没有必要跟他待在一起了。一个死鱼般的绅士，他的灵魂是赛璐珞做的。他们就会用他们的风度、他们的假热情、假儒雅来骗人。他们就跟赛璐珞那样无情。

她决计不再去想克里福德的事情了，她得好好计划一下晚上的事。她都懒得去恨他，她不愿在任何一种情感上跟他产生密切的联系。她不愿让他了解到她的任何事情：尤其不愿让他知道她对于那个猎场守护人的感情。这种关于她对用人态度的争吵，对他们是老生常谈。他觉得她对用人太亲近。而她觉得，一涉及其他人，他总是麻木不仁，态度生硬，就像印度橡胶似的，很是愚蠢。

晚饭的时候，康妮泰然走下楼梯，像平时那样带着端庄的神气。而他仍然脸色发黄：当他很不舒服的时候，他势必肝病又发作了。——他正念着一本法语书。

"你读过普鲁斯特 ① 吗？"他问道。

"我试着读过，但我觉得他的作品太枯燥。"

"他真的是非同寻常。"

"也许吧！但他使我很沉闷：整个是矫揉造作！他根本没有感情，只有关于感情滔滔不绝的词语流。我厌烦妄自尊大的精神特性。"

"那你宁愿喜欢妄自尊大的动物特性吗？"

"也许！但是人可以有一些不那么妄自尊大的东西呀。"

---

① 普鲁斯特（1871—1922）：法国小说家，以创作意识流小说《追忆逝水年华》而闻名，但内容很枯燥，不好理解。

233

"嗬，我就是喜欢普鲁斯特的细腻和有修养的无序状态。"

"那会让你变得非常死气沉沉，真的！"

"我的福音派小夫人又说话了。"

他们又干起来了，又干起来了！她忍不住要跟他斗一斗。他像一具骷髅似的坐在那儿，发送出骷髅的冰冷灰色意志来对抗她。她几乎可以感觉得到那骷髅正搂住她，把她按到胸腔的肋骨上。他真的光火起来：她有点害怕他了。

她等到一有机会就马上上楼去，早早上床睡了。但是到了九点半，她又爬起来，到屋外边听一听。一点动静也没有。她穿上睡衣下了楼。克里福德和波尔顿太太正在玩牌赌钱。他们大概会玩到半夜。

康妮回到房间，把她的睡衣扔在凌乱的床上，穿上一件薄薄的网球服，外面套了一件白天穿的羊毛衣裙，穿上网球胶鞋，披了一件轻便外套。一切就绪。如果遇到什么人，她就说是出去走一会儿，早上回来的时候，她可以说是清晨散步回来，这是她早餐前常干的事。唯一的危险就是夜里有人到她卧室来。但这几乎不可能：百分之一的可能都没有。

贝茨还没有锁门。他在晚上十点关门，早上七点开门。她悄悄地溜出去，没有人看到她。天上一弯半月，月光足以让这个世界有一点光亮，却不足以把穿着暗灰外衣的她显露出来。她迅速穿过园林，与其说是幽会使她兴奋，不如说她内心燃烧着某种反叛和愤恨。这不是一种赴幽会的合适心境。但是，à la guerre comme à la guerre[①]！

---

① 法文：打仗就得像个打仗的样子嘛。

234

第十四章

当她走近园林门边时，听见了拉插销的声音。他在那儿，在那片漆黑的树林中，而且他肯定看见她了。

"你来得真早。"他在黑暗中说道，"一切都还好吗？"

"一切都很顺利。"

他在她身后轻轻关上了园门。他用手电在幽暗的地上照出一个光点，那些苍白的小花在夜里仍然开放着。他们默默地，一前一后地前进着。

"你今天早上真的没有被轮椅弄伤吗？"她问道。

"没有，没有！"

"你什么时候得的那肺炎，这病对你有什么影响吗？"

"噢，没什么！只是心脏没有原来那么强壮了，肺部也没那么有张力了。肺炎过后通常都会这样。"

"你是不是不能干剧烈的体力活？"

"不经常干就行。"

她迈着沉重的步子，在默默地生气。

"你恨克里福德吗？"她最后说道。

"恨他？不！我碰到太多像他这样的人，要是去恨他们，就是我自寻烦恼了。我早就知道我不喜欢他这种人，但是我不去管他。"

"他是哪种人？"

"嗬，你应该比我更清楚，他是那种有点娘娘腔的绅士，还嫩，没种的。"

"没什么？"

"没种！男人的种。"

她沉思了一会儿。

"难道就是那个问题吗？"她有些懊恼地说。

"一个人很笨，你可以说他没有头脑；他很卑鄙，你可以说他没有心肝；他是一个怯懦的人，你可以说他没有胆。而当一个男人身上没有一点阳刚的野性时，你就能说他没种。也就是说是个窝囊废。"

她琢磨着这一点。

"克里福德窝囊吗？"她问道。

"窝囊，并且因此而很难缠：就像大多数这类人一样，尤其当你跟他有什么顶撞的时候。"

"那你认为你不窝囊吗？"

"也许不太窝囊吧。"

最后她看见了远处黄色的灯光。

她站住了。

"那边有灯光吗？"她说。

"我常会在那屋子里留下一点亮光。"他说。

她重新和他并肩往前走，但没有碰他，她心里在奇怪，究竟为什么和他走在一起。

他打开门，两人走了进去，接着他把身后的门锁好。她思忖，怎么像个监狱一样！水壶在红红的炉火旁咻咻作响，桌上摆着几个茶杯。

她坐在火炉边的一把木头扶手椅上。从外面的寒风中走进来之后，觉得这儿还挺温暖的。

"我得把鞋脱了，都弄湿了。"康妮说。

她把只穿着袜子的双脚放在光亮的金属围栏上。他到餐具间拿了些食品过来：黄油面包和腌牛舌。她感到热起来了，于是脱了外套。他帮她把衣服挂在门上。

"你想喝可可饮料，还是茶，还是咖啡？"他问道。

"我什么都不想喝。"她看着桌子上的东西，说道，"还是你自己吃吧。"

"不，我也不想吃，只想喂狗吃点东西。"

他默默地踩一踩砖地，把狗食放到一只棕色碗中。那猎犬焦急地抬起头来看着他。

"来，这是你的晚餐；不要做出这副急不可耐的样子！"他说。

他把碗放在楼梯脚的垫席上，自己在靠墙的一张椅子上坐下来，准备解绑腿脱靴子。可那只狗儿并没有吃东西，却跑到他身旁坐下来，不安地抬头望着他。

他慢慢地解开他的绑腿。狗儿朝他靠得更近了。

"你怎么啦？这里来了别人就这么不安啊？人家是女的啊，你也是嘛！去，把你晚餐吃了吧。"

他把手放到它头上，狗儿把头斜靠在他身上。他慢慢地，轻柔地抚摸着狗儿丝滑的长耳朵。

"去吧，到那边去！"他说道，"去把你晚餐吃了！去吧！"

他把椅子朝垫席上的罐子摇晃了一下，狗儿顺从地走过去，吃了起来。

"你喜欢狗吗？"康妮问他。

"不，不是很喜欢。它们太温顺，太黏糊。"

他取下绑腿，正在解开笨重靴子的鞋带。康妮从火炉方向上转过身来。真是家徒四壁的小屋子啊！然而在他头上方的墙上，却挂着一张令人讨厌的放大婚照，显然是他和他的妻子，一个厚脸皮的年轻女人。

"那是你吗？"康妮问他。

他扭过身子，看着他头上方的那张放大照片。

"是啊！这是结婚前照的，我那时候二十一岁。"他无动于衷地看着那张照片。

"你喜欢这张照片吗？"康妮问道。

"喜欢？不！我从来都不喜欢这玩意儿。可是似乎她把一切都安排好了要照这个相。"

他重新开始脱靴子。

"如果你不喜欢它，为什么还要把它挂在那儿呢？也许你太太会希望拿到它吧。"她说。

他抬起头来看着她，突然苦笑起来。

"她把家里所有值得带走的东西都带走了。"他说，"却留下了那东西！"

"那你为什么还留着它呢？因为你对她还有感情？"

"不，我从来没有看过它，几乎忘了它的存在。自从我们来到这儿，这照片就挂在那儿。"

"你怎么不把它烧了。"她说。

他又转过身，看着那张放大的照片。这照片的边框是挺难看的那种褐色镀金。照片上是一个胡子刮得干干净净、十分有活力、看上去非常年轻的男人，他的领子有点儿高。还有一个身材丰满的、厚脸皮的年轻女人，这女人头发蓬松卷曲，穿一件深色的丝绸衬衫。

"这主意不错，你说呢？"他说。

他脱了靴子，换上一双拖鞋。然后站在椅子上，取下了墙上的那张照片。绿色的墙纸上，立即显出一大块空白。

"现在也用不着打扫了。"他说着，把镜框靠墙放了下来。

他到杂物间取了一把铁锤和钳子回来。坐在刚才那个位置上，开始撕掉大镜框后面糊的纸，然后开始拔那些固定住衬板的钉子。他做得那么聚精会神，这种神情是他独有的。

238

他很快就把钉子拔了出来，然后卸下衬板，再把那张裱在白色硬纸板上的放大照片取出来。他饶有兴趣地看着那张照片。

　　"这照片就是我原来的样子：一个年轻的副牧师。她也是当时的样子，泼妇。"他说道，"道学先生和泼妇！"

　　"让我看看。"康妮说。

　　他看起来确实胡子刮得干干净净，样子很整洁，是那种二十多年前仪容整洁的青年打扮。但即使是在照片中，他的眼睛也是充满活力，无所畏惧的。那个女人也不完全是个泼妇，虽然她的下颌很沉重。在她身上，竟还有一丝吸引力。

　　"人绝对不能留这种东西。"康妮说。

　　"这东西真的不能留！甚至根本就不该照！"

　　他把照片的相纸和纸板都放在膝上撕碎；当撕到足够小的时候，就把碎片丢到火里。

　　"只是糟蹋了这些火。"他说。

　　他小心地把玻璃和衬板拿到楼上去。

　　镜框被他用铁锤几下砸成了碎片，框上的灰泥飞溅起来。之后，他把碎片拿到了杂物间。

　　"这个我们明天再烧。"他说，"上面的石膏太多了。"

　　一切收拾停当，他又坐了下来。

　　"你爱你妻子吗？"她问他。

　　"爱？"他说，"你爱克里福德老爷吗？"

　　她可不愿意就这么被搪塞过去。

　　"至少你喜欢她吧。"她坚持不懈地问道。

　　"喜欢她。"他苦笑了一下。

　　"也许现在你还想着她。"她说。

　　"我！"他睁大双眼，"噢，不，我可不愿想到她。"他沉静地说道。

　　"为什么呢？"

他只是摇了摇头。

"那你为什么不离婚？她总有一天会要回到你这儿来的。"康妮说。

他突然抬头看着她。

"她不会到我周围来。她恨我，超过了我恨她的程度。"

"你看着吧，她肯定会回到你这里来的。"

"她绝不会回来。那已经结束了！一见到她就让我生厌。"

"你还会见她的。你们并不是根据法律分居的，是吧？"

"是。"

"这就是了，所以她还会回来。那时你还是得收容她。"

他呆呆地看着康妮。然后奇怪地摇了摇头。

"你也许是对的。我真蠢，为什么还要回到这个地方来。但是我那时正进退两难，我得找个地方安顿自己。人飘零落魄是种可怜的境遇。不过你是对的。我得把婚离了，才能得到清静。我讨厌死亡、官员、法庭、法官那些东西。但是我还得完成这件事。我得离婚。"

她见他咬紧了牙关，心里暗自欣喜。

"我现在想喝茶了。"她说道。

他起身去沏茶。但脸上的那种神态还是没有改变。

当他们在桌旁坐下之后，她问他："为什么你要娶她呢？她比你平庸得多。波尔顿太太跟我讲过她的事情，她不明白你怎么就娶了她。"

他凝视着她。

"我来告诉你吧。"他说，"我的第一个女友，是十六岁那年认识的。她是奥勒顿那边一个校长的女儿，很可爱，真的可以说很漂亮。我被认为是谢菲尔德文法学校的高才生，懂一些法语和德语，高高在上。她是那种讨厌平庸的浪漫类型的人。她激励我读书吟诗：在某种意义上，她让我成为一个男人。我极其投入地阅读，思索，都是为了她。那时我是巴特莱事务所里的一名职员，一个清瘦的小白脸，浑身散发着我读过的那些东西。我同她谈论一切：真是古往今来，天南海北，无所不谈。十个郡的地方也找不到像我们这样有文学修养的一对青年了。我讲起来如痴如醉，简直飘飘欲仙了。她崇拜我。潜伏的危险是性。她不知怎的没有性欲；至少在应该有的地方，她没有。我日渐消瘦，日渐疯狂。然后我对她说，我们非成为情人不可了。我像平时一样，说动了她。于是她委身于我了。我很兴奋，而她硬是不想要。她压根儿就不想要。她崇拜我，她喜欢我同她说话、吻她：以这种方式，她对我怀有激情。但另一种方式，她压根儿就不想。很多女人都跟她一样。而我真正想要的，恰恰是另外一种方式。于是我们分手了。我残忍地离开了她。然后，我同另一个女孩交往。她是个教师，那时跟一个已婚男人调情，传出了绯闻；她几乎让那男人精神失常。她是那种温柔型的女人，皮肤白皙，比我年纪大，会拉小提琴。她真是个妖精。谈情说爱的事她都喜欢，唯独不喜欢性爱。她又是缠绵，又是爱抚，用各种方式来黏着你，但要是你逼她回到性爱问题上，她便会咬牙切齿地恨起你来。我逼她做过，她干脆因此而记恨于我，让我毫无感觉。于是我又失望了。我讨厌这一切。我想要一个要我也要这种事的女人。

"然后就是贝莎·古茨。我年轻的时候，他们一家就住在我们隔壁，所以我很了解他们。他们都很普通。瞧，贝莎去了伯明翰的什么地方；她说是给一位女士做伴；其他人则说她在一家饭店当女招待之类的。总之，正当我二十一岁的年纪，受够了那些女人的时候，贝莎花枝招展地回家来了，她穿着入时，带着几分光彩：一种肉感的光彩，有时你可以在一个女人身上或一个妓女身上看到。而我呢，正处在一种难以忍受的状态中。我放弃了在巴特莱的工作，因为我觉得自己在那儿是个多余的人员，所以我又回到特沃希尔，做一名井上的铁匠：主要钉马蹄铁。那曾经是我父亲的职业，我常跟他一起干活。这是我所喜欢的职业，我喜欢钉马蹄铁，这工作很合我的天性。于是我不再说所谓'斯文'话了，不再说正确的英语，我又说起了土话。我在家仍然读书，但是我当铁匠，并有一辆自己的轻便马车，叫什么"我的鸭脚老爷"。父亲去世时留给我三百英镑。于是，我和贝莎交往，我很高兴她普普通通：我要她普普通通，我自己也想要普普通通。好，我娶了她。她也不坏。其他那些'纯洁'女人们差不多把我阉割了，但她在这一点上却还好。她要我，就不忸怩作态。我也因此而扬扬得意。那正是我想要的：一个要我操她的女人。于是我着实好好操了她。我想她有些看不起我，因为我总是心满意足，有时还把早餐给她送到她床跟前！她什么事都不管，我下工回来，连一顿像样的晚餐都没有，要是我说了什么，她便冲我破口大骂。我也狠狠回敬她。她用茶杯砸我，我就揪住她的后颈，把她掐得灵魂出窍。我们就过着那样的生活！可是她拿着架子对待我。后来闹到这样一个地步：每次我想要时她总不让，死活不肯。她总是推三阻四，可以说很残酷。然后，当她把我拖够了，不再想要她的时候，她倒又热乎起来，要我了。我总迁就她。但当我们做爱时，她却从不跟我一块儿达到高潮。从不！她就那么等着。要是我克制住半个钟头，她就能克制得更久。而等我射了精，真正完事的时候，她就独自干起来，我就得留在她体内，直到她蠕动着身子大喊大叫，把自己送上巅峰，她那儿会紧紧地夹住，然后达到高潮，心旷神怡。然后她会说：'棒极了！'渐渐地，我对这种方式厌恶起来，她也变得更糟糕。她有点越来越难达到高潮了。她可以说是在底下撕扯我，就像是用狼牙在撕扯我。天哪！你以为女人底下柔软得像无花果。但是我告诉你，老荡妇的两腿间长的是狼牙，她们用狼牙撕扯你，把你折磨得忍无可忍。自己！自己！自己！只有自己！又撕又叫！人们都说男人自私，但是我想，一旦一个女人那样子干法，那种盲目的狼牙疯发作起来，男人那点自私简直算不了什么。她简直就像一个老娼妓！我跟她说起过，告

242

诉她我很讨厌这样子。她甚至想试一下。她想试着静静躺在那里，让我干事。她想试一下。但是那没有用。我干了半天，她一点儿感觉都没有。她就得自己做，研磨她自己的咖啡。于是她必然回到老套路上面去，她非得放纵自己，撕扯、撕扯、撕扯，好像除了在狼牙尖上，在又撕又磨的狼牙最表面的牙尖上，她的身心没有丝毫感觉。人们常说，老娼妇才这样子。这就是她身上一种低级的任性，一种狂野的任性：就像一个嗜酒的女人一样。嘿，我终于受不了了。我们就分开睡了。她自己起的头，这时候她要我滚蛋，说我随意驱使她。她开始自己占一间屋子。但到了后来，我就不让她到我的房间里来了。我不愿意。

"我恨这种事情。她则恨我。天哪，孩子出世以前她是多么恨我！我常想，她是出于恨怀上这孩子的。总之，孩子生下以后，我就不理她了。然后大战爆发了，我入了伍。后来知道她和斯达克斯门的一个家伙同居了，我才回来。"

他说到这里停住了，脸色苍白。

"斯达克斯门那个男人是什么样的人？"康妮问道。

"那种大孩子样的家伙，满口污言秽语。她倒是可以镇住他。他们两人都嗜酒。"

"哎呀，要是她回来怎么办！"

"噢，天哪！要是她回来，我马上就走，重新消失！"

两人一阵沉默。火中的纸板已经烧成了灰烬。

"所以。"康妮说，"当你真的有了一个要你的女人时，你对一件好事又感到有点受不了了。"

"是啊！也许是这样！但即使这样，我也宁愿要贝莎，而不愿要那些总是说'不要、不要'的女人：我年轻时那高雅情人，还有那散发着毒汁味的百合花，等等。"

"那等等是怎么回事？"

"等等？就是没有了。只是我的经验告诉我，大部分女人都

243

这样：她们大多想要一个男人，而不是性爱。但是她们又都容忍它，把它当成交易的一部分。更老派类型的女人就只是躺在那儿，好像不存在一样，由着你干。事后她们也不介意：那时候她们喜欢你。但那实活儿本身对她们毫无意义，有些倒胃口。而多数男人倒喜欢这样。我却讨厌这样。但是有种狡猾的女人，她们就是这样的，却装作不是。她们假装充满激情，兴奋不已。可全是鸡巴玩意儿。她们装出来的。——再就是那些什么都爱的女人，爱任何一种触摸、搂抱、亢奋，就是天然的性爱除外。她们总是让你在没有达到性欲高潮应该有的唯一境界时就放了炮。——还有是那种难日型的女人。你要让她们达到高潮真是见鬼了，她们自己去达到高潮，就像我妻子那样。她们要做主动的一方。——还有就是那种身体里面僵死的类型，就是死了：她们自己都知道。然后是那种你还没有真正"来"以前就把你拿出来的女人，然后她们继续扭动腰肢，贴在你的大腿上，直到让自己达到高潮。但她们多半是女同性恋者。女人都有意或无意地有同性恋倾向，真是令人惊讶。在我看来，她们几乎都是女同性恋。"

"那你很介意吗？"康妮问道。

"我会杀了她们！我和一个实际上是同性恋的女人在一起时，我简直在心中咆哮起来，想杀死她。"

"那你碰到这种人怎么办呢？"

"赶紧离开她们，越快越好。"

"你觉得女人之间的同性恋，比男人之间的同性恋更糟糕？"

"是的！她们让我受到更大的折磨。抽象地来说，我倒没什么想法。但当我碰上同性恋女人时，不论她自己是否知道是不是，我都要火冒三丈。不，不要了！我再也不想和任何女人有什么关系了。我就想离群索居，守着我自己的孤独和体面。"

他看起来面色苍白，眉头紧锁。

"那我的出现会让你觉得很遗憾吗？"她问道。

"我又遗憾又高兴。"

"那现在是什么感觉呢?"

"从外界的情况看来,我感到遗憾,因为各种复杂情况、各种丑陋、各种相互指责,迟早都是要来的。当我气馁的时候,我总是情绪低落。但当我气盛的时候,我又觉得快乐了,甚至会觉得十分得意。我没有遇到你以前,我真的是日益苦恼,我觉得世上再也没有真正的性爱了:绝不会有一个女人真正自然地和一个男人一起'来了',除了黑女人,不管怎么说,嗨,我们是白男人:她们有点像泥巴。"

"现在呢,你觉得我使你快乐吗?"她问道。

"是啊!在我能忘记其他一切的时候。当我不能忘记其他一切时,我就想钻到桌子下面死去。"

"为什么要在桌子下面呢?"

"为什么?"他笑了起来,"可能是藏起来呢,宝贝儿!"

"你同女人的经验,似乎真的很糟糕。"她说。

"你要知道,那是我不愿意愚弄自己。那正是多数男人设法做到的事情。他们摆出一副架势来接受谎言。我却绝对做不到自欺欺人。我知道自己和一个女人在一起想要的是什么,要是我没有得到它,我绝不会说我得到了。"

"那你现在得到了吗?"

"好像得到了。"

"可是你为什么这样苍白、这样抑郁呢?"

"我有着满腹的辛酸啊,或许也是因为我害怕自己。"

她默默坐着。天色渐晚。

"你觉得男女之事很重要吗?"她问他。

"对我而言是重要的。对我来说,这是我生命的核心:和女人有一种恰当的关系。"

"要是你得不到呢?"

"那我宁愿没有。"

她沉思了一会儿，然后问道："那你觉得你对女人的感觉从来就不会错吗？"

"天哪，不！我让妻子到了现在这步田地，我也有很大的过错。我毁了她。我疑心很重，你得预见到的。要我打心眼里信任别人，是件很难的事情。所以，也许我也是一个骗子。我不信任人。而温柔是不容误解的。"

她看着他。

"但是当你血液沸腾时，你不会不信任你的身体。"她说，"那时你不会不信任，对吧？"

"唉，哎！我的一切烦恼就是那样得来的。这也是我的心理会这么猜疑的缘故。"

"让你的心理去猜疑吧，这有什么要紧的！"

狗儿在垫席上叹息起来，似乎有些不适。炉火让炉灰覆盖着，火光渐渐暗了下去。

"我们真是一对受了重创的武士。"康妮说。

"你也受了重创？"他笑着说，"而在这里，我们正在回到疮疤上去！"

"是啊！我真的感到害怕。"

"是吗！"

他站起来，把她的鞋子拿去烤干，也把自己的鞋子擦了擦，放到火边。明早儿他再给它们上点油。他拨着炉火，把纸板烧成的灰烬竭力拨到一边。"即使烧尽了，还是那么污秽。"他说道。接着，他拿了一些柴火放在火架上，准备早上烧。然后他牵着狗出去了一会儿。

他回来后，康妮说："我也想出去走一走。"

她独自在黑暗中走着。头上是点点繁星。她能闻到夜空中的花香。走在外面，她觉得鞋子更湿了，但她还是想走一走，离开他，离开所有的人。

外面很凉。她战栗着回到屋里去，他正坐在不旺的火跟前。

"哦，好冷呀！"她战栗着。

他往火里添了些柴火，再去取了些过来。熊熊的火焰噼噼啪啪地烧起来，跳跃着、飞腾着的黄色火焰，让他俩都感到很幸福，火焰温暖着他们的面容和他们的灵魂。

看他默默地坐在远处，她过去拉住了他的手："不用担心，我们尽力做好就是。"

"唉！"他叹了一口气，苦笑着。

他坐在炉火前的时候，她便慢慢靠近他，偎依在他怀里。

"忘掉它吧！"她轻声说道，"忘掉这一切！"

在炉火升腾的暖气中，他把她抱得更紧了。火焰本身就仿佛一种遗忘。还有她那柔和的、温暖的、成熟的身体！慢慢地，他的血液开始翻涌了。他又重新聚集起力量和无尽的生机活力。

"也许那些女人真的想亲近你，好好爱你，只是她们办不到罢了。也许那不全是她们的错。"她说。

"我知道。我是一条被踩断了脊骨的蛇，你以为我不知道吗！"

她突然紧紧地抱住他。她本来不想再重新开始这场谈话了。然而任性在驱使着她。

"但你现在不是了。"她说，"你现在再也不是那条被踩断了脊骨的蛇了。"

"我不知道我会怎样，以后还有的是黑暗日子。"

"不！"她反驳着，然后紧紧抱住他。"为什么？为什么？"

"黑暗日子会到来的，我们所有的一切，我们每个人都会要面临的。"他用一种预言家的忧郁口气又说了一遍。

"不！不要再说了！"

他缄默不语了。但是她仍可以感到他内心中失望的忧郁和怅惘。那是一切欲望和爱情的湮灭：这种失望就像人们内心中的黑

247

洞，人们的灵魂常会迷失在这里。

"你谈到性爱的时候总是这么冷淡。"她说，"好像只求个人的快乐和满足。"

她开始小心谨慎地反驳他了。

"不！"他说，"我想从女人那儿得到快乐和满足，但却从来没有得到过：要是女人不能同时从我这里得到她的满足，我是永远不会感到快乐和满足的。可是同时达到高潮的事却从来都没有发生过。这取决于双方。"

"但是你从来就没有信任过你的女人，其实你连我也不那么信任。"她说。

"我不明白，什么叫信任女人。"

"你瞧！这下就说到点子了。"

她仍旧蜷在她的膝上。但他的情绪仍然阴沉，一副心不在焉的样子，他的心根本就没有放在她这儿。她说的任何事情都只能让他的思绪走得更远。

"那你究竟相信什么呢？"她继续说道。

"我不知道。"

"你们什么也不信，我认识的大多数男人都这样。"她说。

他们又沉默了。然后，他振作起精神，说："不，我还是相信一些东西的。我相信热情，尤其是和一颗温暖的心交会在一起的时候，那种充满爱意的激情。我相信，如果男人们能用一颗温暖的心去跟女人交合，而女人们能热情地接受这一切，那一切都会好起来。都是那种冷淡的交合毁了一切，那是种愚蠢的行为。"

"但是你跟我做爱的时候并不是那么冷淡啊！"她反驳道。

"我根本不想跟你做爱。刚才我的心凉得就像冰冷的土豆。"

"哦！"她吻着他，取笑地说道："那就让我们把这些土豆煎一煎吧。"他笑了起来，挺直了身子。

"这是事实！"他说，"任何事情都需要一些热忱。但女人们

248

却不喜欢这样。甚至连你也不会真正喜欢这样。你们喜欢那种上乘的、刺激的、有穿透性然而冷酷的性爱，然后还装得很甜蜜。你对我的柔情在哪里？你对我的疑心如同猫对狗的猜疑。我说过：即便是温顺和柔情，也得取决于两个人才行。你很喜欢做爱，这很好，但你却要它被称为宏大神秘的东西，就为了满足你的自尊心。你的自尊心对你来说，要比任何男人，比同一个男人在一起，更重要，更重要百倍。"

"但这正是我想说你的地方。你的自尊就是你的全部。"

"那，好吧！"他说着，稍微移动了一下，似乎想站起来。"我们还是分开好了。我宁愿死去，也不愿这么冷淡地做爱了。"

她从他身上溜开，他站起身来。

"你以为我要这个吗？"她说。

"我希望你不要。"他答道，"总之，你还是去床上睡吧，我睡在这儿好了。"

她看着他。他脸色苍白，双眉紧锁，他退缩了，如同北极一般的冷漠。男人都是这样。

"不到早上我不能回去的。"她说。

"是啊！你去睡吧，现在是十二点四十五。"

"我绝对不会去睡的。"她说。

他走过去拾起他的靴子。

"那我出去好了！"他说。

他开始穿靴子。她却凝视着他。

"等等！"她声音颤抖着，"等一等！我们之间到底怎么回事？"

他弯下腰，系他的鞋带，没有作答。过了片刻，康妮眼前一黑，像是要晕厥过去。意识全都消逝了，她睁大眼睛从不知什么地方望着他，不再知道任何事情。

这种沉默使他抬起头来，他看到了她吃惊的眼神和迷失的神态。她的这种神情仿佛一阵狂风抽打着他，他站起身来，只有一只脚穿着鞋，蹒跚着走到她身边，把她抱在怀里，紧紧地拥住，不知为什么，他感到了一种遍布全身的伤痛。他就那么站在那儿，抱着她，而她，就那么让他抱着。

他伸出手，在她身上盲目地摸索着，她的衣服下边是光滑而温暖的身体。

"俺的小心肝！"他喃喃地说道，"俺的可人儿！俺们甭斗气了！俺们甭再斗气了！俺爱侬，爱触摸侬。甭跟俺争！甭！甭！甭！让俺们在一起。"

她扬起脸，看着他。

"别不高兴。"她坚定地说道，"不高兴是不管用的。你真的想跟我在一块儿吗？"

她睁大眼睛，紧盯着他的脸。他停下来，突然安静下来，把脸转开。他的整个身体完全静止，但并没有退缩。

他抬起头，看着她的眼睛，脸上带着那种古怪的，微带嘲讽的苦笑："是的！让我们在一起吧，誓不分离！"

"可是真的吗？"她说着，双眼满含着泪水。

"是的，我整个身心都和你在一起。"

他淡淡地微笑着，低头看着她，眼中却闪动着一种出人意料的辛酸。

她默默地垂泪，他们走到炉前的地毯上，他在她身旁躺了下来，进入了她的身体，这样他们才得到了几分安宁。接着，他们很快上床睡了，因为夜气渐寒，而且他们彼此都弄得很疲倦了。她小鸟依人般地偎依在他的怀中，他们立刻一觉睡去，沉入梦乡。他们这样躺在那儿安睡，一动不动，直到晨曦染红了树林，白天来到了。

这时候，他醒了，看着亮光。窗帘是拉上的。他听山鸟和画眉在林中的大声喧闹。这定是个明媚的清晨，约莫五点半了，这是他平时起床的时候。他竟睡得这么沉！又是新的一天啦！女人

250

还卷曲着身子，熟睡着，那么温柔。他的手在她身上抚摩，她睁开那充满惊异的蓝色双眼，蒙眬地朝他微笑。

"你醒了？"她问他。

他看着她的眼睛，微笑着吻她。突然她清醒过来，坐起了身。

"想不到我竟在这儿！"她说。

她打量着这间粉刷成白色的卧室，卧室的天花板是倾斜的，三角形的窗户被白色的窗帘掩着。房间里空空如也，只有一口黄色的衣柜、一把椅子和那张他们正睡着的小白床。

"多么奇妙啊，我们竟在这儿！"她说完，低头看着他。他躺在那儿，正注视着她，在她的薄睡衣下，他的手正爱抚着她的乳房。当他激情洋溢地躺在那儿的时候，他看上去是那么年轻英俊。他的眼睛竟这么温暖！而她就像花儿一样艳丽娇嫩。

"我想把你这个脱了！"他说着，拉起她那件薄薄的亚麻睡衣，从她头上脱了下来。她坐在那儿，裸露着双肩和略微长一点的双乳，乳房微微泛着金色。他喜欢把她的乳房像摇铃儿一样轻轻摇晃。

"你也得把你的睡衣脱了。"她说。

"哦！不！"

"要！就要！"她带着一种命令的语气。

他脱去了旧的棉布睡衣，褪去了长裤。除了他的手和腕，脸和颈，他身上如同牛奶一般白皙，肌肤纤细而又精致。骤然间，康妮又感到了他那种摄人心魄的优美，正如她那天午后看到他洗身子的时候一样。

金色的阳光照射在白色的窗帘上，康妮觉得阳光都快跑进来了。

"嗬！我们把窗帘拉开吧！鸟儿们唱得真好听！把这些阳光都放进来吧！"她说。

他走下床，背向着康妮，赤裸的身体是那么白皙纤瘦，他来到窗前，身子微微前倾，一把拉开窗帘，朝外面看了好一会儿，他的背脊白净优美，那紧小的臀部有着一种精致微妙的刚毅。他的颈部微红，精致中透着一种强健。

在这纤细微妙的身体里，有着一种内在的，而不是外在的力量。

"你真美！"她说，"真是纯洁，真是美妙！来，过来！"她说完，伸出双臂。

他有些害羞地转向她，因为他赤裸的身体已经被唤醒了。

他捡起扔在地上的衬衣，掩住自己的身体，向她走了过去。

"不！"她说着，仍旧伸着优美而纤细的双臂，挺着下坠的乳房。"我要看看你！"

他拿开衬衣，静静地站在那儿看着她。阳光从低低的窗口射了进来，一缕阳光照在他大腿和苗条的腹部，勃起的小弟弟逐渐变得红黑火热，在那一小块鲜亮的金赤色毛发中，昂扬起来。她惊愕了，有些害怕。

"多么奇妙啊！"她缓缓地说道，"它立在那儿的样子多奇怪啊！那么大！那么深黑，还神气十足！可不是吗？"

男人低下头，看着自己纤细而白皙的前身，也笑了。他修长的胸部毛发很深，几乎成了黑色。可在小腹根部，在小弟弟粗壮地挺起的那个地方，毛发却是金赤色的，那一小片毛发是那么生动。

"它是这么骄傲！"她喃喃说道，有些不安，"还这么专横！现在我总算明白男人为什么都那么傲慢了！但它毕竟还是很可爱的，仿佛它具有了另一种生命！真让人惊诧不已！可它的确可爱！哦，它向着我来了！"她咬紧下唇，充满了敬畏和兴奋。

男人安静地朝下看着那紧绷的小弟弟，它还是一点都没有改变。——"是啊。"他最后轻声说道，"哦，伙计！你还真不错啊。昂首挺胸的！还在那儿悠然自得，嗬！把谁都不放在眼里！你使我相形见绌啊，约翰·托马斯？你是我的主人吗？好了，约翰·托马斯，你可比我还趾高气扬啊，可是说得比我少！你想要她吗？想要我的珍妮夫人吗？乃又把我泡在里面，乃啊！哦，乃笑眯眯地起来了。——那去问她吧！去问珍妮夫人去！说：昂起头，打开你的门，让尊贵的君主进来！嗬，你真是不害臊！小妹妹，不就是你想要的嘛。来，告诉珍妮夫人说你想要小妹妹。约翰·托马斯，珍妮夫人的小妹妹！——"

"哦，别这么逗弄它！"康妮说着，慢慢从床上向他爬过来，她的两臂环抱在他的白皙纤瘦的腰间。她把他拉到自己跟前，这样，她那有些下坠而摇荡着的乳房，便触到了那敏感勃起的小弟弟，还碰到了几滴黏液，她紧紧地搂住这个男人。

"躺下来！"他说，"躺下！让我来！"

他现在有些急促了。

完事之后，他们都平静下来，女人得重新去发现这个男人，得看一看小弟弟的神秘。

"现在它变小了，就像生命的蓓蕾那样柔软！"她说着，把那柔软的小弟弟捏在手中。"它真是可爱！那么独立，那么奇异！还那么天真！竟然如此深入我的身体！你要知道，你绝不能对它无礼。它不只是你的！也是我的！它是我的！它多么可爱，多么天真啊！"她温柔地把小弟弟握在手里。

他笑了。

"祝福这将我们的心联结成亲属至爱的纽带。"他说。

"当然！"她说，"甚至当它是那么弱小的时候，我都觉得我的心和它紧紧系在一起，你这儿的毛发多么可爱啊！它是这么与众不同！

"那是约翰·托马斯的毛发，又不是我的！"他说。

"约翰·托马斯！约翰·托马斯！"她迅速吻了吻那柔软的小弟弟，它又开始蠢蠢欲动。

"哦！"男人说着，几乎是痛苦地伸展开他的身子，"那位先

253

生，他扎根在我的灵魂之中！ 有时我都不知该怎么对付它。是啊，它有着自己的意志，要跟它合拍真是不容易啊。可是我不会让人把他宰了。"

"难怪男人总是会惧怕它！ "她说，"它是够可怕的。"

男人的全身激起一股战栗，意识的涌动重新改变方向，朝下而去。不由自主地，他的小弟弟在一种缓慢、温柔的波动起伏中澎湃、挺举、坚硬起来，挺拔而高傲地立在那儿。女人注视着，自己也战栗了起来。

"好了！拿去吧！他是你的。"男人说。

她战栗着，心都融化了。当他进入她体内时，一波波不可名状的快乐之涛，强劲温柔地激荡着她，引起奇异的、融成一片的惊心动魄，在她体内伸展着，伸展着，直到最后，她心荡神移到了极点。

他听到远处斯达克斯门发出的七点钟的汽笛声，已经是星期一的早晨了。他微微颤抖起来，把脸埋在她的胸部，让她一双柔软的乳房掩着他的耳朵，好使他听不到这一切。

她则没有听见汽笛声，就那么静静地躺着，灵魂像被洗过的那样透明。

"你得起来了，是吗？"他喃喃地说道。

"几点钟了？"她无精打采地问道。

"七点钟的汽笛响过了。"

"我想我是得起来了。"

她和往常一样，对于这种来自外界的强迫，不禁怨愤起来。

他坐起来，毫无表情地望着窗外。

"你是爱我的，是吗？"她平静地问道。

他低下头来，望着她。

"乃晓得乃晓得的事。还问啥？"他有点烦躁地说。

"我希望你留下我，而不是要赶我走。"她说。

254

他的眼里似乎充满一种温暖柔和的幽暗，不可能进行思考。

"什么时候？现在吗？"

"现在把我留在你心中。然后我很快就会过来和你永远生活在一起。"

他赤裸着身体，坐在床上，低着头，无法思考。

"你不愿意那样吗？"她问道。

"愿意！"他说。

他的双眼，因为另一种意识的火焰而变得幽暗了，有点睡眼惺忪，他用这双眼望着她。

"现在甭问我。"他说，"甭管我。我喜欢你。乃躺那儿时，我爱侬。一个女人可以操得深，小妹妹不错，那她便是可人儿。俺爱侬，侬的大腿，侬的体形，侬的女人味。俺爱侬身上的女人味。俺全身心地爱侬。可现在甭问我。现在甭让我说。让我在自己能停下时停下来。以后乃啥都可以问。现在甭管我，甭管我！"

他把手温柔地放在她的耻骨隆起处，放在柔软的褐色阴毛上，他自己则赤身裸体地静静坐在床上出神，脸上毫无表情，仿佛菩萨入定。他就这样静静坐着，沉浸在另一种意识的无形火焰中，手放在她的身上，等待着转机。

过了一会儿，他伸手拿起衬衣穿在身上，很快就默默地把自己穿着好了，他又看了她一眼，她仍然赤裸裸地躺在床上，周身透出一种朦胧的金黄，就像床上的一朵玫瑰，然后，他走了出去。她听见他下楼的声音，接着门开了。

她躺在那儿凝神冥思。真是太难割舍了：她不愿脱离他的怀抱！他在楼梯脚下叫道："七点半了！"她叹了一口气，下了床。这空荡荡的小房间啊！除了那小巧的衣柜和床，房间里空无一物。可是木地板却被擦得光亮。靠窗口的角落里，是个放书的架子，上面有些书是从流动图书馆借来的。她看了看，其中有些是关于苏俄布尔什维主义者的，有的是游记，还有一卷研究原子和电子的书，

255

一本研究地核构成及地震原因的书，此外就是一些小说，还有三本关于印度的书。这样看来，他终究还是个喜好读书的人！

阳光从窗口射进来，照在她赤裸的四肢上。外面，她看见狗儿弗洛西正在徘徊游荡。榛树林和下面绿色、深绿色的山靛笼罩在雾气中。那是个清朗的早晨，鸟儿翩然起舞，欢快自得地唱着歌。要是她可以留在这儿就好了！要是没有另外那个烟与铁的恐怖世界多好啊！要是他为她创造一个世界多好！

她从又陡又窄的木楼梯走下来。但是她很满足于这小屋，但愿它处在一个它自己的世界里。

他已经梳洗一新，炉火正熊熊燃烧。

"想吃点什么吗？"他说。

"不用！借给我一把梳子吧。"

她跟着他来到贮藏间，在门后边一块巴掌大的小镜子前梳好了头发。现在她准备走了。

她站在屋前的小花园里，望着那些沾着露水的花朵，灰色的花坛上，石竹花含苞待放。

"要是世界上其他的一切全都消失就好了。"她说，"就我和你住在这儿。"

"那是不会消失的。"他说。

他们穿过那片露水中的树林，几乎没说话。但他们共同沉浸在一个他们自己的世界里。

回到拉格比去，对于她而言，是件痛苦的事。

"希望很快我就能过来和你完全生活在一起。"要离开他的时候，她说道。

他微笑着，没有回答。

她悄悄回到家中，上楼来到自己的卧室，没有人发现她。

第十五章

早餐的托盘里，有一封希尔达的信。"父亲准备这星期前往伦敦，我 6 月 17 日，星期四那天会去你那儿。你一定把东西准备好，这样我们就可以立即出发。我可不想在拉格比浪费时间，那是个可怕的地方。我可能会跟科尔曼一家在瑞特福德过夜；然后星期四到你那儿吃午饭。我们可以在下午茶那会儿启程，然后晚上在格兰瑟姆休息一晚。晚上我们用不着跟克里福德待在一块儿。如果他不愿意你出来，那就是他自找没趣。"

就这样！她又一次在棋盘上被人推来推去了。

克里福德是不大喜欢她出去的，因为她不在，他就感到不安全。她在的时候，或多或少，他会觉得安全些，他可以自由自在地做他喜欢做的事。他对煤场的事颇费心机，总在脑子里琢磨着，该怎么去解决那些几乎没有希望的问题，怎么用最经济的方式采煤，然后拿去卖掉。他知道应该想个办法利用自己的煤，或者把煤转化，这样，他就不必卖掉它们，也不会因为没有销路而发愁。但是，如果他要发电，那他是把电卖掉还是自己用呢？要是把煤转化成油，未免成本太高，而且很费事。要使工业生生不息，就需要更多的工业，真是一种疯狂。

这种疯狂，需要狂人来成就。唔，他就有点儿狂。康妮这样认为。他对于煤矿上的事务，是那么热情和敏锐，在康妮看来也

257

是种疯狂的表现。他的灵感也就是疯狂的灵感。

他向她诉说他全部认真的计划，她带着几分惊讶聆听，由他去说。然后，滔滔不绝的谈论停下来，他打开扩音器，成了一片空白，而很显然，他的计划又像梦幻一般盘绕在他内心。

现在每天晚上，他都要和波尔顿太太玩二十一点——那种英国大兵玩的牌戏——还要赌上六个便士。在这种赌博游戏中，他又会迷失在无意识的状态中，或者说是一种茫然的沉醉中，或者是沉醉的茫然中，反正都一样。康妮实在不堪忍受看到他这种样子。但当康妮回到楼上就寝以后，他和波尔顿太太绝对会饶有兴趣地继续玩到凌晨二三点。波尔顿太太的牌瘾跟克里福德不相上下，因为她几乎老是输，就格外有瘾。

有一天她对康妮说："我昨晚输给克里福德老爷二十三个先令。"

"他收了你的钱吗？"康妮惊愕地问道。

"当然啦，夫人！赌债也是债！"

康妮严厉进行劝说，她为他俩的做法感到气愤。结果，克里福德为波尔顿太太加了一百镑的年薪，她可以用那钱来赌。而同时，在康妮看来，克里福德实在是日见消沉了。

她最后告诉他，她要在 17 日动身。

"17 日！"他说，"那你什么时候回来？"

"最迟 7 月 20 日。"

"哦，是的。7 月 20 日。"

他怪异而茫然地看着她，像个孩子似的暧昧，但又有一个老人的那种怪异茫然的狡猾。

"你不会失约吧，啊，不会吧？"他说。

"这话怎么说的？"

"我的意思是，你走了之后，肯定回来吧？"

"我完全肯定会回来。"

"好吧！那好！7月20日！"

他很奇怪地望着她。

可是，他又确实愿意她走。真是奇怪。他的确希望她走，甚至希望她能有段短暂的风流事，也许回来的时候就怀上孩子了。而同时，他却又害怕她离开。

她战栗着，她在等待一个真正的时机，能完全摆脱他。她自己，还有他，都在等待着一个成熟的机会，等待那个时机的到来。

她坐着跟猎场守护人谈起她出国的事。

"我一回来，就告诉克里福德我得离开他。这样你我就可以走了。他们永远不会知道那人就是你。然后，我们就可以到国外去，你说呢？我们是去非洲还是去澳洲？"

她为自己的计划深深陶醉。

"你从来没有去过殖民地吧，是吗？"他问她。

"没有啊！你去过吗？"

"我去过印度、南非，还有埃及。"

"那我们为什么不去南非看看呢？"

"是啊，也许可以去看看？"他慢慢地说。

"是不是你不想去那儿？"她问道。

"我无所谓，怎样我都无所谓。"

"那你觉得开心吗？为什么不试试呢？我们不会生活困窘的。我一年有六百镑的收入，我已经写信去问过了，虽然并不是很多，但是也足够了，是不是？"

"对我而言，这已经够富裕的了。"

"啊，那不是很让人愉快的事吗！"

"但是我得先离婚，你也得离了婚才行，否则我们就会有麻烦。"

要考虑的问题有很多。

一天，她问了一些关于他自己的事情。那时候他们正在小屋

259

里，外面雷雨交加。

"那时候，你还是一名中尉军官，是一个绅士的时候，你觉得快乐吗？"

"快乐？还行。我挺喜欢我的上校。"

"你爱戴他吗？"

"是的！我很爱戴他。"

"他呢，他爱你吗？"

"是的！从某个方面来讲，他是爱我的。"

"跟我说说他的事吧。"

"有什么可说的？他是行伍出身，十分热爱军队生活。他从没结过婚，比我大二十岁。他是个很聪明的人，在军队里独来独往。他就是这样一种人：充满激情，是个很聪明的军官。我跟他在一起的时候，他的人格魅力迷住了我。我几乎让他支配了我的生活，但对此，我永远都不后悔。"

"他死了以后，你有没有觉得很痛苦？"

"我感到自己几近死亡。但当我恢复过来之后，我明白，自己有一部分东西已经完结了，但我向来就知道，那是会在死亡中了结的。所有的一切都是这样，终是一死了结！"

她坐在那儿沉思。外面雷声轰鸣。他们好像坐在小小的方舟里，漂泊在洪水中。

"看来你背后的故事还不少。"她说。

"是吗？在我看来，我已经死过一两次了，可是现在，我却还在这儿苟且偷生，而且还陷入了更多的麻烦。"

她认真地思考着什么，一边听着暴风雨的声音。

"上校死了以后，你觉得作为军官和绅士的生活还是愉快的吗？"

"不！他们多半是些卑鄙的家伙。"他突然笑了起来，"上校常说：小伙子，英国的那帮中产阶级，吃在嘴里的每口东西都得

260

咀嚼三十回，他们的肠子太窄，一颗豌豆大的一点东西都能让肠子堵塞。他们都是一帮娘娘腔的下流坏，卑鄙透顶：自以为了不起，连鞋带系得不对头都会让他们大惊小怪，一些臭肉般的败类，还总是有理。这些玩意儿算是把我给交待了。点头哈腰，奴颜婢膝，舔沟子把舌头都添老了，却还总是有理。对什么都吹毛求疵！吹毛求疵！娘娘腔的一代吹毛求疵者，蛋儿只剩了半拉儿。"

康妮笑了起来。外面大雨倾盆。

"他这么恨他们！"

"不！"他说，"他不操这份闲心。他只是讨厌他们。这是有差别的。因为，他说，连大兵都同样吹毛求疵起来，成了半拉儿蛋儿的小鸡肠子。朝那方向走，这就是人类的命运。"

"普通的民众也是这样的吗？劳动人民呢？"

"都一样。他们的精气都已经死亡。汽车、影院和飞机吸走了他们仅存的一点精气。告诉你：现在是黄鼠狼下崽儿，一代不如一代，肠子是橡皮管做的，加上铁皮脸、铁皮腿。铁皮人！这是一种断然的布尔什维克在扼杀人性，推崇机械化的东西。钱，钱，钱！所有现代人都只会从古老人性的泯灭中得到极大乐趣，他们把从前亚当夏娃的自然质朴情感碾得粉碎，还以此为乐。他们就是这样！世界也都是这样：它只会扼杀真实的人性，包皮一英镑，蛋儿两英镑！小妹妹不就是一种打炮机器！——都一样。付给他们钱，他们就能把世界的鸡鸡割了。钱，钱，付钱给他们，他们拿走人类的精气，留下一些运转不动的机器。"

他坐在那小屋里，脸上带着讥讽的神情。但即使如此，他还是竖着耳朵，留神倾听外面林中的风雨声。这风雨声让他觉得更加孤寂了。

"但是，这一切终究会有个了结吧？"她说。

"是的，会有的。世界会要自己拯救自己。当最后一个真正的人被杀之后，当他们——白色、黑色、黄色，各种肤色的顺民们——全都很驯服时：这时候他们全都精神错乱了。因为健全心智的根在精气之中。这时候他们都将精神错乱，举行隆重的 auto da fé。你知道 auto da fé 意思是宗教裁判吗？嘿，他们将举行自己隆重的宗教裁判。他们将互相把对方当成牺牲品。"

"你的意思是说他们会互相残杀？"

"对，亲爱的！我们要是照现在这样的速度走下去，不出百年，这岛上将不到一万人，也许连十个都没有。他们将煞费苦心地消灭对方。"隆隆的雷声渐渐远去。

"多不好啊！"她说。

"很不好！想一下人类的灭绝，想一下人种的灭绝和随后一段其他物种产生之前的长期间隔，那足以比任何其他东西更能让你平静下来。要是我们照着这条路走下去，每一个人，包括知识分子、艺术家、政府、工业家、工人，全都疯狂灭绝最后一丝人类情感，最后一丝直觉，最后一丝健全本能；如果像现在这样以代数级数进行下去，那就对人类说拜拜了！再见！亲爱的！大蛇吞掉了自己，只剩下一种虚无感，相当乱七八糟，但不是绝望。真不赖！当凶悍的野狗在拉格比狂吠，凶猛的井下野马践踏特沃希尔的煤井时！ te deum laudamus① ！"

康妮笑了，但并不很开心。

"那么你应该很高兴他们都是布尔什维克。"她说，"你应该很高兴他们匆匆赶往末路。"

"是的。我不阻止他们。因为就算我想，我也做不到。"

"那你为什么还这么痛苦？"

"我不痛苦！我不在乎我的小弟弟是否最后一次欢唱。"

"可你要是有孩子呢？"她说。

---

① 拉丁文：赞美你，主啊。

262

他低下了头。

"唉。"他终于说道,"对我来说,把孩子带到这个世界,是一件错误和痛苦的事情。"

"不!别这么说!别这么说!"她恳求道,"我想我很快就会有个孩子了。告诉我你会喜欢的。"她把自己的手放在他手上。

"你要是快活,我也会很快活的。"他说,"但是我觉得,这对那个没有出生的小生命来说,似乎是一种可怕的背叛。"

"哦,不!"她震惊地说道,"那么你不可能真正要我!如果你是这样觉得的话,你就不可能要我。"

他又一次缄默了,脸上闷闷不乐。屋外只有噼啪的雨声。

"这不是真的!"她低语道,"这不是真的!还有另一个真相。"她觉得他此刻的苦痛,部分是因为她要离开他,故意走开,去威尼斯。这使她又有些高兴起来。

她把他的衣服扯开,露出了他的小腹。她吻着他的肚脐,然后把脸颊依偎在他的小腹上,两臂环绕在他温暖而沉静的腰间。他们独处在灭世洪水中①。

"告诉我你希望要个孩子!"她喃喃地说着,把脸压在他的肚皮上。"告诉我你想要!"

"啊!"他终于说话了:她感觉到他变化中的意识与放松造成他浑身上下的一种奇异颤抖。"哦,我有时候在想,这矿工中咋就没人想想办法!他们现在工作很糟糕,也挣不了多少。如果有人能对他们说:不要只想着钱。要说需求,我们要得很少。让我们不要为了钱而活着——"

她温柔地把脸颊放在他的小腹上轻轻蹭来蹭去,用手把他两个蛋子捏在一起。小弟弟蠢蠢欲动,像是奇异地活了起来,但没

---

① 《圣经》典故,上帝创造亚当、夏娃以后,人类繁衍后代,但是作恶太多,上帝决定用洪水灭掉义人挪亚以外的所有人类。挪亚成为灭世洪水以后的人类始祖。此处作者这么说,是因为上文提到了人类的灭绝。

263

有挺起。外面大雨如注。

"让我们为别的啥么活着吧。让俺们不为挣钱活着，不为俺们自己，也不为别人。现在，俺们没得办法。俺们不得不为俺们自己挣一点点，为老板挣许多许多。让俺们阻止这种状况！让我们一点点阻止它。我们不必大喊大叫。让俺们一点点丢开整个工业生活，往回走。钱只要最少的一点点就行。每个人都这样，你我，老板和老爷，甚至国王。最少一点点钱真的行。只要你下定决心，你就可以脱离苦海。"他停了一会儿，然后继续说道：

"俺会跟他们说：瞧呀！瞧乔！他动作优雅！瞧他的动作，活泛、警觉。漂亮！再看看乔纳！笨拙、丑陋，因为他从不愿意振奋起来。俺要告诉他们：瞧呀！瞧你们自己！肩膀一高一低，双腿扭曲，脚都走了样。你们对自己做了些什么？这该死的劳作！你们毁了自己。别再那么辛勤劳作了。脱下衣服瞧瞧你们自己。你们本应该充满活力而优美，可你们现在却这么丑陋，半死不活。所以，我要告诉他们。我要让我的人穿不同的衣服：或许是合身的红裤子，鲜红的，还有白色短上衣。啊，要是男人们有两条穿着精美红裤子的腿，单这一点就足以使他们在一个月内得到改变。他们将会重新成为男人，成为男人！女人们也可以随心所欲地穿着。因为男人一旦穿着鲜红的裤子走起路来，那鲜红的臀部便会漂亮地显露在短小的白上衣下面，那时女人才会开始成为女人。这是因为现在男人不是男人，所以女人也必然不是女人。——早晚要把特沃希尔推倒，建几座漂亮建筑，让我们大家来住。再把乡村整干净。也不要许多孩子，因为世界太拥挤了。

"但是我不会去跟人们说教：只是把他们的衣服剥了，说：瞧你们自己！为钱卖命就是这样！——听听你们自己！这就是为钱卖命！你们一向在为钱卖命。瞧特沃希尔！多可怕啊！那是因为这块地方是在你为钱卖命的时候建的。瞧你们的女人！她们不在乎你们，你们不在乎她们。这是因为你们把你们的时间花在挣钱上，花在为钱操心上了。你们无法说话、动弹、生活，你们无法真正和女人在一起。你们白活了。瞧瞧你们自己吧！"

接着是一阵死寂。康妮一半在听，同时把她来小屋路上所采的几朵勿忘我插在他腹部下面的毛丛中。外面的世界一片静寂，开始有点冷了。

"你身上有四种颜色的毛。"她对他说，"你的胸毛差不多是黑色的，但头发却并不怎么黑；你的胡子是硬硬的深红色，而你这儿的毛，你的阴毛，却像一丛耀眼的金红色槲寄生。这是最可爱的了！"

他低下头，看着他腹股沟的毛中那些乳白色的勿忘我。

"是啊！正是插勿忘我的好地方，在男女的阴毛上。但是，你真的不担心将来吗？"

她抬起头来看着他。

"啊，我担心着呢，我担心得很！"她说。

"因为当我感觉人类世界注定灭亡，注定以其卑鄙的兽性毁灭自己的时候，我觉得殖民地也还不够远。月球也不够远，因为即使在那里，你也可以回头看见地球，在所有的星球中，唯独它又脏又乱又差，一股恶浊气；被人类弄得污秽不堪。我感到自己是把怒气往肚子里咽，它正在彻底将我吞噬，没有一个地方是够远的，远得足以让你去逃避。可我一转身就又忘了这一切。然而，近百年来对人做的事情是可耻的：男人被完全变成做苦力的虫子，他们的全部阳刚之气和真正生活被剥夺。我想把机器像一个黑色污点一样从地球表面抹去，彻底终结工业时代。但是由于我做不到，没有人能做到，我最好还是保持我的宁静，试着去过自己的生活：我很怀疑我是否有这样一种生活可以去过。"

外面的雷声停止了，但是小下来的雨又突然倾盆而下。天上闪着最后的苍白电光，正在远去的暴风雨发出低沉的声音。康妮感到不自在。他滔滔不绝地说了这么长时间，实际上是在对他自己说，而不是对她说的。绝望似乎完全降临到他头上，而她却感觉很快乐，她讨厌绝望。她知道，她要离开他，他才刚刚从内心里明白过来，这把他重新投入到这种心境中。她有一点得意。

她打开门，看着外面的滂沱大雨，那直直落下的密集雨点就像钢珠做成的帘子一般，她蓦然生出一个愿望，她想冲到雨中，飞奔而去。她起身很快脱掉袜子、衣裙和内衣；他屏住了呼吸。她那乳头尖尖、敏锐而肉感的乳房，随着她一举一动，颠簸晃荡。在微微发绿的光线中，她浑身呈象牙颜色。她又穿上胶鞋，发出一阵轻轻的狂笑，跑了出去，她朝大雨挺起双乳，伸开双臂，朦朦胧胧地在雨中奔跑，做出她多年前在德雷斯顿学的韵律体操的舞蹈动作。一个在奇怪地上下起伏的白色人影，一会弯下腰，让雨点光闪闪地砸在她丰满的屁股上，一会儿重新直起身，在雨中挺起肚子，然后又弯下身去，丰满的腰部和臀部向他做出一种致敬的姿势，重复一种野性的朝拜。

他苦笑了一下，把自己的衣服一扔。太妙了！他跳起来，裸着白皙的身体，微微战栗，冲入斜打下来的大雨中。弗洛西狂吠着冲在他前头。康妮的头发全湿透了，粘在她的额头上，她转过那张热情洋溢的脸，看到了他。他蓝色的眼睛兴奋地闪烁着，她奇异地迈开步向前狂奔，出了那片空地，跑到了小径上，湿树枝抽打着她。她飞跑着，他只看见圆圆的湿脑袋、飞奔中前倾的湿脊梁、闪亮的圆屁股：一个裸奔中缩着身子的奇妙女人。

他赶上她时，她几乎跑到宽一点的马径上去了。他伸出赤裸的手臂搂住她那柔软潮湿的裸腰。她尖叫一声，挺直身子，把一个柔软、冰凉的肉身贴到他身上。他疯狂地把这柔软、冰凉的肉身使劲按到自己身上。这肉身一接触以后，很快像烈焰一般温暖起来。大雨倾注到他们身上，直到他们身上冒出蒸汽。他一手一个，把她圆滚滚的可爱屁股蛋握在手中，疯狂地按到自己身上，在雨中一动不动地战栗。然后突然，他抱起她，和她双双倒在小

266

径上，在大雨咆哮的沉默中，他迅速刺激地占有了她，像动物一样，迅速刺激地做完了事。

他很快站起身来，揩去了眼睛上的雨珠。

"进屋吧。"他说，两人开始跑回小屋去。他径直猛跑：他不喜欢淋雨。可是她来得较慢，一边采着勿忘我、剪秋萝和风信子，一边她跑几步，看着他离她远去。

当她气喘吁吁地拿着花儿回到小屋时，他已经生了火，柴火在噼啪作响。她漂亮的乳房一起一落，头发被雨水浸透，紧贴在脑袋上，脸上通红，身体闪闪发光，往下滴水。她眼睛大睁着，气喘吁吁，小脑袋湿淋淋的，丰满而稚气的屁股滴着水，看上去像是换了一个人。

他拿来一张旧床单，给她擦身子，她像个孩子似的站着不动。然后，他把门关上，再给自己也擦了擦。炉火熊熊燃起。她把脑袋埋在床单的另一端里面，擦着她的湿发。

"这样共用一条毛巾揩身体：我们会吵架的！"他说。

她抬起头来朝他看了看，她的头发乱蓬蓬的。

"不！"她睁大了眼睛，说，"这可不是毛巾，这是床单啊。"

她继续忙着擦干头发，而他也忙着为自己擦身子。

刚才那番运动，还在让他们喘息不休。他们各自裹在一条军毯里，但是身体正面朝炉火裸露着，他们并排坐在炉火前的一块木头上，让自己喘过气来。康妮讨厌毯子接触皮肤的感觉。但是现在床单已经全湿了。

她放下毯子，跪在炉前的黏土炉台上，把脑袋冲着炉火，抖动头发，试着把头发烘干。他看着她臀部的优美曲线，今天真是让他神魂颠倒。这曲线是怎样富丽堂皇地滑向她丰满圆润的屁股蛋子！而在这两个屁股蛋子中间，藏着一处多么神秘而温热的入口啊！

他用手爱抚她的屁股，精细地长时间感受曲线和圆润之美。

267

"乃的腚美得了太。"他用土话说道,沙哑的嗓音中带着爱怜,"乃有最美的腚沟子!是最美最美的女人的腚沟子!它的每一丁点儿地方都透着女人味,纯粹的女人味!乃不是一个腚小的女人,就像男孩的腚那样,不!乃有真正曲线优美的软腚子,让男人爱得发疯。这腚沟子可以托起整个世界呢,真的!"

他一边说,一边轻柔地爱抚着那圆润的臀部,渐渐地,从那儿仿佛有一团滑腻腻的火传到他的手中。他的指尖一次又一次地触摸通向她体内的两个秘密门户,像火一般轻拂着。

"要是乃拉点屎或撒泡尿,我会很高兴的。我不想要一个不能拉屎撒尿的女人。"

康妮骤然之间禁不住扑哧一声,惊愕地狂笑起来,而他却还是无动于衷地继续说着。

"乃是真实的,真的!乃是真实的,即使有点儿淫荡。这是乃拉屎的地方,这是乃撒尿的地方:我把手放在这两个地方,我喜欢侬的这个,喜欢侬的这个。乃有一个真正的女人腚沟子,它很自豪。它不为自己感到害羞,不。"

他用手紧紧地、牢牢地按住了她那块隐秘之处,作为一种亲密致意。

"我喜欢它!"他说,"我喜欢它!假如我只活十分钟,就摸了你的腚沟子,并开始了解它,我就算活过一次了,你明白吗?管它有没有工业制度!这就是我的一次生命。"

她转过身,伏在他的膝上,紧紧依偎着他。"吻我!"她轻声说道。

她知道,他俩的心中都潜在地想着他们的离别,她终于悲伤起来。

她坐在他的大腿上,头紧贴着他的胸膛。她闪耀着象牙光芒的双腿,懒散地分开,炉火灼热,热量不等地发散到他们身上。他坐在那儿,低着头,看着火光中她身上的褶痕,看着羊毛般柔软的褐色阴毛，阴毛一直伸展到她张开的两腿之间的一点。他伸手到身后的桌上，拿起她那束鲜花，花儿还很湿，上面的几滴雨水滴落在她身上。

"花儿刮风下雨都停留在门外头。"他说，"它们没有家。"

"甚至连一间小屋都没有！"她喃喃地说。

他从容地把一些勿忘我撒在她那耻骨隆起处精美的褐色绒毛中。

"那儿！"他说，"才是勿忘我最合适的地方！"

她朝下看着身体下端褐色阴毛丛中零星的乳白色小花儿。

"真好看啊！"她说。

"就像生命一样美丽。"他答道。

他又在阴毛中插入一朵粉红色的剪秋箩花蕾。

"瞧！那就是我，在你不会忘记我的地方！那是蒲草中的摩西①。"

"你不在乎我要走了吗？"她愁容满面地问道，抬头看着他的脸。

在他凝重的眉毛下，他脸上有如谜一样，没有任何表情。

"你想怎么做就怎么做吧。"他说。

他说起了纯正的英语。

"但是如果你不想我去的话，我就不走了。"她紧紧偎依着他，说道。

一阵沉默。他俯身往火中添了一根木柴。火光照耀着他沉静而深思的面孔。她等着他说些什么，但他什么也没说。

"我只是觉得，用这种方式和克里福德开始了断比较好。我是想要个孩子。这样我就有机会去，去——"她正要继续往下说。

"去让他们琢磨一些谎言。"他说。

---

① 《圣经》中犹太先知摩西出生后，因为埃及王下令杀死所有新生的犹太婴儿，他父母将他藏在一个蒲草箱内，置于尼罗河畔，后为埃及法老之女发现，将其带入宫中收养。

"是啊，不过也不仅如此。难道你想让他们琢磨真相吗？"

"我不关心他们怎么想。"

"我却不然！我可不想要他们用讨厌的冷酷心思来对付我，只要我还在拉格比，我就不想。我最终离开之后，他们爱怎么想就怎么想去。"

他沉默了。

"但克里福德老爷不是希望你回到他那里吗？"

"哦，我是得回来。"她说，两人又沉默了。

"那你会在拉格比生下这个孩子吗？"他问道。

她的双臂紧紧搂着他的脖子。

"要是你不带我走，我就得在那儿生了。"她说。

"我带你到哪儿去呢？"

"哪儿都行！走得远远的！只要能立刻离开拉格比。"

"什么时候？"

"那，等我回来的时候吧。"

"但你既然已经走了，又何必回来呢？还要把一件事分成两次做吗？"他说。

"哦，我一定回来。我答应过！答应得那么诚恳。再说，我是回到你这里来，真的。"

"到你丈夫的猎场守护人这里来吗？"

"那又怎么了？"她说。

"不？"他沉思了一会儿。"那你最后准备什么时候再走呢？具体是什么时候？"

"噢，我也不知道，我得先从威尼斯回来，然后，我们再作打算。"

"怎样打算？"

"啊，我得告诉克里福德。我得把这一切告诉他。"

"你会吗？"

270

他依旧沉默着。她把双臂环抱着他的脖子。

"别让我为难！"她恳求道。

"怎么让你为难了？"

"让我去威尼斯把事情安排好。"

他脸上闪过一丝淡淡的微笑，带着一种苦涩。

"我不会让你为难的。"他说，"我只是想搞清楚你究竟要干什么。可是你自己实际上也不清楚。你想把这事延迟一段时间：先离开这里，把事情好好想想。我并没有责怪你，我觉得你是对的。你可能还是更愿意在拉格比做主妇，这没有什么可责备的。我没有拉格比来呈献给你。事实上，你知道自己会从我身上得到什么。没有，什么都没有，我相信你是对的！我真的觉得你是对的！我并不指望能和你生活在一起，被你供养着。这是值得考虑的。"

她不知怎的，总觉得他的话有点针锋相对。

"但你是需要我的，是吗？"她问道。

"你需要我吗？"

"你知道我需要你的。那不是明摆着的吗？"

"对啦！你什么时候需要我？"

"你要知道，我回来之后，我们肯定可以安排好一切。现在我什么也说不上。我得冷静一下，想想清楚。"

"那是！你好好冷静一下，想清楚吧！"

她感到有些恼怒了。

"你信任我吗？"她说。

"哦，绝对信任！"

她听出了他语气中的嘲讽。

"那你告诉我。"她断然说道，"如果我不去威尼斯，你是不是认为更好些？"

"我觉得你还是去威尼斯比较好。"他答道，声音冷冷的，带着点嘲讽。

"你知道我是下星期四走吗？"她说。

"知道！"

她现在也沉默了。最后她说：

"我回来之后，我们才更清楚我们的处境，你觉得是这样的吗？"

"啊，那当然！"

他们之间的沉默是一条不可思议的鸿沟！

"我已经为我离婚的事情去见过律师了。"他有点勉强地说道。

她微微战栗了一下。

"是吗！"她说，"他怎么说？"

"他说我应该早点办的，现在可能有点困难了。但是因为我中间去参军了，所以他想应该还是可以顺利通过。只是不要又把她招惹到我头上来就好！"

"她必须得知道吗？"

"是的！她将接到一张传票，和她同居的男人也会接到一张，他是共同被告。"

"这些手续多讨厌啊！我想，我和克里福德也得经过这么一段。"

又是一阵沉默。

"当然。"他说，"我还得在接下来的半年或八个月中过一种示范性的生活。这样，要是你去了威尼斯，至少在一两个星期以内，没有诱惑。"

"我是种诱惑吗！"她爱抚着他的脸，说道，"我太高兴了，我对你竟是一种诱惑！我们不要想它了吧！你一开始想问题，就让我感到恐惧：你的侃侃而谈都把我压扁了。我们不要再去想它了！我们分开之后，有的是时间去考虑它。这是最关键的！我曾想过：在我动身之前，我一定还得来和你共度一次良宵。我一定再到农舍来一次。星期四晚上来好吗？"

272

"那会儿你姐姐不是要来吗？"

"是啊！但是她说我们在下午茶的时候动身。这样我们可以在那个时候动身。然后晚上她可以在别的地方过夜，我就到你这儿来。"

"这样一来，她也得知道了。"

"哦！我会把这一切都告诉她的。我已经多多少少向她透露了一些。我会把整个事情都告诉她的。她会给我们很大帮助，她一向都挺通情达理的。"

他考虑着她的计划。

"那么，你们会在下午茶的时候离开拉格比，假装你们要去伦敦，是吗？那你们走哪条道呢？"

"走诺丁汉和格兰瑟姆。"

"然后你姐姐把你在那儿放下，你自己再走回来或坐车回来？我觉得这未免太冒险。"

"是吗？那好吧，希尔达可以送我回来。她可以在曼斯菲尔德过夜，晚上把我送过来，早上再来接我。这很容易。"

"但是给人瞧见了呢？"

"我会戴上有色眼镜和面纱。"

他沉思了一会儿。

"好吧。"他说，"跟平时一样，遂你的意吧。"

"可是不遂你的意吗？"

"哦，是的！挺遂我的意。"他有点冷酷地说道，"我还是趁热打铁的好。"

"你知道我刚才想些什么吗？"她忽然说，"我突然想起来，你是'火辣杵骑士'！"

"是啊！那你呢？你是'红热臼夫人'？"

"是啊。"她说，"是啊！你是杵爵士，我是臼夫人。"

"那好，我被授予爵位了！约翰·托马斯是约翰爵士了，向简夫人阁下行礼了。"

"是的！约翰·托马斯是爵士了！我是'阴毛夫人'，你也得挂上几朵花才是。是的！"

她把两支粉红色的剪秋箩点缀在他小弟弟上方金红色的毛丛中。

"瞧！"她说，"迷人！迷人！约翰爵士！"

她把一小朵勿忘我按在他的深色胸毛中。

"你那儿不会忘了我吧？"她吻着他的胸膛，把两朵勿忘我，分别放在他的每只乳头上，又吻了吻他。

"我会天天想你！"他说。他笑起来，花朵从他胸前震落下来。

"等等！"他说。

他站起来，把小屋的门打开。睡在门廊上的弗洛西站起身来，看着他。

"嘿，是我！"他说。

雨停了。屋外沉浸在湿润、深沉而芬芳的静寂中。天色已近黄昏。

他出了屋，朝着跟大路相反的林中小径走下去。康妮望着他清瘦而白皙的身影，在她看来，他仿佛一个幻影，一个幽灵，正慢慢地离她而去。

当她再也看不到他的时候，她的心沉重起来。她站在小屋的门边，用毛毯裹着身子，默默面对那湿润的静谧。

可是他又回来了，怪兮兮地小跑着，拿着花儿。她有点害怕他，仿佛他不完全是人类。他跑近时，双眼直视她的眼睛，但她不明白是什么意思。

他拿来了耧斗菜、剪秋箩、新刈的干草、橡树枝叶和小花蕾的忍冬。他把橡树蓬松的幼嫩枝条环绕在她胸前，插上一些风信子和剪秋箩；在她肚脐上，他放了一朵粉红色的剪秋箩；在阴毛丛中，是一些勿忘我和车叶草。

"这就是光辉灿烂的你！"他说，"简夫人正和约翰·托马斯举行婚礼。"

他在自己身上的毛中也插入一些花朵，再在小弟弟周围绕上一株珍珠菜，在肚脐上插了一枝单花冠的风信子。她看着他，他那怪专注的神态，让她觉得有些好笑。她拿起一些剪秋箩点缀在他的胡须上，花朵就那么粘在那儿，在他的鼻子下面晃荡着。

"这是为约翰·托马斯和简夫人举行的婚礼。"他说，"我们得跟康斯坦因与奥利弗告别了。也许——"

他正准备伸出手去做什么，却打了个喷嚏。把那些放在鼻子下和肚脐上的花瓣都喷到了一边，接着又是一个喷嚏。

"也许什么？"她说，等着他继续说下去。

他有点不知所措地望着她。

"什么？"他说。

"也许什么？继续说下去呀。"她坚持要他说下去。

"哦，我刚才要说什么来着？"

他忘了。这种总是说到一半就没有下文的话，是她觉得最让人懊丧的事情之一。

一缕金色的阳光透过树林，照了进来。

"太阳出来了！"他说，"你该走了。时光！夫人啊！时光！什么事物无翼而飞，夫人？时光！时光！"

他伸手去拿他的衬衣。

"跟约翰·托马斯道声晚安吧。"他说，低头看他的小弟弟。"他在珍珠菜的怀抱里很安全！不再像刚才那样是根火辣杵子。"

他从头上把法兰绒衬衫套上身。

"男人最危险的那一刻，就是当他的头钻进衬衣中的时候。"当他的头从衣服中钻出来之后，他说，"那会儿他的头是在一个口袋中。所以我更喜欢那些美国衬衣，就和穿普通外套一样方便。"她仍然呆呆地站在那儿看着他。他穿上短衬裤，在腰部系

275

好扣子。

"瞧瞧简！"他说，"这些盛开的花卉啊！明年谁将把花放在你身上呢，简？是我，还是别人？'再见，我的风信子，别了！'我讨厌这首歌，那是大战初期的那些日子。"这时候他坐下来，穿上袜子。她依然一动不动地站在那儿。他把手放到她臀部的曲线上。"可爱的小简夫人！"他说，"也许在威尼斯你会找到一个男人，他会把茉莉花放在你阴毛里，会在你肚脐上缀上石榴花的！可怜的小夫人简啊！"

"别说这种话！"她说，"你这么说只会伤我的心。"

他低下头。然后用土话说道：

"是啊，也许，也许俺伤乃的心了！好吧，俺啥也不说了，就此打住。不过乃得穿上衣服，回到乃富丽堂皇的英格兰大宅去了，这些大宅多气派啊。时间到了！约翰爵士和小简夫人的时间到了！穿上乃的衬衣吧，查泰莱夫人！就这样站着，连衬衣也不穿，只有些许花瓣遮掩着，你就没有身份了。那好，那好，俺为乃宽衣，乃这只短尾巴的小画眉哟！"他从她头发上取下叶子，吻她的湿发，从她乳房上取下花朵，吻她的乳房，吻她的肚脐，吻她的阴毛，那里的花儿他仍让它们串在一起。"它们要愿意就得留下。"他说，"好了！现在乃又一丝不挂了，真是个光着腚的小可人儿，还有一点简夫人的劲头！好了，穿上乃的衬衣吧，乃得走了，不然查泰莱夫人要赶不上晚餐了！'乃上哪儿了，我可爱的女孩！'"

他满口土话的时候，她从来都不知道该怎样回答他。于是她穿好衣裳，准备厚着脸皮回到拉格比的家里去。或者她这样感觉：有点厚着脸皮回家去。

他要送她到宽一点的马径上去。他的小野山鸡都已关好了。

当他们来到马径上的时候，恰好碰到波尔顿太太，她脸色苍白，慌慌张张地朝他们走来。

"哦！夫人啊！我们还以为出什么事了呢。"

"没有啊！没什么事啊。"

波尔顿太太看着猎场守护人的脸，他被爱情滋润得容光焕发。她碰上了他半是戏谑半是嘲讽的眼神。他总是这么来嘲笑不幸。但他和善地望着她。

"晚上好啊，波尔顿太太！您的夫人现在没事啦，那我就告辞了。晚安，夫人！晚安，波尔顿太太！"

他行了个礼，转身走开去。

第十六章

　　康妮回到家，历经了一番严厉的盘问。克里福德是下午茶的时候出去的，暴风雨之前正好赶回家，可是夫人哪儿去了？没有人知道。只有波尔顿太太说她可能是到林中散步去了。在这样一个暴风雨天到林中去散步！这一次，克里福德自己真的要紧张得发狂了。每一道闪电，都会让他心惊肉跳，而每一阵雷声，都会让他脸色苍白。他看着冰冷的雷雨，仿佛世界末日到了。他越来越暴躁。

　　波尔顿太太想去安慰他一下。

　　"她会在林中的小屋里避避雨的，雨一停，夫人就会回来。放心吧，夫人不会有事的。"

　　"我不喜欢她在这样的雷雨天里待在林中！我压根儿就不喜欢她到林中去！现在她已经出去两个多小时了，她什么时候出去的？"

　　"您回家前没多久出去的。"

　　"我在园林里没有看到她。谁知道她在哪儿啊，谁知道会发生什么事！"

　　"啊，她不会有事的。您看着吧。雨一停，她马上就会回来的。只是这阵雨让她一时回不来。"

　　可是雨停了，夫人并没有马上回家，时间就这么过去了，夕阳钻出云层，洒下它最后的一线光辉，但是，依旧没有夫人的影子。夕阳下沉，夜色渐浓，第一次的晚餐钟声也敲响了。

"等也没用了！"克里福德狂躁地说道，"我得派菲尔德和贝茨找她去。"

"哦，别这样！"波尔顿太太叫道，"这样他们可能会以为发生了自杀或什么大事。噢，不要让人家说闲话——让我去小屋那边看她在不在。我想肯定能在那儿找到她。"

经她这么一说，克里福德就让她去了。

这样，康妮就在路上碰见她一个人苍白地在那里闲荡。

"您不会介意我来这儿找您吧，夫人！克里福德老爷已经狂躁得不行了！他以为您让雷电给击中了，或者是被倒下的树压死了。他本来决定派菲尔德和贝茨来林中找尸体呢。我说还是我先过来看看，这总比惊动所有的仆人要好。"

她不安地说着。她看得出，康妮脸上散发着光润和带着几分梦幻的激情，而且她感觉到康妮对她的出现有些恼怒。

"很对！"康妮回答，她再也没有什么可说的了。

两个女人在湿润的林中沉重缓慢前行，都不作声，大滴的水珠噼啪、噼啪地滴下来，在林中像爆炸一样。当她们来到园林时，康妮走到了前边。波尔顿太太有点喘不过气来，她日渐肥胖了。

"克里福德这样大惊小怪，多蠢！"康妮最后恼怒地说道，其实是说给自己听的。

"唉，您知道男人都是怎么想的！他们动不动就发火。但是他要是见了夫人您，就会马上好起来的。"

波尔顿太太知道了自己的秘密，康妮感到很生气：因为她无疑是知道了。

突然，康妮在小径上站住了。

"真是岂有此理，我竟然被人跟踪！"她说着，眼睛冒着火。

"哦！我的夫人，别这么说！我不来，他肯定会派那两个人来的，他们会径直去那小屋。我可真是不知道小屋在哪儿。"

听了这话，康妮气得脸都黑了。但是，当激情还留在她身上的时候，她是没法说谎的。她甚至没法掩饰她和猎场守护人之间的关系。她望见那个女人诡谲地站在那儿，低着头：毕竟她也是女人，是她的同盟。

"好吧！"她说，"既然这是最好的处理方式，那也就这样好了！"

"您放心吧，夫人！你只是在小屋避避雨，那绝对没事。"

她们继续往家里走去。康妮直接到了克里福德的房间，面对他苍白而过度紧张的脸孔，面对他那微突的双眼，她狂怒起来。

"我得告诉你，你没必要派仆人来跟踪我！"她劈头便说。

"我的上帝啊！"他也怒了。"你这女人，你上哪儿去了？你已经离开了好几个钟头，整整几个钟头，而且还是在这样的风雨天！你到底去那该死的树林里干什么？你在搞什么鬼？雨都停了好几个钟头！好几个钟头了！你知道是什么时候了吗？你真是足以叫人发疯！你上哪儿了？你说，你到底干吗去了？"

"我要是不想告诉你又怎么样？"她脱去了帽子，甩动着她的头发。

他鼓起眼睛看着她，眼白都泛起了黄色，这种愤怒对他十分有害：这样，波尔顿太太在接下来的好几天里，就没有好日子过了。康妮突然感到了内疚。

"确实！"她说道，温和了很多，"谁都会奇怪我究竟到哪儿去了！下暴风雨那会儿，我坐在小屋里，而且还给自己生了一小堆火，挺快活的。"

她现在能轻松自如地说话了。毕竟，不要再让他动怒了！

他狐疑地看着她。

"瞧瞧你的头发！"他说，"瞧瞧你自己！"

"是啊。"她平静地回答道，"我脱光了衣服跑到雨中去了。"

他哑口无言地望着她。

"你一定是疯了！"他说。

"怎么？喜欢雨水浴又怎么了？"

"那你拿什么东西擦干身体呢？

"用一条旧毛巾和火烘干的。"

他仍旧目瞪口呆地看着她。

"要是有人来了怎么办？"

"谁会来？"

"谁？谁都可能来啊！麦勒斯呢？难道他没有来吗？晚上他一定会去那儿的。"

"是的，但他来得很晚，他雨停了之后才来的，过来喂那些野山鸡。"

她说得那么不动声色。在隔壁房间的波尔顿太太，听到她说的话，佩服得五体投地。想想吧，一个女人竟能这样应付自如！

"要是你正一丝不挂，疯狂地在雨中奔跑，他正好来了，又怎么办？"

"我想他肯定要吓得魂不附体，唯恐逃不及呢。"

克里福德仍旧愕然地望着她。他无法明白，自己的潜意识里究竟在想些什么。他太吃惊了，以至于他的意识中无法呈现出一个清晰的想法。他只能处在一片空白之中，听她说什么就是什么。他真是佩服她，他没法不佩服她。她看上去是那么红润，那么美丽，那么安详：那是一种爱的安详。

"总之。"他平静下来，说道，"如果你没有感染大的风寒，就是你的幸运了。"

"哦，我没有感冒！"她回答道。她心里正在想着另外那个男人的话：乃有最美的腚沟子！她希望，她深深地希望她能告诉克里福德，在那雷雨交加的时候，那人曾跟她说过的这句话。然而！她却做得好像她才是那个被冒犯了的女王，回到楼上换衣服

281

去了。

那天晚上，克里福德想对她好一些，他正读着一本关于科学与宗教问题的新书：他身上有那么一股子造作的宗教情怀，自我中心主义地关心着他的自我的未来。这就像他跟康妮谈论对一些书籍的看法时的习惯一样，因为他们之间的谈话必须进行，几乎是以化学方式。他们几乎是以化学方式在头脑里编造他们的谈话。

"顺便问一下，你觉得这个怎样？"他说，伸手去取他的书。"如果我们的宇宙多进化几千万年，你就用不着到雨中去冷却你热烈的肉体了。哦，就是这块儿！——'宇宙为我们展示了它的两种情景：一方面，在物质上，它是在耗损；另一方面，在精神上，它却在提升。'"

康妮听着，还在等着下文。但克里福德却并没有读下去。她惊异地看着他。

"如果它在精神上得到提升。"她说，"那么它在下面，在原先尾部的地方留下了什么呢？"

"哦！"他说，"那得根据作者的意思来看嘛。我想他所谓的'提升'就是相对于'耗损'而言的。"

"也就是说，精神出问题了！"

"不，我是说正经的，不是跟你开玩笑，你觉得其中蕴含着什么？"

她又看着他。

"物质上的耗损？"她说，"我看你是越来越胖了，我自己也没有耗损自己。你觉得太阳比原来小了吗？我没有感觉到。我相信当初亚当献给夏娃的苹果，要大也不会比我们现在的橘红苹果大多少，你觉得呢？"

"好吧，听听他怎么说的：'它缓慢地，以一种我们的时间尺度难以想象的缓慢速度，走向新的创造状态，在这种状态中，我们今日所了解的物理世界，将由一种几乎难以同非存相区别的波纹所代表。'"

她听听也蛮有趣的。其中漏洞百出。但她只是说道：

"多么愚蠢的骗人鬼话！仿佛他那点自以为是的意识能知道在那悠久缓慢的时光里，会发生些什么似的！那只能说明，他自己在世界的物质生活中是个失败者，所以他把整个宇宙也描绘成一种物质上的失败！全是些自命不凡的胡说八道！"

"哦，先听他说！别打断这位大人物的庄重言辞：'现在这种世界秩序出自一个不可想象的过去，并且将在不可想象的未来找到自己的坟墓。剩下的是不详尽的抽象形式王国，以及创造力及其由自己的创造物和上帝重新决定的变幻性，所有的秩序都取决于上帝的智慧。'——瞧，这就是他那书的结尾！"

康妮坐在那儿，很轻蔑地听着。

"他精神出问题了。"她说，"全是一派胡言！什么'不可想象'，什么'各种坟墓中的秩序'，什么'抽象形式王国'，什么'有变幻性的创造力'，以及和秩序形式混为一谈的上帝！哦，真是痴人妄语！"

"我必须说，是一种有点看不清摸不着的东拼西凑，也就是说，一种虚无缥缈的大杂烩。"克里福德说，"但我还是认为，关于宇宙在物质上耗损，在精神上提升的想法，是有些道理的。"

"是吗！那就让它去提升好了，只要让我安稳地留在下面这个物质世界里就行。"

"你喜欢你的体格吗？"他问道。

"当然喜欢！"同时，那句话在她的心头闪过：是最美最美的女人的腚沟子！

"那你的想法确实有点与众不同，因为不容否认，身体是个累赘。那么，我猜想，一个女人在精神生活中是没有最高乐趣的。"

"最高乐趣？"她抬起头看着他，说道，"难道那种痴人妄语是精神生活的最高乐趣吗？不，谢谢了！还是给我身体好了。我

283

相信，当肉体生命被唤起之后，肉体生活是比精神生活更了不起的现实。但是这么多人，就像你那著名的空穴来风机一样，仅仅把精神钉在他们的肉尸上！"

他惊愕地望着她。

"肉体生活。"他说，"就是动物的生活。"

"而那比专业死尸的生活强。可这不是真的！人类的身体才刚刚在真正活起来。在古希腊人那儿，它闪出一点可爱的火花，但然后柏拉图和亚里士多德扼杀了它，耶稣把它毁掉。但如今，肉体正在真正地活起来，真正从坟墓里爬出来。人类的肉体生活，它将是可爱的宇宙中可爱而又可爱的生活！"

"亲爱的，你这么说，好像是你正引领着它的到来！不错，你马上就要去度假了，但是，也不要兴高采烈得这样没有分寸吧。相信我，只要上帝存在，无论他是什么样的上帝，他都是在慢慢消灭掉人类的内脏和饮食男女机制，演化出一种更高、更精神的存在。"

"当我感觉无论有什么样的上帝存在，他最终都会在我身上，在你所说的内脏中觉醒，像黎明一般幸福地在那儿荡漾时，我为什么要相信你呢，克里福德？当我有着截然相反的感觉时，我为什么要相信你呢？"

"哦，是啊！是什么让你发生了这样非同寻常的变化？赤身裸体在雨中狂奔，扮演酒神女祭司？肉欲，还是去威尼斯的期待？"

"两者都是！你是不是觉得我对外出如此兴奋不已很可怕？"她说。

"你表现得这么露骨，是相当可怕。"

"那我掩饰起来好了。"

"啊，用不着！你几乎把兴奋传达给我啦。我差不多感觉是我要出门。"

"那你为什么不跟我们一块儿去呢？"

"理由我全都跟你说过了。实际上，我想你最大的兴奋来自能暂时告别这一切。此时此刻，再也没有什么事情，能比告别这一切更让你开心了！但每次的分离都意味着在别处的相遇。而每次的相遇都是一种新的束缚。"

"我不打算进入到任何新的束缚中去。"

"别夸海口，神明有耳。"他说。

她突然直起身子。

"不！我可不会夸口。"她说。

但她对于这次出行仍然很兴奋：感觉枷锁崩裂。她情不自禁地感到兴奋。

克里福德睡不着觉，整夜都在和波尔顿太太打牌赌钱，打到最后她都瞌睡得不行了。

希尔达很快就要来了。康妮和麦勒斯已经商量好，如果一切都有利于他们那天夜里的相聚，她就会在窗外挂上一条绿头巾。要是受挫，就挂红头巾。

波尔顿太太帮着康妮打点行李。

"能换换环境，对夫人来说挺好的。"

"我想会的。你不介意把克里福德老爷放在你手上，让你一个人操持一些时日吧？"

"啊，不会的！我能好好地管住他。我的意思是，他需要我做什么，我都会去做，您不觉得他比原来好些了吗？"

"哦，好多了！你真是在他身上创造了奇迹！"

"唉，哪里啊！只不过，男人都一样：他们只是些孩子，你得奉承他们，哄着他们，让他们觉得自己能随心所欲。夫人您是不是也这样认为呢？"

"我想我恐怕还没有这么多经验呢。"

康妮停了一下自己手中忙着的事情。

"连你丈夫，你也得管着他，像哄孩子一样哄着他？"她问，望着那另一个女人。

波尔顿太太也停了下来。

"唔！"她说，"是的，我也得好好哄着他。不过我必须说，他总是知道我的用意。他一般总会让着我。"

"他从来不摆老爷架子吗？"

"不！但至少，有时我看到他神色不对的时候，我就知道我该让步了。但多半是他让步。不，他从来不摆老爷架子，我也不。我知道什么时候该收手，那时候我就会让着他，当然，有时候这种退让是很吃亏的。"

"要是你坚持跟他作对，又会怎么样呢？"

"哦，我不知道，我从来都没这么干过。就算有时他错了，要是他很固执，那我也会让着他的。要知道，我从来不愿破坏我俩之间的感情。假如你执意要跟一个男人作对，这感情就完了。如果你真的关爱一个男人，一旦他念头已定，你就得让着他；管你有理没理，你都得让。否则就伤感情。但是，我必须说，特德有时候看到我认定了什么事，哪怕我错了，他也会让步的。所以我想，这是双方的事情。"

"那你对你所有的病人也这样吗？"康妮问道。

"啊，那又有不同。我一点也不以同样的方式关爱他们。我知道，或者我设法了解，什么适合于他们，然后我只是为他们自己好而设法管住他们。这不像你真正爱的任何人，这个差别大了。一旦你真正爱一个男人，你会对几乎任何一个真正需要你的男人都充满爱意。但这是两码事。你不是真的爱。我怀疑，一旦你真的爱了，你是否还能有其他的真爱。"

这些话使康妮感到惊骇。

"你觉得一个人只能爱一次吗？"她问道。

"要不就永远不爱。大多数女人从来不爱，从来不开始去爱。她们不知道爱意味着什么。男人们也不知道。但是，只要我看见女人在爱，我的心都为她停止跳动。"

"那你觉得男人很容易动怒吗？"

"是的，假如你伤害了他们的自尊心，他们就会动怒。不过女人还不是一样？只不过这两种自尊心稍有不同罢了。"

康妮思量着。对于出门的事，她又开始有点疑虑了。毕竟，她不是在冷落她的男人吗？尽管只有很短一段时间。而他知道是这样。所以他才怪怪的，话中带刺。

然而！人类的生存大量受外部环境机器的制约。康妮便处在这种机器的掌控之中。她无法让自己在五分钟内得到全部解脱。她甚至不想摆脱。

星期四早晨，希尔达早早到了，她驾着轻便两座汽车，她的行李箱用皮带牢牢地缚在车后。她看起来一如既往地端庄柔顺，但她同样也还是我行我素。她丈夫认为她我行我素得厉害。但是现在，这位丈夫正在和她离婚。是的，她甚至让他很容易地去办离婚，尽管没有情人。目前，她"不沾"男人。她很满意完全当自己的情人，当她两个孩子的情人，她打算把这两个孩子"好好"抚养成人，不管这意味着什么。

康妮也只可以带一只行李箱。但是她已经把一只大箱子寄给父亲了，他会坐火车过去。何必坐汽车去威尼斯呢？七月份在意大利用汽车旅行太热，所以他还是舒舒服服地乘火车去。他刚从苏格兰过来。

这样，希尔达俨然像一个解甲归田的陆军元帅，庄重地安排好旅行的具体事务。她和康妮坐在楼上的房间里闲聊。

"希尔达。"康妮有点怯生生地说道，"今晚我想在这附近过夜。不是这儿：是这附近。"

希尔达用莫测高深的灰眼睛盯着她妹妹。她看上去非常平静：她是经常会跳起来的。

"哪儿，这附近？"她柔声问道。

287

"希尔达，你知道，我爱上了一个人。"

"我就知道有事儿。"

"他就住在附近。我想和他共度最后这一夜。一定要去！我答应过他了。"

康妮变得固执起来。

希尔达默默地低下了她密涅瓦^①般的脑袋，然后又抬起头来望着她。

"你愿不愿意告诉我他是谁？"她说。

"他是我们的猎场守护人。"康妮支支吾吾说道，她的脸涨得通红，像个害臊的孩子。

"康妮！"希尔达说着，厌恶地微微皱了皱鼻子，这动作是她母亲传给她的。

"我明白，但是他真的很让人爱慕，真的懂得体贴。"康妮想要为她的爱人辩护。

希尔达像一个满脸绯红、色彩艳丽的雅典娜，低下头来沉思。她真的非常生气，但是不敢流露出来，因为康妮像她父亲，会马上变得难以驾驭，无法控制。

的确，希尔达是不喜欢克里福德：他那种冷冰冰地自以为了不起的厚脸皮！她认为他厚颜无耻地、卑劣地利用康妮。她也希望她的妹妹会离开他。但是，他们到底是属于纯粹的苏格兰中产阶级，她讨厌自己或家人的"屈就"。最后，她抬起了头。

"你会后悔的！"她说，"

"我不会的！"康妮红着脸喊道，"他完全是例外。我真的爱他。他是个很可爱的情人！"

希尔达依旧沉思着。

"你很快就会厌倦他的。"她说，"因为他，你一生都会要为

---

① 罗马神话中司智慧、艺术、发明和武艺的女神，相当于希腊神话中的雅典娜。

自己感到羞愧。"

"不会的！我希望将来能跟他生个孩子呢。"

"康妮！"希尔达斩钉截铁地说道，语气十分严厉，脸色都变得苍白起来。

"如果可以的话，我会要个孩子的。要有了他的孩子，我会感到无比骄傲。"

这样跟她争论下去是没有用的，希尔达沉思了。

"难道克里福德没有怀疑吗？"她说。

"哦，没有啊！他怎么会怀疑呢？"

"你绝对给他很多理由来产生怀疑。"希尔达说道。

"绝对没有。"

"但是今晚的事似乎很没必要，荒唐。那人住在哪儿？"

"在树林那边的小屋里。"

"他单身吗？"

"不！但是他妻子已经离弃了他。"

"他多大？"

"我不知道。比我要大。"

康妮每次的回答，都让希尔达益发恼怒起来，她就像她母亲生前那样，愤怒到要爆发的境地，但她仍然忍了下来。

"要我是你，我会放弃今晚这种轻举妄动的。"她冷静地建议道。

"我不！今晚我一定要跟他在一起，要不然我就根本无法去威尼斯。就是无法去。"

从康妮的话中，希尔达又听出父亲的那种劲头，她只得让步，但这不过是种策略罢了，她同意和康妮一起到曼斯菲尔德吃晚餐，天黑之后再把她送到小路尽头，第二天早上再到那儿去接她。她自己将在曼斯菲尔德过夜，汽车开得顺的话，到那儿不过是半个钟头的路程。但她极为恼怒。她对妹妹郁积起满腹牢骚，这是她计划中的失算之处。

康妮于是在她的窗台上挂起了一条翠绿色的头巾。

因为愤怒，希尔达不觉对克里福德同情起来。毕竟，他是个有思想的人。他没有性欲的机能，这反而更好：这样争吵就会少一些！希尔达不再想要性爱了，这种时候，男人都变得肮脏而自私，甚至有些恐怖。康妮的生活实在比大多数女人的生活都要安逸，只不过她身在福中不知福。

而克里福德也断定希尔达毕竟还是个果断精明的女人，如果一个男人想从事政治生涯，这种女人是再好不过的贤内助。是的，她没有康妮的那种糊涂，康妮更像个孩子：你还得为她辩解，因为她做事还不是那么可靠。

大厅里，大家早早用完了下午茶，门大开着，阳光照了进来。大家似乎都有点呼吸急促。

"再见，我的康妮！要平安地回来啊！"

"再见，克里福德！我不会待得太久的！"康妮说得非常温柔缠绵。

"再见，希尔达！记得要照顾好她！"

"我会好好照顾她的。"希尔达说，"她绝对不会走丢的。"

"这可是你答应我的啊！"

"再见啦，波尔顿太太！我知道你会好好照顾克里福德老爷的。"

"我会尽力而为的，夫人。"

"有什么消息就写信给我，记得告诉我克里福德老爷怎么样了。"

"好的，夫人，我会的。您就快快活活地去玩吧，早点回来我们就高兴了！"

大家都在挥手告别。车子渐渐远去，康妮回过头来，看着克里福德，他在最高的台阶上，坐在轮椅中。毕竟，他是她的丈夫，拉格比是她的家，事实就是这样。

钱伯斯太太打开大门，并祝愿夫人度假愉快。汽车蹿出了满是幽暗的灌木丛的园林，驶上了公路，矿工们正在公路上拖着沉重的脚步回家。希尔达拐到克洛斯希尔路上，那不是一条主道，但也可以到曼斯菲尔德。康妮戴上了有色眼镜。她们一直沿着铁路开，铁路在她们下面的一条路堑中。她们在一座桥上越过路堑。

"这就是那条到农舍去的小路！"康妮说。

希尔达不耐烦地朝那条路瞟了一眼。

"我们不能立即启程真是太可惜！"她说，"要不然我们九点钟就可以到蓓尔美尔街①了。"

"为此真是很抱歉。"康妮说，脸藏在眼镜后面。

她们很快就到了曼斯菲尔德，这儿曾经是一个浪漫的城市，现在却变成了一个令人沮丧的煤矿镇。希尔达在一本汽车旅行指南中提到的一家旅馆前停了下来，定好了房间。整个事情都毫无意思，她气得都不想说话。然而，康妮得告诉她一些那个男人的事。

"他！他！他有名字吗？只知道说他！"希尔达说道。

"我从来都不叫他的名字，他也没叫过我的名字。真要想起来，也是挺奇怪的。除非我们说简夫人和约翰·托马斯。不过，他名字叫奥利弗·麦勒斯。"

"你怎么会喜欢当奥利弗·麦勒斯太太，而不是查泰莱夫人呢？"

"我就是喜欢这样！"

对康妮真是没办法！不管怎么说，要是这男人曾在印度的军队里当过四五年的中尉，那么他多少还是能拿得出手的。看来，他还有点身份。希尔达开始缓和一点儿了。

"但是你很快就会厌倦他的。"她说，"那时你就会因为跟他发

---

① 伦敦以俱乐部多而闻名的街道。

291

生过关系而感到羞耻。我们不能跟那些工人阶级混在一块儿啊。"

"你还是个社会主义者呢！你不是常常站在工人阶级这边嘛！"

"在政治的紧要关头，我是可以站在他们这边的；但正是因为我站在他们这边，我才了解，要把我们的生活跟他们结合在一起是多么不可能的事情。这不是势利不势利的问题，实在是因为这两者的节奏不能达到和谐。"

希尔达曾在真正的政治精英们当中生活过，她的话的确是无可辩驳。

这无聊的傍晚就这么慢慢熬过去了，最后，她们吃了一顿单调的晚餐。之后，康妮捡了些东西放在一个小丝绸包里，又梳了一次头发。

"希尔达。"她说，"毕竟，爱情是美妙的：这时，你感到自己是活着，是在创造之中。"她的话听起来有点像自夸。

"我相信每只蚊子都会有同样的感觉。"希尔达说。

"你真是这样想吗？那样就太好了！"

傍晚奇妙地晴朗，甚至在小镇里，傍晚也久久地留恋不去。整夜都会有亮光。戴着一副怨愤得成了假面具似的嘴脸，希尔达重新发动汽车，姐妹俩又迅速在小路上原路折回，走上经过博尔索弗的另一条大道。

康妮戴着眼镜和用来掩饰的帽子，静静地坐在那儿。因为希尔达的反对，她更坚定地站在了那个男人一边，她在任何情况下都会跟他站在一起。

经过克洛斯希尔时，她们打开车前灯，路堑中被照亮的火车的小小身影咔嚓咔嚓地驶过，让一切显得更是真正的黑夜了。希尔达盘算着在桥头转到小路上。她突然放慢了速度，汽车离开大路，车灯明晃晃地照亮蔓草丛生的小路。康妮往车外看着。她看见了一个暗影，就把车门打开了。

"我们到了！"她低声地说。

但是希尔达已经把车灯熄了，专心致志地倒车掉头。

"桥上没有东西吧？"她简略地问道。

"没问题。"一个男人的声音说道。

她把车倒到桥上，掉过头，让车在大路上前行了几码，然后再退回到小路上，汽车碾过草丛和羊齿，停在了一棵榆树下。然后车灯全灭了，康妮走下车来。那男人在树下站着。

"你等了很长时间吗？"康妮问道。

"不太长。"他答道。

他们等着希尔达下来，但是希尔达却把车门关上了，坐着不动。

"这是我姐姐希尔达，你不想过来跟她说两句吗？希尔达！这是麦勒斯先生。"

猎场守护人举了举帽，但并没有走近前去。

"希尔达，跟我们一起到农舍去吧。"康妮恳求道，"它离这儿不远。"

"那车怎么办？"

"人们都把车停放在小路上。反正你拿着钥匙呢。"

希尔达沉默了，她沉思着，然后回头朝小路看了看。

"我能倒到这矮树丛后面去吗？"她说。

"哦，可以！"猎场守护人说道。

她慢慢地倒车，绕到树丛后面，直到从大路上已看不到汽车了，才锁好车，走过来。天色已晚，但夜空还很明亮。无人使用的小路两旁，树篱又高又乱，显得很暗。空气中弥漫着一种清新的甜蜜花香。猎场守护人走在最前，接着是康妮，最后是希尔达，大家都默不作声。在难走的地方，他点亮电筒，然后接着前进。猫头鹰在头顶的橡树上轻轻地叫着，弗洛西也没有声响地在一旁走着。没有人说话，也没什么可说的。

终于，康妮看见了屋里黄色的灯光，她的心狂跳起来。她感到有些害怕。他们三人继续鱼贯前行。

他打开门，领她们进到那温暖而空荡荡的农舍里。壁炉里，红红的炉火低低地燃烧着。桌子上摆着两只盘子、两只玻璃杯，这一次破例，桌布是洁白的。希尔达甩了甩头发，环视着那空荡荡、凄凉凉的房间。然后鼓起勇气看着眼前的这个男人。

他中等身材，稍有点瘦，在她看来，长得还挺不错。他默默保持着一种冷淡的距离，仿佛绝不愿开口似的。

"坐啊，希尔达。"康妮说。

"是啊，坐吧！"他说，"你们想喝茶还是喝其他的什么，或者，要不要来一杯啤酒？啤酒有点凉。"

"那就啤酒好了！"康妮说道。

"请给我啤酒！"希尔达带着一种忸怩作态说道。他看着她，假装没看见。

他拿起一个蓝色的罐子，走向了贮藏间。拿啤酒回来时，他脸上又换了一副神情。

康妮靠着门边坐下来，希尔达则坐在他那背靠墙，面向窗户拐角的位子上。

"那是他的椅子。"康妮轻轻说道。希尔达站起身来，仿佛这椅子烫了她一下。

"乃坐，乃坐！想坐只管坐，俺也不是粗人。"他十分平静地说道。

他给希尔达拿来一只玻璃杯，先从蓝罐里为她斟满啤酒。

"至于香烟嘛。"他说，"俺没有，不过兴许乃有自己的烟。俺自己抽烟。乃吃点啥吗？"他直接转向康妮。"乃想吃点什么？要不要俺拿来给乃？乃通常是能吃一口的。"他满嘴土话，不可思议地镇静自若，仿佛是个客栈老板。

"有些什么呢？"康妮问，满脸通红。

"煮火腿、奶酪、腌核桃仁，如果乃想要的话。——东西不多。"

"那我们就吃点儿吧！"康妮说，"希尔达，你觉得呢？"

希尔达抬起头来看着他。

"你为什么要说约克郡话呢？"她轻声问道。

"那！那不是约克郡话，那是德比郡话。"

他用眼神回敬她，带着一丝淡淡的漠然笑容。

"那就是德比郡话吧！为什么你要说德比郡话呢？你起先不是说的标准英语吗？"

"是吗？可俺高兴的话，俺就不兴换换吗？不，不，还是让我说德比郡话好了，这不是更适合我嘛。但愿乃不反对！"

"那听起来有点装腔作势。"希尔达说道。

"哦，兴许这样吧！不过在特沃希尔，乃听起来就装腔作势啦。"他再次看着她，怪怪地保持着审慎的距离，眼光顺着颧骨朝下打量她，仿佛在说："你以为你是谁啊？"

他踏着沉重的步子走到食品间里去取食物。

姐妹俩沉默不语地坐在那儿。他又拿来一副餐盘和刀叉，然后说道："假如乃们不介意的话，俺就像平常那样把外衣脱了。"

他于是脱去外套，把它挂在衣钩上，然后就穿着一件薄薄的乳白色法兰绒衬衣，在桌边坐了下来。

"随意吧！"他说，"乃们随意！不要等着俺来请了吧！"

他切开面包，然后一动不动地坐着。正如康妮曾经感受到的那样，希尔达觉出了他沉默与冷漠的威慑力量。她看见他不经意地放在桌上的那只小而敏感的手。他绝不是一个简单的工人，他不是：他是在演戏！在演戏！

"但是！"希尔达拿起一小块奶酪，说道，"假如你能跟我们说标准英语，会比你说土话来得更自然些。"

他看着她，感到了她恶魔般的意志。

"是吗？"他用标准英语说道，"是这样的吗？不过，你我两人之间说的任何话，会很自然吗？除非你说你希望我到地狱见

295

鬼去，好让您妹妹不再见到我；而我也说些同样难听的话来回敬您。此外还会有什么自然的话呢？"

"哦，当然有！"希尔达说，"礼貌的举止便很自然。"

"也就是说，第二天性！"他说，这时候他笑了起来。"不。"他说道，"我讨厌风度，就让我任其自然吧！"

希尔达分明已无话可说，她怒不可遏。毕竟，他可以表明，他很明白他这是蓬荜增辉。可他不仅不领情，还装腔作势，摆出一副高高在上的神气。看起来，他还以为是他给了人家脸面，多么厚颜无耻啊！可怜的康妮，竟会迷失在这么一个男人的手中！

三个人默默吃着东西。希尔达留心观察他在餐桌上的仪态，她不得不承认，他本能中就有种颇有教养的优雅气质，甚至比她更强，她还带有那种苏格兰人的笨拙。此外，他还有英国人整个那种宁静拘谨的自信，无懈可击。要占他的上风，不是件容易的事情。

但是她也同样没那么容易为他所击败。

"你真的觉得这事值得你去冒险吗？"她问道，语气温和了下来。

"什么事值得冒什么险？"

"跟我妹妹的这件事。"

他的脸上露出一种被激怒的冷笑。

"乃得问她！"

他看着康妮。

"乃是自愿来找俺的，是吧，宝贝？俺没强迫乃吧？"

康妮看着希尔达。

"但愿你不要过于吹毛求疵，希尔达。"她说。

"自然，我也不想这样。但是总得有人去考虑问题。你的生活得有一种连续性。你不能把它搞成一团糟。"

他们沉默了一会儿。

"啊，连续性！"他说，"那是什么意思？你的生活又有什么连续性呢？我想你正在办离婚。那是什么连续性？你自己顽固作风的连续性。我可以看得很明白。这对你有什么好处？你很快就会厌烦这种连续性。一个顽固女人和她自己的任性：是啊，它们形成一种固定的延续性，真的！谢天谢地，跟你打交道的不是我！"

"你有什么权力这样跟我说话？"希尔达说。

"权力？你有什么权力把自己的连续性强加到他人的头上？别管人家的连续性了吧。"

"我亲爱的先生，你以为我是在关心你吗？"希尔达轻声说道。

"哦！"他说，"是的。因为这事你都得管。你好赖也是我的大姨子。"

"远不是这么回事，我向你保证。"

"我也向你保证：不那么远。我也有我自己的连续性，绝对的！不管怎么说，总不会比你的差。如果你妹妹到我这儿来寻求那种事情和温情，那她自己知道找的是什么。她已经上过我的床，而你没有，谢天谢地，多亏了你的连续性！"这时一片死寂，他继续说，"——哦，我不是连裤子都穿反的傻蛋。假如天鹅肉掉到我嘴边，那是我吉星高照。有这么一个小人儿，男人不知能够享受到多少乐趣，比任何人从你那一类女人那儿所能得到的，要强得多。真是可惜，你本来也许可以成为一只好苹果，而不是现在这种中看不中吃的酸苹果。像您这种女人需要好好嫁接一下。"

他古怪地以一种隐隐约约的微笑望着她，含着一丝性感和赏识。

"像你这种男人。"她说，"就该隔离起来：还以为自己的粗俗和自私欲望有道理呢。"

"哦，夫人！世上还留下一些像我这样的男人是多么幸运。可你是咎由自取：什么也沾不上。"

希尔达站起身来，走到门边。他也站起来，从挂钩上取下了他的外套。

"我一个人也可以找到路。"她说。

"我看你不成。"他轻松自如地答道。

缄默中，他们又可笑地鱼贯走在那条小路上。一只猫头鹰还在叫着。他知道该朝它开一枪。

汽车还停在那儿，完好无损，就是有点被露水打湿了。希尔达上了车，发动了引擎，他们两人在一边等着。

"我的意思是。"她在车里说道，"我怀疑，你们两个以后是否会认为这事值得一做！"

"一个人的佳肴却是另一个人的毒药。"他在黑暗中说道，"但是在我，这就是佳肴和美酒。"

车灯亮了。

"康妮，明天早上别让我等久了。"

"好，我不会的。晚安！"

汽车慢慢地驶向公路，然后便迅速消失了，深夜又为寂静所笼罩。

康妮怯生生地挽起他的胳膊，沿着小路走去。他也不说话。最终，她拉住他，停下来。

"吻我！"她喃喃地说道。

"不，等一下吧。我得先冷静下来。"他说。

这话让她觉得很好笑。她仍旧挽着他的胳膊，他们静静地沿着小路快步走去。她很高兴刚才能跟他站在一起。知道希尔达也许会一下把她拽走，她都战栗了。他不可思议地沉默着。

当他们重新回到农舍里时，她高兴得几乎要跳起来，她总算摆脱她姐姐了。

"可是你也太让希尔达难堪了。"她对他说道。

"她就是欠抽。"

"为什么呢？她不是挺好的嘛。"

他没有回答，只是从容地照例忙着晚间的工作。他外表上显得很愤怒，但那不是在针对她，康妮可以感觉得出来。愤怒的情绪给了他一种独特的俊美，这种本质和光辉使她心醉，她的四肢都酥软了下来。

然而，他仍然没有去注意她。

直到他坐下来解鞋带的时候。他才抬起了头，透过那因为愤怒而紧皱的眉头仰望着她。

"你不上去吗？"他说，"那儿有蜡烛！"

他很快扬了扬头，示意着桌上点着的蜡烛。她顺从地把蜡烛拿在手里，从她迈上第一级台阶，他就一直注视着她臀部优美的曲线。

这是一个肉欲激荡之夜。这天夜里，她有几分惊愕，几乎是不情愿的：然而再一次被具有穿透性的不同感官刺激穿透，这种刺激比柔情蜜意的兴奋更加火辣、更加可怕，同时也更加诱人。康妮虽然有点害怕，但却由他恣意蛮干，这种没有羞耻的淫荡彻底震撼着她，将她剥得精光，让她脱胎换骨。这实际上不是爱，不是肉欲。这是烈火般火辣辣灼人的淫荡，让灵魂干柴般燃烧。

烧毁羞耻，最隐秘处的最深入、最古老的羞耻。康妮竭力让他恣意任性地占有她。她得成为被动、迁就的东西，像一个奴隶，一个肉欲的奴隶。而激情舔食她全身，当肉欲的激情火焰穿透她的五脏六腑和胸腔时，她真的以为她要死了：然而却是欲仙欲死！

她常常想知道，阿伯拉尔说他与赫洛伊斯相爱的那些年里，他们经历过了激情的所有阶段和极致，这到底是什么意思。原来一千年前是同一回事，一万年前也一样！希腊花瓶上是一样的，哪儿都是一样的！激情的极致，淫荡放浪！必然的，永远是必然的，要焚毁矫揉造作的廉耻，将人体中比重最大的矿石熔炼成纯金。以纯粹的淫荡之火！

在这个短短的夏夜，她懂了很多！她曾经以为女人会因为羞耻而死，但是现在，死去的却是羞耻。羞耻是恐惧：深深的器官羞耻，潜伏在我们肉体根基中的古老而又古老的肉体恐惧，只能被感官之火驱逐出去，最后为小弟弟的寻觅所唤起，所击溃，而她则来到她自己的丛林中心。现在，她已经感到她来到了她天性的真正根基，根本上毫无羞耻。她就是她感官的自我，赤裸裸，毫无羞耻。她感到得意，几乎是一种自负！哦！原来如此！这就是生活！这才是一个人的本来面目！没有什么是需要掩饰的，没有什么让你感到羞耻！她和一个男人，另一个存在，分享她最终的裸露。

这个男人是一个多么鲁莽的魔鬼啊！真的像个恶魔！你得很强壮才能承受得了他。但是需要抵达肉体丛林的核心，器官羞耻的最终、最深之处。只有小弟弟才能探究到它。哦！他把她捅得多深啊！

而她在恐惧中有多么憎恨它。可是她实际上又多么需要它！现在她知道了。在她灵魂深处，从根本上讲，她需要这种小弟弟的寻觅。她私下里想要得到它，却又认为永远得不到它。现在，它忽然到来，一个男人正在分享她最终的裸露，她没有羞耻了。

诗人和每一个人都是怎样的骗子啊！他们使你相信人需要的是感情，然而人最需要的就是这种穿透性的、消耗性的、相当可怕的淫荡。找一个没有羞耻感、没有罪恶感、没有最终疑虑的敢作敢为的男人来做这种事吧！要是他事后觉得羞耻，而且还要让人也觉得羞耻，有多可怕！大多数男人都像克里福德那么形同虚设，有点羞答答，真是悲哀！甚至连迈克利斯都是这样！在感官上，两人都有点形同虚设，让人蒙受羞辱。精神的无上快乐！而这对女人来说算什么！真的，对男人来说，这又能算什么！他即使在精神上也变得仅仅是一团糟，形同虚设。甚至要使精神纯洁、灵敏也需要纯粹的淫荡。纯粹的火一般的淫荡，而不是一团糟。

哦！上帝啊，一个男人是多么稀有的一样东西！他们只是些东奔西跑、东闻西嗅、苟合交尾的狗儿。找到一个无畏无耻的男人多好啊！她看着他，他现在酣睡得这么像一只沉睡中的野兽，进入遥远的梦乡。她安适地躺着，不愿离开他。

直到他叫醒她，她才完全醒过来。他坐直在床上，低头看着她，她在他的眼中，看到了自己赤裸的肉体，看到了他对她的直接认识。这种男性对于她的认识，流体般地从他的眼中涌到了她身上，把她包裹在肉感之中。啊，拥有这半醒半睡、沉重而充满激情的肢体，是多么撩人、多么可爱啊！

"是不是该起床了？"她说。

"六点半。"

她八点钟还得到小路尽头去等希尔达。总是，总是，总是这样不愿为而为之！

"我去做早餐，然后端上来，好吗？"他说道。

"好吧！"

弗洛西在楼下轻轻吠叫着。他起身脱去了睡衣，用毛巾擦拭身体。人类充满勇气与生机的时候，是多么美好啊！她默默望着他，心里暗想。

"把窗帘拉开好吗？"

太阳早已经在清晨嫩绿的树叶间闪耀着光芒了，树林蓝莹莹地清爽可爱，近在咫尺。她在床上坐起来，朝天窗外望去，赤裸的双臂将赤裸的乳房挤成一堆。他正穿衣服。她近乎梦幻般地设想着生活，与他共同的生活：只是生活！

他要走了，逃离她那危险的、蜷缩着的裸露。

"难道我彻底丢失了我的睡衣？"她说。

他把手伸到被子底下的床上，拽出了薄薄的丝绸睡衣的一角。

301

"我就觉得夜里脚踝那儿有丝绸的东西。"他说。

但那睡衣已经差不多撕成两片了。

"不要紧！"她说，"它是属于这间房子的；我把它留在这儿吧。"

"哦，就把它留在这儿好了，夜里我可以把它放在两腿之间，陪伴着我。上面没有什么名字或者标记吧？"

她轻巧地披上那件撕破的睡衣，坐在那儿梦幻般地望着窗外。窗子是开着的，清晨的空气飘进来，鸟声也悠扬地传进来。这些鸟儿不断从窗前飞过，接着她看见弗洛西也出来闲逛了，又是一个早晨了。

她听见他在楼下生火，汲水，从后门出去。渐渐地，熏肉的味道飘了上来。最后他上来了，端了一个巨大的黑色托盘，这门的宽度刚刚能容托盘通过。他把托盘放在床上，斟上茶水，康妮披着那件撕破的睡衣，蹲着狼吞虎咽起来。他坐在唯一的一把椅子上，把盘子放在自己的膝上。

"太好了！"她说，"能在一起吃早餐是多么美妙的事啊！"

他静静地吃着早餐，心里想着那飞逝的时光。这使她想起了什么。

"哦，我真希望能跟你待在这儿，真希望拉格比远在百万英里之外！但是我要真正离开拉格比。你知道的，是不是？"

"是啊！"

"你曾经答应过我，我们会住在一起，会有共同的生活，就你和我！你承诺过，是不是？"

"是的，当我们条件成熟的时候。"

"是啊，我们肯定会的，一定会有这么一天的，是不是？"她靠过来抓住他的手腕，茶杯里的茶都泼了出来。

"是的！"他一边说，一边擦干溢出的茶水。

"我们现在不可能不生活在一起了，是吗？"她哀求似的说道。

302

他朝上看着她，脸上隐约露出一丝笑容。

"是的！"他说，"只是你再过二十五分钟就得出发了。"

"是吗？"她叫了起来。突然他举着食指，叫她不要出声，接着，他站了起来。

弗洛西在外面猛吠了一声，跟着又大声吠了三声，仿佛是一种警告。

他轻轻地把盘子放在托盘上，走下楼去。康妮听见他沿着花园的小径走去，脚踏车铃声在那儿叮叮响着。

"早安，麦勒斯先生！有一封挂号信！"

"哦！你有铅笔吗？"

"这儿！"

接着是一阵沉寂。

"从加拿大来的！"陌生人的声音说道。

"是啊！我的一个伙伴，在不列颠哥伦比亚省。不知道为什么他要挂号。"

"也许给你寄来了一大笔钱呢。"

"更可能是来要东西的。"

又是一阵沉静。

"好！过得愉快！"

"好！"

"再见！"

"再见！"

过了一会儿，他回到楼上，看上去有点生气。

"是邮差。"他说。

"他来得真早！"她答道。

"他要在乡间各处走一圈呢。如果他来，通常是在七点钟到这里。"

"你伙伴给你寄来一大笔钱？"

303

"不！只是不列颠哥伦比亚一个地方的一些有关图片和文件。"

"你要去那儿吗？"

"我想我们也许可以过去。"

"哦，是啊！那真是太好了！"

但是，邮差的到来却让他有些扫兴。

"这该死的脚踏车，你还没回过神来它们就到你面前来了。但愿他没听见什么。"

"毕竟离得这么远，他能听见什么呢！"

"你得赶紧起来，做好准备。我到外面看看就来。"

她看见他领着猎犬，挎着枪，到那条小路上去勘察，她下楼去梳洗，等他回来时，她已经准备好了，那仅有的几件零碎东西也都收到她的丝绸小袋里了。

他锁上门。于是他们出发了。但这回没走那条小路，而是从林中穿行。他做得很谨慎。

"你觉得人的一生中能有几次像我们昨夜那样呢？"她对他说。

"是，能有几次呢！不过还有其他时间也得考虑呢！"他回答得很简短。

他们在杂草丛生的小径上一脚高一脚低地走着，他默默走在前头。

"我们将住在一起，共同度过一生，是不是？"她恳求道。

"是的！"他回答道，目不斜视地大步往前走。"等时机成熟！此刻你是在离开，去威尼斯或某个地方。"

她无言地跟着他，心灰意冷。哦，现在凄切切地要走了！

最后他站住了。

"我得从这边穿过去。"他说，指向右边。

但是她一下子用双臂搂住他的脖子，紧紧抱住了他。

"你对我的温情不会改变的，是不是？"她喃喃耳语道，"我爱昨夜那样！但你将保持对我的温情体贴，是不是？"

他吻她，把她紧紧抱了一会儿，然后叹息着重新吻了吻她。

"我得过去看看车是不是来了。"

他大步越过低矮的荆棘和羊齿草丛，穿过蕨类植物，一路走去，一会儿就不见了。过了不久，他又大步走了回来。

"车还没来。"他说道，"但是大路上停着一辆送面包的货车。"

他显得焦虑不安。

"听！"

他们听见一部汽车轻轻地响着喇叭，慢慢驶近了，车在桥上放慢了速度。

她无限悲伤地跟在他身后，越过羊齿草丛，来到巨大的冬青树篱前。他就站在她身后。

"这儿！你从那边过去！"他一边说，一边指着一个缺口。"我就不过去了。"

她绝望地看着他。但他吻了吻她，让她走了。她满腔凄切地爬过了冬青树丛和木栅栏，跌跌撞撞地走下小沟，然后走上来到了小路上，希尔达这时正焦急地走出车来。

"噢，你来了！"希尔达说，"他呢？"

"他不过来了。"

当康妮拿着她的小手袋上车的时候，她已泪流满面。希尔达抓起一个有丑陋护目镜的驾车头盔。

"把这个戴上。"她说。于是康妮戴上了伪装，然后再穿上一件驾车用的长外套。她坐下来，整个是一个戴眼镜的怪物，不会有人认出来。希尔达有条不紊地启动了车子。她们出了小路，沿着大路远去。康妮回过头去看，但是没有看到他的踪影。走了！走了！她辛酸的泪人儿似的坐在那儿。这离别来得这样突然，这样意外！好像一场生离死别。

"谢天谢地，你终于可以离开他一些时日了！"希尔达一边说，一边绕开了克洛斯希尔村。

第十七章

　　"你知道,希尔达。"午饭之后她们快到伦敦的时候,康妮说道,"你从来也不会明白什么是真正的温情,什么是真正的感官享受,如果你从同一个人身上经验到这两者,那会有一种很大的不同。"

　　"得了吧,你就别再吹嘘你的经验了！"希尔达说,"我还从来没有碰过一个能和女人那么亲密无间,能把自己全都交给女人的男人,我需要的就是这样的男人。我不指望他们那自鸣得意的温情,他们的感官享受。我不愿成为任何一个男人的尤物,也不愿做他们的玩偶,我想要的就是那种亲密无间,但我并没有得到。我受够了。"

　　康妮思量着她的话,亲密无间！她想,那亲密肯定意味着把自己所有的感受都告诉对方,而对方也把自己所有的感受都告诉你。但是那多么让人厌烦啊。男女之间这种令人厌烦的忸怩作态啊,真是种疾病！

　　"我觉得你在跟任何人在一起的时候,一直都太注意自我了。"她对她的姐姐说道。

　　"我相信至少我还没有奴隶的天性。"希尔达说。

　　"也许你恰恰有！也许你就是你自我观念的奴隶。"

　　有好半天时间,希尔达默默开着车,康妮这丫头！竟用这种闻所未闻的傲慢对我说话!

"至少,我不是别人关于我看法的奴隶,而这'别人'还是我丈夫的一个仆人。"她最后狂怒地回敬道。

"你知道,事情并不是这样的。"康妮平静地说道。

她以前总是让她的姐姐支配自己。而现在呢,尽管她的心底有着悲泣,但她却已摆脱了其他女人对她的支配。啊!这本身就是一种解脱,就像被赋予了新生:从其他女人的奇异的支配和魔力中解脱出来!这些女人们是多么可怕啊!

康妮很高兴能跟父亲在一起了,她一向就是他的宠女。她和希尔达寄宿在蓓尔美尔街的一家小旅馆里,麦尔肯爵士则在他的俱乐部里。但到了晚上,他会带女儿们出去,这两个女儿也很愿意跟他在一起。

麦尔肯爵士尽管有点畏惧周围破土而出的这个新世界,但仍然英姿勃发而且精力充沛。他在苏格兰续了弦,新妻子比他年轻而富有。但是他尽可能离开她去度假:就跟他前妻在的时候一样。

歌剧院里,康妮坐他的身旁。他胖瘦适中,两条粗腿,但仍然有力而结实,这种腿只有一个享受生活乐趣的健康男人才会有。他那快活的自私,他那顽固的独立,他那绝不悔改的感官享受,在康妮看来,似乎都可以从他结实而笔直的大腿上看出来。这才是个男人!不过,可悲的是,他现在已经成老人了!因为在他强健而结实的男性大腿上,敏锐的感觉和温情的力量已经消逝,而这恰恰是青春的根基所在,只要它在那里,青春就永远不会消逝。

康妮对腿的存在变得敏感起来。对她而言,腿比脸更为重要,因为脸已经不再真实了。能拥有两条充满生机和机敏的腿的人,已经很少了!她望着一楼正座里的那些男人。要不就是肥大的黑布裹着的布丁似的大腿,要不就是套着黑丧服的瘦削的木棍，再就是年轻有型却毫无意义的腿，没有肉感，没有温情，也不敏感，仅仅是趾高气扬的平庸长腿。甚至连她父亲的那种肉感都没有。它们都很猥琐，猥琐到了不存在的地步。

但是女人倒是不猥琐！大多数女人柱子般的粗腿！实在令人震惊，实在足以让你有理由去杀人！还有可怜的细钉子似的腿！再就是穿着丝袜、匀称整洁的腿，看上去毫无生机！可怕，上百万条毫无意义的腿，竟还在毫无意义地到处趾高气扬！

但是她在伦敦不快活。人们都像幽灵似的，很茫然。无论他们如何活泼漂亮，他们都没有充满生机的幸福。一切都是贫瘠的。而康妮却有着一个女人对幸福的盲目渴望，渴望切实得到幸福。

在巴黎，她总算还能感到一些肉欲。但那是种厌倦、疲乏、衰弱的肉欲。因为缺乏温情而衰弱。哦！巴黎是悲哀的。最悲哀的城市之一：因为它现在的机械式肉欲，因为金钱的张力，金钱，金钱，甚至因为怨愤与虚荣，而乏味，乏味得要死！然而，仍然不够美国化或伦敦化，足以让厌倦淹没在机械咔嚓咔嚓的喧嚣声中！唉！这些雄赳赳的男子汉，这些 flâneurs①，也就是挑逗者，这些吃佳肴的家伙！他们是多么乏味啊！他们没有温情，既不会给予，也不曾得到，他们因此而乏味，而倦怠。那些能干的、楚楚动人的女人们，有时对于肉欲的现实也会略知一二：在这一点上，她们比她们那些咔嚓咔嚓的英国姐妹要胜过一筹。但即使如此，她们对温情还是了解得很少。她们是那么单调乏味，她们有着一种对于意志的无止境的单调追逐，她们也正在精疲力竭。整个人类世界都在衰弱。也许它哪天将具有凶暴的破坏性。一种无政府状态。克里福德和他那保守的无政府状态啊！也许用不了多久就再也不是保守的了。或许还会发展成为非常激进的无

---

① 法文：浪荡子。

政府状态呢。

康妮感到自己开始畏惧和害怕起这个世界来了。有时，她在巴黎的林荫大道，或者波罗涅森林，或者卢森堡公园里，能感到一时的快乐。但是巴黎如今已是美国人和英国人的天下了，穿着奇怪制服的古怪美国人，以及本来就乏味，在国外竟如此无望的英国人。

她很高兴能离开巴黎，继续她们的旅程。天气突然热起来，希尔达决意穿过瑞士，经由勃伦纳山口，然后经由多洛米蒂山到威尼斯。希尔达喜欢把一切安排得井井有条，然后自己驾着汽车，事事由她做主。康妮正好乐得清闲安静。

这沿途的旅行确实不错。只是康妮常常心想：为什么我实在提不起兴趣呢？为什么我从来没有感到过兴奋？太糟糕了，我现在都不再对风景产生兴趣了！但是我又没办法。真是恐怖！我简直成了圣伯尔纳①，渡过了卢塞恩②湖，却根本注意不到那儿还有青山绿水。风景既然不能提起我的兴趣，为什么我还要强迫自己去欣赏呢？人干吗要这样？我绝不这样！

是的，不论是在法国还是瑞士，是在提罗尔③还是意大利，她都发现不了任何活生生的东西。她无非是被拉着在这些地方都走过了一遍。这一切没有拉格比真实，没有那可怕的拉格比真实！就算她从此以后再也看不到法国，或者瑞士，或者意大利，她觉得自己也不会在乎。它们还会是这个样子。拉格比要更加真实。

至于人们呢！他们都相差无几，没有什么不同。他们都想让你掏腰包；或者，要是他们是游客，他们定然想要享乐一番，似乎要从石头里榨出血来。可怜的山峦！可怜的风景！它们都得让人不停地榨取、榨取、榨取，提供刺激，提供享乐。人们一味寻

---

① 圣伯尔纳（1090—1153）：法国基督教神学家。
② 瑞士中部城市。
③ 在阿尔卑斯山中的一地区，在奥地利西部和意大利北部。

欢作乐是什么意思？

不！康妮心想，我还不如留在拉格比，那儿我可以到处走走，很安静，用不着做任何一种表演。这种旅游者的享乐表演太让人感到绝望的羞辱，真是失败！

她想回拉格比了，她甚至想回到克里福德那儿去，哪怕是那个可怜的、残疾的克里福德身边。无论如何，他不会像这群熙熙攘攘地来度假的人这么愚蠢。

但在她的内心意识中，她却牵挂着另外那个男人。她不能让她和他的联系中断：哦！这联系绝不能中断，否则她就会迷失，完全迷失在这毫无价值的贵人与寻欢作乐的猪猡的世界中。啊！这些寻欢作乐的猪猡啊！哦，"寻欢作乐"！又一种摩登的病态形式。

她们把车留在梅斯特雷，停放在一个车库里，然后搭普通客轮去了威尼斯。那是一个美好的夏日午后。浅浅的潟湖波光粼粼。彼岸的威尼斯由于背阴面朝着她们，在耀眼的阳光下，反而显得有些暗淡了。

到了轮船码头，她们换了一只平底游船，把地址告诉了船夫。这是个普通的船夫，穿着蓝白相间的宽松上衣：长相平平，给人留不下什么印象。

"是的！埃斯梅拉达别墅！哦，是的！我知道那儿！那里有位先生坐过我的船，但是离这儿还很远呢。"

这小伙子看起来有些孩子气，而且热情冲动。他鲁莽得有些夸张地划着船，穿过那些深色的运河支流，那些支流两边有些很恶心的、黏糊糊的绿墙，这些支流穿过穷人区，那儿，洗过的衣物都晾在高高的绳子上，而且到处都有一股或浓或淡的臭水沟味。

最后，她们终于来到开阔的运河，这里，两旁都有人行道，上面还有拱桥，河道笔直，和大运河恰成直角。两姐妹坐在小船

310

的遮阳篷下，船夫高踞在她们的身后。

"小姐们要在埃斯梅拉达别墅久住吗？"他一边问，一边从容地划着船，并用一条白蓝相间的手帕揩着脸上的汗珠。

"大概二十天左右吧，我们不是小姐，都是已婚的太太了。"希尔达回答说，她怪沉静压抑的声音，使她的意大利语听起来那么洋腔洋调。

"哦！二十天啊！"船夫说道。停了停，他又问道，"那两位太太在埃斯梅拉达别墅的二十来天里，想不想要一名船夫？按日计算，或者按周计算都行？"

康妮和希尔达思忖着。在威尼斯，如果能有自己的一条平底船，就像在陆地上自己有车一样，会更方便一些。

"那别墅里都有什么船？是哪种船？"

"有一条汽艇，一条平底游船，但是——"这"但是"就意味着：它们并不归你所有。

"你要价是多少？"

"大概三十先令一天，十英镑一周。"

"这是通常的价钱吗？"希尔达问道。

"这比通常的价钱要便宜，太太，更便宜些，通常的价格是——"

姐妹俩考虑着。

"那好吧！"希尔达说，"你明天早上过来，我们再做安排。你叫什么？"

他名叫乔万尼，他问他该在几点钟来，来了之后他该找哪一位。希尔达没有名片，于是康妮给了他一张她自己的。他那南方人热情的蓝眼睛迅速地在上面瞟了一眼，然后又匆匆扫了一遍。

"哦！"他说着，眼睛都亮了，"夫人！夫人，是吗？"

"康斯坦斯男爵夫人！"康妮说。

那人点了点头，重复道："康斯坦斯夫人。"接着把名片小心

311

地揣在上衣口袋里。

埃斯梅拉达别墅确实很远，坐落在潟湖边上，面对着乔纪亚。房子并不老，看起来还很舒适，房子的阳台冲着海，下面是个树木葱郁的大花园，围墙一直伸展到潟湖边。

主人是个有点粗俗的大块头苏格兰人，战前他在意大利发了一笔财，而且在大战中因为他十足的爱国心，还被授予了爵士。他的太太清瘦苍白，是那种精明的人，她自己没什么财产，不幸的是，她还要管束她丈夫那些招蜂引蝶的脏事。他对仆人十分吹毛求疵。但是冬天他得了轻微的中风，现在比原来要好对付得多了。

别墅差不多都住满了。除了麦尔肯爵士和他的两个女儿外，还有另外的七位客人：一对苏格兰夫妇和他们的两个女儿；一位年轻的意大利伯爵夫人，一个寡妇；一位年轻的格鲁吉亚王子；还有一位年纪轻轻的英国牧师，他曾患过肺炎，现在因为健康原因在为亚历山大·库珀爵士做牧师。那位王子一贫如洗，倒是长得有模有样的，可以让他去做车夫，他有必要的鲁莽！伯爵夫人是只嗅到了什么地方有猎物的沉静小猫咪。那牧师是来自白金汉郡教区职位的稚嫩单纯的家伙：幸好他把女人和两个孩子都留在了家里。那嘉斯利一家四口，是爱丁堡殷实的中产阶级之家，他们殷实地享受着一切，只要不用冒险，他们什么都敢去做。

康妮和希尔达很快就把王子排除在外了。嘉斯利一家，多少和她们是同一类人，殷实，但单调无趣：而两个女儿就想着物色丈夫。牧师人并不坏，但太毕恭毕敬。亚历山大爵士自从轻微中风以后，欢快中总是带着一种极度的沉重，但是看到家里来了这么多漂亮的年轻女士，他仍然感到兴奋不已。库珀夫人，是个沉静的、猫儿一般的妇人，可她总是不怎么快乐，可怜的人啊，她对于其他女人总是那么警觉地冷眼相看，这都成了她的第二天性。她爱说些冷酷的恶毒闲话，以表明她对一切人类的天性是多么瞧不起。康妮觉得她对仆人也是十分恶毒专横，不过表现得很沉静而已。她处事老练，让挺着自鸣得意的大肚子、开着无聊玩笑的亚历山大爵士以为什么都是他当家，希尔达管他的玩笑叫"逗闷子"。

麦尔肯爵士作他的画。是的，他还想着有时间画一幅威尼斯水景。这跟他苏格兰的风景画比起来还是不一样的。于是每天早晨，他带上大画布，乘船去"蹲点"。稍迟一点，库珀夫人也会拿着画板和颜料，乘船到市中心去，她是个很上瘾的水彩画家，满屋里全是一幅幅的玫瑰色宫殿，暗淡的运河拱桥，还有一些中世纪的建筑等。再迟一点，便是嘉斯利一家人、王子、伯爵夫人、亚历山大爵士，有时候是牧师林德先生，乘船到利多浴场去洗浴。大家回得都晚，午餐大多在一点半左右。

别墅的招待会，作为一种招待会，尤其令人厌烦。但这倒没烦扰到这姐妹俩。她们成天都在外边。她们的父亲带她们去看展览，好几里路都是令人厌倦的画作。他还带她们上卢切斯别墅去看他所有的老朋友们。天热的晚上，他就和她们要了弗洛连安咖啡馆的一张桌子，坐在广场上。他还带她们上剧院，去看哥尔多尼①的戏剧。还有许多张灯结彩的水上游艺会和舞会。这里是度假胜地之最。利多岛上，一大片被阳光晒红或穿着轻便睡衣的身体，就像沙滩上无数从海水中出来交配的海豹。广场上太多的人，利多岛上太多的肢体，太多的平底游船，太多的汽艇，太多的轮船，太多的鸽子，太多的冰激凌，太多的鸡尾酒，太多的仆人在等着小费，太多的语言在聒噪，太多、太多的阳光，太多的威尼斯气息，太多的草莓船，太多的丝巾，太多的生牛肉片似的大块西瓜切好了摆在摊上：太多的享乐，全然太多的享乐！

康妮和希尔达穿着太阳装到处转悠。她们认识很多人，很多人也都认识她们。迈克利斯却偏偏在这里出现了："嗨！你们住

---

① 哥尔多尼（1707—1793）：意大利剧作家。

313

哪儿？来来来，想要点冰激凌还是什么别的！跟我一块坐游艇去转转吧。"连迈克利斯都差不多给太阳晒黑了：尽管太阳的烘烤更适合于大块人肉。

在某种意义上看来，这是很快活的。这几乎也是一种享受。然而不管怎么说，尽管有这么多鸡尾酒，尽管可以泡在温水里，在热烘烘的沙滩上沐浴在热烘烘的阳光里，在温暖的夜晚跟人贴着肚子跳爵士舞，享受冰激凌的凉爽，这却完全是麻醉剂。这就是他们都需要的，一种毒品：平静流水是毒品；阳光是毒品；爵士乐是毒品；香烟、鸡尾酒、冰激凌、苦艾酒，都是毒品！纸醉金迷的生活啊！享乐！享乐！

希尔达有些喜欢这种麻醉的生活。她喜欢看着所有的女人，猜想她们的身份。女人对于女人的兴趣是尤其浓厚的。她长得怎么样？被她俘虏的男人怎么样？她从中得到了些什么乐趣？男人们就像是一群裹在白色法兰绒裤中的大狗，等着被人爱抚，等着打滚取乐，等着在爵士乐声中，把他们的肚皮贴在女人的肚皮上。

希尔达喜欢跳爵士舞，因为这样她就可以把她的肚皮贴在那些所谓的男人的肚皮上，然后让他从那中心地带控制她的动作，在舞池中四处穿行，之后她便脱开身，不再理睬那"家伙"。这种人只不过被她利用一下而已。可怜的康妮却有些闷闷不乐。她不愿跳爵士舞，因为她简直就不愿把她的肚皮贴到人家的肚皮上。她很讨厌利多岛上会聚成群的那些几乎是赤裸裸的肉体：这岛上的水几乎都不够把他们个个都浸湿。她不喜欢亚历山大爵士和库珀夫人，也不想让迈克利斯或其他任何人跟她一块儿。

最快乐的时光就是这样的时候：她说服希尔达陪她穿过潟湖，远远地到一处清净的卵石沙滩，在那儿，她们可以把平底船停在礁石的内侧，独自洗浴。

那时乔万尼叫了另一个船夫来帮他，因为路太远了，他在太阳下面划船汗流如注。乔万尼人挺好的：有情有义，像意大利人的样子，而且完全没有激情。意大利人都不那么激情洋溢：激情带有很深的保留。他们很容易被感动，经常有情有义，但是他们却少有任何一种持续不变的激情。

乔万尼已经效忠于他的两位女士，正如他过去效忠于无数的女士一样。如果她们要他，他完全准备卖身于她们：他暗暗希望她们要他。她们会给他可观的礼物，那会来得很有用，因为他正准备结婚呢。他告诉了她们他要结婚的事，她们也表现出了相当的兴趣。

他想，这次横渡潟湖到那清净孤寂的岸边去，也许就意味着生意：生意便是 l'amore，是爱。所以他找了个伙伴来帮他，因为这是一段长路；毕竟她们是两位女士。两位女士，便是两条青鱼！高明的算计！还是两位漂亮女士！他为她们而得意起来。虽然付钱和给他指令的是那位太太，但他却更希望年轻的男爵夫人会选中他去做 l'amore。她还会给更多的钱。

他找来的同伴叫丹尼尔。他不是真正的平底船夫，所以他身上没有那种叫花子的做派。他是"桑多拉"的工人，"桑多拉"是一种运送来自各岛屿的水果和农作物的大船。

丹尼尔英俊，高大，身材不错，小圆脑袋上长着一头短短的、浅浅的金色鬈发。一张俊男的脸，有点像狮子，两只蓝眼睛分得很开，他不像乔万尼那么热闹聒噪，嗜酒如命。他很沉静，从容有力地划着桨，旁若无人。女士是女士，离他很远。他甚至不瞧她们一眼，只看着前方。

他才是真正的男人，当乔万尼喝多了，拼命摇动大桨，笨拙地划船的时候，他便有些恼怒起来。他是个像麦勒斯一样不卖身的男人，康妮不禁为乔万尼的妻子感到遗憾，他真是个容易情感过剩的人。而丹尼尔的妻子肯定是一个甜美的威尼斯女人，在这城市迷宫的背面，你仍然会看到这样的女人，淑静，就像花儿一样。

多可悲啊！男人先嫖女人，然后女人嫖男人，乔万尼渴望出卖自己，像狗似的流着口水，想要委身于一个女人。就为了钱！

康妮看着远处的威尼斯：在水上只露出一点点，一片玫瑰的色彩。它是用金钱堆起来的，繁荣于金钱，死于金钱。有钱则死！钱、钱、钱，卖淫和死亡！

然而，丹尼尔依旧是一个男人，能自由选择一个男人的效忠对象。他没有穿平底船夫穿的那种宽松褂子，只穿了一件针织的蓝色毛衣。他有点粗野、笨拙、高傲。他受雇于狗一样的乔万尼，而乔万尼又是这两个女人所雇的人。就是这样的！当耶稣拒绝魔鬼的金钱时，他却让这恶魔成了个犹太银行家般的人物，把整个局势控制在手。

康妮在恍惚之中想要离开潟湖水闪耀的光芒回家去看家里的来信。克里福德定期写信。他的信写得很不错：都可以收入一本书里出版。可正因为此，康妮觉得他的信没有多大意思。

她恍惚地生活在潟湖之光中、层层叠叠湖水的咸味中、空间中、空旷中、虚无缥缈中：可是健康、健康、完全恍惚的健康中。这很令人满足，她沉浸于其中，根本没去管其他的事。此外，她怀孕了。她现在已经知道。因此，恍惚中的阳光、潟湖的盐味、海水浴、在鹅卵石沙滩上的静卧、拾贝、在平底游船中的漂游，由她体内的妊娠所完成，另一种健康的丰腴，令人满足，令人陶醉。

她在威尼斯已经待了两个星期，她准备再待上十天半个月。阳光明媚得让她忘记了时间的流逝，身体健康的丰腴，更让她完全忘乎所以。她处于一种幸福的陶醉之中。

直到克里福德的一封信唤醒了她。

　　我们也有一段当地的趣闻逸事。听说猎场守护人麦勒斯在外游荡的婆娘到农舍去了，结果不受欢迎。猎场守护人把她赶走，锁上了门。但是，据说他从林中回来

316

时，发现那不再有姿色的妇人一丝不挂地，或者也可以说，完全二皮脸地牢牢占据在他床上，她是打碎了一块玻璃后进去的。他有点动了蛮劲也无法将这位维纳斯从床上赶走，只好收手，据说，是退避到特沃希尔他母亲家去了。而那斯达克斯门的女人就在小屋安顿下来，她声称那是她的家，而阿波罗呢，显然定居到特沃希尔去了。

我讲的这些只是道听途说，麦勒斯并没有亲自来见我。这些当地的垃圾传闻细节是从我们的垃圾鸟、我们的朱鹮、我们的专捡垃圾新闻的红头鹫波尔顿太太那里听来的。要不是她大呼"要是那个女人在这附近走动，夫人就不会再到树林去了"，我是不会跟你复述这些事情的。

我很喜欢你那幅麦尔肯爵士白发飘舞、容光焕发地大步跨入海中的画。我真嫉妒你们那儿的太阳。这儿老下雨。但是我并不羡慕麦尔肯爵士积习成癖的凡人肉欲。不过，他到底是这个年纪了。显然，人越是年纪大，就越沉迷肉欲，越贪恋凡俗。只有青春才有不朽的情趣。

这消息使得半麻痹的幸福状态中的康妮焦躁到了暴跳如雷的地步。她的生活现在被那个泼妇扰乱了！她现在必须开始焦虑。她没有接到麦勒斯的信，他们约好完全不写信的，但是她现在想从他本人那儿得到消息。毕竟，他是这未来孩子的父亲。让他写信！

多可恨！现在一切都弄得一团糟！那些下等人多讨厌！在这儿多好啊！阳光明媚，懒洋洋的，英格兰中部那阴沉沉的混乱简直不可与之同日而语！毕竟，晴朗的天空几乎是生命中最重要的东西！

317

她没有提起她怀孕的事，甚至对希尔达也没说。她写了封信给波尔顿太太探问详细情形。

她们的一位艺术家朋友邓肯·福布斯从罗马北上来到埃斯梅拉达别墅。现在他加入到她们的平底游船上，和她们一起到潟湖另一头去洗浴，他是她们的护花使者：一个沉静，近乎缄默的青年，但在艺术上有很深的造诣。

她收到了波尔顿太太的回信：

　　夫人，我相信您见了克里福德老爷准会很高兴的。他现在容光焕发，刻苦工作，非常有希望。不用说，他盼着您能够回到我们当中来，没有夫人您在，家里沉闷了很多，我们都盼着夫人您回来，欢迎您再次回到我们大家中间。关于麦勒斯先生的事，我不知道克里福德老爷对您说了多少。似乎他的妻子是突然在一天午后跑回来的。当他从林里回家时，发现她坐在门槛上。她说她要回来，想重新跟他生活在一起，因为她是他的合法妻子，他别指望她会跟他离婚，但是麦勒斯先生不想跟她扯上一点关系，也不让她进屋，他自己都没有进去，他连门都没开，转身就往树林里走。

　　但是当天黑之后他再回去时，发现房子已被人闯入，于是他跑上楼，发现她一丝不挂地躺在他床上。他提出给她钱，但她说她是他的妻子，他得收留她。他们之间到底怎样闹了一场，我也不得而知。是他母亲跟我说起这些事的，她觉得非常烦恼。总之，他对她说，他宁死也不愿再和她生活在一起，于是他收拾了他的东西，径直到特沃希尔他母亲家去了，他在那儿过了一夜，第二天他穿过园林回到树林，也没走近过农舍一步，似乎那天他根本没有见他的女人。但是那天之后，

318

她却在贝格利她兄弟丹的家里出现了，还赌咒发誓，大吵大闹，说她是他的合法妻子，还说他在小屋里藏了个女人，因为她在他的抽屉里找到了一瓶香水，在炉灰里找到了一些有金色滤嘴的烟头，还有其他一些东西，而且似乎送信人佛瑞德·科克也说，一天大清早，他听见麦勒斯先生的卧室里有人说话，并且小路上还有汽车的痕迹。

　　麦勒斯先生继续在他母亲那儿住着，去树林里的时候都是从园林穿过，而那女人似乎也继续待在农舍里。嗨，现在闲话没完没了，于是麦勒斯先生和汤姆·菲利普最后去农舍把大部分的家具和床上用品都搬走了，把汲水泵的把儿也卸了，因此她也只好滚蛋。但是她并没有回斯达克斯门去，而是去和贝格利的斯维英太太住在一起，因为她兄弟的老婆不想收留她。她不停地到麦勒斯老太太家去，想逮住猎场守护人，并且对人发誓说，他已经跟她在农舍里睡了，她还找了一个律师，要求他付她赡养费。她比以前更肥胖，更庸俗了，强壮得像一头牡牛。她到处跟人说他的坏话，说他如何在小屋里藏女人，说他们结婚后他如何待她，和他对她所做的一切下贱粗暴的事情，我也不清楚到底是些什么。我觉得事情挺糟的！一旦女人开始胡言乱语，什么事她做不出来！不管她有多么下贱，总有人会相信她；而且这些闲话将传播开去。她已经把麦勒斯先生说成了一个对女人又下作又残暴的人，简直让人觉得骇人听闻。可是人们却那么容易相信对别人的诽谤，尤其是关于这一类话题。她宣称只要他活一天，她就不会让他清静，可我总觉得，假如他对她那么粗暴的话，为什么她还这么急着要回到他身边？当然，她也快到更年期了，她比他大了好几岁，这些粗俗的泼妇，当更年期要来到的时候，总会变得有些疯狂。

这封信给了康妮当头一棒。毫无疑义，她也将被卷入到这流言蜚语中去。她恼怒他连一个贝莎·古茨都奈何不了；不，她甚至恼怒他怎么会娶她。也许他真有点下作的倾向。康妮回想起了跟他在一起的最后一夜，不禁战栗起来。他早已是淫荡高手了，甚至是跟贝莎·古茨在一起！真恶心。最好是摆脱掉他，跟他完全脱掉干系。他也许真的很鄙俗，真的很下作。

对整个事情，她生出一种排斥的情感，她甚至有些嫉妒嘉斯利姐妹俩的不谙世事和痴憨的少女天真了。她现在一想到别人会知道她和猎场守护人的事，便感到忧心忡忡。多么难以启齿的羞辱！她感到腻味、害怕，她渴望一种体面的生活，哪怕是嘉斯利姐妹那种庸俗而枯燥的体面生活。要是克里福德知道了这事，那该有多么羞辱啊！她很害怕，为社会及其恶语伤人所震慑。她几乎想要跟那孩子也脱开干系，让自己彻底摆脱干净。总之，她已经陷入了畏怯状态之中。

至于那香水瓶，那都是她干的傻事。她就是忍不住把他抽屉里一两块手帕和他的衬衣喷上了香水，全是出于她的孩子气，她还把那剩下的小半瓶高迪木紫罗兰香水留在了那儿。她想让他闻到香水就想起她。至于那些烟头，那是希尔达留下的。

她不禁把这事向邓肯·福布斯透露了一点。但并没有说她是猎场守护人的情人，她只是说她喜欢他，并且把他的过去告诉了福布斯。

"哦！"福布斯说，"你等着瞧吧，他们不把这人摆平、做掉，便不会善罢甘休的。要是他拒绝一有机会就往上爬到中产阶级中去；要是他是一个维护自己性爱的人，那么他们就会做掉他。他们唯一不会让你做的一件事，是你在性爱上的直截了当和

320

公开。你可以随心所欲地污秽。事实上，你在性事上越下流，他们就越喜欢。但要是你相信你自己的性爱，不让它蒙受污秽：他们就打倒你。这是唯一留下的疯狂禁忌：作为一种自然而有生气事物的性爱。他们不要有这样的性爱，他们要扼杀你，也不让你有。你瞧着吧，他们不会放过那人的。但是他究竟做了什么呢？说是他和他妻子做爱太疯狂，难道他没有这个权利吗？她真应引以为荣呢！但是，你瞧，就连那样的下流婊子都与他为敌，用乌合之众鬣狗般的本能反对性爱，置他于死地。在没有被允许接触性爱之前，你就得哭丧着脸，为你的性爱感到罪恶和难过。哦，他们不会放过那可怜的家伙。"

现在康妮又转向相反方向。他究竟做了什么？他对她康妮，不就给她带来异常快感，带来一种自由感、生命感吗？他释放了她温暖自然的性爱之流。为此他们不放过他。

不，不，不能这样！她看到了他的形象，赤条条的，白皙的肌肤，晒黑的面孔和双手，他低着头，正在跟他勃起的小弟弟说话，似乎它是另一种存在。一种奇异的苦笑从他脸上闪现。她还听到了他的声音：乃有最美的腔沟子！她又感到了他的手在热烈地、轻柔地逼近她的屁股，逼近她的私处，就像在祝福。一股暖流激荡在她的子宫，可爱的火焰在她的两膝间摇曳。她说：哦，不！我绝不背弃他！我绝不能背弃他！我必须不遗余力地忠实于他，忠实于我从他那里得到的东西！是他给了我烈火般的生命。我绝不背弃他。

她做了件冒失的事。她写了封信给爱薇·波尔顿，还附了一张便条给猎场守护人，她请波尔顿太太把便条交给他。她在便条里这样写道：

听到你妻子给你制造种种烦恼，我很不好受；但是不用担心，那只是一种歇斯底里罢了。来得快，去得也快。我为此而感到十分遗憾，但愿你不会很在乎。那毕竟不值得。她只不过是个想伤害你的歇斯底里女人，我十天之内就会回去，但愿一切都没事了。

几天之后，克里福德来了一封信。他显然很是不快。

真高兴得知你们准备十六号离开威尼斯。但是，如果你们在那边玩得很尽兴的话，就不必急于回家。我们都很想念你。拉格比也很想念你。但是你绝对要多享受一下阳光，"阳光与闲适"，就像利多的广告上说的那样。如果你感到愉快，能调节好心情来熬过我们这儿的严冬，你还是多在那儿待几天吧。就是今天这里还下着雨呢。

波尔顿太太很勤奋，把我照料得很出色。她真是个怪种。我越活便越觉得，人类是种多么奇怪的生物。有些人像蜈蚣一样有上百条腿，有些人像龙虾，有六条腿。你会指望别人有人的言行一致和尊严，但这些东西似乎实际上不存在。你会怀疑这些东西是否甚至在你自己身上存在到了令人吃惊的地步。

关于猎场守护人的传闻还在继续，而且像雪球一般越滚越大。波尔顿太太告诉了我种种传言。她使我想起了一种鱼，那鱼虽然不会说话，但只要它活着，它就通过鳃来吞吐沉默的闲言。所有的一切都从她的腮滤过，没有任何事情会让她感到惊讶。仿佛他人生活中的故事，就是她维持生计的氧气。

她时刻心系着麦勒斯的丑闻，一旦我让她说开了头，她就没完没了。她对于麦勒斯的妻子愤慨极了，尽管这种反应像是演戏的女演员的愤慨，她一直都直呼其名贝莎·古茨。我到过世上那些贝莎·古茨的污浊生活的深海中，当我从奔涌的闲言中解脱出来时，我才慢慢地重新浮出水面，我看着光明都惊讶一切何以会这样。

我似乎感到一种绝对的真实，我们的世界似乎只是万物的表面，实际上却是深海底部：所有的树木都是海底植物，我们是裹着鳞的怪异动物，我们就像小虾一样以沉渣为生。只是偶尔灵魂才从我们这深不可测的深海住地喘息着升上来，远远地浮到以太的表面，那儿才有真正的空气。我确信我们平时所呼吸的空气是一种水，而男人女人不过是一种鱼类而已。

但在海底捕食后的灵魂，有时也会像三趾鸥那样，带着狂喜冲向光明。我想，这就是我们的命运，我们只能在人类的海底丛林中捕食自己那可怕的水下同类。我们永恒的定数就是一旦咽下那滑腻的食物，就冲破古老海洋的表面，闯入真正的光明，逃回到明亮的以太中，那时我们便会意识到我们永恒的天性。

当我听波尔顿太太说这些的时候，我觉得自己在下沉，下沉，一直沉到深深的海底，那儿，有人类秘密的鱼在蠕动，在游泳。肉欲使你攫住一口食物，然后跃升，不断跃升，从液态中来到气体中，从水中来到干的地方。对你，我可以讲出整个过程。但是和波尔顿太太在一起，我只感到一猛子扎下去，在水草与海底苍白的猛兽中间可怕地往下去。

恐怕我们会失去那猎场守护人了，那个游荡的妻子散布的丑闻，不但没有缓和下去，反而愈传愈凶。他指控做了所有那些难以启齿的事情，说来也怪，那女人竟有法子让大部分的矿工妻子都支持她，可怕的鱼类啊，村子里充满闲言碎语的腐臭味。

323

我听说这位贝莎·古茨把小屋和农舍搜索了一番之后，还去麦勒斯母亲家，把他堵在那儿。一天，模样很像她的女儿放学回家，她就抓住了她；但是这小家伙，不但没有亲吻她慈母的手，反而狠狠地咬了她一口，这一来，慈母的另一只手便照着她脸上给了一个耳光，把她打到了沟里，多亏气愤又心疼的祖母把她救了出来。

这女人惊人地大量散布毒气。她甚至抖出他们婚姻生活中所有事情的细节，这些东西通常在已婚夫妇之间保持沉默，犹如深深埋在坟墓之中。可她事隔十年，又把这些东西挖出来讲，真是一种变态的宣泄！这些详情我都是从林雷和医生那里听来的：医生还觉得挺有趣。当然，其中根本没有任何意义。人一向就对那些不寻常的性爱姿势有着奇特的贪恋，如果一个男人喜欢跟他女人用本韦奴托·切利尼①所说的"意大利式"，那是一个品味问题。但是我几乎从没想到我们的猎场守护人也能玩出这么多花样。无疑，那是贝莎·古茨首先给他以启蒙。无论如何，那是他们自己的家丑，跟他人没有任何的关系。

但即使这样，大家还是很爱听：我自己也一样。十几年前，共同的道德感就能把这种事平息。但现在，共同的道德感不再存在了，矿工的妻子们都把自己武装了起来，还公开显示出她们对于谈论此等事情很是泰然自若。最近五十年来，你会认为特沃希尔孩子们都无原罪受胎，我们每一个不信国教的女子也如同圣女贞德一样光彩照人。我们可敬的猎偿守护人身上有某些拉伯雷②

---

① 本韦奴托·切利尼（1500—1571）：意大利金匠和雕刻家。
② 拉伯雷（1494—1553）：法国作家。

的气质，这就似乎让他看起来比克瑞彭[①]那样的凶手更加可怕、可恶。而特沃希尔这些人听信所有传言，也是一帮放荡之徒。

然而，麻烦在于，这可恶的贝莎·古茨并不仅仅把话题局限于谈论自己的经验和遭罪，她还直着嗓门说她发现她丈夫在那小屋里"藏着"女人，而且乱点一些女人的名字。这样，把一些正经人的名字也扯到污秽之中；这事闹得太大了。现在已向这个女人发出了禁令。

我不得不为这事而召见麦勒斯，因为那女人待在林中，还没法子把她赶走。他对这事还是跟往常一样，一副迪河磨工的神气：我不关心任何人，不，如果没有人关心我！[②]然而，我一眼就看出，他感觉就像是尾巴上拴了个铁罐头的一条狗：虽然他很好地作秀，假装罐头不在那里。可我听说，当他路过的时候，村里的女人们都要把自己的孩子叫回去，好像他就是萨德侯爵[③]本人。他还是总有那么点鲁莽，但我恐怕那铁罐头已经紧紧拴在了他的尾巴上，他就像西班牙民谣中的堂·罗德里格一样在内心里重复说："哦！刺痛在我犯有大罪孽的地方！"

我问他觉得自己是否还能在树林里履行职责，他说他并没有疏忽职责。我跟他说这女人在树林中这样打扰是件很讨厌的事。他对此的回答是，他没有权力阻止她。然后我又暗示了那些传闻及其令人不快的发展。"是的。"他说，"人们只管该做自己的鸟事，不要只爱听别人的鸟事。"

---

① 英国 20 世纪初以残暴谋杀女性闻名的罪犯。
② 《迪河磨工》是 19 世纪英国的一首民歌，其中最后两句是："我不关心任何人，不，如果没有人关心我！"
③ 萨德侯爵（1740—1814）：法国作家，性变态者，英语中"施虐狂（sadism）"一词即源于他的姓氏。

325

他说这话的时候，带着些苦涩，无疑，这话有那么一点道理。然而，这么说话的方式既不文雅，又不恭敬。我同样把这个暗示了他，之后，我便听见那铁罐头又响了："克里福德老爷，你这样状况的人就不要嘲笑我两腿间吊着个玩意儿了。"

这种事情不分青红皂白，逢人便说，当然对他毫无益处。牧师、林雷、勃洛福斯都觉得他最好是离开这儿。

我问他在小屋里留宿女人的事是不是真的。他的回答只是："哦，那跟您有什么关系呢，克里福德老爷?"我告诉他，我有意要让我的庄园里保持正派。可他却答道："那您得去把那女人的嘴封起来。"当我逼问他在小屋里的生活方式时，他说："当然，如果可能的话，您还可以编出一段我和我的猎犬弗洛西的传闻来。可别把这个重要的角色落下了!"真的，就拿鲁莽无礼这一点来说，无人能出其右。

我问他如果出去另找一份工作是否容易。他说："假如您的意思是想暗示让我滚蛋，那再简单不过了。"这样，没怎么费事，他就同意在下星期末离开此地，而且，他显然很愿意把种种手艺秘诀尽可能多地传授给乔·钱伯斯，那个年轻的小伙子。我告诉他，在他离开时我会多给一个月的薪水。他说我还是留着这钱为好，因为我没有必要安慰自己的良心。我问他这话什么意思，他说："克里福德老爷，你并不额外欠我什么，所以不要额外给我什么。假如您还有什么不满的话要说，那就只管告诉我。"

好了，此刻事情是了结了!那女人也走了，我们不知道她上哪儿去了。不过要是她还在特沃希尔露面的话，她就会要被拘留了。我听说她最害怕坐牢，因为她

326

实在太够格了。麦勒斯将于周六离开，这儿不久就又可以恢复原状了。

好了，我亲爱的康妮，如果你觉得在威尼斯或瑞士过得很快乐的话，你就一直待到八月初好了，你能远离所有这些污秽的传闻，我感到很欣慰，这些传闻到了月底就可以平息了。

这下你懂了吧，人都是些深海的怪物，当龙虾在泥上走过时，它扬起的泥沙会把大家都搅得一团浑浊，对此我们只好泰然处之！

克里福德信中流露出恼怒，又缺乏任何同情心，对康妮造成不良影响。但是当她收到麦勒斯下面那封信时，她才对事情有了更多的了解：

事已败露，还有其他各种事情。想来你已经听到了，我的女人贝莎，又回到我没有爱的怀中来了，在农舍里住下来：说句不恭敬的话，她在那个小小的高迪香水瓶里嗅出可疑之处。当她关于那张被焚毁的照片号叫起来时，至少过了好几天也没有找到其他证据。她在四方的卧室里注意到玻璃和衬板。不幸的是，那衬板上，有人涂抹了些小草图和几个缩写字母：C. S. R.①。然而，这也提供不了什么线索，直到她闯入小屋，发现了你的一本书，女演员朱迪思的自传，扉页上还写着你的名字康斯坦因·斯图尔特·里德。从这以后的好几天里，她就到处嚷嚷，说我的情妇不是别人，正是查泰莱夫人自己，这消息最后传到牧师、勃洛福斯先生和克里

---

① 即查泰莱夫人的娘家姓名（Constance Steward Reid）的缩写。

福德老爷那儿，于是他们开始采取法律手段，告我这个贱民女人，她对警察怕得要死，自己便逃之夭夭了。

克里福德老爷让我去见他，于是我就去了。他绕着弯子说起这些事，似乎很恼火我。然后他问我知道不知道连查泰莱夫人的名字也被人提到了。我说我从来不听信谣言，而且这话竟是克里福德老爷自己讲出来的，让我觉得很惊讶。他说，自然，这是绝大的侮辱。我告诉他说，在我贮藏间里的日历上，还有玛丽王后的画像呢，那么无疑她就成了我后宫的妃子了。但是他并不赏识这个笑话。他好像说我是个裤子纽扣不好好扣住到处溜达的二流子，而我似乎说，不管怎么说，他用不着扣纽扣都行，就这样，他解雇了我，我下周六就要离开，我不会再出现在这个地方了。

我会去伦敦我从前的房东英格尔太太那儿，她住在高博格广场十七号，她将给我留出一间房子，或者为我另找一间。

要知道你们的罪必追上你们，[①]尤其是如果你是结了婚的，而她的名字叫贝莎——

信里没有一个字专门问起她自己，或者是专门对她说的。康妮对此愤愤然。他至少可以说几句宽慰人心的话。但是她明白他的用意是要让她自由，自由地回到拉格比去，回到克里福德身边去。对此，她同样愤恨。他没必要摆出这种虚情假意的骑士风度。她甚至希望他对克里福德说："是的，她就是我的情人，我的情妇，我为此而骄傲！"但是他不会有这种勇气。

那么，在特沃希尔，她的名字跟他的联系在一起了！真是一

---

① 这句话出自《圣经·民数记》第32章。

团糟。但是不久会平息下来。

她很生气，这种复杂而困惑的怒火让她变得无精打采。她不知该干什么，该说什么，于是她就不说也不做。她照样留在威尼斯，和邓肯·福布斯乘船出游，洗海水浴，让时光这么一天天溜走。十年前曾郁闷地爱过她的邓肯，现在又一次坠入了她的爱河。但她告诉他说："我只期待男人一件事情，那就是他们不要来打扰我！"

于是邓肯就不去打扰她了：真的很乐意能这样。不过，他还是温情脉脉地如潺潺流水般向她表白了奇异而推心置腹的爱。他就想跟她在一起。

"你有没有想过。"他有一天对她说，"人们相互间的联系是多么少啊！看看丹尼尔！他就像太阳之子那样英俊。但是再看看，英俊的外表下，他看上去是多么孤独！而我敢打赌，他一定有妻儿，而她们是他所不能遗弃的。"

"问问他看。"康妮说。

邓肯这么做了。丹尼尔说他已经结了婚，有两个男孩，一个九岁，一个七岁。但是他说到这些事实的时候并不流露任何情感。

"也许只有那些真正有归属感的人，才会有这种独自在宇宙中的外表吧。"康妮说道，"此外的人都有某种依附性，他们只会随大溜，就跟乔万尼那种人一样。"而她心里想着的却是：就跟你邓肯这种人一样。

第十八章

她得决定到底该怎么做了。她将于星期六①离开威尼斯：只有六天时间了。然后她将在下周一到伦敦，这样她就可以见到他了，她给他写了一封信，寄到他在伦敦的地址去，要他回信到哈特兰饭店，并且在周一晚上七点到那儿去会她。

而在内心里，她却感到一种奇异而复杂的愤怒，她所有的感觉都麻木了。她甚至不愿透露给希尔达这些事，希尔达呢，对她这种持续的沉默感到很不高兴，于是跟一个荷兰女人更亲近了。康妮很厌恶女人间这种很是让人窒息的亲密；而希尔达却总是笨拙地跨入这种关系。

麦尔肯爵士决意和康妮同路，邓肯可以继续和希尔达在一块儿。这老艺术家一向是个养尊处优的人：他买了两张东方快车的卧铺票，虽然康妮并不喜欢豪华列车和车里那种粗俗奢侈的氛围。然而坐这种车到巴黎要快一些。

麦尔肯爵士回到太太那里去时，总是不舒服。这是他从第一位太太在世的时候就养成的习惯。但是要举行松鸡招待会，他想早点回去。康妮被阳光晒得黑黑的，端庄健美，默默坐着，完全忘记了欣赏风景。

---

① 他离开拉格比的那天也是星期六。

330

"是不是觉得回拉格比去，你就感到有些烦闷？"她父亲看到她的郁郁不快的情形，问她道。

"我还不知道会不会回拉格比呢。"她说出这话，显得相当的唐突，她那双蓝色大眼睛望着她父亲。她父亲的蓝色双眼中显出一个良心有愧的男人的惊愕神色。

"你是说想在巴黎待一段时间吗？"

"不！我是说再也不回拉格比了。"

他自己本来就有一些烦心的小事，实在不想再把她的烦恼也扛到自己肩上。

"怎么回事，这么突然？"他问道。

"我有孩子了。"

这是她第一次把这话说给别人听，而她的生命好像随之分裂成两片。

"你怎么知道的呢？"她父亲问道。

她笑了。

"我怎么不知道！"

"但那肯定不是克里福德的孩子，是吧？"

"对！是另一个男人的。"

她觉得这么让他苦恼也挺有意思的。

"我认识这人吗？"麦尔肯爵士问道。

"不！你从没见过他。"

接着，是一段长久的沉默。

"那你有什么打算？"

"我也不知道，问题就在这儿。"

"没法跟克里福德商量解决这事吗？"

"我想克里福德会接受这孩子的。"康妮说，"自从上次你跟他谈过之后，他就对我说，如果我有孩子，他是绝不会介意的，只要我审慎行事。"

331

"在这种情况下，这是他可以讲的唯一有理智的话。那我想就没问题了。"

"怎么见得？"康妮说道，看着父亲的眼睛。父亲的眼睛跟她自己的很像，又蓝又大，但是他眼中却笼罩着某种不安，有时会有小男孩般不安的神情，有时还带着那种愠怒自私的样子，但通常，他的眼神是愉快而谨慎的。

"因为你可以为克里福德带来一个查泰莱家族的接班人，为拉格比带来一个新男爵。"

麦尔肯爵士的脸上露出有些俗气的笑容。

"但是我不想这么做。"她说。

"为什么不呢？难道你真的对那人投入了感情吗？哦！我的孩子，如果你想从我这里听到真话，我就告诉你：世界还会运转的。拉格比既然存在着，它就将继续存在。世界总是永恒的，表面上，我们要去适应这个世界。私下里，我个人的意见是：我们喜欢怎样就怎样。情感是变动的，你可以今年喜欢这个人，明年喜欢另一个。但拉格比还在，只要拉格比忠于你，你就要忠于拉格比。除此之外，你可以尽情让自己享受。但是如果你要把关系撕破，你是得不到多大好处的。当然，你要是想撕破关系，你完全可以做到。你有独立的收入，就凭这一点，你永远都不会困顿下去。但是你又能从中得到什么呢，没有多大好处的。给拉格比生个小男爵吧：这才是件让人高兴的事。"

麦尔肯爵士往后一靠，又微笑了起来。康妮却没有吭声。

"我还是希望你最终有一个真正的男人。"过了一会儿他又说道，话里充满了肉感的活跃。

"我是有了。不过麻烦也就在这儿。这样的男人并不多了。"她说。

"啊，天！"他沉思着说道，"的确罕有！唔，亲爱的，瞧你现在这样子，他可真是个幸运的男人。他应该没有给你制造什么

332

烦恼吧？"

"哦！没有！他完全让我做主。"

"自然！那是自然啦！一个真正的男人应该这样。"

麦尔肯爵士心里感到很高兴。康妮是他的宠女，他一向就喜欢她身上的女人味，她像母亲的地方并不多，希尔达倒是更像她母亲。他一向也不怎么喜欢克里福德。所以他觉得很高兴，对他这个女儿关爱备至，仿佛那未出世的孩子是他的孩子一样。

他和她坐车去了哈特兰饭店，看着她安顿好了，然后才到他的俱乐部去。她说晚上用不着他过来陪她。

她发现了麦勒斯的来信。

> 我不去你的饭店了，但我七点钟在亚当街上的"金鸡咖啡店"门前等你。

他站在那儿等着她，又高又瘦，穿着一套薄薄的黑礼服，看起来如此不一样。他有一种天生与众不同的气质，但却没有她那个阶级一个模子刻出来的样子。然而，她马上看出来，他是那种放得开的人。他有一种与生俱来的仪态，比那些一个模子刻出来的人要强多了。

"呀！你来了！你看起来气色真不错！"

"是啊！可是你看来不怎么好。"

她忧虑地看着他的面容。他清瘦得连颧骨都显露出来了，但是他的眼睛在向她微笑，她觉得跟他在一起很自在。突然，她维系着体面外表的力量松懈了，他身体上的某种川流在朝她奔流，使她在内心里感到安逸、快乐、自在。她有一个女人追求幸福的机警本能，她立刻铭记住："只要他在，我就会快乐！"就连威尼斯的阳光都没有给过她这种内在的焕发和温暖。

"那事是不是让你觉得很讨厌？"他们在桌子前面对面地坐

下之后，她向他问道。他真的很瘦，她现在真正看清楚了。他的手放在那儿，像一头困兽一般怪不经意地放在那儿，这个她很熟悉。她真想握起它，吻吻它，但是她还不太敢这么做。

"人们总是很可憎。"他说。

"那你很在意吗？"她说。

"是的，我很难过，而以后难过的日子还常有。我知道我这么难过挺愚蠢的。"

"你觉不觉得自己像只尾巴上绑了铁罐的狗儿？克里福德说你肯定有过这种感受。"

他望着她。在这种时候，对他说这话，太残忍了，因为他的自尊心曾受过很大的痛楚。

"我想是的。"他说。

他痛恨这种侮辱，而她却绝不能了解这给他带来的巨大伤痛。

他们沉默了好一会儿。

"你想我吗？"她问道。

"我真高兴你远离了那一切。"

他们又沉默了。

"那人家相信你我之间的事吗？"她问道。

"不！我觉得他们绝不会相信的。"

"那克里福德呢？"

"我想他也不会。他会把事情推到一边不用再去想它。但是自然，那也让他不愿再见到我。"

"我将要生孩子了。"

他的脸上、他的全身，表情消失殆尽。他用暗淡的眼神注视她，这种眼神让她完全莫名其妙：就像某个浑身深色火焰中的幽灵注视着她。

"说你很高兴啊！"她摸索着他的手恳求道。她看见某种狂喜正从他的心中流溢出来，但是这种欣喜却又被一种她所不明白的东西网结着。

"那是将来。"他说。

"那你不高兴吗？"她继续问道。

"我不怎么信任将来。"

"但你不必因为要担责任而感到烦恼。克里福德会把这个孩子当成自己的孩子，他会很高兴的。"

听了这话，她发现他的脸色变得苍白了，他在退缩。他没有答话。

"我是不是该回到克里福德那儿，给拉格比生个小男爵？"她问道。

他看着她，苍白而又疏远。那难看的淡淡苦笑又浮现在他脸上。

"你不必告诉他谁是孩子的父亲吧！"

"啊！"她说，"即使告诉，他也会接受这个孩子的。如果我想让他接受的话。"

他沉思了一会儿。

"是的！"他最后自言自语地说道，"我想他会这么做的。"

又是一阵沉默。他们之间出现了一道深渊。

"但是你想不想我回到克里福德那儿去？"她问他说。

"你自己是什么想法？"他答道。

"我想跟你生活在一起。"她简单地说道。

听到她这么说，禁不住就有亲切的火焰在他的腹部燃烧，他低下了头。然后又抬起头，用他那双焦虑不安的眼睛看着她。

"如果你觉得值得付出的话。"他说，"我一无所有。"

"你比大多数的男人都拥有更多。哦，你是知道的。"她说。

"是的，在某种意义上讲，我知道。"他沉思了一会儿，然后继续说道，"人家过去常说我身上女性的东西太多。其实不是这样。我不是女人，不是因为我不想要打鸟，也不是因为我不想要挣钱或者发迹。在军队里我本可以很轻易地往上爬，但是我不喜欢军队。虽然我可以很好地驾驭男人们：让他们喜欢我，让他们在我发脾气的时候敬畏我。不，这是愚蠢的，旧势力占上风造成了军队的死板：绝对愚蠢。我喜欢男子汉，像我一样的男子汉。但我忍受不了那些统治这个世界的人胡说八道、专横无礼的厚颜无耻。这就是我没能发迹的缘故。我讨厌金钱的厚颜无耻，讨厌阶级的厚颜无耻。所以在现实世界里，我拿什么去给一个女人？"

"但是为什么要给什么东西呢？又不是交易，我们不过彼此相爱而已。"她说。

"不！不！事情不是这么简单的，生活会不断前进，我的生活不要落入常规，就是不要。所以我自己就是一张旧船票，没有资格登上一个女人的船，除非我的生活有了起色，或者有所成就，至少内在地，能使我们俩常觉得生机勃发。男人在他的一生中，如果要使这一生成为自成一体的生活，如果一个女人是个真正的女人，那他必须给这个女人提供某种意义！所以，我不能只做你的面首。"

"为什么不呢？"她说。

"为什么，因为我不能。你很快就会厌倦这种生活的。"

"似乎你不能信任我。"她说。

他的脸上闪现出那种苦笑。

"钱是你的，社会地位是你的，决定权在于你。但毕竟，我不能只是夫人您的操手。"

"此外你还是什么呢？"

"你完全可以这样问。我还是什么，这无疑是无形的。但是，至少，对于自己，我还不能妄自菲薄。我明白自己存在的意义，虽然我也明白其他人很难了解这一点。"

"难道跟我一起生活，你存在的意义就会减少吗？"

他停顿了很长时间，才答道："也许吧。"

她也迟疑地思索着。

"你存在的意义是什么呢？"

"我告诉你了，那是无形的。我不相信这个世界，不相信金钱，不相信进步，也不相信我们人类文明的未来。如果人类有未来的话，那跟现在的情形应该是大不相同的。"

"那真正的未来会是什么样子呢？"

"上帝知道！我觉得我的内心里有某种东西，完全和大量激愤混合在一起。但那确切是什么，我也不知道。"

"可以让我来告诉你吗？"她看着他的脸，说道，"让我来告诉你，其他男人没有，而你却具有的，会构造起未来的那些东西是什么，你要我告诉你吗？"

"你说吧。"他答道。

"是你自己温情的勇气，就像这样：当你把手放在我的屁股上，说我有个美妙的屁股的时候。"

苦笑又一次在他的脸上闪现。

"是吗！"他说。

然后他又坐着沉思。

"是啊！"他说，"你说得对。就是那个。就是它在贯穿始终！和男人们在一起的时候，我就知道。我得跟他们进行身体的接触，不得反其道而行之。我得在身体上意识到他们，对他们有点温情，哪怕就是我在严厉收拾他们的时候。这是一种悟性的问题，佛陀就这么说的。但是，甚至他也回避身体的悟性和自然而然的肉体温情，这悟性和温情甚至在男人之间也是最好的，以一种真正男人的方式。这使得他们真正具有男人气，而不仅仅是像猴子一样。真的！就是温情，的确如此；那是性爱意识。性爱实际上就是一种接触，是所有接触中最亲密的接触。而我们却害怕这种接触。我们只有一半意识，所以也只有部分的生机，我们得活起来，具有悟性。尤其是英国人，得彼此之间相互接触，多一

337

些体贴，多一些温情。这是我们迫切的需要。"

她看着他。

"那你为什么害怕我呢？"她说。

他凝视了她很长时间，然后答道："因为你的金钱和你的地位，确实是这样，因为你所在的世界。"

"但是，难道我没有温情吗？"康妮热切地说道。

他朝下看着她，双眼变得黯淡和茫然。

"有啊！但是转瞬即逝，就像我自己的感情一样。"

"但是你就不相信我们之间温情的存在吗？"她忧虑地凝视着他，问道。

她看到他的脸色柔和了下来，坚冰般的神气渐渐融化。

"也许有吧。"他说。

两个人都不作声了。

"我想要你把我抱在怀里。"她说，"我想听你对我说，我们将有个孩子，你很高兴。"

她看上去是那样可爱，温情脉脉，那样神往，他对她的欲望又开始骚动起来。

"我想我们可以去我房间。"他说，"虽然这又会引起人们的诽谤。"

她又看到他那种把一切置之度外的神情，他的脸上洋溢着一种柔和而纯粹的温柔激情。

他们沿着偏僻的街道走到了高博格广场，他的房间在一所房子的顶层，这是一间阁楼，在这儿，他可以自己用小煤气炉做饭。房间很小，但是整洁典雅。

她把衣服脱了，然后让他也把他的脱了，在这妊娠期最初的温情激荡中，她楚楚动人。

"我不应该碰你的。"他说。

"别这么说！"她说，"爱我吧！好好爱我，说你会把我留在

338

身边！你会留下我！说你永远都不会让我离开你，让我回到世人中间，回到任何人那里！"

她慢慢贴近他，紧紧抱住他消瘦而强健的身体，她知道这是唯一的家园。

"俺会留下乃。"他说，"要是乃愿意，俺就留下乃！"

他把她紧紧抱住。

"告诉我，你很高兴能有这个孩子！"她再三说道，"吻吻孩子！吻我的子宫，说你很高兴孩子在那儿。"

但是这对于他而言，更为困难。

"我很害怕把孩子生到这个世界上来。"他说，"我很替他们的未来担心。"

"但是你已经把他放在我的体内了，好好待他吧，这就是他的未来。来，吻吻他！"

他战栗了，因为这的确是对的。"好好待他吧，这就是他的未来。"——这一刻，他感到了他对这个女人的一种纯粹的爱。他吻她的肚子，吻她耻骨鼓起的地方，吻贴近她子宫和子宫里胎儿的地方。

"啊，你是爱我的！你是爱我的！"她轻声地欢呼起来，就像那种情不自禁、断断续续的呻吟。他温柔地进入到了她的体内，把那温情的川流，汹涌地从他自己的体内释放到她的身体里，两个身体相依相伴，激情燃烧着。

当他进入到她身体里时，他意识到这才是他应该做的事：跟她温情地接触，却又不失他作为男人的骄傲、尊严和正直。毕竟，虽然她有钱财资产，而他则一贫如洗，但他不应该因此而太骄傲、太清高，克制住他对她的温情。"我主张人与人之间有身体悟性的接触。"他对自己说，"有温情的接触。她是我的伴侣。这是一场反对金钱、机器以及无情的理想化猴子世界的战斗。而她会是我坚强的后盾。感谢上帝，我终于得到了一个女人！感谢上帝，我得到了一个女人，她和我在一起，又温柔又善解人意！感谢上帝，她既不凶悍，也不愚蠢。感谢上帝，她是这样一个温柔而善解人意的女人。"他的精液在她体内播撒，他的灵魂也在朝她奔涌。这是一种远远超出了生殖功能的创造性行为。

现在，她决心已定：他和她再也不能分离了。不过方法手段的问题，还得好好商量。

"你恨不恨贝莎·古茨？"她问道。

"不要再跟我提起她了吧。"

"不！你让我说。因为你曾经喜欢过她；因为你曾经跟她亲密过，就像你现在跟我一样，所以你得告诉我。你曾经跟她这样的亲密，然而现在却恨她到这步田地，这不是很可怕吗？这是为什么？"

"我不知道。她好像总是决意反抗我，总是反对：哦！她那可怕的女性意志：她的自由！一个女人的可怕自由，最终就是最残忍的暴虐！啊，她总是以她的自由来反对我，好像把硫酸往我脸上泼。"

"但是她直到现在还没法摆脱你。她是不是还爱着你？"

"不，不！如果说她还没有放弃我，是因为她有那种疯狂的仇恨，她一定要设法威胁我。"

"但她一定爱过你。"

"不！唔，或许有那么一点点。她是被我吸引过来的。我想，就是这一点，她也非常痛恨。她有时爱我，但是转瞬她就会把感情压制下来，开始专横霸道。她最大的愿望就是专横地支使我，这是没法改变的。从一开始，她的意志就错了位。"

"也许她觉得你不够爱她，而这就是她想让你真正爱她的方式。"

"哦，天啊！这种想法可真该死！"

"那你并不是真正爱她，是吗？你就这样来对她。"

"我有什么办法呢？我尝试过，我尝试去爱她，但是她总让我碰钉子。不，还是不要谈这事了。命中注定，就这么回事。她命中注定就是这么一个女人。这一次，要是真的可以，我恨不得像打死一只白鼬那样把她打死：这个披着女人外衣的疯狂东西，死有余辜！但愿我把她杀了，一了百了！应该准许做这样的事情。当一个女人的心思完全被她自己的意志占据之后，她自己的意志对抗一切，这时候是非常可怕的，她应该最终被杀掉。"

"那么，要是男人也为他们自己的意志着魔时，是不是最后也应该把他们杀掉？"

"是的！——都一样！我得摆脱她，否则她会重新来对付我。我早就想告诉你，只要可能，我就得离婚。所以我们得更小心。我们，你和我，不能让人看见在一起。要是她找到你我头上来，我是绝对、绝对忍受不了的。"

康妮沉思着。

"那我们就不能在一起了？"她说。

"这半年左右还不行吧。但我想离婚的事在九月份就应该可以办好了，要不就得等明年三月了。"

"但这孩子很可能二月底就要出世了。"她说。

他沉默了。

"要是克里福德和贝莎这些人都死了就好了！"他说。

"你对他们也太没有温情了。"她说。

"对他们有温情？是，你能对他们做到的最有温情的事情，也许就是让他们去死！他们不应该活着！他们只会破坏生命。他们内心的灵魂糟透了。死亡是他们最甜美的结局。允许我去了结他们吧！"

"你不会这么做的。"她说。

"我会的！我杀他们比杀鼬鼠还觉得泰然。不管怎样，鼬鼠还有它的可爱和孤寂之美。但他们却为数众多。啊，我会把他们杀尽的。”

"或许你还是不敢那样。"

"唔。"

康妮现在有很多的事情要想。无疑，他想完全摆脱贝莎·古茨。而她觉得他这么做是对的。但这最后的进击太残酷。这意味着她得独自生活，一直到开春。也许她可以跟克里福德离婚。但是如何提起？如果麦勒斯的名字被提起，那么他那边离婚的事就办不成了。多讨厌啊！难道人就不能一直走下去，走到世界的尽头，摆脱掉这一切吗？"

没有人能做到。如今，世界的尽头已不像是从查理十字架路①过来，还要走五分钟的问题了。由于无线电的兴起，地球不再有尽头。达荷美的国王和西藏的喇嘛，都能收听到伦敦和纽约的消息。

耐心一点！再耐心一点！世界是台庞大而极为错综复杂的机构，人要小心谨慎，才不会身陷图圄。

康妮把心事告诉了她的父亲。

"你要知道，爸爸，虽然他是克里福德的猎场守护人，但从前却是驻印度的军官。只是他就像 C.E. 佛罗伦斯上校②，更愿意当一个士兵。"

但是，麦尔肯爵士对著名的 C.E. 佛罗伦斯上校这让人不快的谬见没什么好感。他看到过太多隐藏在谦逊后面的广告宣传。这是这老爵士最讨厌的一种自负行为，那种自谦的狂妄。

"这猎场守护人是打哪儿冒出来的？"麦尔肯爵士愤愤然问道。

"他是特沃希尔一个矿工的儿子，但拿出去绝对不会贻笑大方。"

这位地位高贵的艺术家更愤怒了。

---

① 查理十字架路是伦敦特拉法尔加广场附近。
② 这个所谓的上校名不见经传，康妮只是信口一说而已。

"在我看来，他就像个淘金者。"他说，"而你，显然是个很容易开采的金矿。"

"不，爸爸，不是那样的。你见了他就知道了。他是个真正的男人。克里福德常常厌恶他，就因为他不是那种卑微的人。"

"那显然，克里福德的直觉就这一次还算不错。"

麦尔肯爵士所不堪忍受的，就是他女儿跟一个猎场守护人私通的丑闻。他其实并不在意私通本身，他害怕的是外界的非议。

"这人怎样我不管。他显然知道怎样把你迷得神魂颠倒。但是，天啊！想想那些闲话吧！想想你的继母，她会怎么想啊！"

"我知道。"康妮说，"闲话是可怕的，尤其是对于生活在上流社会里的人。他也很想把离婚的事办妥。我们或许可以说孩子是另一个人的，完全不提麦勒斯的名字。"

"另找一个人？谁会来当这冤大头？"

"也许邓肯·福布斯可以。他一直就是我们的朋友，又是个相当知名的艺术家，而且他还很喜欢我。"

"啊，真是该死啊！可怜的邓肯！那他又能从中获得什么好处呢？"

"我不知道。不过我想就算没有好处，他也会答应的吧。"

"他会吗，真的吗？哦，如果他接受的话，他可真是个怪人！那么，你从来没有跟他发生过关系吗？"

"没有！他其实也不怎么想那样。他只爱让我亲近他，而不是接触他。"

"我的上帝，多古怪的一代人啊！"

"他最想让我当他绘画的模特儿。不过我从来就没想这么做过。"

"上帝啊，可怜的家伙！但他看上去没骨气透了，像是什么事都做得出来的。"

"但是，你不会介意把他的名字和我的凑在一起吧？"

"上帝啊！康妮，这不都是该死的诡计嘛！"

"我知道！这确实让人作呕。但是我也没办法。"

"诡计，装糊涂；装糊涂，诡计！让人觉得活腻味了。"

"得了，爸，你如果年轻的时候没做过这种事，你还能说说别人。"

"但是我可以保证，这是有区别的。"

"总是有区别的。"

希尔达也来了，听到这种新事态，她也发怒了。她一想到人们谈论她妹妹和一个猎场守护人的丑闻，她简直就没法忍受。那真是奇耻大辱！

"那我们就干脆消失，离开这儿，到不列颠哥伦比亚去，那不就没有流言蜚语了？"康妮说。

那有什么用。流言还是一样要爆发。要是康妮要跟定这个人，她最好就嫁给他。这是希尔达的意见。麦尔肯爵士不敢肯定。也许事情会平息下来。

"可是你要见他吗，爸？"

可怜的麦尔肯爵士啊！他压根儿就不指望见他。可怜的麦勒斯啊！他更不愿意。然而会见还是进行了：在俱乐部的包房里吃了一顿午餐，只有他们两人，他们相互间上下打量着。

麦尔肯爵士喝了不少威士忌，麦勒斯也喝了。他们自始至终谈论着印度，这是那年轻人所熟悉的话题。

这话题占了整个午餐时间，直到最后咖啡来了，侍者走了，麦尔肯爵士才点上一支雪茄，诚恳地说道："年轻人，我女儿怎么样？"

麦勒斯的脸上闪现出那种苦笑。

"唔，先生，她怎么样？"

"不错啊，给她弄出了个孩子。"

"这是我的荣耀！"麦勒斯苦笑着说。

"荣耀，老天啊！"麦尔肯爵士扑哧笑了出来，这种笑是苏格兰式的，有些放荡。"荣耀！搞得怎么样，呃？棒啊，小伙子，是吧？"

"棒！"

"我打赌就是棒！哈哈！我女儿的确是麦某人的女儿啊，可不是吗！我自己也从来不反对玩点棒的。尽管她母亲，哦，圣徒们在上。"他朝苍天转动着眼珠子。"可是你激热了她，啊，我看得出来，是你把她激热起来。哈哈！她体内奔涌着我身上的血液！你点燃了她这堆干柴啊！哈哈哈！我跟你说真心话，我真是高兴啊。她需要那个。啊，她是个不错的孩子，是个好女人，我早就知道，只要哪个男人能点燃她的欲望，她就会好起来。哈哈！一个猎场守护人！哦，我的孩子！要我说，你他妈真是个拿手的偷猎人！我告诉你！哈哈！但是现在，你给我听着，言归正传，我们怎样来解决这事？说正经的，你很清楚！"

说正经的，他们也没能得出什么结论来。麦勒斯虽然有点醉，但是两人中他还算比较清醒的。他尽量让谈话保持明智，那就没多少可说的东西。

"你是个猎场守护人！是啊，你做得不错！这种游戏是值得男人去费心琢磨一番的！可不是吗？对女人的试金石，就是捏一把她的屁股。只要摸摸她的屁股，你就知道她是不是跟你合适。哈哈！我真嫉妒你啊，我的孩子，你多大了！"

"三十九。"

老爵士扬了扬眉头。

"这么大了？唔，看你这气色，你还能好好享受二十年呢。啊，管你是不是猎场守护人，你只要有个出色的小弟弟就行。这我闭着一只眼都能看出来，不像那萎蔫的克里福德：一个从来没点儿兴头的怯懦的可怜虫。我喜欢你，我的孩子，我敢打赌你的家伙不错；哦，你是只小雄鸡，一只斗鸡，我看得出来！猎场守护人！哈哈，哎呀，我是绝不会放心让你看守我的猎场的！但是，听我说，说正经的，我们怎样处理这事？世界满是这些该死的老娘们！"

正经起来，他们除了结成两人间的男性肉欲共济会，没有提出关于那事的任何解决方法。

"听我说，孩子，如果我有什么地方能帮你的话，你尽管信赖我。猎场守护人！基督耶稣啊！真有趣！我喜欢！哦，我真的喜欢！说明这女孩有胆识。可不是吗？毕竟，你知道，她有自己的收入，虽然不多，只那么一些，但足以果腹。我会把我的所有都给她。我对天发誓，我会的。在一个老娘们的世界上，她能这么有胆识，她理应得到这些。七十年来，我一直在努力让自己摆脱那些老娘们的石榴裙，至今还没成功。但你是个男人，我看得出来。"

"真高兴你能这么看我。人们常旁敲侧击地告诉我说，我就是那种猴子。"

"啊，他们肯定会这么说！我亲爱的，在那些老娘们眼里，你不是猴子还能是什么？"

他们非常快活地道别，过后麦勒斯在心里整整笑了一天。

第二天，在一个僻静场所，他跟康妮和希尔达共进了午餐。

"真遗憾，从各方面看来，情形都不怎么好。"希尔达说。

"我却从中得到了不少乐趣。"他说。

"我想，在你们没有结婚生子的自由以前，还是应该尽量避免让这孩子来到世上。"

"上帝把这果子结得有点早了。"他说。

"我想这不干上帝的事。当然，康妮的钱是足够你们两人生活下去；可环境是难以忍受的。"

"但是，要忍受的不过是其中的一点点，不是吗？"他说。

"要是你跟她处在同一个阶级就好了！"

"或者，要是我关在动物园的笼子里，就更好了！"

大家都沉默了。

"我想。"希尔达说，"最好是她说出另一个人的名字，做共同被告，而你完全置身局外。"

"但是我想，在这事上，我已经涉足了。"

"我的意思是说在进行离婚诉讼的时候。"

他惊异地凝视着她。康妮不敢跟他提起关于邓肯的密谋。

"我还没明白你的意思。"他说。

"我们有位朋友，他也许会答应在这离婚案中做共同被告，这样一来，你的名字就不必被提起了。"希尔达说。

"你是说另一个男人吗？"

"当然！"

"但是，她又有了别人吗？"

他又惊愕地望着康妮。

"不，不！"她忙说道，"只是个老交情的朋友，我们关系很简单，没有什么爱情。"

"那这人为什么愿意背这黑锅？如果他不能从你身上得到什么好处的话？"

"有些男人有侠义风度，不会斤斤计较他们能从女人这儿得到什么好处。"希尔达说。

"找个人来代替我！这人是谁？"

"我们从小在苏格兰就认识的朋友，一位艺术家。"

"邓肯·福布斯！"他立即说道，因为康妮曾跟他说起过。"那你们准备怎样让他来背这黑锅？"

"他们可以在某个酒店待在一起，或者她甚至可以待在他家里。"

"在我看来，那未免太小题大做了。"他说。

"那你还有什么其他的建议？"希尔达说，"要是把你的名字

347

提出来，那你跟你妻子的离婚就办不成了，显然，你的女人是怪难对付的，不能牵扯进来。"

"都到这种地步了！"他冷冷地说道。

大家又沉默了许久。

"我们干脆一走了之。"他说。

"康妮可不能这么一走了之。"希尔达说，"克里福德太出名了。"

沉默又为颓丧的气氛所笼罩。

"世界就是这样。要是你们想安然同居，你们就得结婚。而要结婚，你俩首先都得离婚。那么，你们俩都想怎样办呢？"

他很久没有作声。

"你是怎么为我们安排的呢？"他说。

"我们得看看邓肯是不是愿意出面做共同被告；然后我们就让克里福德跟康妮提出离婚；那你就继续办你那边离婚的事。你们这段时间得分开，直到你们都自由了的时候。"

"这世界听起来真像个疯人院。"

"也许吧！但是在世人眼中，你们才是疯子呢，或许比疯子更糟。"

"更糟的还有什么？"

"罪犯，要我说的话。"

"但愿我还能多用几回我的匕首。"他冷笑着说道，接下来就沉默了，他很愤怒。

"好吧！"他最后说，"就这么办吧，这世界就是个疯狂的白痴，但谁也没法灭了它，但是，我会尽我全力的。你是对的，我们得尽力营救我们自己。"

他望着康妮，眼中充满了屈辱、愤怒、倦怠和苦恼。

"我的宝贝儿！"他说，"人家要往你的屁股上撒盐了。"

"如果我们不让的话，他们不敢的。"她说。

348

她对于用这种密谋来反抗世界的方式，并没有他那么在意。

向邓肯提出这事的时候，他也坚持要见见这监守自盗的守林人，于是就又有了一次晚餐，不过这次是在他家，就他们四个人。邓肯是那种矮矮胖胖，肤色黝黑，一个哈姆雷特式沉默寡言的人物；他头发又黑又直，有着一种凯尔特人不可思议的自负感。他的艺术全由管子、阀门、螺旋形和奇异的色彩构成，超现代，可也有着某种气魄，甚至某种纯粹的形态与格调，只是麦勒斯觉得这种艺术太残酷，很是反感。他没有冒失地说出这种感受，因为邓肯对于他的艺术主张有种病态的疯狂：对他来说，这是种个人崇拜，是种个人宗教。

他们在画室里看着那些画，邓肯那双褐色的小眼睛一直都集中在麦勒斯身上。他想听听这猎场守护人会说出些什么。至于康妮和希尔达的意见，他早就知道了。

"这有点像纯粹的谋杀。"麦勒斯最后说道。这种话邓肯压根儿没有预想到会从一个猎场守护人口中说出来。

"被谋杀的人是谁呢？"希尔达冷冷地、嘲讽地问道。

"我！它毁掉了一个男人身上最深处的恻隐之心。"

艺术家身上涌起了一浪纯粹的憎恶。他从另一个男人的话中听出了一种厌恶的口气。而他本人就反感别人提什么恻隐之心。那令人恶心的伤感！

麦勒斯站在那儿，又高又瘦，一副倦怠的神情，心不在焉，摇曳不定地盯着那些画看，仿佛飞蛾翅翼的飞舞。

"也许是愚蠢，那种感伤的愚蠢被谋杀了。"艺术家讥讽地说道。

"你这样觉得吗？我觉得这些管子和起伏的颤动才比什么都愚蠢，而且也够感伤了。在我看来，它们太过于自怜自叹，充满神经质的自负。"

又一阵憎恶涌上心头，那艺术家的脸都气黄了。他克制自己，默默地、态度高傲地把画作都朝着墙壁翻了过去。

"我想应该可以去餐厅了。"他说。

大家都不快地跟着走出来。

喝过咖啡，邓肯说道："我毫不介意充当康妮孩子的父亲。但是只有一个条件，就是康妮得过来作我的模特。这是我多年来的心愿，但她总是拒绝我。"他说这话时，抱着一种阴沉的决断，仿佛宗教裁判官在做火刑宣判。

"哦！"麦勒斯说，"只有答应了这条件你才肯做是吗？"

"不错！只有答应了这条件我才做。"邓肯的话里，刻意带上了对麦勒斯的极度藐视。他的意思有点太明显了。

"最好同时把我也当作你的模特。"麦勒斯说，"最好把我们画在一起：把维纳斯和伍尔坎①放在艺术之网下。我做猎场守护人以前，就是一个铁匠。"

"谢了！"艺术家说，"伍尔坎的尊容我不感兴趣。"

"把他也画得跟管子似的，修饰修饰也不行吗？"

艺术家没有回答他的话。他不屑于回答这种话。

真是一次沉闷的聚会，邓肯自此故意没理会麦勒斯的存在，他只跟两位太太谈话，而且也说得很简短，仿佛那些字句是从他忧郁的自命不凡的最深处扯出来给两位女士的一样。

"我知道你不喜欢他，但他并不是那么糟糕，真的。他其实还是很和蔼的。"他们离开时，康妮解释道。

"他是个爱耍性子而自负的傻小子。"麦勒斯说。

"不，他只是今天不怎么和蔼。"

"你会去做他的模特儿吗？"

"哦，我觉得其实并没有什么！他不会触摸我的。只要能为你我以后的共同生活铺路，我什么也不会介意的。"

---

① 伍尔坎是罗马神话中的火与煅冶之神，是维纳斯的丈夫，曾用一张网把维纳斯及其情人战神玛斯罩在一起。

"但他只会在画布上糟蹋你。"

"我不在乎！他画的只是他对我的感觉，如果这样的话，我不会在意。我不会让他碰我的，无论如何也不会。但是如果他要用那艺术气质的猫头鹰一般的眼睛盯着我瞧的话，那就让他瞧好了。他要是愿意，尽管把我画成许多空管子和褶皱。那是他的事。他痛恨你，是因为你说的话，因为你说他的管子艺术是感伤自负的。当然这是事实。"

第十九章

　　亲爱的克里福德，恐怕你预料的事情还是发生了。我的确又爱上了另一个人，希望你能提出离婚。现在我跟邓肯在一起，住在他家。我跟你说过，他也在威尼斯，跟我们在一块。我知道从你这方面看，现在提出很不恰当，但是请你平心静气地接受这事吧。你其实可以不再需要我了，我也没脸再回到拉格比去。我真的感到十分抱歉，但是请你原谅我，跟我解除婚约，再另找个比我好的人吧。我真的不适合你，我想我太没有耐性，太自私了。我真的不能回去再跟你生活在一起了。我为此真的感到非常对不住你。但是如果你平心静气地看这事，你就会发现自己其实可以不那么在意它。就个人而言，你并不真正在乎我。所以，请你原谅我，抛弃我吧。

　　收到这封来信，克里福德内心并不怎么惊讶。他心里老早就知道她要离开他。但是他绝不愿意在表面上承认这个事实。因此，在表面上看来，这封信给了他最可怖的打击，让他震惊不已。他一直在表面上显得对她十分信任。
　　其实我们都是这样。我们用意志力不让内在的直觉知识成为被承认的意识。这造成一种恐惧或忧虑状态，使打击到来之时变

352

得十倍地凶猛。

克里福德像个歇斯底里的孩子。他可怕而茫然地坐在床上，把波尔顿太太吓了一大跳。

"怎么了，克里福德老爷，出什么事了？"

他没有理她！她唯恐他受打击太大，连忙过去摸他的脸，号他的脉搏。

"哪儿不舒服？告诉我你是哪儿疼，告诉我啊！"

还是没有回答！

"哦，天啊，天啊！我得打电话到谢菲尔德把嘉灵顿大夫叫过来，雷基大夫也得马上过来。"

她正往门边走时，听见了他沉闷的声音："不用！"

她停了下来，凝视着他，他的脸色蜡黄、失神，像张白痴的脸。

"您的意思是不要我去请大夫？"

"是的！我不需要大夫。"他以阴沉的声音答道。

"可是，克里福德老爷，您病了，我可负不起这个责任。我得派人去找大夫过来，否则我就该死。"

停了一会儿，他那阴沉的声音又说道："我没有病，我的妻子不会回来了。"他的声音就像幽灵在说话。

"不回来了？您是说夫人她不回来了吗？"波尔顿太太往床边走近了些，"哦，别信这话。您要相信夫人，她一定会回来的。"

床上的幽灵没有动，只是把一封信从床罩上推了过来。

"读吧！"阴沉的声音说道。

"哦，如果这是夫人的来信，我相信她是不愿让我看她写给您的信的，克里福德老爷，如果您愿意的话，您可以告诉我她都写了些什么。"

"读吧！"那声音又重复说了一遍。

"好吧，克里福德老爷，如果一定要这么做的话，我愿意听

353

从您的吩咐。"她说。

然后她读了那封信。

"唔,我对夫人的做法感到很惊讶。"她说,"她答应得那么真诚,说她会回来的!"

床上的那张脸上,那种平静的狂乱表情似乎更加深重了。波尔顿太太看到这种状况,感到很担忧。她知道她面临的是什么:男性的歇斯底里。这种令人不快的毛病,她从前在看护士兵的时候就有所了解了。

她有点不耐烦克里福德老爷了。任何神智正常的人都必然知道他的女人爱上了别人,要离开他了。她也确信,克里福德内心绝对意识到了这一点,只是他不愿承认罢了。如果他承认了这一点,他就会自己做些准备,或者,他承认了这一点,积极地争取让他的女人避免这种事发生,那才像个大丈夫的风度。但他不这么做!他明明知道会是这种结局,却又始终试图说服自己,好像事情并非如此。他明明感到魔鬼在揪他的尾巴,却还要假装那是天使在朝他微笑。这种虚假状态,最终导致了现在这种虚假、错位、歇斯底里的综合性发作,这是一精神错乱的表现。事情的发生。她心想,对他还有点怨恨,都是因为他太为自己着想了,他全副身心都沉浸在他不朽的自我中,当打击来临时,他就只能是被自己的绷带紧裹着的木乃伊了,看看他那样子吧!

但歇斯底里是很危险的:她是看护,解救他是她的职责。现在试图去重振他的男人气概和自尊,只能让他的情况变得更糟:他的男子汉气概已经死了,就算不是致命性的,至少也是暂时消逝了。他只能像只虫子似的,更加不安,更加软弱,把事情弄得越来越糟。

现在唯一能做的就是释放他的自怜。就像丁尼生[1]笔下的贵

---

[1] 丁尼生(1809—1892):英国诗人。

妇一般，他要么痛哭一场，要么就一命呜呼。

于是，波尔顿太太开始先哭起来。她用手掩着脸，爆发出短促而猛烈的啜泣。"我永远都不会想到夫人会做出这种事，我永远都想不到！"她呜咽着，骤然间，往日的辛酸和悲苦都涌上心头，她的泪是为自己的不幸和苦楚而流的。一旦开始，她的哭泣就真切了起来，因为她有的是为自己而哭泣的理由。

克里福德想着自己怎样被康妮这女人背叛，被波尔顿太太的悲痛感染，他的泪水也不禁盈满眼眶，开始在脸颊上滚落。他是在为自己而哭。波尔顿太太一看到泪水在他失神的脸上滑下，就赶紧用手绢擦干了自己湿湿的两颊，靠到了他那边。

"不要烦恼，克里福德老爷！"她感情冲动地说道，"好了，不要烦恼了，快别——那只会对你自己有害。"

他在无声的抽泣中吸进一口气时，身体忽然颤抖起来，脸上的泪珠滑落得更快了。波尔顿太太把手放在他胳膊上，自己的眼泪也掉了下来。又一阵颤抖，痉挛似的穿过他的身体，她用一条手臂抱住他的肩膀。"好了，好了！好了，好了！你不要烦恼，瞧！你不要烦恼！"她一边流泪，一边哀痛地说道。她把他拉到身边，用双臂抱住他宽大的肩膀；他把脸埋在她胸前呜咽起来，震颤着、耸动着他宽大的肩膀，而她则温柔地爱抚着他淡金色的头发，说道："好了！好了！好了！不要在意！别再去想它了！千万别想！"

然而，他却仍用双臂搂着她，像个孩子似的偎依着她。他的眼泪把她浆洗过的白围裙和浅蓝色的衣裳都弄湿了。最后，他终于完全地听任自己发作了。

于是，她最终吻了他，把他搂在她怀里轻轻摇着。她心想：啊，克里福德老爷，趾高气扬的查泰莱啊！你终于到了这步田地！最后，他甚至像个孩子似的睡着了。她也觉得很疲惫，于是回到自己的房间，她又是笑又是哭，自己也有点歇斯底里了。多可笑！多可怕！就是这样的结局！多不体面啊！而且还这么让人苦恼！

自此以后，克里福德跟波尔顿太太在一起的时候，就像个小孩。他会握着她的手，把头依在她怀里休息。当她一旦轻轻地吻过他之后，他会说："是的！吻我！吻我吧！"当她用海绵洗着他白皙的身体时，他也一样要说："吻我吧！"她便会半是打趣地轻轻在他身上随处一吻。

他躺在床上，脸上的表情怪异而失神，像个孩子似的显出一丝惊愕。他会用他孩子般的大眼睛凝视着她，处于一种圣母崇拜的松弛中。他完全松弛了，忘却了他所有的男子气概，退缩到一种不正常的孩提状态中。他会把手放在她的怀里，抚摩她的乳房，并在那儿狂乱欣喜地亲吻，他已经成人，却还自以为是个孩子，这是一种反常的欣喜。

波尔顿太太又兴奋又羞愧，对这种做法又爱又恨。可是她从没有回绝和斥责过他。他们之间形成了一种肉体上的亲密关系，一种反常的亲密，这时他为明显的坦诚和明显的惊叹所折磨，就像一种宗教的狂喜：对"你们若不回转变成小孩子的样式"①之语的一种偏颇而又严格按字面意义的解释。她就是伟大的母亲，充满了权威和力量，把这金发大孩子男人完全慑服在她的意志与怜爱之下。

克里福德现在成了个大男孩，这些年来其实他一直都在往这个方向转变。但奇怪的是，当这个大男孩克里福德融入外面的世界中时，他竟比以前更精明更敏锐了。这反常的大男孩现在成了真正的事业家。当他处理事务的时候，他是个绝对的男性，常常一针见血，滴水不漏。当他在外面跟别的男人们打拼的时候，他对于追求个人目标和发展他的煤矿业具有一种几乎是不可思议的

---

① 引自《圣经·马太福音》第18章。

精明、严厉和敏锐的劲头。似乎恰恰是他的被动和委身于伟大的母亲，给了他一种对物质交易的洞见，赋予了他一种非凡的、超乎人性的力量。对于私情的沉迷和他男子气概的彻底消减，似乎给予他一种第二天性，那是一种冷酷的、近乎预言性的生意场上的精明。在生意上，他确实是超乎常人。

这一点上，波尔顿太太颇为得意。瞧他干得多棒！她常会骄傲地想，这都是我一手促成的！唉，他和查泰莱夫人在一起的时候从没这么成功。她不是那种可以让男人奋发进取的人，她太为自己着想了。

然而与此同时，在她奇异的女性灵魂中，她又在某个角落里多么轻蔑和痛恨他！在她看来，他是头被击倒了的野兽，只能爬行的怪物。她在竭尽所能地帮助他，鼓舞他，而另一方面，她却在她古老健全女性的最偏远角落里，用那种无限残酷的轻蔑鄙视他，她觉得连最卑下的流浪汉都比他强。

克里福德对康妮的态度也很奇怪。他坚持要见她一面，尤其是坚持要她回到拉格比来。对于这一点，他决心已定，绝无商量的余地。因为康妮曾真诚地答应过要回拉格比来的。

"可是那有什么用呢？"波尔顿太太说，"你就不能让她走，摆脱她吗？"

"不！她说过她要回来的，那她就得回来。"

波尔顿太太不再反对他了。她知道自己在对付什么东西。

我已没必要告诉你那封信对我产生了怎样的影响。（他给在伦敦的康妮的信中写道）如果你愿意去想象一下，你也许可以想出来这种状况；当然，也用不着劳驾你的脑筋去想象我的处境。

我只有一句话回答：在我做任何事情之前，我得亲自见你一面，就在拉格比。你曾真诚地答应过我，你会

357

回拉格比的，我要求你履行诺言。我只有在这儿，在这正常的环境中亲自见了你之后，才能相信一切，明白一切。不用说，这边没有人察觉到什么，所以你回来也会跟往常一样。如果我们把事情谈过之后，你还是坚持你的想法，那我们就协议离婚好了。

康妮把这封信给麦勒斯看。

"他要开始报复了。"他说，把信交还给她。

康妮沉默了。她有点惊讶地发现自己害怕起克里福德来了。她害怕到他那儿去，她怕他，仿佛他是邪恶的化身，充满了危险。

"我该怎么办呢？"她说。

"什么也别管，如果你不愿做什么的话。"

她回了封信给克里福德，想搪塞他。他复信说：

如果你现在不回拉格比来，我就认定你总有一天会回来，我就会照这种判断行事。我会一切照旧，继续在这儿等你，哪怕五十年，我也会等下去。

她被吓住了。这是一种阴险的恐吓，她无疑很清楚他会说到做到。他不会跟她离婚，这孩子就是他的，除非她能证明这孩子是私生子。

经过一番苦苦思索，她决定回一趟拉格比，希尔达会跟她一块儿。她把这个决定告知了克里福德。他回信说：

我不欢迎你姐姐，但我不会把她拒之门外。毫无疑义，你的背信弃义和逃避责任，她也有份，所以你别指望我会对她笑脸相迎。

她们回到了拉格比。到家的时候克里福德正好出去了，波尔顿太太迎接她们。

"哦，夫人！这可不是我们盼望的愉快归来啊！"她说。

"可不是！"康妮说。

原来这妇人已经知道了！其余的仆人知道了多少，又猜到了多少呢?

她进到房子里，对这地方她现在恨之入骨，这种宽敞的庞然大物，在她看来十分险恶，是一种威胁笼罩在她头上。她现在不再是这房子的主妇了，她是它的牺牲品。

"我不能在此久留。"她对希尔达低语道，心中充满了恐惧。

她很痛苦地进到了她的卧室，好像什么都没发生似的重新拥有！她痛恨待在拉格比高墙后面的每分每秒。

她们直到下楼吃晚餐时才见到了克里福德，他穿了礼服，还打了一条黑领带，看起来有些拘谨，但显得非常绅士。席间，他的举止相当文雅，保持着一种客气的谈话氛围：可是似乎全都带有疯狂色彩。

"仆人里有多少人知道这事？"当女仆走出房间之后，康妮问道。

"你的事吗？一点也不知道。"

"可是波尔顿太太知道。"

他脸色变了。

"波尔顿太太不能算是个仆人吧。"他说。

"是你的意思吗？没关系。"

咖啡过后，当希尔达说她要回房去时，情势就紧张起来了。

她离开之后，克里福德和康妮就这么静静坐着，谁都不愿开口说话。康妮见他没有显出痛心的样子，心中倒觉得舒坦不少。她竭力让他保持这种高傲的神气，她只是安静地坐着，低头看着双手。

"我想你根本不会在意背叛自己的诺言吧？"他终于开口了。

"我也没办法。"她喃喃说道。

"你都没办法信守，那谁能守信？"

"我想没有人能。"

他看着她，不可思议地冷酷、愤怒。他对她已经习惯了。她好像是嵌入到了他的意志里。她现在怎么敢背弃他，破坏他日常生活的结构呢？她怎么敢试图造成他这种人格的失调呢？

"到底是什么让你这么不顾一切？"他坚持问下去。

"爱情！"她说，还是说这句老话为妙。

"对邓肯·福布斯的爱情？但是当你遇见我的时候，你并没有觉得那种爱情值得吧？你不会想说你爱他比你生活中的一切都重要吧！"

"人会变的。"她说。

"有可能！有可能你是一时兴起。但是你还是得让我确信这种变化的必要。我简直不能相信你对邓肯·福布斯的爱情。"

"但是为什么要你相信呢？你只要跟我离婚，用不着相信我的感情。"

"那我为什么要跟你离婚呢？"

"因为我不愿再在这儿生活了。而你确实也不需要我了。"

"你错了！我没有变。在我这方面看来，你既然是我的妻子，我就希望你能高贵、安宁地生活在这个屋檐下。抛开个人的感情，我向你保证，我抛开的东西多了，拉格比这儿的生活秩序被打破，对我而言，比死还痛苦，这体面的日常生活被摧毁了，仅仅是因为你的反反复复，一时兴起。"

沉默了一会儿，她说道："我没有办法。我一定得走，我想我要有孩子了。"

他也沉默了好一会儿。

"是因为孩子你才要走的吗？"他最后说道。

她点了点头。

"为什么？难道邓肯·福布斯这样看重他的小生命？"

"无疑他比你要看重。"她说。

"是这样的吗？我想要我妻子留下来，我找不出什么理由让她走。要是她愿意在家里生孩子，我还是很欢迎她，而孩子也同样受欢迎；只要体面和生活秩序可以延续。你是不是想说邓肯·福布斯对你有更大的魅力？我不信。"

又是一阵沉默。

"你不明白。"康妮说，"我必须离开你，跟我所爱的人生活在一起。"

"是，我不明白！我根本不相信你的爱情，不相信你爱的男人。我不会相信你这种狡辩的鬼话。"

"但是你看，我相信就够了。"

"是吗？我亲爱的太太，我可以保证，你不会愚蠢到去相信自己对邓肯的爱情。相信我吧，即使现在，你还是更在乎我的，我为什么要去相信这种荒唐的故事呢！"

他的话是对的！她觉得自己不能再对他保持沉默了。

"因为真正爱的并不是邓肯。"她说着，抬起头来看着他。"我们只说那是因为邓肯，为的是不伤害你的感情。"

"不伤害我的感情？"

"是的！因为我真正钟爱的人，说出来你会恨死我的，他就是麦勒斯先生，我们这里的猎场守护人。"

如果他可以从椅子上跳出来的话，他一定会跳的。他脸色蜡黄，逼视着她，眼睛就好像大难临头似的突了出来。

他颓然跌回椅子中，喘着粗气，两眼看着天花板。

最后，他坐了起来。

"你现在所说的才是事实，对吗？"他面目可憎地问道。

"是的！你知道我说的是真话。"

"你是什么时候跟他开始的？"

"春天。"

他沉默着，像陷阱里的困兽。

"那么，在小屋卧室里的那个女人就是你了？"

看来他确实心里早就知道了。

"是的！"

他仍旧斜着身子，从椅子里探身出来凝视着她，像一只陷于绝境的困兽。

"天哪！你这种人就应该从世界上被消灭掉！"

"为什么？"她嘴里轻轻蹦出了这么一句。

但他似乎没有听见。

"那些人渣！粗鲁的混蛋！卑鄙的无赖！尽管你在这儿，尽管他是我的一个仆人，你却跟他发生了关系！哦，天哪！天哪！女人要这么下贱起来，还有没有止境！"

他愤怒到了极点，她就料到他会这样。

"你还想跟这种混蛋要孩子？"

"是的！我就要有孩子了。"

"你就要有了！还这么确信！你确信有孩子有多长时间了？"

"从六月开始。"

他无言以对，一个小孩子的那种怪异的茫然神情又开始出现在他的脸上。

"真是奇怪。"他最后说道，"这样的生命也容许到世上来。"

"什么生命？"她问道。

他古怪地望着她，没有回答。显然，他不能接受麦勒斯这种人的存在，更不能接受他跟自己生活发生的关联。那是纯粹的、无以言表的、无力的憎恶。

"你是不是要嫁给他？——用他的污秽姓氏？"他终于问道。

"是的，我正想这么做。"

他又一次目瞪口呆了。

"是的！"他最后说道，"这证明我对你的判断没有错：你跟人不一样，你不合常规，你是那种半疯不傻，不正经的女人，成天追逐着堕落，对污秽之物念念不忘。"

突然，他变得极其推崇仁义道德。他把自己看成善的化身，而麦勒斯、康妮这种人，则是邪恶与下贱的化身，他似乎淹没在那灵性的光环中。

"你不觉得离婚是了结这事的更好方式吗？"她说。

"不！你想到哪儿，就到哪儿去，但我绝不会跟你离婚。"他痴呆地说。

"为什么不？"

他沉默着，像个呆子似的一味沉默着。

"难道你还要让这孩子成为你合法的孩子，当你的继承人吗？"她说。

"这孩子怎么样我不管。"

"但如果是个男孩，他将在法律上成为你的儿子，他将继承你的爵位，拥有拉格比。"

"那些我也不管。"他说。

"你不能不管！如果可以的话，我不会让这孩子成为你合法的孩子，如果他不能成为麦勒斯的孩子，我宁愿承认他是我的私生子。"

"你想怎样做都随你的便。"

他的态度没有改变。

"你为什么不跟我离婚呢？"她说，"你可以拿邓肯做个借口！我们没有必要把真实的名字提出来。而邓肯也并不介意。"

"我绝不会跟你离婚。"他执意说道，好像是铁板钉钉的事实。

"但是为什么？就因为这是我想得到的吗？"

"因为我要按照我的意愿行事，我就是不愿离婚。"

363

再说也没有用了。她回到楼上，把结果告诉了希尔达。

"我们最好明天就离开。"希尔达说，"这样，可以给他一些时间恢复理智。"

于是，康妮花了大半夜时间把她的私人财产和物品收拾打包。第二天早上，就把她的箱子送到了车站。她没有告诉克里福德，她决定只在午餐前去见他，跟他道别。

但是她告诉了波尔顿太太。

"我得跟你道别了，波尔顿太太，你知道个中的原因。我相信你不会跟人说的。"

"啊，相信我吧，夫人！虽然这的确对我们大家都是悲哀的打击。但是我还是希望你和那位先生将来幸福。"

"那位先生！哦，他就是麦勒斯先生，我爱他。克里福德老爷也知道。但是别跟别人说。要是哪天你觉得克里福德老爷愿意跟我离婚了，就告诉我，好不好？我希望能跟我爱的人正正当当地结婚。"

"我相信您会的，夫人！啊，包在我身上了。我对克里福德老爷忠心耿耿，对您也一样。我知道你们双方各自都有自己的道理。"

"谢谢你！来，波尔顿太太！我有些东西想给你——愿意接受吗？——"于是康妮又一次离开了拉格比，和希尔达到苏格兰去了。麦勒斯回到乡间，在农场找了份工作。他的想法是尽可能把离婚的事办了，无论康妮是否能离婚。他要在农场做六个月的工，这样，以后他和康妮就可以有一个他们自己的小农场，那么他的精力就可以大派用场了。因为他得工作，哪怕是劳苦的工作。他得自己谋生；即使康妮有资本帮他开始。

这样，他们就得等到春天，等到孩子出世，等到初夏再来的季节。

经过一番周折，我在这儿找到了工作，因为我在军

364

队里认识理查兹，他现在是一家公司的工程师。这农场归属于巴特勒和史密桑煤矿公司，他们在这儿种红花草和燕麦，做矿上小马的食料，这不是私人农场。但是他们养了牛、猪和其他一些牲畜，我在这儿做工每星期三十先令，农场主罗利尽量给我各种不同的工作，这样，我从现在到来年复活节期间，可以尽可能多学一些东西。贝莎杳无音讯。我不知道为什么她在离婚案中不出面；也不知道她在哪儿，更不知道她在搞什么鬼。不过，要是我能再默默地忍受到三月，我想我就可以自由了。你也不用为克里福德的事而烦恼，总有一天他会要摆脱你的。他要是不再管你了，那就是大好事。

我寄居在恩琴洛一间很不错的老村舍里，屋子的主人是海帕克的机车司机，身材高大，留着络腮胡，是个很虔诚的教徒。他女人是有点高高在上的那种人，喜欢一切上流的事物和规范的英语，"请允许我！"总是不离口。可是他们唯一的儿子在大战中牺牲了，这是他们心中的伤痛。他们还有一个身材高大的傻女儿，她准备将来做小学教员，我有时帮助她的功课，所以我们相处得十分融洽。他们都是十分正派的人，而且对我很友善。我想我在这儿受到的宠爱，你在那儿的处境可能就没法与之相比了。

我很喜欢农场的工作。这种工作不会让你时常欢欣鼓舞，但我并不要求那种欣喜。我原来就很喜欢马，喜欢乳牛，虽然它们都有些女性化，但于我能有一种抚慰的作用。当我把头靠在它们身上挤奶的时候，我就能感到一种慰藉。这里有六头纯种的海福特牛。燕麦的收割刚刚完毕，虽然天下雨，而且两手受了不少伤，我却仍感到十分快活。我并不十分注意人们，但跟他们倒还合得来。许多事情人们只能求大同存小异。

矿业萧条了。这儿原来是个像特沃希尔一样的矿区，只是更漂亮些。我有时坐在小酒店跟工人们聊天，他们都怨声载道，但他们都不准备去改变什么。大家常说，诺特斯—德比的矿工们的心脏长在正确位置上。但要他们人体的其余部分一定都错了位，长在了一个不需要他们的世界里。我很喜欢他们，但是他们却不能让我振奋：他们缺乏一种好斗老公鸡的斗志。他们大谈国有化，采掘权国有化和整个行业的国有化。但是你不能只把煤矿国有，而不管其他的行业，他们说要为煤炭开发新的用途，克里福德男爵不是正在尝试这种方法嘛。也许局部可以实行，但是我觉得，总体上实行起来就会有问题。不管你把煤做成什么，总得有销路才行。工人们对此都没什么兴趣。他们感到这该死的事无可救药，这一点我是相信的。可是他们自己也就那么跟着亦步亦趋。有些年轻人，侃侃而谈要搞一个苏维埃，可他们自己也没什么坚定的信念。他们除了确信世界一团混乱之外，再没有其他的信念了。但即使在苏维埃政权之下，人还是要为煤炭找销路：这才是困难所在。

我们有这么庞大的工业人口，他们都得吃饭，所以这该死的秀怎么着也得做下去。女人们如今比男人们更愿意说这些事，她们比男人自信得多。男人们都那么软弱，他们总觉得灾祸将临，于是他们整天游手好闲，无所事事。尽管人们都在谈论，但没有人知道该干什么，年轻人开始变得狂乱，因为他们没钱花了。他们整个生活就是花钱，现在他们没钱花了。这就是我们的文明和教化：就会培养出一批批的人，整天想着怎么花钱，很快，钱就花光了。煤坑现在一星期只做两天、两天半的工了，即使在冬天也没有改善的征兆。一个工人二十五到三十先令的收入，得养活一家人。一切之中，女人是疯狂至极。而如今花钱花得最疯狂的，也是她们。

但愿你能告诉他们生活和花钱是不是一码事！这根本就是徒劳。只有他们学会怎样生活，而不是怎样挣钱然后花钱，他们才能恰当地支配那二十五个先令。如果男人们像我说的那样都穿上红裤子，他们就不会那么惦记钱的事了：如果他们能够翩翩起舞，蹦蹦跳跳，引吭高歌，昂首阔步，潇洒起来，他们就不会那么需要钱了。他们就会自己去取悦女人，同时也让女人来取悦他们！他们得学会裸露，学会潇洒；他们得学着集体唱歌，跳古老的集体舞；学着怎样雕刻他们坐的凳子，刺绣他们自己的纹章。这样，他们就用不着钱了。这是解决工业问题的唯一方法：教会人们生活，适当地生活，而不需要花钱。但是我们做不到。如今人们的脑筋都不会转弯。而广大的民众甚至都不会尝试去想一想，因为他们不能想。他们应该活泼起来，欢腾起来，感谢大神潘①。他永远是唯一的大众之神。那些少数人喜欢的话可以从事更高的膜拜。但是，让大众成为永远的异端吧。

然而矿工们不是异端，远远不是。他们是一帮悲哀的男人，一帮失去活力的男人：他们对女人没了感觉，对生命没了感觉。年轻人一有机会就带着女孩坐摩托车兜风、跳爵士舞，但是他们的活力死得更彻底。那都是些花钱的事，钱这东西，有了的时候，它就来毒害你；没有的时候，它就让你忍受饥饿。

我知道你肯定很烦这些，可是我不愿把自己的事唠

---

① 希腊神话中人身羊足、头上有角的畜牧神，爱好音乐。

唠叨叨说个没完，而我也确实没什么可说的。我在心里不愿多想你，那只会让我们都觉得茫无头绪。但是，当然啦，我现在生活的目的，就是你我能够生活在一起。我很害怕，真的。我感到空气中到处充斥着恶魔，他们在设法抓住我们。也许这不是恶魔，而是贪欲之神。但我想它终究还是众生的意志，那就是追逐金钱，憎恶生命。总之，我觉得那些巨大无比的、贪婪的白色爪子在空气中挥舞，它们要扼住那些尝试生活、尝试超越金钱的人的咽喉，把生命挤走。糟糕的时代将要来临。糟糕的时代将要来临，伙计们，糟糕的时代将要来临！如果形势还照现在这样发展下去，这些工业大众的将来，除了死亡与毁灭便是一无所有。我有时候感觉我里面全都变成了水，而你瞧，又快要有我的孩子了！但是不要紧。曾经有过的所有糟糕时代都未能摧毁番红花：连女人之爱都未摧毁。所以它们也没法熄灭我对你的欲念，没法熄灭你我之间那小小的灼热。我们明年就可以在一起了。虽然我很恐惧，但是我相信我们会走到一起的。男人得经过抗争和修整之后，才能相信超越他自己的事物。人没法保证未来，除非他信仰自己最美好的部分，信仰那种超越它的力量。是的，我信仰的就是我们之间那小小的情欲之火。现在，在我看来，这是世上唯一的东西了。我没有朋友，没有知己。我只有你。现在，这小小欲火是我生命中唯一在意的事情。还有孩子，但那是次要问题。你我之间伸着火舌的火焰，便是我的"圣灵降临"。古老的"圣灵降临"是不大对的。"我"与"上帝"总有点高高在上。但是你我之间那伸着火舌的小小火焰：你瞧！那是我牢牢把住的，尽管有克里福德和贝莎，煤矿公司和政府，还有追逐金钱的人民大众，我还是要牢牢把住。

这就是此刻我不愿多想你的缘故。那只能让我痛苦，而且对你也没有好处。我不愿让你远离我，但是我要是烦闷起来，就什么事都做不成了。耐心一点，再耐心一点！这是我的第四十个冬天了。我以往的所有冬天都在无可奈何中度过。但是这个冬天，我会牢牢把住我的"圣灵降临"的小小火焰，守着这份和睦安宁。我不会让世人的呼吸把它吹灭的。我信仰更高的神秘，它甚至不会让番红花被摧毁。虽然你在苏格兰而我在英格兰中部，虽然我不能用我的双臂拥抱你，用我的双腿缠住你，但是我可以感觉到你。我的灵魂将温柔地在"圣灵降临"的小小火焰中，和你一起颠簸，就像我们做爱时那样宁静。我们的交合促成了火焰的诞生。即使是那些花儿，也是在太阳和大地的交合中产生的。但是一种微妙的过程，需要耐性与长久的等待。

所以，我现在更爱贞洁了，因为那是一种交合中的宁静。现在，我觉得守贞洁很好。我珍爱贞洁就如同雪花爱雪一样。我爱这种贞洁，它是我们交合的宁静间歇，在我们之间；就好像既是雪花又是伸着火舌的白色火焰。当真正的春天到来的时候，当我们相聚的日子到来的时候，我们就可以把那交合中诞生的小小火焰灿烂地燃烧起来，让它明亮而光辉起来。但是现在不行，还不到时候！现在是守贞洁的时候，能守住贞洁是多么美妙啊，就像清凉的河水流进我的灵魂。我爱贞洁，因为它在我俩之间川流。它就像淡水，就像雨。男人怎么能够这么不知疲倦地追逐声色啊。要是成为唐璜[①]那样

① 西班牙传奇中的一个浪荡子。

的人，可真是悲哀，他没法在交合中让自己达到平和宁静，小小的火焰燃烧着，却无力也无能在清凉的间歇，就像在河边一样，变得贞洁。

好了，已经写了很多了，这都是因为我不能触摸到你！如果我能把你拥在怀里，共枕而眠，我就不会费这么多笔墨了！我们可以在一起交合，也能在一起持守贞洁。但是我们还是得分开一段时日，我想这才是真正明智的选择。只要我们能把握就好了。

但是没关系，不要紧，我们不要烦扰自己。让我们去信任那小小的火焰，信任庇护这火焰不灭的无名神祇。我心里不知有多想你，真的，可惜你不能在我身边。

别为克里福德的事烦心了。即使是得不到他的任何消息也不要紧，他没法伤害你。等着吧，他最终会想要摆脱你的，他会要把你抛弃的。如果他不这么做的话，我们总有方法远离他。但是他会摆脱你的。最终他会把你像一个烫手的山芋一样扔出来的。

现在我越写越不能停笔了。

我们还是有很多地方是相连的。我们所要做的就是牢牢把住，驾驶我们的航船，很快朝相聚的方向驶去。约翰·托马斯向简夫人道晚安了，他的脑袋虽然有点低垂，但心中是充满希望的。

九月二十九日，于老希诺，格兰治农场

创美工厂®　米
轻经典

出 品 人：许　永
责任编辑：许宗华
特邀编辑：王佩佩
装帧设计：海　云
印制总监：蒋　波
发行总监：田峰峥
投稿信箱：cmsdbj@163.com
发　　行：北京创美汇品图书有限公司
发行热线：010-59799930

创美工厂　　　　创美工厂
微信公众平台　　官方微博